西嶺雪作品

西續紅樓夢之

賈寶玉後傳

西嶺雪◎著

西續紅樓夢之 賈寶玉後傳

作者：西嶺雪
出版者：風雲時代出版股份有限公司
出版所：風雲時代出版股份有限公司
地址：105台北市民生東路五段178號7樓之3
風雲書網：http://www.eastbooks.com.tw
官方部落格：http://eastbooks.pixnet.net/blog
Facebook：http://www.facebook.com/h7560949
信箱：h7560949@ms15.hinet.net
郵撥帳號：12043291
服務專線：(02)27560949
傳真專線：(02)27653799
執行主編：劉宇青
封面圖提供：西嶺雪
編排製作：許芷姍

法律顧問：永然法律事務所 李永然律師
　　　　　北辰著作權事務所 蕭雄淋律師

版權授權：劉愷怡
初版日期：2013年10月
ISBN：978-986-5803-36-0

總 經 銷：成信文化事業股份有限公司
地　　址：新北市新店區中正路四維巷二弄2號4樓
電　　話：(02)2219-2080

行政院新聞局局版台業字第3595號 營利事業統一編號22759935

定價：320元

國家圖書館出版品預行編目資料

西續紅樓夢之賈寶玉後傳／西嶺雪著. -- 初版. --
臺北市：風雲時代，2013.10 -- 面；公分

ISBN 978-986-5803-36-0（平裝）

857.7　　　　　　102016357

目錄

第一回

榮寧公夢垂海棠花
閱牆子誤竊通靈玉

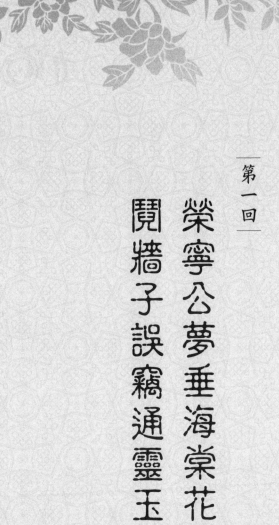

話說那寶玉百日病癒，已是臘月時候。因迎春回來住了幾日，說了許多傷情話兒，未免又感慨歎息，悶悶不樂。襲人見他悒悒怏怏，無情無緒，生怕又引發了舊症，因捧上蓮棗八寶粥來，笑道：「爲你前兒贊了一句這粥好吃，老太太特地教廚房再做了兩碗來，不如趁熱喝了，隨便那裏散一回，消了食，也就好該歇息了。我正要開箱子找簾帷預備年節下替換，屋裏這一地一床的紗頭線腳，你何苦窩在這裏，看著豈不煩心？」寶玉道：「園裏到處都在爲著除塵忙亂，你卻教我到那裏去？也罷，倒是出去看一會子書，裝裝用功樣子，也好教你看著喜歡。」

襲人笑道：「甚好。」忙命小丫頭往外間小書房攏火，扔了幾隻舊年收的松塔進去，用一個落地銅絲罩子蓋住，怕炭火花爆出來燎了衣裳，又拿了一床羊羔皮褥子出來替他鋪在椅上，並連腳踏上亦鋪了暖墊。

寶玉撂了碗過來，因見襲人找火撚子點燈，忙道：「如今天光尙亮，開著窗就好，何必這早晚便點燈？」襲人道：「開著窗，只怕有風。」寶玉道：「橫豎這屋裏不冷，今兒天氣又晴和，正要吹點新鮮風，權當我出去逛了是一樣的。不過看幾回書解解悶，又不是懸樑刺股的當真用起功來，大早晚的點燈拔蠟，倒教人看著笑話。」襲人應了，果然支起窗子來，又往那屋裏沏茶。寶玉笑道：「我在那屋裏，你嫌我添亂，如今我來這裏省你操心，反倒教你跑進跑出的，豈非更令我不安？如今我要靜靜看一回書，並不要人伏侍，需要茶水時，自然會叫你們。」襲人笑著出來，命小丫頭好生在外頭聽候動靜，自己仍回房裏同麝月、秋紋等整理床帳。

寶玉喝了兩口茶，定一回神，因隨手拿起一本書來，看時，卻是宋人撰的《夢粱錄》，便先點頭讚歎了兩聲，信手翻開，見其一一記錄南地風光民俗，倒也生動有趣，因一路看至「花之品」一節，自牡丹品起，至芍藥、玉簪、水仙、荼蘼、梅、蘭、菊、荷，乃至瑞香、辛荑、紫荊、紫薇、杜鵑、罌粟、木犀、芙蓉，一一細數，狀其形，摹其神，繪其色，追其源，愈覺詞香句豔，紅翠欲流，馥郁氤氳，幾可撲鼻，及看至「淨掃庭階襯落英，西風吹恨入蓬瀛」一句，又不禁淒然意動，將書遮臉，似看非看，連連歎了兩三聲。正是：

欲知吳越花間事，卻向黃粱夢裏尋。

恰好秋紋拿大毛衣裳出來院中拍打，看見他這樣，隔窗笑道：「那書裏是什麼故事，看得你這樣長一聲短一聲的？」寶玉亦不答，只望著窗外海棠花怔怔的出神。秋紋進去，便向襲人道：「那海棠枯了那些日子了，既救不活，就該教人拔了去，不然枯禿禿的有多難看。」襲人歎道：「我何嘗不是這樣說。偏寶玉非教留著，說花性通靈，既無故而枯，保不定那天無故而榮，不教收拾，我那裏強得過他？」將衣裳收了，又問，「寶玉在做什麼？」秋紋道：「也不知是看書呢，還是參禪呢，我看他眼朦朦的，像是要睡。」

襲人便責怪道：「這臘月天裏，又開著窗，著了涼不是頑的，你看他發睏，就該勸他進來，或是逗他頑笑幾句，混過睏勁兒去才是，怎好由他睡著。」說著出來，果然見寶玉丟了書，頭歪在椅背上，睡夢裏猶自連連歎息。忙上前推醒道：「你怎麼開著窗就睡了？雖說今兒沒風，到底是臘月寒冬，前兒璉二奶奶還打發人送了兩簍紅籮炭來呢，老太太又特地吩咐不必每日請安，或早或晚，隔一日一回就好，連飯也都教送到房裏吃，就只怕我們不小心周到，冷著了你，偏你自己一些兒也不在意，倘若著了風受了寒，上頭怪罪下來事小，只是你這般任性恣意，豈不辜負了眾人的心呢？」因見寶玉神色恍惚，眼風迷離，不禁問，「你做了什麼夢，這樣子悶悶的？」

寶玉這方似醒非醒的道：「也並沒深睡著。剛才坐在這裏，無端見兩位老人家走來，穿的蟒袍玉帶，好不威風氣派，卻是面善得很，只是想不起來在那裏見過。一個手裏拿枝玉蘭花，一個手裏拿枝海棠，卻都是將枯不枯的，望著我不住點頭歎息，像有許多話要說似的。我見他們神色鄭重，唬的問：『不知兩位老先生有何見教？』他們正要說話，你便來了。」

襲人笑道：「才說該把海棠拔了的，果然你就夢見他。自然是你睡前原對著他看，及闔了眼，他便跑進夢裏去了。只是平日我還當你只會夢見美人兒的，怎麼今兒倒見著兩位老先生？難怪人家把做夢比作會周公。他們做什麼對你歎息我不知道，我倒聽見你在夢裏撮著眉頭一聲遞一聲兒的歎息不絕，所以將你推醒。果然乏倦，不如早些洗漱，這便歇著罷。」寶玉應聲兒進來，麝月早端上茉莉百果茶來，喝過，又伏侍著洗漱脫換了，遂移燈炷香，扶至床上躺下。

剛放下帳子，偏賈環走來說：「母親說後天是舅老爺生日，教我跟哥哥、三姐姐一起過去，吃了中飯才回來。剛才我去見了三姐姐，又說不去，只送禮，哥哥去不去？若去時，帶上我。」寶玉只得答應著，重新起來，並不下床，就坐在床沿兒上與他說些閒話，襲人拿了一件松花小襖與他披上，又與賈環倒茶。

原來怡紅院上下素不喜賈環爲人，然一則襲人性情寬厚，不比那些輕浮勢利之輩，且敬他是三爺，難得來的，怎肯怠慢？又見寶玉心緒不暢，正巴不得有個人來談講，使他心胸一散，或者便睡得安穩些，遂一團和氣的迎見了，又親自倒了茶來。奈何寶玉同賈環並無話題，不過略敘些家常套話，便相對無語。賈環吃了茶，告辭出來，襲人這方重新放下簾幔，移燈就寢。

一夜無話。

却說賈環出來，忙忙的往南院耳房裏找著他娘，先將丫頭支出，又親自關了房門，插上屈戌，連窗子也一併下下來，放了簾子。趙姨娘見他這般蹶蹶螫螫的，便猜到必有緣故，忙低聲問：「不是叫你去園裏，商議後日去王老爺府上祝壽磕頭的事麼？做什麼這樣慌慌張張的回來？莫不是他們不帶你去，反奚落你一頓不成？還是那些小丫頭子又給了你氣受？」賈環笑道：「誰敢給我氣受？他們沏茶讓座的好不殷勤。你成日家說襲人那丫頭同二哥哥明鋪暗蓋鬼鬼祟祟了這幾年，說給老爺，還不信。今兒可被我抓到把柄了，還不承認麼？」說著從袖筒裏抖出一件精絹包裹的物事來。

趙姨娘奇道：「是什麼東西？你從那裏得來？」賈環道：「我去那裏請安，眼見襲人偷偷摸摸塞到寶玉枕頭底下的。見我進來，忙迎上來有說有笑，裝得沒事人一樣，還不是心裏有鬼？因此我乘他們不備，二哥起身拿茶的工夫，便將東西偷出來，有了這件物證，看他們還敢賴麼。」一行說，便將那手絹一層層掀開，露出一塊瑩潤光潔的美玉來，大如雀卵，燦如明霞，絡著金線黑珠兒線結的兩色絛子，正是寶玉刻不離身的那塊通靈玉。

賈環見了，反倒愣住，原以爲襲人塞東西去寶玉枕下，如此隱秘小心，必定是什麼不可告人的春意兒，何曾想竟是這件命根子，不禁驚得目瞪口呆。趙姨娘却是又驚又喜，合掌道：「阿彌陀佛，想不到這個竟然落到你手上來，合見佛祖有靈。人人都說這東西有靈性，是他命根子，我如今倒要看看，他丟了這命根子，却是怎樣？」便要拿東西來砸那玉。

唬的賈環忙攔住道：「這事非同小可。我從他屋子出來，他東西丟了，鬧出來，人人必疑到我身上。他們哪肯放得過我？依我說，不如趕緊送回去的是。」趙姨娘道：「送回去？你說的倒輕巧。你如今拿出來容易，想送回去，可比登天還難。你無故又去他屋子一趟，無故伸手到他枕頭底下，難道他們會不起疑的？」賈環道：「也不是定要塞回到枕頭下，就隨便丟在怡紅院裏，由著他們撿到，或者就不會聲張了。」

趙姨娘道：「襲人是出了名的心細，他既親手把這玉包裹妥當了塞在枕頭下面，自然知道不會無故失蹤，便在院子裏撿到，也知道是你偷出去丟的。左右脫不去賊名，不如砸了的乾淨。往年裏他每每脾氣上來了就說要砸玉，人人都攔在裏頭，倒像聽見什麼了不得的驚天大禍一般。我今兒倒要積個陰功，替他完了這件心願，砸了這愛巴物兒。」說著，果然拿起案上茶杯來砸了兩下，不料那玉堅硬異常，竟絲毫未損，倒是那茶杯因趙姨娘使力急了，啪地碎作兩截，喀啷啷摔了一地磁片，唬得賈環母子倆對著閃眼——幸喜不曾有人問訊，那趙姨娘便又要找錘子來。賈環道：「你就砸碎了他，也有個碎片兒在那裏，被人找見，更了不得。不如趕緊扔了的才是。」

趙姨娘明知他說得有理，只是捨不得這樣便宜放過，遂低頭想了一想，又想出一條毒計來，道：「上次找馬道婆做法收服他兩個，明明已經得手，卻被不知那裏來的和尚、道士破了好事，又說這件東西通靈，所以才救得他二人活命。如今這東西既落在我手上，想必神仙也救不活他，還不趁機報仇麼？不如再把馬道婆找來，就用這寶貝作法，破了他的功，收了他的魂，從此拔去眼中釘才好。」

想畢，自以爲千妥萬妥，便將那玉袖起，只怕夜長夢多，忙命人立便去請馬道婆前來，又往廚房裏傳命預備酒菜，又教人打聽今晚西角門兒上夜的是誰，忙得一刻不停。

且說馬道婆那年背地裏做法魇弄鳳姐、寶玉兩個，卻被癩僧、跛道破了功，同趙姨娘商議得好好兒的一份犒餉也未到手，心中自是不甘。雖也拿著欠契上門來催討過幾回，奈何趙姨娘起先也還肯略爲兜攬，及後來催逼得急了，惱羞成怒，便要出無賴手段來，說：「你又不曾幫我報仇，又不曾成事，還只管勒逼我，我卻上那裏淘那許多銀子去？我有銀子，也不生這份閒氣了。你若不信，由得你向太太面前告狀去，說我請你作法害人，看太太肯不肯替你撐腰。我娘兒兩個只管把命交在你手裏便了。」馬道婆氣了個倒仰，終究怕趙姨娘被逼得狠了，一個發昏，果然揭出他素昔所爲來，因此憋了一肚子悶氣，也不敢再往榮府裏來。忽然這日又聞趙姨娘遣人來請，倒覺詫異，遂道：「好早晚了，不如明日再去。」那請的人道：「姨奶奶再四吩咐，請師父務必就去的。已經雇下車子在外面等著，求師父體諒小的，勞動走一趟，不然姨奶奶必定怪罪不會做事的。」

馬道婆聽了，略猜到幾分，遂收拾準備一番，上車往府裏來。及進來，卻見趙姨娘在炕上早放下一張紅木包鑲龜背圓几來，擺了幾樣酒菜，並一屜子熱騰騰的穗子油韭菜餡包子，滿面堆笑道：「嫂子這一向有日子沒過府裏來了，要不是我打發小子去請，只怕還不肯來呢。」馬道婆不明所以，只得假意笑道：「姨奶奶說那裏的話，我這不是一聞命召，鞋脫襪甩爬爬的就來了麼？你這裏怎麼有這好豐盛的一桌酒菜？莫不是什麼好日子，還是什麼貴客要來？」

趙姨娘笑道：「你就是貴客，那裏還有第二個客？這是特爲請你，巴巴的教丫頭拿了一百錢去廚房裏，又費了許多唇舌，才弄了這幾個齋菜來。他們還老大不願意，臉子吊得有二尺長，說爐子已經熄了，不願意重新通火上灶，還有許多教人生氣的話，也告訴不得你。這通府裏的人，主子不像主子，奴才不像奴才，通騎到我們娘倆兒頭上了。你原許了我翻身之法，只恨天不從人願，所以忍耐他們這許多年。如今好了，正是上天有眼，佛祖顯靈，偏偏兒的寶貝天降，到底落到我手裏來，可見是我跟你報仇的日子到了。」說著拿出那塊玉來。

馬道婆對這玉早有所聞，只無由得見，如今見是他，不禁一把奪過來，翻覆把看一回，咂嘴道：「我的奶奶，你這件寶貝卻從何得來？」趙姨娘不肯說是賈環從寶玉枕下所竊，故意道：「是我今早送環兒上學回來，忽一腳踏在件東西上，低頭一看，卻是這個東西。想是寶玉給太太請安時落下的，上學去得急，便沒理論。」馬道婆聽了不信，看那繩絡俱好，搭鉤猶在，如何會無故失落？卻也不肯向深裏細問，只攥住了問道：「你如今卻想怎的？」

趙姨娘笑道：「你是個明白人，又最神通廣大的，什麼不知道？倒又來問著我。你上次失手，爲的就是因爲有這件東西礙手。如今他落在你手上，還不是任你施爲？只要擺弄了他，將來偌大家業便只有我環兒一個正經主子，那時嫂子要什麼謝禮不成？」馬道婆笑道：「不是我信不過，只是這種事口說無憑，還得照上回那樣立個字據才是。」說著取出一張紙來，早已寫明銀兩田地數目，便請趙姨娘打指模兒。趙姨娘見他預先準備，便不肯上當，笑道：「你倒果然神機妙算，早把這張字據帶在身上。只是如今事情一絲影兒也無，我若立了這據，日後不見效驗，卻怎好處的？不如你先顯些神通出來，我見應驗了，自然不會虧待的。」

馬道婆知他吃了上次的虧，如今學得乖了，再不肯輕易就範，縱勸亦無益，只得且將字據收了，一邊吃酒，一邊心下盤算，半晌笑道：「前晌栽樹，後晌便要乘涼，姨奶奶未免也太心急了些。你要見到效驗，卻也不難，只管將這寶貝交與我，等我回家去消消停停地處置，你只留神聽著，長則兩日，短則半天，就有好消息的，到時候才知道我的手段呢。不是我說大話，我既學了這些個法術，便不怕人家虧我——自然都有預防的。只是這番功夫頗爲瑣碎，姨奶奶若不先與我幾十兩澆手，如何準備得妥當？」

趙姨娘聽他語意陰冷，意含脅迫，倒也心驚，然想到整治寶玉乃是自己生平最熱之事，果然榮府家業能落在賈環手上，便給他多多的酬勞又有何妨？遂轉身開了箱，取出二十兩銀子一吊錢來說：「你是知道我的，統共這點子月銀，夠吃的夠用的？況且還要周濟娘家，打點人情。真真是再拿不出來了。這還是我打牙縫裏省下來的一點梯己，你先拿去使用，待事成了，自然另有報答的。」馬道婆收了，隨手揣進懷裏，笑道：「我並不爲銀子，不過試試你的誠意。你既鐵定了心思要有一番作爲，我自當竭力相助。」趙姨娘千恩萬謝的，又訴了許多委屈，直說得眼淚鼻涕通流下來，恰如孟姜女哭長城的一般。

忽聽到梆子聲響，已是戌正時候，馬道婆只怕關了院門出不去，趙姨娘道：「不妨事，年節下事情多，西角門兒通夜不鎖的，我早讓人同上夜的說過了，你只管大大方方走出去就是。」遂又布菜勸酒，寒暄一回。聞得窗外風聲漸漸的緊了，馬道婆撩起簾子瞧了瞧，道：「原來下雪珠兒了，這可得去了，等會子雪大起來，路不好走。」遂又滿飲了一杯辭去。出來時，只見寒霜滿天，霰雪如織，忙攏了衣領，低著頭貓著腰，加緊幾步，方走到賈母院前穿堂處，正遇著林之孝家的帶著幾個女人查上夜的，忙趔趄著站住，說了兩句閒話，仍打西角門兒出去，不提。

是晚搓銀碾玉，梨謝櫻飛，下了一夜好雪，次早起來，猶有些散花碎粉，時續時停。襲人伏侍寶玉洗漱穿戴了，麝月端進蓮子湯來，也喝了，秋紋便取出玉針蓑、金藤笠並沙棠屐來，笑道：「還是姐姐有心思，昨兒就教把整套的鞋帽取出來備著，果然下雪了。姐姐原來竟是女諸葛，會神機妙算的不成？」

襲人笑道：「你如今越發會說話了。」且不急披蓑戴笠，回身向枕下一摸——卻摸了個空，忙把枕頭掀起，那裏有玉的影兒？便連手絹包兒亦不見了。頓時驚慌起來，只如兜頭一盆冷水從上澆下，渾身打了個突，連聲音也顫了，問道：「是誰拿了玉去？還是混拿混放忘了，還是藏起來同我頑呢，好祖宗，好妹妹，頑別的容易，只別拿這個來頑。二爺穿戴了，還要去與老太太、老爺請安呢。有多少頑的，也等吃過了飯再頑不好？」

麝月、碧痕等也都驚動了過來，正色道：「誰不知道厲害的，有幾個腦袋，敢拿這件事頑笑。你仔細想想，可是放在別的地方，自己忘了，別只管混賴人。」襲人急得哭道：「我伏侍了十幾年，天天都是這麼摘下來，掖在他枕頭底下，何曾有過第二個地方？如何會忘？」

眾人也都慌張起來，有幫著亂翻亂找的，有嚇得手足無措只顧拿絹子擦著眼哭的，有勸襲人再好好想想的，秋紋忽然「哎呀」一聲道：「不會是爲了那個緣故吧？」眾人忙問：「是什麼緣故？」秋紋道：「老人常說的，臘八節過後，各路的神兒鬼兒便都到地面上來了，所以從臘八到立春這段日子，晚上都不教出去，就有非辦不可的事，也要兩個三個的結伴走；路上或聽到什麼聲響，或是聽見叫喚，都不要回頭，恐被叫了魂去，只朝旁邊躲一下，讓過路去就是；空房子進來出去，也都要先咳嗽一聲，支會過了才好進出——不肯搶路衝撞的意思。前日小燕兒去瀟湘館送燕窩時回來還說，看見晴雯同金釧兒兩個站在假山石子後頭說話兒，看得真真兒的，嚇得他站住了不敢再走，再一揉眼的功夫，又不見了。二爺這塊玉丟的蹊蹺，莫不是被什麼拘了去吧？或者頑兩天，仍舊還回來的也說不定。」

麝月忙將秋紋瞅了一眼，道：「別胡說，好好的說神道鬼，也不怕忌諱。」寶玉也道：「想那塊玉既在這屋裏，總歸丟不了。這會子且不忙這些，我先去上房裏請安，你們只管像往常那般跟著，答對上可要留心，別教老太太、太太看出破綻來。」襲人哭道：「若找見了還好。若果然丟了，還要瞞著上頭，豈非罪加一等？」麝月道：「丟了玉，你我已經是死罪，就再加一等，也還是個死。」

襲人聽了，越發痛哭。寶玉見他這樣，也自煩惱，因想道：我常說那件蠢物勞神，果真丟了，倒也省心，只是連累眾人。即便說是我自己丟的，少不得也要責怪伏侍的人；或說是丟在外面，或可脫去他們之罪，則茗煙等又要吃苦——左右不能解釋，不如實話實說的為上；或者就依秋紋所說，推在鬼神上頭，雖然無稽，倒說不定可搪塞得過去的。想得定了，遂道：「依我說，告訴固然不是，恐老太太驚慌；若是瞞情不報，將來鬧出來卻也是話柄，不如咱們悄悄請了鳳姐姐來，跟他說出實情，憑他定奪。就是老太太、太太那裏，也由他去回稟。」眾人也都無別法可想，只得說是。

麝月見襲人哭得厲害，知他不能作主，遂指派秋紋、碧痕兩個伏侍寶玉往上房請安，自己且抽身來鳳姐院中稟報。襲人獨自在房中，一邊哭著，一邊又細細翻檢一回。

一時鳳姐戴著灰貂皮的觀音兜，披著件三鑲三滾大紅裏子玄狐皮大氅，裏邊穿著大紅潞綢對衿襖，緋色流雲紋織金半臂，下邊繫著條玄色掐牙銀鼠皮裙，卷雲式高縵舄，一路踏瓊踐玉，忽扇忽扇的走來。襲人忙迎上來，鳳姐一邊跺腳一邊問道：「這是怎麼說的？你素日小心周到，就算一針一線不見了也都知根知源。如何這命根子丟了，竟連一點頭緒沒有？」

襲人哭道：「我實實記得親手摘下來，用我自己的帕子包著，塞在他枕頭底下的。早起便不見了。」鳳姐道：「除非是他自己長腳走了，或是長翅膀飛了，要不就是什麼人偷了去。你們這屋裏的人自然都知道這件事干係重大，就膽子再大，也不至拿他冒險，況且伏侍的人都是太太親自篩選的，更該知道深淺。昨晚這裏可來過什麼生人不曾？」

一語提醒了眾人，忙稟道：「就是晚飯後，三爺來過一趟。坐著說了一會兒話，就走了。」鳳姐問：「他來的時候，那玉在何處？」襲人道：「因二爺要歇著，所以剛摘了下來，就塞在枕頭下面。」鳳姐忙問：「你記得可真？前後是怎麼個情形，你慢慢的說給我聽，一語一動也不要省減。」

襲人定了一回神，細細想道：「我記得清楚，昨兒因二爺不耐煩，原歇得比平時早，三爺進來的時候，我剛剛把玉包好，就勢塞在枕頭底下，便騰開手去倒茶。二爺已經歇下了，因三爺進來，忙又起來，也沒下床，就坐在這床沿兒上跟三爺說了會話。三爺便走了。」

鳳姐又想了一想，點頭道：「這是了。我已經猜得八九不離十。這件事倒是先別聲張的好。倘若嚷出去，不但唬壞了老太太，且那偷玉的人急於銷贓滅證，只怕竟將寶貝毀了也是有的。還得我暗暗查訪的才是。且瞞過這一兩日再做道理。」遂回至房中，便命人將二門上管事的叫了幾個來，命他們細細察明昨日申時之後，今早辰時之前，有什麼生人來過府中，又問趙姨娘母子可曾出過門，見過什麼人。

問了一時，少不得查出馬道婆昨晚來在趙姨娘房中飲酒之事，且又聽說，「昨兒姨奶奶打發丫頭往廚房裏要酒要菜，廚房裏因已經關了火，況且又是份例外之事，一時應得遲了，便落了姨奶奶好些囉嗦，又使丫頭、婆子來痛鬧了一回，說了許多任性使氣的話。管廚房的因怕鬧大了驚動上頭，大家不安生，只得忍氣操辦了，所有酒菜，都得自家掏腰包墊出來，並不敢動用公賬上的錢。」

鳳姐聽了，心中益發料定，遂命人傳進旺兒來，自己且往賈母處來請安。稍時，仍舊回來，旺兒已在外間等候，並連林之孝家的與周瑞家的也都來了。原來平兒知道丟了玉，干係重大，料必鳳姐有倚重二人處，便自作主張命人先請了他二人來此。鳳姐見了，倒也歡喜，遂向二人說了原委。二人也都嚇了一跳，都說：「若說是丫頭眼皮子淺，怡紅院裏寶貝原不少，要金要銀都容易，何苦賊膽包天偷了他出去，能賣還是能當？況且又是一時半刻便要案發的，這賊豈不笨些？想必奶奶猜得不錯，斷不出這幾個人所爲。就只怕這玉如今已經出了府，就拿了他們來問，若不認，也是無法。」

鳳姐道：「這件事須得悄悄查辦，切不可讓老太太知道。太太那裏，卻是說固不好，瞞亦不便，倒要賴周姐姐酌量著透露，還要想法兒絆住趙姨娘母子，教他們一時半會兒別回房去才好。」商議一回，又叫進旺兒來，如此這般吩咐下去。點兵提將已畢，仍回賈母處來，應答顏色，侍候了早飯，只當無事的一般。

林之孝家的便依言帶了一隊人婦，徑往趙姨娘房中來，只以除塵爲名，將丫鬟婆子一概逐出，命人細細搜檢，一邊一角亦不落下，連被褥衾枕亦都打開來翻遍，又命人拿鑰匙來開箱。眾人見了這般，知道必有事故，不禁遲疑，林之孝家的正色道：「我原是奉了二奶奶的命前來，不得不如此。還有一句話要說給姑娘嬸子們，今兒這事，我前腳出去，你們後腳關門，倒是咬緊牙關，一絲風兒不漏的爲是，若透出一言半語去，教二奶奶知道，我倒也不必多說，且自己掂量著辦吧。」

眾人向懼鳳姐威名，都忙應聲道：「既是二奶奶的吩咐，我們敢不遵從麼？若敢透露出一句，寧可下拔舌地獄。」遂交了鑰匙，親自打開箱來任由搜檢。林之孝家的又一一細問賈環昨日幾時回來，是何情形，馬道婆何時進府，何時出門，旁邊有何人侍奉等語。及聞得二人密商時，所有人俱被支出，不禁點了點頭，歎道：「果然無事，是你我的造化。若不然，也只得『緘口保身』四個字罷了。」一時搜畢，並無發現，只得命趙姨娘房中的丫鬟儘量恢復原樣，又道：「這件事若洩露半句，惹出禍事來，都在你們身上。」眾人忙道：「我們正要除塵打掃呢，便挪動了什麼，也是該當的。大娘只管放心。」

這裏來旺也早已帶了慶兒、興兒等人直奔了馬道婆家裏來，一腳踹開門來，當胸揪住衣裳問道：「你昨兒前腳從我們府裏出去，後腳二奶奶就嚷丟了東西，不是你卻是哪個？早早說出來，大家省心。」

馬道婆聽了，頓時叫起撞天屈來，道：「來大爺，過頭飯可吃，過頭話不能講，大爺這樣說，莫不是疑我老婆子作賊？若是這樣，便立時三刻從我房裏起了贓去，便把婆子打死也無怨的；若拿不出實證來，老婆子拚著一死，還要大爺給我個說法。大爺四處打聽打聽，婆子吃齋持素，可不是手賤腳輕貪心昧德之人。這上頭供著菩薩，我敢說一句謊話麼？」來旺冷笑道：「捉賊拿贓，捉姦拿雙。你既然說自家清白，就容我搜上一搜，搜出來，好教你心服。」馬道婆卻又攔著不許，哭道：「二位爺又不是官府差爺，又不曾有海捕文書，卻憑什麼硬闖進道觀裏來搜拿，要搜也容易，只拿官府憑書來。」

來旺哪肯與他閒話，喝一聲：「拿下了。」早有兩個小廝上來扭著胳膊捆了，亂塞在柴房裏，便翻箱倒櫃的查檢起來。鄰里聽見吵嚷，多有扒門踮腳往來窺探的，有那老成熱心的便上前勸說，「我們平日看待這馬道婆尙好，況且是個出家人，爺們有什麼話，只管好商好量，何必動手？這上頭供著神佛呢。」

慶兒堵著門道：「這姓馬的妖道婆子，時常每往我們府裏出來進去，我們老太太朝也佈施，晚也捐奉，這幾年也不知讓這妖婆誑了多少金銀，他還不足，還要變著方兒連拿帶偷，昨晚又找由頭進府裏偷了許多東西，所以我們來此討要，你們誰個是他同黨，或是知道底細，或是知道贓物去向的，不如早早的說明了，好教我們交差。」那些人聽見話頭不好，豈肯上前討這個便宜賊名，都忙作鳥獸散去，只怕走得慢了，被刮搭上一個銷贓的罪名，卻又不捨遠離，只站在自家院門前指指點點。

來旺兒指揮眾人搜了半日，何曾有玉，便連塊像樣的石頭也不見。卻翻出各式青面白髮、赤面黃髮的鬼兒並許多鉸的紙人來，有些背後寫著字，有些胸前綰著針，又有個賬簿子，上面寫著某家給銀買油多少，某家尙欠酬銀若干，也不及細看，都一頓包裹了，揚長而去。那些鄰人望他們走遠，這方進來替馬道婆鬆了縛。馬道婆便坐在門檻兒上，拍腿戟指的哭罵了一回，口口聲聲只說來旺仗勢欺人，捏造罪名，卻終不敢辱及賈府。鄰人假意勸了幾句，各自散去。馬道婆又嘟嘟囔囔的罵了半日，欲要做些法術來報仇，終究不敢這便動手，況也不知來旺八字，只得強自按捺，徐圖後計。

原來蠢物雖無知識，卻也曉得「良禽擇木而棲」的道理，今既被賈環誤竊，又為趙姨娘痛砸了幾下，豈不著惱？況聽見還要出動馬道婆來施魘魔法兒來加害，愈覺驚動，只恨不能來去自如，無穿牆越戶之功。幸喜馬道婆出來，正遇著林之孝家的巡夜，一跐一滑的功夫，他便得以順勢輕輕滑落，悄無聲息，落在穿堂門口草叢之中。那馬道婆毫無知覺，興沖沖回到家時，方知通靈玉已失，卻哪敢向趙姨娘報知？且欲貪他報酬，只望瞞過一時是一時，改日再設法入府找尋。孰料榮府的人這樣快便尋上門來，反倒慶幸寶玉丟失，不曾給人抓到賊贓，只道他們找不到玉，混鬧一回自然無事。卻不知那來旺兒仗著賈府之勢，素與官府交好，今見無功而返，不好向鳳姐交差，便想了一計，將鬼符賬簿封在夾中，逕送入衙門，報說馬道婆巫蠱惑人，爲亂地方，請官府嚴辦。

衙門素來最恨這些奸邪虛妄之事，況是賈府門人投案，豈有不認真審理的？當即發下令牌，命兩個公人去提了那神婆歸案。上了堂，只聽得雲板響亮，皂役高喝，馬道婆早已骨酥腿軟，渾身亂顫，如漿的滾下汗來。那府衙原是個雷公性子，點名過堂畢，也不及問他原籍舊務，也不及問案情詳細，只聽馬道婆方喊了句「冤枉」，他已暴燥起來，喝命左右：「先批二十個嘴巴，問他還敢咆哮公堂不敢！」衙役上前來，左右開弓，果然兩邊各打了個十個耳光，直打得那馬道婆噴朱濺紫，哀哭不絕。那府衙這方開始問話，說不到兩句，便又擲下五根籤子，打了二十五毛竹板子，然後方擲下賬簿來，斥問原委。

馬道婆到這時悔恨不及，既得了銀錢，便不該留下這些賬目來現世，情知難以隱瞞，況且打得七葷八素，那裏還有能力抵辯，只得眼淚鼻涕的，一筆一筆回清，及至通靈玉之事，卻明知別事猶可，惟此一宗最爲重大，明恃官府並無實據，遂咬緊了牙抵死不認。府衙倒也拿他無法，只得當堂判了個妖法惑眾之罪，杖責八十，枷號示眾。又命人報與賈府。欲知後事，且看下回。

第二回

鳳姐執帚掃雪拾玉
顰卿點畫烹竹煮茗

且說趙姨娘自馬道婆去後，只當得遂所願，不日便要當家作主的，直喜得摩拳擦掌，一夜不曾安睡。次日一早，伏侍著賈政出門，便有周瑞家的來與王夫人請安，復說二奶奶請太太往園中賞雪，王夫人道：「不過是下雪，又不是沒見過，況且大冷的天，走來走去的有何益處？不如等雪停了再賞吧。」

周瑞家的便又請趙姨娘與賈環，說：「今兒下雪，哥兒自然不用上學的，何不趁便往園裏逛逛去？」趙姨娘巴不得兒一聲，為王夫人不去，不敢自便。王夫人見周瑞家的悄悄向他使眼色，心中犯疑，只得向趙姨娘道：「你願去，便帶環哥兒進去逛逛吧，只在園裏轉轉就好，便是各姑娘房中略坐坐也都使得，只別往攏翠庵去，那妙玉心高氣傲，脾氣古怪，沒的惹他厭煩，倒不好。」

趙姨娘答應了出來，向周瑞家的抱怨道：「太太好性兒，跟個姑子也這麼著。依我說，他既吃住在我家，就該做出個在客的樣子來，每日裏鼻孔長在額頭上，教我哪隻眼睛瞧得上？」周瑞家的只笑著，並不答言，且陪著趙姨娘母子往園中來。

那雪雖然還未完全停住，不過似有若無，時起時歇，倒還不用打傘。一路停停走走，只見柳垂銀線，樹擁瓊花，琳台隱隱，羅榭儼然，滿園滿眼皆是粉妝玉砌，便連水裏也都結了冰，看去雲白霜清的一片，恍如水晶宮一般。忽的一陣風起，只聞見一股撲鼻香氣從山坡那邊襲來，沁人欲醉。忙上坡眺望時，只見攏翠庵裏數枝梅花傲然怒放，開得如火如荼，照眼分明，恰似萬戶彩燈點點，六宮紅袖依依。正是：

不聞雀語方知冷，為有暗香始見梅。

賈環先就贊了一聲：「好梅花，該折幾枝回去，就賞給小丫頭頑也好。」趙姨娘道：「去年梅花開時，寶玉折了幾枝送給老太太、太太插瓶，博得多少讚揚。偏你就只想著胡鬧，眼面前的巧宗兒也不知道賣乖，怨不得你老子不喜歡你。」賈環道：「不過是折花，有多難？我這便去折他幾十枝，滿滿插上幾瓶子捱房送給大老爺、老爺，少不得也要誇獎我孝順懂事的。」說著便要往庵裏去。

周瑞家的忙攔道：「來前太太特特的叮囑，說不教往庵裏去驚動打擾，那妙玉心性孤拐，行動給人臉子瞧，若言語不遜，姨奶奶豈不自討沒趣的。」趙姨娘將脖一扭，打鼻子裏哼道：「我們是主，他是客。難道自己家裏，要折幾枝花，還要下帖子求的不成？」說著徑與賈環往攏翠庵來拍門。

婆子開了門，見是他娘兒兩個，只覺詫異，待問明要入園折梅，少不得進去報與妙玉知道，一時仍出來，回說：「梅花新放，還未請老太太、太太前來賞頑，不好擅折。況且今日是顓頊帝的重要日子，庵裏有法事，不便見客。請姨娘改日再來吧。」說罷，逕自將門關了。

趙姨娘又愧又怒，便欲再打門與他分爭明白，周瑞家的忙又攔住勸道：「姨奶奶莫與他們一般見識。他既抬出老太太的名頭來，又比出上古的神仙，便明知是強辭奪理，卻也不可駁他的。不然，倒像是我們不把老太太、太太放在眼裏似的，有理也變成沒理。況且太太最是吃齋敬佛的，此前原吩咐過不要與他們口舌，如今果然吵起來，倒與你面上不好看，便連環哥兒也落不是。這裏正與秋爽齋鄰近，你二位不如往三姑娘那裏喝碗茶，歇歇腳，去去寒氣。」

賈環亦怕事情鬧得大了，累他捱罵，況又提起探春來，正是他素日最懼之人，便也極力勸他母親回步。趙姨娘正想探聞寶玉消息，雖不敢徑往怡紅院來，想他們兄妹素日和氣親近，倘若寶玉有何事故，探春想必有所耳聞。遂回心轉意，轉往秋爽齋來，口中猶不忿道：「什麼做法事？門裏通連一聲鐘鼓木魚不聞。又什麼是孝敬老太太、太太，難不成我們折他幾枝梅花，整棵樹便禿了不成？說是個姑子，倒婆子丫頭三五個侍候，不像『姑子』，倒像『姑娘』。」又向周瑞家的道，「你可知他到底是個什麼來路？府裏上下都這樣怕他，慣得他比主子還大。」周瑞家的笑道：「我那裏知道，便連太太也並不深知，只說是出身官宦人家，所以脾氣傲些也是有的。況且老太太、太太一向寬仁禮佛，齋僧敬道的，府裏面上行下效，自然都待他恭敬。」

一時來至秋爽齋，偏偏丫頭說探春剛約著史姑娘出園子看望薛大姑娘去了。趙姨娘大失所望，哼道：「園子裏這樣大雪，又往園子外面去看什麼『雪大』姑娘？」倒說得周瑞家的笑起來。趙姨娘便又要往瀟湘館去看林黛玉。周瑞家的本不願意，正想著用個什麼法子阻止，忽見鳳姐的丫頭紅玉急匆匆走來，忙叫住了問道：「傻丫頭，你不在二奶奶跟前侍候，大雪天的到處跑什麼？」

紅玉見是周瑞家的，站住了笑道：「原來周大娘在這裏，可曾見著我娘？」周瑞家的會意，知道那邊事情已完，故意笑道：「這話問得奇了，我又不是替人家找娘的，怎麼倒問著我？」紅玉笑道：「我們二奶奶要找我娘問句沒要緊的話，教我找了大半個園子，都說沒看著，既如此，我再別處找去。」說著走了。

周瑞家的便向趙姨娘道：「出來了這大半日，恐太太有吩咐，姨奶奶想必也走乏了，不如這便回去吧。」不等趙姨娘答應，逕自轉身出園去了。

趙姨娘原本不捨，卻不好說什麼，若獨自往瀟湘館去，又沒由頭，只得悻悻的跟出來，各自回房生了一回悶氣，咕咕噥噥的罵道：「等寶玉死了，我的環兒做了主，這些人一個也不要放過，到時候才知道厲害呢。」想到日後雪恥揚威之美，不禁回怒作喜，又想著候了這半日，並不聞怡紅院有何動靜，寶玉有何病症，便連失玉之事亦不曾聞得，倒不知是何緣故，便又命人去催請馬道婆，卻說是門上貼了封條，問鄰居，只說馬道婆犯了事，已被關押收監。趙姨娘倒唬了一跳，想起諸般熱望終成泡影，反搭了許多銀錢，不禁懊悔痛恨不已。

彼時周瑞家的已回來王夫人房中，稟明失玉之事，王夫人唬了一跳，先就撐不住哭起來，便往怡紅院裏來看寶玉，只問：「你這會子覺得怎樣？」襲人等早黑鴉鴉跪了一地，低著頭只是哭。寶玉生怕母親責怪了他們，忙道：「並不怎樣，人人都說那勞什子有效驗，終久不過是件頑意兒，我只說他蠢鈍，早戴得膩了；想來他果然有靈性，只怕自己也覺得膩煩，所以靜極思動，遂離了我去逛一年半載再回來，也未可知。」

眾人聽了，又是氣，又是笑，又是急，又見襲人等哭得可憐，少不得勸慰王夫人道：「二爺既無事，想來那玉必不至丟失，太太倒不要急壞了身子，老太太面前，也還要小心聲息，別透露出去才是。況且二奶奶已經布下天羅地網，少不得一半日就尋得見的。」

話猶未了，鳳姐已得了訊走來，見狀忙勸道：「太太不必過慮，我已經知道那玉的去向，包管不出三天，就有分曉的。」王夫人忙問道：「你果然知道下落麼？」鳳姐道：「雖無十分把握，卻也有七分成算。太太如今也不必細問，橫豎戲文裏也都唱過的，『完璧歸賈』，想必那『寶玉』離不得這寶玉，早晚便回來的，不然也不算是真『寶玉』了。」眾人聽他說得有趣，都不由笑道：「想必二奶奶說得不錯。那玉既有靈性，必不會走失。」

王夫人將信將疑，歎道：「即便今兒瞞得過，明兒還要去與他舅舅磕頭，保不得他舅母或是賓客裏有人問起那玉，若找不見，別人豈有不議論的？只願如你所言，別只管哄我高興，千萬要找得回來才是。」又見寶玉顏色如常，神智清楚，略覺放心，復叮囑眾人一回，方扶了小丫頭的肩出園去。

寶玉見王夫人去了，便想著要去看望黛玉，又見襲人哭得哽咽難言，不便就走，少不得勸慰說：「鳳姐姐說得那般篤定，況且太太又不曾深責，你何苦擔心若此？我知道你並不是為著那件東西，不過是想我自小從胎裏帶來，如今無故丟失，怕我有何不測。這卻是杞人憂天，你看我如今不是好好兒的麼。可見那東西究竟不過是塊石頭罷了，你何必為他操心，若是傷了身子，倒不值得。」襲人見他這樣，心內不安，只得掩了淚，勉強堆上笑來道：「這折死我了。你說他是石頭，那我更連瓦塊草根也不如了。況且你的穿戴隨身物件，原該我保管留心，如今丟了他，自然是我之罪，就太太把我打死，也無怨的。」說到末一句，又不禁滾下淚來。寶玉忙道：「這事原不能怪你，太太也斷不至錯罰好人，那裏便說到死活上頭去？」

說著，恰好麝月往賈母房裏取果盤回來，聞言便道：「我方才聽跟趙姨奶奶的小鵲兒說，方才林大娘帶著人去趙姨奶奶房裏好一頓搜檢，終究也沒搜到什麼。方才在太太跟前，二奶奶一句不敢提起三爺昨晚來過的事，可知他原也拿不定。可若說不是他做的，卻又是誰？」

寶玉忙道：「這件事並沒十分把握，可別信口胡說，傳出去，越發饑荒了。」碧痕一旁道：「也怨不得旁人疑他。三爺回回進園來都有事故，上次三姑娘生日，好心叫他進來頑耍半日，眼錯不見就抓了一隻黑兔子一隻白兔子關在一處，問他做什麼，說是要讓兩隻兔子成親，好看看生出個什麼色兒的兔子來，也虧他從那裏想得出來？」倒說得寶玉笑起來，又俯在襲人耳邊，低低的說了許多寬腸話兒，方出門往瀟湘館來。

林黛玉正帶著丫鬟做針線，因正月裏忌針，許多活計都須在年前趕做出來。雪雁滿把攥著許多珠線、鼠線、金線、銀線，五顏六色，一頭釘在墊上，另一頭在牙裏咬著，十個指頭上下翻飛，或挑，或鉤，或攏，或合，便如蝴蝶穿花一般，煞是好看。

寶玉道：「才吃過飯，只管這樣操勞，最不宜消化的。做什麼要打這許多絡子？」又從笸籮裏拿出一根柳藏鸚鵡紅綠條子來，問，「這是做什麼打的，好精緻活計。用來穿我的玉倒是正好。」黛玉劈手奪過，嗔道：「不管什麼時候來了，也不管人家做什麼，只是混翻混鬧。這早晚的，你不去上學，又來做什麼？」寶玉道：「下雪，不用上學。」黛玉抿嘴笑道：「下雨，可以不用上學；颳風，可以不用上學；下雪，也可以不用上學；頭疼身倦，更加不用上學；趕明兒過年，索性整個月都放假。你這一年裏頭，通共上了幾天學？」說得丫鬟們都笑了。

寶玉又向紫鵑道：「還笑哩，你前兒答應替我做個鏡套兒，說了幾年也沒做起來。我還等著用呢。」紫鵑不及回答，黛玉早沉了臉道：「你屋裏針線上一大堆人，倒來使喚我的人。不許給他做。」寶玉便在桌前坐下，看著壁上說：「你這幅畫掛了有好半年，也該是換換的時候了。我前兒才得了一幅祝枝山的山水，你若喜歡，我便送你。」又說，「我這幾日雖沒上學，倒臨了幾幅畫，改日你閑了看看，或有一兩幅能入眼的，也指點一二。」

東拉西扯，黛玉只不理他。正在技窮，忽聽紫鵑笑道：「那可不是打畫兒上下來的兩個美人兒麼？」寶玉忙笑道：「美人兒在那裏呢？」回頭看時，只見窗外探春同著湘雲剛進院子，一個穿著大紅水波紋的羽紗雪衣，一個穿著貂鼠帽子帶雲肩的閃藍大氅，正沿著走廊曲曲折折地過來，不由笑道：「果然一幅好畫兒。」

說話時，紫鵑打起簾子，湘雲已前頭先進來了，一行走一行笑道：「原來二哥哥也在這裏，剛才一路進園來，只說越到冬深，園裏越見冷清，倒是你這裏熱鬧。」

黛玉忙丟了針線站起道：「你們出園子做什麼去了？」湘雲道：「下了這半天的雪，待在屋裏好不厭氣，想起前兒寶姐姐說有些咳嗽，所以特去看他。」又問寶玉，「你什麼時候來的？姨媽還有好東西給你呢，已經打發丫頭送到你房裏了。」又拿出一打杭綢手絹給黛玉，說：「這是給你的，我自己討了這個差使送來，還不快把你的好茶沏來謝我呢。」紫鵑聽了，忙去沏茶。

雪雁同春纖移過熏籠來，四人便圍著取暖說話兒。探春因向寶玉道：「剛才彷彿聽見你說什麼畫兒，可是最近得了什麼好畫？」寶玉道：「不是什麼好畫，是我自己閑了，隨便臨了幾幅古人畫而已，不值提起。」湘雲笑道：「你少同我弄鬼，你既特特的在林姐姐眼前說起，想必臨得不錯，所以在此誇嘴。難道林姐姐看得，我們就看不得的？還不快拿了來呢。」寶玉笑著，果然便請雪雁往怡紅院去，將他近日所臨之畫盡行搬來。

紫鵑沏出茶來，寶玉因提起那年在攏翠庵喝的茶，說妙玉用梅花上掃的雪貯了水來煨茶，如何清香爽口，搖頭晃腦，讚歎不絕。湘雲道：「何必定要梅花上的雪？這院子裏現有許多竹子，就用竹葉上的雪又有何不可？竹雪烹茶，想必也別有風味的。」

說得寶玉興頭上來，果然起身向案上紫竹浮雕人物山水筆筒內選了一枝未掂過墨的狼毫大排筆，命春纖捧著甕，自己便走下臺磯，親向竹葉上掃下雪來，如此掃了兩三株竹子，已經積了小小半罈，還欲掃時，忽聽春纖打了個噴嚏，自己也覺得身上涼風冷浸，看看罈裏雪水約摸夠得一壺之量，便罷了。

紫鵑早已煨上茶爐子，煎沸濾淨，又重新洗杯燙盞，黛玉笑道：「咱們這裏雖不比攏翠庵，有什麼珍頑奇寶，難道連兩件略拿得出手的茶杯也沒有嗎？」紫鵑聽了，果然又重新開了櫃子，取出一隻犀角雕的歲寒三友杯，一隻青海石打磨的小巧夜光杯，一隻漢白玉雕著龍鳳呈祥腰間透雕如意雲雷紋的雙耳杯，一隻珊瑚紅釉菊花盞，都用開水重新燙了，排列案上，請各人自取。

眾人見了，都說有趣，湘雲便先取了犀角杯，探春取了龍鳳杯，寶玉便問黛玉：「你用哪一個？剩下的與我。」黛玉便取了夜光杯，留下菊花盞與寶玉。他看去剔紅耀目，只當是漆器，及至拿在手中，才知是瓷的，不禁又驚又喜，只顧把頑，倒把茶忘了，紫鵑催請了三四次才醒起。及嘗茶時，那君山銀針的口味原輕，襯著雪水，益發透著一股竹葉清香，都不禁稱讚。黛玉笑道：「縱好，也是拾人牙慧，不值什麼。」探春道：「古人有『效顰』之典，今日有『顰效』之事，倒也有趣。」眾人都笑了。

一時雪雁已取了畫回來，看時，也有蟲魚，也有人物，也有宋二趙的青綠山水，也有周文矩的宮中小畫，也有王澹軒的花鳥，也有柯九思的竹石，各自稱賞一回，探春便指著一幅仕女道：「這幅『調鶯圖』，我從前原見四妹妹也臨過一幅，卻不及這個。我這幾日正想著要換一幅畫掛，不如就送給我如何？」

寶玉忙道：「這豈敢當？妹妹要妝壁，我改日另尋了古畫名帖來送你便是。」探春笑道：

「又何必定要找什麼古畫名帖?是我自家的牆壁，我願意掛什麼，自然都由我，橫豎我看著順眼就是了。」寶玉道：「既這樣，不如再想幾句話題在上面，倒還像樣。」

湘雲聽了，便慫恿黛玉道：「這美人兒和你頗為神似，就連這月洞窗子也和你的一樣，窗下也掛著一隻鳥籠子，不如就請你贈兩句話如何?」黛玉想了一想，吟道：

綰蝶黏屏防雪冷，調鶯入畫怕春歸。

寶玉脫口讚歎：「好句。原係塗鴉之作，一經品題，身價十倍，無異畫龍點睛矣。」又向著湘雲作揖道：「就請雲妹妹代為題寫，算咱們三個人的心意可好?」湘雲笑道：「現放著蕉下客這樣的書聖在此，我做什麼班門弄斧呢?」探春笑道：「這樣扭捏虛套的，倒不像你。」湘雲便不推讓，笑道：「既這樣，還不研墨?」寶玉笑道：「遵命。」果然將松香墨就著雲月端硯，親自磨成，飽蘸了筆，笑嘻嘻的雙手奉與湘雲。探春又在案上揀出一張落花流水暗花箋來，親自鋪平。

湘雲含笑接了筆，遂腕底生香，一時書成，卻是顏體。寶玉笑道：「我雖畫得不好，加上林妹妹的詩，雲妹妹的字，這份禮也就不甚菲薄，送得過了。」探春笑道：「果然是份厚禮，等我改日裱了貼起來，比什麼不強。」寶玉忙道：「程日興的店裏新近了一批各色古宣名紙，宣德箋、金粟箋、雲母箋、花箋、金箋、蠟箋盡有，用來托裱裝潢最好。如此我就拿去裱好了再送你，豈不便宜?」探春含笑點頭。湘雲又道：「我最喜歡灑金扇面，這樣，改日也要你幫我畫兩把扇子，可不許推辭的。」

說著，忽然王夫人的丫頭繡鸞、繡鳳一同走來尋探春，寶玉、探春等都忙讓座，繡鸞並不敢坐，只站著傳了王夫人的話，說是「明日有宮裏的圖畫師來給三姑娘、四姑娘傳影，教別誤了」。探春站著答應了，又請吃茶，繡鳳笑道：「不吃了，還要尋四姑娘說話去。」說罷，又往藕香榭去了。湘雲等又坐了一會，因見探春臉上淡淡的，也都沒興致，便散了。

且說鳳姐爲安王夫人之心，將話說得十分剛強圓滿，其實心中並無勝算，俟來旺兒回來，又聽說了馬道婆過堂一節，更加煩惱，暗暗尋思：「我不信那玉能憑空飛了不成？那馬道婆既會弄這些妖術邪道，想必是要拿玉去做法，必不至交與別人手上。他既咬牙說不曾見過那玉，究其實無非兩種：要就是說的真話，那趙姨娘還未及交玉給他；要就是他把玉弄丟了，如今明仗著死無對證，方敢倔強——倘或果真是把玉丟了，竟不知何時丟失，又丟在何處，若是丟在府裏還好，果然丟在府外頭，卻往那裏尋去？難不成把玉砸了、埋了，或是丟在池子裏，這可真成大海撈針了。」越想越覺得爲難。

偏偏年節臨近，大小事務繁雜，那鳳姐一時半刻也不得閒。捱到後半晌，好容易等得雪停，便以打掃爲名，指揮著眾人又將園裏園外細細梳理一番，從怡紅院出來往趙姨娘房中直到出府的一路細梳慢撿，怕不耙了有百來遍，終是一無所察。心中越覺焦躁，表面上卻一絲不露，仍如常往賈母面前奉承起坐，說笑一回。

定省畢，方出穿堂，只見林之孝家的正帶著許多人打掃，見了鳳姐，都垂手順牆而立，站定了問安。林之孝家的便上前來附耳回稟：「我看著人已將這園裏園外，院裏院外，不知掃了多少遍，連影兒也不見。我又不好說明原故，如今卻是怎麼樣？」鳳姐歎道：「且教他們散了吧，不然又能怎的？寶玉這會子做什麼呢？襲人是怎麼樣？」林之孝家的笑道：「寶玉倒沒什麼，照舊和他姐妹們一同頑笑，別人急得人仰馬翻，他只不放在心上。倒是襲人起先一直眼淚不乾的，等太太去過，才不哭了，仍和往常一樣。」鳳姐一愣，忙向平兒道：「襲人心重，他若一味啼哭倒不怕，如今不哭了，心裏不定打的什麼主意。一時想歪了，做出傻事來倒不好。你且去看一看他，尋空兒安撫幾句。」

平兒應聲去了。鳳姐因見眾人各自收拾了掃帚、簸箕散去，卻有一隻掃帚忘了收起，便丟在穿堂壁下倚牆立著，隨手拿起道：「這是誰丟下的？掃地的人卻去了那裏？想必偷空兒跑了，只等眾人掃完，他回來好拿了工具去交差，充這一日的工。等他回來，看我不揭他的皮？」林之孝家的見他焦躁，忙回道：「是太太陪房吳興家的親家，剛才還在的，原是肚子疼，才走開一會，解了手就回來的。」說著要接笤帚。

鳳姐心裏不知做何思想，恍若未聞，並不放手，卻順勢向草叢中掃了兩掃，忽聽極清脆的「喀噠」一聲，倒像有石子落地的一般。及至低頭看時，只見兩色絡子繫著扇墜大小的一件物事隨著掃帚滑將出來，猶沾著點點雪星，忙拾在手中，只見五彩陸離鮮明通潤的一塊美玉，雖在雪裏藏了這一日夜，卻有如識人性的一般，晶瑩閃爍，照眼生輝，上面端端正正明明白白，鐫著「通靈寶玉」四個字。

林之孝家的此時也已看明白了，大喜賀道：「到底是奶奶，果然這寶貝通靈，必得經二奶奶之手才肯出世的。不然，憑是滿府裏的人再掃上三天三夜，只怕他不願出來，也終究是沒用的。」鳳姐心中得意，猶有些不信，將那玉翻覆看了又看，可不正是寶玉的那件寶貝，忙握了往王夫人處稟報，林之孝家的便往怡紅院去報喜。

怡紅院眾人正在焦慮惶亂之際，聽見喜訊，無異秋決之人忽然逢著大赦一般，都歡天喜地的合掌念佛，又在神前燃了香，襲人等磕頭不絕，又催著寶玉穿戴了往王夫人房裏去問安。欲出門時，周瑞家的已來了，正是奉王夫人之命來送玉的，道：「太太已經知道了，歡喜異常，說這都是祖宗保佑。教哥兒不必往上房去了，老太太原本不知道，關門打戶的驚動了倒不好，只別忘了在神前上香就是。」襲人等都忙道：「早已磕過頭了。周大娘請這邊坐，我這就倒茶去。」周瑞家的道：「晚了，不吃茶了，那邊還等著我出去好關院門兒呢。」說著遞過玉來，笑嘻嘻去了。

襲人等接了玉翻覆細看，果然不錯，都不禁道：「這寶貝可算回來了，莫不是真通了靈，說去就去，說來就來的不成？再頑這麼一回，我們的命可就沒了。」說著，念佛不絕。

寶玉自己雖不當什麼，然而一段風波就此平息，卻也安心，又見襲人等見了那玉，便如得了救命仙丹一般，捧在手上又哭又笑的，做出種種顛倒態度來，不禁笑道：「丟了玉，哭了好一整天；如今已經找回來了，還是這麼樣。不過是件蠢東西罷了，略微不見一會，你們便哭天抹淚失驚打怪的；倘若他日我走了不回來，又不知道怎麼樣呢？」襲人正在心驚意動之際，聽了這話，忙道：「你要到那裏去？做什麼走了不回來？」說著，急得又要哭。寶玉笑道：「我不過打個比方，隨口說說罷了，你又何必多心。」麝月道：「二爺說得倒輕巧，既知道這些人每日懸心提膽的，就不該再說這些無情話來慪人。」

正說著，忽聽見說「林姑娘來了」，寶玉不知如何，忙站起來迎上，便見雪雁扶著黛玉顫巍巍的進來，忙問道：「妹妹做什麼這麼晚來？」問出口，方覺不妥，欲想些話來遮掩，又一時想不出。

幸喜黛玉並不在意，只望向他臉上問：「你的玉可找著了？」寶玉方知黛玉也聽說了他失玉之事，放心不下方才黴夜來訪，心中大為感激，忙道：「已經找著了，不過是混放忘了，其實不曾丟。這不，襲人正拿著呢。」黛玉向襲人手上看了一眼，放下心來，歎道：「這樣大事，虧你去我那裏坐了半晌，竟一句也不同我提起。」寶玉笑道：「本來也不是什麼大事，何苦說出來教你擔心？」

原來晌裏雪雁往怡紅院拿畫時，因見眾人滿臉驚惶哀戚之色，不免狐疑。問之再三，方知道原委，雖眾人叮囑他切不可說出去給人知道，然而小孩子家心窄，擱不下事，獨自悶了半天，晚間侍候黛玉卸妝時，到底沉不住氣說出來。黛玉聽了，吃驚不小，顧不得夜深天寒，便即往怡紅院來探問。

這裏麝月便埋怨雪雁道：「妹子答應我不說，我才告訴你原故的，怎麼這樣沉不住氣？」襲人便瞅麝月道：「你若是個穩沉的人，就不該同他說。二奶奶原叮囑過不教一個人知道，怎麼你又說出去呢？」秋紋道：「姐姐也莫說人，丟了玉，姐姐頭一個哭得最凶，所以才教人看出破綻來，不然又怎麼會說出去呢？」說得一屋子人都笑了。

黛玉見寶玉無事，便要回去，寶玉忙留道：「妹妹喝了茶再走。」又說，「姨媽今兒打發人給我送了一罐子牛髓炒麵茶來，妹妹分一些去。」黛玉道：「我吃不慣那個，你留著送別人吧。」轉身出來。寶玉忙拿了一隻手把燈親自送出來。襲人原要勸阻，到底沒勸，只叫小丫頭好生跟著。

此時瑞雪初霽，皓月當空，照得園中如鮫宮瓊殿一般，真個是銀妝世界，玉碾乾坤，渾然不似人間。寶玉打著燈，黛玉扶了丫頭的肩，兩個在雪地裏慢慢走了足有百來步，寶玉只覺有一肚子的話要說，卻不知從何說起，半晌方道：「妹妹白天題的那兩句話，直抵過一部〈留春賦〉了。」

黛玉愣了一愣，方道：「怎的忽然說起這個來了？」

寶玉笑道：「我因看了這雪景，想起妹妹的上聯『綰蝶黏屏防雪冷』來，此時看來，雪後非但不冷，反覺多情；倒是『綰蝶黏屏』四字，娟媚婉約，『調鶯入畫』，貼切自然，兩句對仗工整而又順流直下，最難得是既合畫意，又切時令，倒像畫上原有的句子一般。只是那作畫的人斷不能有這樣才思。」

黛玉正欲說話，忽的一陣風來，將燈吹滅，樹梢上的積雪簌簌落下，驚得兩人一齊站住，默然無語，連兩個丫頭也都噤住了，一言不發。半晌，只聽黛玉幽幽歎了一聲，便如風吹洞簫的一般。寶玉知道黛玉心裏不安，故意笑道：「其實大月亮映著這雪光，比燈籠還亮，原不必點燈。這陣風倒識人的心。」黛玉也知道他怕自己多心，勉強道：「你說的是，這樣大月亮，原不必送。這路天天走的，又不遠，我自己回去就是了。」說著加快幾步，走了。

寶玉聽他語意堅決，只得站住，暗想：林妹妹是個最敏感多疑聰明不過的人，他這樣說，自然是怕人看見我們這樣深夜裏黑著燈走路，傳出去又當一件新聞講。只是他如此謹慎，一聽我失了玉，便大雪地裏不顧天寒夜冷的來看我，可見關切之深。我若執意送他，未免使他焦慮不安；若不送，卻又不忍。真正做人是難的，只是瞬息之事，尺寸之路，已經教人這樣行止兩難，況且他日若生別故，更又如何呢？心下掂掇，眼望著黛玉去的方向，竟是癡了。正是：

每有心時常不語，於無聲處最多情。

欲知後事，且看下回。

第三回

紅鸞星動元妃賜宴
青絲事發鳳姐含酸

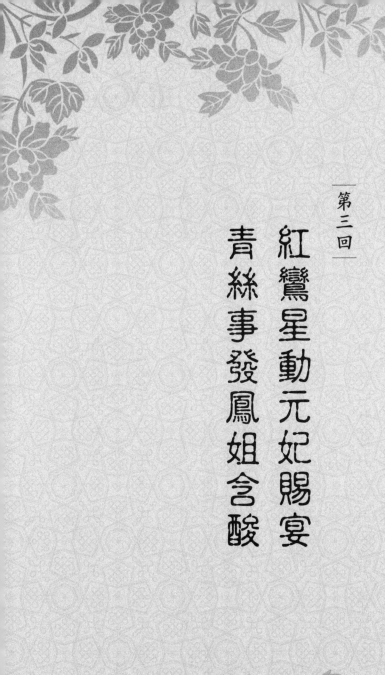

上回說到通靈玉丟失了一日一夜，眾人遍尋不得，那王熙鳳一時起意，親自執帚掃了兩下，竟誤打誤撞，將一件天大禍事消於無形，不但在王夫人面前立了功，亦且在眾人面前露了臉，林之孝家的百般奉承，口口聲聲只說「這件事若不是二奶奶，再沒了局的。最難得是不驚動眾人，老太太半句不聞，就將事情做圓滿了。」襲人等更視如觀世音菩薩一般，磕頭謝恩不絕。鳳姐自是得意。

從來節前臘月，便是鳳姐最忙的時候，又要打點送公侯王府及親戚們的節禮，又要看著各屋子掃塵，又要防人磕碰了家俱擺設，又要吩咐廚房裏預備過年的菜蔬酒水，偏今年莊子上鬧饑荒，諸物不全，也只得先對付著收了，又著人四處買辦補齊，又要裁剪分配過年的新衣，又要按著人頭發放月錢，或增或減，有賞有罰，或有老資格的家人逢年節紅白喜事特別討賞的酌量批給，又要顧他自己那一份利錢，趕年下收回來好置辦體己，每日裏從早到晚，忙得腳打後腦勺兒。如今忽又添了失玉這件事，整整的忙足一日，幸喜有驚無險，處理得妥當，卻也力盡神微。回到房中，只覺渾身痠痛，四肢無力，命平兒來捶了一回，取理中丸與枳實梔子湯來吃了，睡下。

次日醒來，便覺體沉腳軟，站立不住，有心歇息一日，奈何眼底下一萬件事都等著辦理，少不得扎掙著起來，方問了兩三件事，忽覺頭重眼花，天旋地轉，若不是平兒眼尖手快上前扶住，險些不曾跌倒。忙扶回屋中，請大夫來看了，說是虛勞之症，「稟賦氣血不足，更兼思慮太過，心力虧損，傷及肝脾，久病體羸，損極不復，若失調養，恐致大病」，又道「上損從陽，下損從陰。自下損上者，一損腎，二損肝，三損脾，四損心，五損肺；過脾則不治。脾胃爲精氣生化之源，治虛勞之症，總以能食爲主，若能吃得下時，便不妨事。」

賈璉聽了，自是煩惱，只得報與王夫人知道。王夫人呆了半晌，歎道：「難得寶玉無事，他又病了。也難怪，這些日子家裏事情確是太多了些，未免讓他勞神，這才起來幾天，又病了，上次的藥丸吃著竟不見好，該多找幾個大夫瞧瞧才是。說不得，還讓他大嫂子和三丫頭、寶丫頭幫著料理幾日吧。」賈母聽說，又特地將賈璉叫去，叮囑他「好生照看鳳丫頭，不許惹他生氣，要吃什麼，只管吩咐廚房做去」等語。

鳳姐這一病昏昏沉沉，來勢甚重，連除夕家宴，正月裏元春生日，亦都未能參與。初一日，府中有職男婦俱各青綠緋紫，按品大裝，入朝隨賀，既不得去者，亦有賀禮獻贈。又都謂宮中何物不有，貴妃何事不知，因此壽禮只以心意爲上，不在奢華，或是親筆丹青，或是自製花箋，或是奇巧針線，或是精緻香囊，或詩筒，或筆插，或紙鎮，或香盒，或在巴掌大的檀木座上雕鏤玲瓏佛塔，共有七級，內中皆有人物，或對奕，或禮佛，或燃燈，或拂塵，鬚髮皆在，各各不同。其中又以薛寶釵於暗花龍鳳呈祥貢錦上親手繡的唐長孫皇后之《女則》，明成祖徐皇后之《內訓》，最得元春歡心，因笑贊：「還是薛家妹妹有心，母親回去替我好好謝謝吧。」又賞賜了許多東西。

賈母、王夫人回府，便請了薛姨媽來，將皇妃口信轉達了，又欲設宴。薛姨媽固辭不允，賈母笑道：「也不單爲酬謝寶姑娘，大年節下，娘兒們團圓說話尋開心，不過拿這題目做個幌子，賺幾日戲酒罷了。」王夫人也說：「今年事情特別多，偏生鳳丫頭又病了，若不是寶丫頭幫著料理，這上上下下還不定亂成什麼樣兒呢。好容易閑下來，正該好好樂幾日呢，妹妹別太外道了才是。」薛姨媽這方點頭應允，次日果然攜寶釵來坐了席，隔一日又在自家院裏設宴還席。

那邊寧府裏自然另有一番熱鬧，每日紅燈綠酒，笙歌無歇；便連賈赦也是朝宴暮飲，賈環也過去吃了幾回席，自覺大老爺抬舉，身分與往日不同，又見上次竊玉事並無下文，便洋洋自得起來，原與寶玉、賈蘭素不親近，如今更少了走動，得了閑只往東院裏來尋賈琮頑耍，又與邢大舅熟絡起來，隨他往寧府裏來過幾次，更得了許多賭友酒黨，越發學得壞了，這也不消細說。

如今只說那賈璉自打鳳姐病了，平兒又要日夜伏侍，便每晚宿在秋桐處。那秋桐久有專寵之心，只懼鳳姐之威，不敢放肆。他原與平兒不同，早在那院裏已被賈赦收用過的，何事不懂？只礙於新進門來，須要裝些矜持，留些體面，尚不便過於輕狂，如今進門日久，更無禁忌，又得了這個機會，豈肯便宜放過。因變盡手段籠絡賈璉，其花樣百出，機竅迭新，種種仰承俯就，便如行院出身的一般，纏磨得賈璉神魂顛倒，骨醉身輕，每日裏不待掌燈便一頭扎進秋桐房中，有時喝酒頑笑到天亮不歇，又因在節下，連日被各府裏請去坐席，彼此請吃春酒，轉眼又是燈節，益發往來飲宴不絕，遂藉口應酬，更不將鳳姐之病、平兒之勞放在心上，不過得閒慰問幾句，盡些表面虛情兒罷了。

這日因從外面得了一冊春宮術，他便興沖沖拿了來找秋桐演練。秋桐略翻了兩頁，彎腰點頭笑道：「這些也是人做的麼？難爲他倒畫得出來。」賈璉笑道：「既畫得出來，自然有人做得出來。今晚我便與你照樣兒做上一回，不把這上頭所有功夫做完不算。」秋桐益發浪笑道：「這可是你自己說的，等下別又推身子乏了，做那軟腳的蟹。」賈璉道：「蟹腳雖軟，也有八隻哩，一隻走一回，也走過八個來回了。」秋桐道：「爺不要留兩隻蟹腳給奶奶和平兒受用麼？」賈璉道：「他們不配，他們兩個跟你比，不過是條曬乾了的死魚罷了。」秋桐聽了，更加淫聲浪語，做出種種醜態，引逗著賈璉色與魂飛，更說出許多不遜之辭來。

誰知平兒恰好出來解手，行經秋桐窗下，聽了個滿耳，直氣得身上發抖，手足冰顫，挪不開腳。廊下一溜十二盞節間掛的花燈未收，海棠、牡丹、玉蘭、芙蓉，都用通草作成，花芯裏點著小白蠟燭，映著人影兒，越添淒涼。平兒立了半日，有心吵嚷起來，又不敢；欲要向鳳姐告狀，又怕惹他生氣，未免添病，只得忍耐回房。

偏生鳳姐也醒了，夜裏人聲寂靜，加之病中之人耳目警醒，早隱約聽到些聲響，因問他：「二爺做什麼呢？這早晚了還不睡。」平兒道：「說是明天要去舅奶奶府裏坐席，所以打點見客衣裳。想是就要睡了。奶奶晚上沒吃好，這會子餓不餓？那缽裏有留的蓮香粳米粥，我熱與奶奶吃。」鳳姐想了一想道：「倒不覺得餓，你倒碗茶來我吃罷。」平兒摸了摸茶吊子，卻有些涼了，欲重新去燙熱了來，鳳姐道：「只溫涼的就好，我不過略潤潤喉嚨，其實不渴。」平兒聽了，依言伏侍著鳳姐漱了口，向几上取了一隻金砂蓮花如意三足盞來，先倒了半盞溫茶洮了洮，仍舊潑了，又重新倒一盞來，送在鳳姐嘴邊。鳳姐吃過，平兒放了杯子，走來將鳳姐衾褥掖好，又在和合鼎內貯了一把安神香，方向外床躺下，望見燈月滿窗，花枝弄影，再三睡不著，將被角掩著嘴，暗暗流了一夜的淚。

出了月，各房撤火，鳳姐之病略痊，仍舊出來管事。凡秋桐在他病中所為，雖未親見，卻也有所耳聞。頭一件事，便找了伏侍的人來細問，善姐兒先就說道：「告訴不得奶奶，秋姨奶奶真個是狐狸精變的，越到夜裏越是精神頭十足，晚晚把我們指使到三更半夜不教睡，一會兒換茶，一會兒燙酒，又弄了本什麼淫書、秘笈，看一回，頑一回，笑一回，只要奉承二爺喜歡，通連體面也都不顧了。」

眾人看他先說出來，也就都爭先恐後說了秋桐許多不是，惟恐告之不詳，使鳳姐疑心他們不忠。管廚房的便說他三番五次指著賈璉之名往廚房裏要酒要菜，菜名又特別，什麼鴿子腦、燉鹿尾、炭烤鴨心，又是雞絲粉絲菇絲湯，筍雞糯米粥，晚晚換花樣兒；管針線的又說他近日接連做了幾身衣裳，又逼繡活上的替他趕製褻衣肚兜，拿來的樣子千奇百怪。鳳姐聽了，怒妒交加，恨不得這便將秋桐采來打死，卻因飯時將至，不好即便發作，只得連連冷笑了兩三聲，且命眾人回去，叮囑「不可聲張，他究竟是明門正路與了二爺的，便輕狂些，也不為過，張揚出去，未免臊了二爺，反為不美」等語。來旺媳婦明知他故作大方，後頭必有多少不能料想的毒辣手段，早已又笑又歎地說些「奶奶當真氣量大方，賢良寬厚，秋桐姨娘其實不配」的恭維話，眾人也都隨聲兒附和，侍候著鳳姐換了衣裳，圍擁著往賈母處來。

進了院子，只見許多小丫頭在院中踢毽子，廊簷下銀蝶抱著隻虎斑貓兒坐在墊子上，鶯兒、春燕、鸚哥等圍著揪貓鬍子逗弄頑耍，素雲、碧月拉著玉釧兒在廊下說話，便知道他姐妹都已來了，連尤氏也在裏面，因向銀蝶笑道：「你奶奶怎麼把他也帶來了，仔細貓爪子抓了手，才不頑了。」鶯兒等笑著，忙過來打起喜上梅梢的暖簾來，只聞得一股甜香襲來，暖溶溶，馥郁郁，中人欲醉。鳳姐痛快吸了兩口，贊道：「什麼這麼香？聞著這個味兒，連飯也不用吃了。」眾人見是他，都笑了，說：「來得早不如來得巧，你倒會趕熱灶的。」

只見屋中已經放下五蝠捧壽的花梨大圓桌，賈母坐在上首，左手邊是邢、王二位夫人，帶著寶玉、探春、惜春，右手邊是薛姨媽，帶著寶釵、黛玉、湘雲，團團圍坐，對面空著三個位子，尤氏與李紈卻站在地下侍候。見他來了，眾姐妹都忙問好。尤氏笑道：「我只當你病得手折了，倒要我來侍候你。這不，座也安了，菜也齊了，奶奶還不快坐下受用呢？」說得人都笑了。鳳姐並不理會，卻向賈母道：「老祖宗聽聽這話，我一年三百六十天伏侍，並不敢抱怨偷懶，他不過年節下趁著請安來騙吃騙喝，當著兩位太太、姨媽的面，且許多弟弟、妹妹看著，不好意思太過大模大樣，所以不得不裝腔做勢擺了回碗，上了杯茶，遞了兩次手巾，究竟不知道醋打那麼酸，鹽打那麼鹹，就嚷嚷得滿世界知道，倒像是出了多少力、立了多大功似的。」說得一屋子人都笑起來。薛姨媽道：「只道鳳丫頭病了一場，難免精神短些，嘴頭子還是這麼伶俐。」

鳳姐見尤氏等已經侍候開飯，沒自己的事了，故意向鴛鴦討了個蠅甩子站在賈母背後。薛姨媽笑道：「大冷天的，又沒蚊蠅，你拿他出來做什麼？」鳳姐笑道：「這屋裏又香又暖，保不定那蜜蜂兒蝴蝶兒聞見了，覺也不睡，夢也不做了，早打花心裏飛出來，往這兒取暖和來了。所以我預先拿他出來預備著。」眾人聽見，又笑起來，尤氏道：「這可真是沒有的話，偏他謅得出來。」寶玉笑道：「室內生春，鳳姐姐的話原有典故的。」尤氏笑道：「他一個的像生兒就夠瞧的了，那裏再禁得住你助他的興。你再助他，越發滿嘴裏跑出水漫金山、孫猴出世來了。」

鳳姐正要說話，因聞見那股甜香愈來愈濃，又見台案上雖供著幾盆水仙，金盞銀台，開得茂盛，案下又有兩盆鄢陵蠟梅，香氣卻又不似，便又四處亂看，方見到屏風下擱著幾缸南果子，因被熱氣薰著，果香四溢，卻清爽怡人，遠不同於尋常薰香、花香之屬，不禁讚歎：「老祖宗越發會享受了，從來只聽說過薰屋子或是香料，或是香花，再沒聽見用果子薰的，竟從那裏想得出這個巧宗兒來？」王夫人笑道：「老太太的法寶，你學一輩子也學不到呢，成日家只會誇嘴，真論持家理事，不及老太太一星兒。」賈母笑道：「這法子原是我小時候在南邊，家裏一寒一暑，都是用他薰香，夏天聞著他，暑氣全消，冬天聞見他，暖意愈濃，就是夜裏聞著他睡覺，也睡得塌實些。來京以後，俗話說『物離鄉貴』，便難得再用到這法兒。可巧今年南邊有人上來，送了整車的果子，才又擺出來。剛才我已經各屋子分了些嘗新，也打發人送到你房裏去了，擺幾天，擱軟了就分給丫頭們吃吧。」

鳳姐便知道是史家來人，忙道：「恭喜老祖宗，我說今兒怎麼有薏仁米粥吃呢，如此府裏又要熱鬧幾天了。」賈母道：「把你個猴兒乖的，你既喜歡吃薏米粥，就拿一袋子去，晚上餓了，教丫鬟兒上牛奶，用小火熬至透明，最養人的，正是冬天喝的東西。」又歎道：「這回吃過了，下一遭兒還不知什麼時候才得呢。他們難得來這一遭，略停一半個月又要走，往後別說見面兒，就是通個消息，也難了。」

李紈見鳳姐不解，忙附耳悄悄告訴，原來舊年保齡侯史鼐左遷，攜眷赴任，如今已放定了兩廣總督，不知何年何月才得回來；恰好兵部尚書衛廷谷父子也都受了委任，不日南下；又有小史侯家的船隻上京進鮮，得便還要往南邊去的；那史鼎便寫信命帶了湘雲同去，送往廣西與衛廷谷之子衛若蘭成婚。鳳姐聽了，大不忍心，因見湘雲在座，不便議論，只得向賈母道：「史家老爺這一外放回來，少則三年，多則五載，必定要加官進爵的，到那時，別說兩缸佛手、香櫞，就是一百缸一千缸，也是想什麼時候有，就什麼時候有，拿來吃也行，拿來薰屋子也行，拿來當球踢著頑也行，都由得老祖宗，那時老祖宗才叫樂呢。」賈母笑道：「說得我這樣嘴饞眼小的，想著娘家人升官，就爲著幾缸果子。」王夫人、薛姨媽等都笑起來，又湊趣說了許多助興的話。

吃過飯，賈母出來院中，背著手站在廊下看丫頭們踢毽子取樂。眾人也都跟出來圍觀，身上或是草上霜皮襖，或是狐皮襖，下邊都是大紅縐紗百褶宮裙，垂著裙帶，一個個打扮得百紫千紅，逞妍鬥豔。賈母看著十分喜歡，又見丫鬟們也都簪花戴朵，搽脂抹粉，更覺興致高昂。那些小丫頭見賈母來看，格外抖擻精神，將毽子踢得揚上飛下，左轉右翻，賣弄出許多花樣來。賈母笑道：「你看他們這烏油油的大辮子，繫著紅絨繩，再配上這裙子襖兒，這滿幫的繡花鞋，平時還不覺得，如今踢起毽子來，更覺得爽利喜慶。這要是把辮梢再留得長點，更好看呢。」薛姨媽道：「這都是今年節下新賞的衣裳，連我和寶兒的丫頭也都得了，正要好好謝謝老太太呢。都是老太太會打扮人，你看這些丫頭裏面，一樣的穿紅著綠，偏就數鴛鴦最好看。」

眾人聽了，都盯著鴛鴦看，只見他上身穿著絳紅春綢玉堂富貴的絲棉襖，青緞子鑲邊，金線條子，領子上沿著灰鼠脊子出鋒的邊，外面罩著銀紅軟煙羅折枝花樣的夾紗背心，府綢裙子下邊露出雙梅花如意的大紅繡鞋來，果然富麗都雅，不禁都說薛姨媽評的公道。寶玉一邊拍手爲眾丫鬟助威，又向賈母道：「踢毽子也有很多名的，一樣一樣的踢法都是有講究的，早先在宮裏還有專門表演呢。」眾人見他說得鄭重，都問：「有什麼名色？」寶玉便指指點點的道：「像翠縷這樣一隻腳站在地上，另一隻腳接連踢十幾下不落地的，叫作『金雞獨立』；鶯兒姐姐那樣兩隻腳輪換著踢的，就叫『左右逢源』；再像春燕兒這一招腳向後反著踢的，叫作『蘇秦背劍』；鴛鴦姐姐和玉釧姐姐這樣，兩個人你一腳我一腳對著踢的，就叫『禮尚往來』。」說得眾人都笑起來。

一時鳳姐與尤氏也都吃過了，出來，聽見人議論，鳳姐忙道：「他們踢毽子好看，終究不如寶兄弟說毽子好聽。」賈母聽了，更加高興。

正說著，忽見李嬤嬤拄著拐走來，請老太太安。賈母正覺站得累了，便回屋來，命玻璃掇了個小矮杌子，讓他坐著說話。自己隨便歪在炕上，肘下墊著象牙雕的竹林七賢擱臂，又命琥珀來捶腿。李嬤嬤遂長篇大套，說了許多陳芝麻爛穀子的舊事，寶玉等不耐煩，都早辭了出來。薛姨媽、尤氏、鳳姐等也都告退，賈母卻又叫住尤氏道：「你坐一會兒再去，我想起來，還有件大事要同你商議。」尤氏只得回身進來。

丫頭們見他姐妹出來，也都跟上來，寶玉道：「你們多頑一會吧，我們自己回去也是一樣。」春燕兒笑道：「還頑什麼，毽子都踢壞了。」說著舉起一個鵝毛毽子來，羽毛染得黃黃綠綠的倒也好看，只是一側掉了幾根，有些稀稀落落的立不住。寶玉笑道：「不值什麼，說給廚房裏，下次殺鴨子的時候，揀鴨尖上頭最長的那根毛趁熱拔下來，做的毽子又正又勻稱，再不會東倒西歪的。」黛玉瞅他道：「你又知道了。」寶玉道：「怎麼不知道？還必得是公鴨子身上的毛。宰鴨子的時候，鴨子一疼，渾身的毛都乍起來，那時候選定了最長的一根趁熱拔下，這樣的毛做起鍵子來才挺拔，在半空中落下來的速度也慢，毛絨絨紮開來就像一把小傘似的，又勻正又好看。」

黛玉蹙眉道：「一隻毽子，說得這樣血淋淋的，聽著已經怪怕人的，誰還敢踢？」眾人都笑了，又讓薛姨媽、寶釵進園來坐，薛姨媽笑道：「這兩天家裏事情多，蝌兒、琴兒兩個一娶一嫁，多少頭緒要忙。還得回去與裁縫莊的對賬呢。」眾人不好再留，遂在穿堂前別過，各自覓路回房。

一行人從東角門進來，方走至沁芳亭，只見桃花樹下一雌一雄兩隻孔雀在那裏嬉耍，那雄的尾巴足有三尺來長，毛分五色，彩爍斑斕，正抖聳翎毛，盼睞起舞，彷彿要開屏的樣子，眾丫頭都忙圍上來，拍著手兒逗那孔雀開屏。探春道：「別唬著了他，不肯開屏豈不無趣？」寶玉笑道：「你不知道，孔雀性情最好勝的，越是見著花枝招展的女孩兒，就越是要開屏爭豔，跟人家媲美，正要逗起他的興致來才好呢。」湘雲道：「他本來要開屏的，見了二哥哥，只怕不敢，誰知道張開屏來，你又會拔了最長最漂亮的那根毛送人做什麼？」眾人都笑起來。

正頑得高興，卻見李嬤嬤拄著拐從那邊過來，寶玉只得迎上前問好，李嬤嬤道：「哥兒，我特為進園來找你，為有幾句話要囑咐你，我們往你屋裏說話去。」說著便過來拉寶玉的手。寶玉忙側身避過，笑道：「既這樣，媽媽請屋裏說話。」早打前頭走了。

迤邐進了怡紅院，襲人等都請安問好，敬上茶來。李嬤嬤便道：「我從小奶了你這麼大，如今看你越發出息了，我也覺得放心。只是你那個不知冷熱、不肯穿厚衣裳的毛病兒，多早晚才改呢，如今天氣一日三變，你只記不得替換，剛吃過飯，茶也不喝一口，就跟丫頭們在園子裏胡鬧，又跳又叫，只管張著口說話，若是嗆了風，或是積了食，可怎麼著呢。」又問寶玉近來身上可好，記著吃藥不吃，年節下又喝了多少酒，老爺最近可曾教訓等語，寶玉耐著性子一一回答了。

李嬤嬤忽又滴下眼淚來，道：「大年節下的，我也沒什麼給你壓腰，這雙鞋是我幾個晚上點燈熬油，摳著眼做的，針線自然不及那些小姑娘們細巧，可也千針萬線，結實著呢。你穿上試試跟不跟腳兒。」寶玉那裏看得上，也只得道謝，命襲人收了。李嬤嬤又催著只要他試穿，寶玉只得穿上，又走了兩步。李嬤嬤這方滿意了，又向襲人道：「花姑娘，從前我老婆子有什麼言長語短的，別往心裏去，只當我人老昏耄，不知好歹吧。」襲人忙笑道：「這說的是那裏的話？我來的時候還小，哪不是你老人家言傳身教，手把手兒的調教。再忘不了你老人家的。」

李嬤嬤又挨個兒點著屋中丫頭的名兒，叮囑了好些話，眾人也都胡亂答應，笑道：「你老人家放心，他如今這麼大了，再不會叫自己餓著凍著就是。況且我們這麼些人，又不是死的瞎的，雖不及你老人家周到有經驗，卻也伏侍了這許多年，什麼不知道？」李嬤嬤道：「你們嘴上說的好聽，我最知道你們都是欺軟怕硬的，遇著二奶奶那樣聲嚴厲色規矩大的，便怕的通跟畏貓鼠兒一般；遇著寶玉這脾氣柔和沒剛性兒的，便眼裏沒主子，只知自吃自頑，那裏還想得到伏侍？這些年來，他別說打，就是罵你們一半聲兒也總沒捨得。便是那年茜雪出去，也並不是為的寶玉惱他，原是他媽得了治不好的病，在太太面前再三再四的求告，讓他出去伏侍幾天。誰料沒兩三天，竟忽然轉急症燒穿了肺死了。老太太聽了，說怕他進來，過了病氣給人，連身價銀子也不要就放他出去了。我從前只當寶玉合我慪氣，為一碗茶攆了他出去，委實冤枉了他。」麝月笑道：「阿彌陀佛，這屋裏可出了青天了。寶玉蒙冤了這些年，到今兒才得還了清白。」說得眾人都笑了，都道：「說起來，這屋裏的冤案還少嗎？也不在這一齣上，多喒也都得李奶奶帶頭打夥兒理一理才好呢。」那李嬤嬤嘮嘮叨叨，又說了許多車軲轆話，這方慢騰騰的去了。

寶玉笑道：「好個討厭的老貨，今日額外多話。」襲人卻因曾經母喪，未免上心，作疑道：「他不是來辭路的吧？」寶玉道：「什麼叫辭路？」襲人道：「你沒經過這些事，所以不知道。這原是民間巷尾的俗話，說老人臨大去之前，趁著還能走動的當兒，都要到那平日記掛的親朋戚友跟前探訪一回，告個別，留句話，若有往日結下的疙瘩，能解的就分解幾句，若是遇著疼愛的小輩，還要送點東西做念想兒，就算是辭行了，所以叫『辭路』。」麝月「哎喲」一聲道：「聽你說的情形，果然有些像。莫不是李奶奶要……」話到嘴邊，趕緊打住。襲人也覺忌諱，遂道：「許是我多心，李奶奶最惦記寶玉，老人家到年節下格外話多，也是有的。」

那李嬤嬤早又往鳳姐處去了，鳳姐也剛進房不久，正與平兒分果子，見了李嬤嬤，忙起身讓座，又叫豐兒拿籃子裝果子與李嬤嬤帶回去給孫子吃。李嬤嬤便坐下道：「前些日子聽說奶奶身上不好，我一直想著來看看，白不得閒兒。且時常也有些病症，不得出來。今兒特來看看奶奶，氣色倒還健旺。」

鳳姐笑道：「也不是什麼大病，不過年節下偷懶脫滑罷了。」李嬤嬤道：「我知道奶奶嘴裏雖是這樣說，實情必不如此。若不是大病，斷不肯不管事的。我每日家常說，這府裏虧得是有奶奶，上上下下，誰不知奶奶和寶玉是老太太心上最頂尖兒的人，偏偏兩個人的腦筋天上地下，奶奶這樣精明能幹，寶玉偏是顧頭不顧尾，望遠不望近的。叫我怎麼放心得下？」鳳姐笑道：「媽媽不放心寶玉，只管常進來看他就是了。再閑了陪老太太抹抹牌，何等逍遙自在。正是廚房裏有才送來的小羊肉，媽媽盛一盤子拿家去吃。」李嬤嬤抻了抻衣裳兩角，又無端端摸一摸鬢角，搖頭歎道：「老了，吃不動了，不但這邊的槽牙全都鬆了，胃裏也不克化，上月裏同兒子媳婦吃了回酸菜山雞鍋子，拉了幾天肚子，站也站不起來。前兩天，倒又忽然想糯米團子吃，腆著我這老臉向老太太討了二斤碧糯來，攛著媳婦兒做了，又吃不動，白便宜了我那小孫子。」

一時賈璉回來，李嬤嬤便出去了。鳳姐見賈璉急急忙忙的換衣裳，心中有氣，臉上卻帶笑說：「剛回來，又是要那裏去？」賈璉道：「薛老大請我喝酒，說是來了幾個許久不見的好朋友，難道不去麼？不但今兒要去，明、後兩天也都有一連串的席呢，再過兩天我還要還個小東道，竟沒閑銀子。你若有，先借我一二百兩使使，等有了還你。」鳳姐笑道：「你少拿銀子的事堵我，打量我怕借給你錢，就不問你的行蹤了，是這個主意不是？娘娘上月裏指著名兒誇獎薛大姑娘，又賞了許多東西，瞧那意思是要給寶玉賜婚；我看老太太心裏打的是另一番主意，這件事倒有些兩難的。薛大哥哥請你坐席，若提起這些事來，你說話千萬小心。」賈璉道：「我什麼不知道，還要你囑咐。倒是你每日跟姨媽、表妹抬頭不見低頭見的，說話留些神，別再像從前那樣亂開頑笑，把話說滿了，倒不好迴旋的。」

鳳姐低頭想了一回，歎道：「單是我有這樣想頭嗎？闔府裏誰不說寶兄弟跟林妹妹這一對，是天生地設，再沒差錯的。誰想得到寶姑娘進宮的事竟沒準呢。打從那年端陽節，落選的信兒下來，娘娘又賞了寶姑娘那些東西，我再沒說過那些笑話了。果然娘娘要存了這份心，想必太太也是願意的，只礙著老太太不好提出，只怕後面還有的饑荒要打呢。」

賈璉笑道：「人人都說你是個女諸葛，原來也有算不準的事麼？」說著換了衣裳，又忙忙的走了。這夜仍是三更後方回來，便宿在秋桐處。

次日起來，俟賈璉出了門，鳳姐往上房打了個轉，仍舊回來，徑往秋桐房裏來說：「太太急著要一件東西，說是二爺收著，他平日放貴重東西的箱子在那裏？快打開了讓我找找，太太還等著回話呢。」秋桐道：「二爺的貴重東西，不都在奶奶房裏收著嗎，怎麼倒往這裏來找？」鳳姐冷笑道：「你二爺這一向都住在你這裏，他的貴重東西，自然是也都在你這裏，難道他會捨得丟在房裏嗎？」平兒也說：「你若有鑰匙，就快些拿出來，趕緊幫著找找吧，太太還等著二奶奶回話呢。」

秋桐只道鳳姐當真要找東西，又想著體己銀子都另收在別處，箱裏不過是些賈璉與自己的衣裳頭面，便自己不與他鑰匙，只怕鳳姐也要想法子扭開鎖來，遂不及其餘，拿鑰匙開了箱子，回身問道：「奶奶要找什麼？」鳳姐更不答言，徑上前將秋桐撥在一旁，親自向箱中掏摸一回，果然掏出一本妝花緞面描金的春宮手卷來，隨手翻了一翻，不禁氣往上湧，連連冷笑，抛在秋桐面前問：「姑娘好學問，原來也曉得紅袖添香夜讀書的。」秋桐卻忘了箱中有這件東西，不禁羞紅了臉，不敢回話。

鳳姐將箱中衣裳盡皆抛出，只見許多奇巧肚兜，花紅柳綠，綾紗綢絹盡有，繡著鴛鴦戲水、花開並蒂諸多意思，又有一件五彩雙面繡兩色綢內褂，滾著如意雲紋，釘了各色小圓珠子，做得好不精緻閃亮。且不發話，只隨撿隨抛，忽見箱底露出一個紙包兒來，摸在手上軟軟的，不知何物，打開，卻是一縷青絲，攔腰紮著同心結的紅頭繩兒，登時大怒，捏著直送到秋桐臉上去，問道：「這是什麼？這是你娘的什麼？」秋桐慌了，忙跪下道：「這不是我的，我連見也沒見過。二爺雖把鑰匙交我收著，箱裏放些什麼東西，卻並不曾翻檢過。我若知道有他，敢不早向奶奶告訴麼？連那冊子也不是我的，二爺前幾日拿回來，便撂在箱子裏，其實並不曾教我看見。」鳳姐冷笑道：「你推得倒乾淨，難道『等他們兩個死了，咱們有多少日子過不得』，這話不是你說的？又說我這回病得沉重，只怕捱不到過年，巴不得我立時三刻蹬了腿，好騰地方給你，讓你叉腿仰臉的浪去。可惜老天爺有眼，我的命硬，沒那麼容易被你咒死。」越說越氣，便將秋桐左右開弓，連打了幾個嘴巴。

秋桐聽鳳姐說的都是他與賈璉私密之語，情知無可推託，滿地打起滾來，哭道：「我是老爺賞給二爺的，是二爺明門正道的老婆，快刀兒割不斷親戚，捆繩兒扭不來夫妻，我就再浪，也浪的是自家漢子，犯了哪條規矩哪條王法？奶奶見不得我浪，只是我又不是浪給奶奶看，奶奶有病，倒不好生養著去，何苦站牆根聽壁角兒的找氣生？」鳳姐聽了這些陰損使氣的話，焉得不怒，原有三分氣的，此時倒有了七分，趕上前又下死勁踢打了幾下，罵道：「你是二爺明門正道的老婆，難道我們倒是外四路旁門野戶的不成？既然你說你是老爺賞給二爺的，我現在就帶你去見老爺、太太，帶著你的這些騷毛、淫畫、髒衣裳，讓老爺、太太看看，怎樣一個明門正道的老婆。打量我不知道你在那院裏的那些事呢，裝什麼黃花閨女，貞節烈婦！」秋桐那裏肯去，便又哭天搶地的大鬧。

鳳姐喝命左右：「把他捆了，把嘴堵上，連這些個浪東西，一起封了送去太太房裏，請太太發落。就說他趁我病著，通狂得沒個樣子，連我的早安都不來請，每日只管勞動灶上、藥房、針線上的人，今兒宵夜明兒補品的，弄得好不抱怨。問他，倒口口聲聲說他是大老爺賞二爺的，堵我的嘴，好使我不便管教，我所以送來請太太教導。」

秋桐聽見這番話說得厲害，明知送出這道門，哪還有回來的理，頓時不敢再強，復翻身趴在地上，抱住鳳姐的腿哭道：「我知道錯了，求奶奶饒過我這一回。果真那頭髮、冊子不是我的，二爺這些日子雖常往我這邊來，其實並非天天如此，時常三更半夜才回來，有時候直到天亮才進門，不過是拿我做個幌子，不知道在外面另交接了什麼人，還望奶奶詳查。好比前月裏，二爺說是尤二姐祭日，獨自出府住了一二日才回來，又喝了一夜悶酒。那些頭髮、衣裳，焉知不是二姐留下來的呢？」鳳姐聽他提起二姐來，益發醋翻醬湧，五味俱全，冷笑道：「你要我信你，也容易。你只把這些個東西拿去給太太瞧，就說是二爺讓你收著，你不敢，特地拿來交給太太，看是怎麼說。」秋桐遲疑不敢去，鳳姐催促道：「你不願去，那也容易，我便親自替你走一趟，如何？」秋桐聽了，無可奈何，只得叩頭道：「自然是我拿去給太太，那裏敢勞奶奶的大駕。」只得收拾了，含羞忍愧，拿著往邢夫人院中來。

原來鳳姐上次見傻大姐拾了個繡春囊，被邢夫人攔下，當作大文章拿了向王夫人大興問罪之師，如今見了秋桐收藏這許多私物，便欲以其人之道還治其人之身。誰想邢夫人既深惡熙鳳，便不問青紅皂白，況且賈璉又非他親生，哪肯管束訓斥，反教熙鳳得意？今聽那秋桐訴了許多委屈，費婆子等人又在一旁火上澆油的說了許多挑撥離間無中生有的話，益發有氣，反向秋桐道：「你不用哭，一切有我作主，看誰敢把你怎麼的？」因命人去院門口守望，若是賈璉回府，立叫來見。

那賈璉吃得醉醺醺的回來，聽說邢夫人立找，不知何事，忙摟馬往東院裏來。在黑油大門前下了馬，進入上房，只見邢夫人臉色鐵青，坐在那裏，秋桐站在身後啼哭，益發不明所以。邢夫人見了他，也不問他去了那裏，也不問是非原委，先就發作道：「這屋裏的狗走出去給人打了也覺沒臉，何況秋桐是老爺親口許給你的，就算他有一時半處不到的地方，也該看在老爺面上包涵著些，如何竟說退還休棄的話？他又不曾犯了七出，又不曾偷人養漢，難道跟自家漢子親熱了些也算是罪過？這樣的道理我倒不曾聽過。況且你在外面幹的那些偷雞摸狗的事，並不與他相干，如何你們兩口子別氣，倒要賴在秋桐身上？難道必定不能容他，所以做定了圈套等他跳，好攆他出來的不成？」

邢秋桐便又哭起來，抹眼甩鼻涕的囉囉嗦嗦說了一通。賈璉這方聽得明白，心中既恨鳳姐潑悍，亦怨秋桐不替他遮瞞，反添油加醋，惹出這番口舌，只得含羞道：「是兒子無能，未能教導媳婦，惹得老爺、太太煩惱，我這便帶秋桐回去，再叫媳婦來與太太磕頭。」邢夫人冷笑道：「你說這話，可是折殺我了，我也領不起他的頭，叫他留著那份殷勤，且往高枝兒上棲著吧。說到底這也是你們房裏的私事，原不該我多問，只是你們既然鬧到我眼面前兒來，不得不說你兩句——戲詞兒裏也常有的：『田舍翁多收了十斛麥，尚欲易婦。』何況咱家？你身上現捐著個同知，就三妻四妾也尋常，怎麼就容不下一個秋桐了？你現回去告訴他，就說我的話，好歹看見公婆面上，略給秋桐一寸三分地兒略站站，就算他眼裏還有長輩，若不然，從今往後我倒也沒好意思見他的。」

賈璉只得磕了頭欲去，邢夫人卻又叫住道：「回來。把你這些個東西帶上，我很見不得這個。」賈璉忍愧拿了，又出來見賈赦，賈赦也沉著臉說了兩句，道是「不孝有三，無後爲大。就是婦德再高，沒有子息也算不得大好處，況且又是個沒有婦德、不能容人的。你是個男人，如何連媳婦也教導不了？豈不落人恥笑？」賈璉也惟有含愧領了，帶著秋桐回去。方進門時，正看見平兒帶著人挪箱子，登時怒從心起，況且又喝了酒，更不問情由，上前來一腳將箱子踢翻，罵道：「誰叫你動我的東西來？他又沒咽氣，又沒停床，倒急著移棺下殮的不成？」

鳳姐在裏間聽見這話罵得惡毒，如何不惱，因扶著門出來道：「不用你咒我，我知道你巴不得我明兒就死了，好叫你們稱心如願。聖人語錄裏都有過的：漁色者夭。我原怕你不知保重身體，不好自己當面勸你，所以請太太教導，哪不是爲了你好？倒招你恨我做冤家對頭，香灰迷了眼，艾蒿薰了心，只要治死原配老婆，好與淫婦過一世。你既然心急，不如拿繩子來勒死我，再把那些給你頭髮、肚兜、又是什麼看了爛眼睛畫書的淫婦一起召進來，便娶一百個老婆也沒人攔著你，如何？」

賈璉氣道：「原來你還記得兩句聖人語錄。聽聽這話，是我咒你，還是你咒我？你也不用裝大方，也不用說那堵氣逞能的歪話，不過是仗著老太太疼你，只當我認真不敢休了你。老爺、太太方才發了話：不孝有三，無後爲大。任憑你婦德再高，不見子息也是頭一條罪過，況且又醋妒成性、不能容人、沒什麼婦德可以誇耀的。我便寫書休你，老太太也不好攔的。」

鳳姐冷笑道：「我說那裏來的恁高氣焰呢，原來仗著老爺、太太撐的腰。我倒不怕你寫書來休我，就只怕你沒那膽氣。你年未三十，還須講不得那四十無子、准其置妾的禮呢，況且我又把貼身丫頭許你收房，又憑你左一個右一個娶進門來，怎麼是不能容人，又怎麼是醋妒成性？若不是我，二姐如何進得了門？老爺把秋桐賞了你，我何嘗說過半個不字了？如今你要休我也容易，趕明兒召集兩府的人告訴一番，咱們祠堂裏老太爺跟前磕頭去，看是你行的事理長，還是我說的話理短？果然兩府族長都認著你有理，我也不用你休，管自這就收拾包裹回南邊去，如何？」

賈璉被堵得無話可答，且又提起二姐來，更覺怒火中燒，便想要尋一件最刺心的話來激一激他，因見平兒垂手站在一旁，便不及細想，索性道：「你說得倒好聽，好一個寬宏大量仁慈體下的賢良妻子！既是這麼三從四德溫厚得人心的，怎麼身邊連一個心腹人兒也沒有？就連平兒也不服你。我也不怕老實告訴你，那頭髮並不是秋桐的，原是被你逼得上吊的鮑二家的從前給我的，我爲他死得冤枉，所以留下來做個念想兒，這件事平兒也知道，早先還是他替我收著的呢，不信你只管問他。」

平兒聽他說出這件機密事來，且又故意糾纏不清，意在挑唆鳳姐嫌隙自己，不禁又驚又怕，又氣又急，忙道：「二爺何苦冤我？我上那裏知道你的那些事呢。」鳳姐正無處出氣，聽了這句，不由分說抓過平兒來，劈頭蓋面便打了兩巴掌，又擰著臉問道：「原來是你這個小娼婦跟他們通統一氣，都只恨不得我死。平日裏那些小心仔細敢情都是裝出來哄我的，既如此，何不拿了毒藥來我吃，好洗淨你的眼睛。」

平兒氣苦不過，又無可分證，既被賈璉擠兌，又遭鳳姐揉搓，忽見秋桐站在一旁歪著嘴冷笑，不禁想起那夜在窗外聽見兩人的言語來，賈璉何嘗將自己放在心上，如今連鳳姐也猜忌於己，真正世界之大，更無容身之地，一時萬念俱灰，許多恨怨委屈之事悉上心頭，遂將心一橫，哭道：「你們嘔氣，何必拿我做磨心，我索性死了，好叫你們省心。」說罷，掙開鳳姐之手，回轉身便向照壁一頭撞去，頓時頭破血流，昏死過去。

眾人見鬧出人命來，都大驚叫喊，慌亂不迭。鳳姐到這時悔之不及，流下淚來，賈璉也連聲兒叫請大夫，秋桐見鬧得大了，早躲進門裏去。豐兒、紅玉都守著亂叫亂哭。

一時大夫來到，敷藥包紮，把脈觀色，幸喜傷勢雖重，並無性命之礙，遂開了方子，命照方煎藥，又叮囑小心將養，勿使再氣惱勞動云云。賈母處早聽到動靜，亦遣人來問詢，鳳姐哪敢再鬧，忙用言語敷衍支吾過去。賈璉見鳳姐不再追究，樂得消停，兩人鬧了這一回，如今都有些悔將上來，遂不復將前事提起，仍如常相處。正是：

萍因水聚原不幸，花被風折更可憐。

第四回

賴奴提親齡官驚夢
北王問字賈母傷心

上回說尤氏侍候了午飯欲走時，賈母卻又叫住，說有件事要與他商議。尤氏只得轉身進來，賈母說了一回閒話，直待李嬤嬤去了，方向尤氏道：「前些時我與賴嬤嬤鬥牌，說起他曾孫女兒擇嫁的事，我想著那女孩兒也是常見過的，倒沒有那縮手縮腳的小家子腔調兒，也還知進退，識大體，又知書認字，若論模樣兒端正，性情溫順，多少大家閨女也不及他。小小年紀，又更能當家主事，心裏最有計較的，因此那差不多的門第兒，他母親還不肯給，說是寧可留在府裏給自己多個臂膀。我想著薔哥兒年紀也不小了，一直想要與他尋一門好親，看了多少人家都不中，倒是這賴家的女孩兒也還年貌相當。雖說是奴才出身，兩家也有四五輩子的交情，且他老子現正做著州官兒，聞說開了春還要再升呢，總算不辱沒。一直想著要跟你們說，只因節下忙亂，便未及說起。我想薔小子沒父沒母，自小依附珍哥兒長大，他這婚姻大事自然也是你們替他作主。如今蓉哥兒媳婦都娶下兩房了，薔哥兒二十好幾，也早該成家了。我的意思，你家去時就說我的話，問問願不願意。咱們這頭自己說定了，再找保媒的去，料想他們那邊斷沒有不應的理。」

尤氏陪笑道：「老太太看中的必是好的，只是薔兒雖然自幼在府裏長大，如今也搬出去好幾年了。他叔叔每每也說要與他早日尋門親事，成了家，好當家主戶的，相看了這幾年，只沒合適的。既是老太太相中了，自然是好的，我這便回去同他說。」

回來寧府，丹墀前停了轎，銀蝶先放下貓兒來，那貓「咪嗚」一聲，早躥了進去。台磯上原有許多家人圍坐在那裏閑磕打牙，見尤氏回來，都忙迴避了出去，小廝垂手站立，裏邊早層層打起簾子來，偕鸞、佩鳳等眾姬妾率著家人媳婦迎了出來，都笑道：「奶奶今兒臉上好不喜色！」尤氏也笑著，問明賈珍在家養肩未出，同幾個親系子侄叫了唱曲兒的在前邊凝曦軒裏喝酒取樂。遂命丫鬟請了來，將賈母欲爲喜鸞作媒，聘與賈薔爲妻的話說了一遍。

賈珍笑道：「這虧老太太想得起來。說來倒也合適，賴尙榮也與我談得來，時常吃酒聽戲，他的口吻抱負不小，這官兒想來必還有得做呢，況且他家又富，說句自貶的話，雖是面子上不如，裏子未必不比咱們。彼此知根知底，總比外頭尋的強。況且又是老太太作主，難道駁回的不成？如此又了卻一宗心事，又投了老太太的好，豈有不願意的？你就該當即答應下來才是。」

尤氏笑道：「這樣大事，我要自己作主，你又說我不與你商量了。況且也要聽聽薔哥兒自己的意思。」

賈珍道：「他能有什麼主張？婚姻大事，本來就是父母之命媒妁之言，他既沒了父母，我就代他做了這個主。」不問皂白，當即命小丫鬟叫了賈薔來，當面告訴：「老太太作主，要替你聘下賴管家的孫女兒爲妻。我想著你也二十好幾了，早說要替你留意一門親事，看了這些年，也未相準，這倒是老太太的心眼清，如今便請你璉二嬸子做個現成的媒人，再請薛姨太太做保山。你二人成了婚，願意還住在原來房子也可，願意搬進府裏來同住也可，都隨你的意。這兩日便著人與你收拾房子，打點家俱。眼看就是成家立戶的人了，再不可像從前那般慌頭慌腦，著三不著兩的了。」

賈薔聽了，如雷轟頂，三魂不見了兩魄，又不敢實情告訴，只得唯唯諾諾答應了，低著頭退出，也不與賈蓉等辭行，逕自出府來，並不回去賈珍替自己置辦的那所大宅，卻轉過兩三條街，來在深巷裏桃杏掩映編花爲籬的一處四合院落，大門虛掩著，左首一株大銀杏樹，約有合抱，高過屋簷，遮著一座如意雲紋圍護的福字青石照壁。推門進來，院中雜蒔花草，搭著葡萄架子，架下安著石几、春凳等物，十分清幽雅靜。小丫頭正在井邊搖轆軲打水，看見賈薔進來，不上來接著，反轉身往屋裏跑著嚷道：「好了好了，二爺來了。」

便見屋裏有個婆子忙忙的迎出來，拍手叫道：「二爺可算來了，姑娘昨晚上念叨二爺，一夜不曾安睡，早起便吐了幾口血，我們這裏正抓瞎呢。」賈薔驚道：「怎麼不請大夫去？」一行說，一行便踏步進來，果見齡官披著頭髮，穿著楊妃色燕子穿柳絲縐紗夾襖，蜜色地子圓綠荷葉落蜻蜓的縐紗褲子，伏在炕沿兒上喘一回又咳一回，聽見他進來，一邊回臉來看，欲說話又說不出來，兩行淚直逼出來，那種淒苦難言的形狀，格外可憐可疼。賈薔忙上前扶住，一邊與他揉背，一邊歎道：「只兩日不來，怎麼忽然病的這般重了？這若是有個好歹，可叫我怎麼處呢？」說著，也流下淚來。

齡官倚在賈薔身上，大嗽一回，仰面躺倒，又喘了半晌，方勻停了，問道：「你不是說今兒在府裏坐席麼？怎麼這會子來了？」賈薔哪敢說出賈珍提親之事來，只含糊應道：「不過是常來常往的那幾個人，究竟沒什麼可說的，又記掛著你，想著兩三日不來，也不知好些沒有，所以略應酬一回，抽空便出來了。」齡官點點頭，歎道：「多謝你想著。我這病，眼見是好不了了，只指望活著一天，能一天與你做伴，但得你看著我咽了這口氣，隨你再怎麼樂去，我便都不問了。」賈薔聽了，觸動心事，那眼淚更是直流下來。齡官見他這樣，又覺不忍，推他道：「我剛好了些，你不說勸我，倒反裝腔作勢的來慪我，難道必定要我再哭上一場，吐盡了血，才肯甘休麼？」

賈薔這方收了淚，勉強笑道：「你隨便說句話，都這樣刺人的心，倒怪我裝腔作勢的。自打上回那大夫來瞧過，不是說比別的大夫都好，照方子煎藥，吃了也平服些，怎的又忽然加重起來？」齡官道：「怪不得大夫，是我昨晚無故做了一夢，醒了，再睡不著，因起來院中走了一個更次，才又重新睡下，早起便咳起來。」

賈薔跺足歎道：「二月天氣，日間雖暖些，夜裏卻還和冬月一樣的，怎的這樣不知保養？」因命婆子取百花膏來服。婆子說：「大夫叮囑，這個要在飯後細嚼，用生薑湯送下，噙化最好。小姐早起到現在未進飲食，吃這丸藥，只怕傷胃。」賈薔無奈，只得命他照上回的方子去抓藥，煎益氣補肺湯來，又命熬粥。待婆子去了，方細問齡官昨夜做了何夢。齡官道：「既然是夢，自然做不得準的，又說他做什麼。」反問他，「那年梨花樹下說的那些話，你可還記得麼？」賈薔道：「怎麼不記得？一百年還記得。你若忘了，我再說一遍與你聽。」齡官臉上泛起紅暈，歎道：「你記得便好，何必又說？你不聽人家說：大凡起誓，平白不要提起，提的遭數兒多了，反不靈。」

一時藥煎好了，賈薔親自伏侍齡官服下，婆子又端進雞豆粥來，齡官也只略吃幾口，便搖頭不吃了，只命賈薔坐在身邊，又低低的說了許多傷情話兒，力盡神微，漸漸睡熟了。反是賈薔守在一旁，心裏七上八下，乱踱不安。忽隔窗聽見丫鬟笑道：「寶姑娘來了。」忙迎出來，果見寶官同著玉官兩個走來，看見賈薔，忙止步笑道：「原來二爺在這裏，早知道我們就該明兒再來，免得擾你們生厭。」

賈薔笑道：「姑娘說那裏話？四個人熱熱鬧鬧的倒不好？只是他剛吃過藥，睡了，不如我們往那屋裏說話。」遂引著寶、玉兩個往廂房裏來，命丫鬟將枸杞葉子茶泡一壺來，再將月前拿來的各色蜜餞、細巧果仁多多的撮上幾碟子來，因道：「這是那日在薛大哥家吃酒，姨太送的內製荔乾，外頭買不到的。」寶官吃了幾個，果然香甜爽口，不禁贊了幾聲，笑道：

「我母親前日托人捎信來，說我哥哥娶了嫂子，做了門小生意，如今家裏頗爲過得，因此叫我回去，不叫再幹這勞什行子了。玉官在京城也沒別的親人，如今要隨我一同回去，彼此好做伴兒。我兩個今日因此來別齡官，或有什麼要帶的，或是捎句話兒，便替他帶回去。」賈薔忙道賀了，又問：「定下日子沒有？置酒替你兩個餞行，再則窮家富路，缺什麼，只管告訴齡官代你們備辦。」

寶官、玉官都忙連聲道謝，又道：「我們十幾個人，原從姑蘇一道來的，如今死的死，散的散，剪了頭髮做姑子的做姑子，就只剩了我們三個還時常通些聲氣。齡官自不必說，多虧二爺安置他在這裏，又給他請醫療病；就是我兩個，若不是二爺，也不得認識廣和班的班主，投在他們裏謀生活。雖然也是唱戲，到底是自由身，不比葵官、茄官他們，被乾娘轉賣到班子裏，班主朝打夕罵，折磨得通不像個人樣兒了；文官是嫁了人，男家並沒什麼錢，倒惦記娶小老婆，偏又管不了大老婆，那文官這兩年裏也不知受了多少窩囊氣；艾官、豆官更是下落無聞，如今還不知是死是活呢；比起來，倒屬我兩個最是自在。這二年裏我二人也略攢了一點錢，盡夠路上使用的。多謝二爺費心想著，不夠時再來叨擾。」

賈薔聽見這話，早又兜起一腔心事來，卻不好即便說起，因強笑道：「廣和班老余敢待你們不好嗎？他們那班子，原是布政司仇都尉供的，後來仇都尉的兒子當了家，嫌他們老了，另買了些伶俐俊俏的，就把班子攆出來了，投奔一個行上的經紀，組了這個廣和班。戲雖不錯，卻沒出色的角兒，只要靠你兩個撐門面呢。如今你們走了，他們還不知怎麼打饑荒呢。」寶官、玉官都笑道：「二爺猜的不錯。」因見賈薔眉間隱隱有憂煩之色，遂問端底。賈薔原不知如何與齡官過話，見他二人問起，正中下懷，遂毫不相瞞，將賈珍之話盡行說了，歎道：

「你們在府裏幾年，自然都知道，我雖是個爺，其實一無根基，二無實權，不過從小賴著老爺疼愛，蓉大哥提攜，所以比別人得臉些。如今老太太親口許媒，老爺又斬釘截鐵替我應允下來，難道我敢說『不』麼？便說了，老爺問我因何不願意，我難道敢拿實話答他，說我爲戀著個……」說到這裏，忙又打住。

寶官笑道：「二爺有什麼不好意思出口的？『戲子』二字，難道我們還聽得少嗎？二爺的意思，必是怕老爺責怪你戀著戲子，竟連祖宗門第也忘了，可是這樣？依我說這件事若擱在別人，倒也不難，只先瞞住兩頭，把那賴家小姐娶進來，過一二年，說明了原委，再接齡官進府不遲。你們大戶人家的公子，三妻四妾原不爲過，想來他也不好過於反對的；如今最作難處，反在齡官身上，只怕他不肯做小，必定要一夫一妻的才罷，二爺從前原許過他非卿不娶，如今忽喇巴兒的說府裏另定了婚事，以他那性情，焉肯不惱的？若是氣傷了身子，鬧出事來，豈不辜負了二爺素日的一片心？」

賈薔只覺得這幾句話正碰在自己心坎兒上，又喜又悲，流下淚來，歎道：「你說的何嘗不是？我因此在這裏作難。說不是，不說也不是。這些年來，憑我怎麼對他，概因不能自己作主，他總放心不下，所以這病才一日重似一日，如今再讓他知道府裏替我訂了親，還不定鬧成什麼樣呢？若說是瞞著他，一則我心裏不忍，二則這樣大事，又怎麼瞞得住？」玉官聽了半晌，這時候方忽然問道：「二爺說來說去，只是想娶那賴小姐，可是這樣？」賈薔道：「我何嘗想娶，只是老爺已發了話，我難道不應嗎？」

玉官道：「二爺只說還是想娶這賴小姐呢，還是想娶齡官，只要二爺想得定了，我自有主意在此。」賈薔道：「這何必要問？我自然是想娶齡官，你看這兩年來我怎樣待他，便知道了。自打認識了他，何嘗再有過第二個人。」玉官笑道：「二爺的心事我自然知道，只是若不得二爺一句實話，倒不好亂出主意的。如今二爺既說得這樣篤定，我倒有個主意在這裏，兩位聽聽且是怎樣：我們原本都是從蘇州一道來的，如今我與寶官正要回去，二爺不如就與齡官一起，收拾些貴重衣物，隨我們一道去。把這房子賣了，再變賣些古董傢俱，盡夠在蘇州置些田產房屋，就坐地收租也可過日子的了，從此夫唱婦隨，和和悅悅的過一輩子，豈不遂了你二人之願？就只怕二爺捨不得家，吃不得苦。」

賈薔低頭尋思半晌，方道：「我早說過，這裏並不是我家，不過是我自小長大的地方，除了老爺和蓉大哥這幾個人，也並沒什麼放不下的親人。若說吃苦，但能跟齡官一同到老，於願已足，又怕什麼苦呢？」玉官道：「既是這樣，我們便約定日子，到時神不知鬼不覺，一同遠走高飛的便是。」

彼此又商議一回，那邊齡官已經醒了，婆子過來通報，賈薔便請寶、玉兩位一同過去，玉官道：「他還不知道我們來過，如今剛起來，未必願意見人的。不如二爺先過去，等他洗漱梳妝好了，我們再過去。」賈薔笑道：「顯見你們是好姐妹，這樣知道他，又這樣體諒。你們既深知，自然該知道他既肯叫我過去，必是已經梳妝停當了，不然，便連我也不肯見的。」寶官、玉官也都笑了。賈薔又叮囑：「去蘇州的事還得從長計議，賣房子出脫古董不是一時半刻便能辦得妥當，且不急說與他知道，他原本心重，聽說要回鄉，又不知耽起多少心事。不如安排妥當再說不遲。」寶、玉兩個都忙道：「何勞二爺囑咐？我們深知道的。」遂一同過來。

齡官見了二人，自是歡喜，四人圍坐著說著舊事新聞，十分投機和洽。不覺已是飯時，婆子要往灶下升火，賈薔只道不恭，與了二兩銀子，令往館子裏叫一席來。

稍時，館子裏堂倌同著婆子走來，抬著兩個食盒，打開來，是一碗燜得爛爛的紅醬肘子，一碗清蒸鰣魚，一碗小雞燉鮮筍，一碗白汁排翅，並一大碗蓴菜鮑魚湯，另有許多下酒小菜，寶官喜道：「還沒回家，倒先嘗著鄉菜了。」賈薔吩咐在明間裏排下桌來，設椅安箸，請過眾人來，各自坐定，又開了一罈紹興女兒紅，卻是寧府裏帶出來的，用鏇子燙熱了，斟在荷葉琺瑯盅裏，且行酒令兒，賭戲目名做對子，說明對不上的罰一杯，對得極工時，出令的卻也要陪一杯為敬。

寶官便先出了個〈掃花〉，賈薔對了個〈踏月〉，又瞅著玉官笑道：「我出的這個題目，得罪姑娘了。就是〈埋玉〉。」玉官笑道：「這有何難？現成兒的，〈拾金〉。」賈薔點頭稱讚：「果然工整。」玉官道：「既然二爺說好，便請喝這一杯罷。」說著滿斟了一杯放在賈薔面前，賈薔仰脖喝了，又請玉官出題。

玉官道：「我便再回敬一個〈叫畫〉，請二爺對。」賈薔低頭想了一回，對不出來，只得認輸。齡官推他道：「這就不能了？你回他一個〈偷詩〉，不就得了？」寶官、玉官都齊聲喝采，又道：「這對得雖然工整，卻不能算二爺的。這杯罰酒省不得。」

賈薔只得笑著飲了，又出了一個〈卸甲〉。寶官對了〈搜杯〉，齡官以為不工，寶官笑道：「怎麼不工？我們尋常唱堂會，看見那些人家用的杯盞，金的玉的都不算稀罕，難得的反是那些龜甲鹿角的，我問過名號，又是什麼『商』，又有什麼『甲』的。如今二爺出了個『甲』字，我對『杯』怎麼不工？」賈薔笑道：「那個『斝』卻不同於這個『甲』，不如對個〈搜山〉倒好。」齡官笑道：「有理，這杯可躲不過了。」

寶官只得喝了一杯，又道：「即是這樣，我便以〈搜杯〉為題，請二爺對。」賈薔又對不出來，便又請齡官代勞。齡官歎道：「你也算行家了，怎麼幾個戲目名兒也對不上。」便隨口對了個〈盜令〉。

賈薔笑道：「對得果然巧妙。這是你們的功課，我原不是對手，不過多哄我喝兩杯酒罷了，還能醉死我不成？」遂又連喝了幾杯，倒把興致提起來，因向齡官道：「不信我當真就一個也對不上來。如今你也出個題目，且看我對得如何？」

齡官便出了個〈驚夢〉，眾人皆想不出，賈薔道：「夢是虛字，也得對一個虛字才妙，便是〈離魂〉吧。」寶官、玉官都贊道：「這對得極工，虧二爺想得出來。還是必定要齡官出的題目，二爺才肯對的？」賈薔笑道：「若是別個，再對不出，這曲兒原是他在家時常唱的，所以記得。」二官都道：「既這樣，齡官該喝一杯為敬。」齡官也不分辯，低頭抿了一口。

四人原在梨香院都相熟的，並不拘禮，飛觥斗盞，各自放量而飲。惟齡官不勝酒力，且也心思敏捷，應對如流，只略陪一二杯應景而已。喝到興濃時，寶官彈琵琶，玉官排箏，引宮刻羽，合唱了一曲〈普天樂〉：

「少年人如花貌，不多時憔悴了。不因他福分難銷，可堪的紅顏易老？論人間絕色偏不少……」

賈薔看著，心中大樂，只覺便是白香山的樊素在此，也不過如是，親自斟酒添菜，金樽屢勸，玉箸頻催，直飲到天街禁夜、漏滴銅壺方散。正是：

醉花醉月不成醉，情幻情真難為情。

且說近日因福建沿海一帶戰事頻仍，臨國屢屢犯境，海寇日見猖獗，當今不勝其煩，遂派兵震壓，各武將之後俱進京待命，凡習武之家逢二抽一，不能從軍者准擬折銀替從。又命將各公侯府中未嫁及笄女子俱圖形造冊，以備待選。賈政只得連夜備了一折，奏曰：「竊惟萬歲聖文神武，四海一家，雖昆蟲草木，無不仰沾聖化。不意海國蠻虜，藐弱殘生，荷沐萬歲覆載洪恩，不思報德，輒敢狂逆。天兵所指，如風偃草，正其自取殄亡之日。竊念奴才祖孫父子，世沐主恩，至深極重，迴異尋常。今日奴才母子所有身家，自頂至踵，皆蒙萬歲再造之賜，雖粉骨碎身，難報萬一。奴才接閱邸抄，知部議既將發兵，惟恨不能身親荷擔，爲國驅馳，惟願捐銀三千兩，少供採買軍需之用，略申螻蟻微誠。」

王夫人聽說了，不覺後悔：「去年官媒來提親，就該選個門第根基差不離兒的將探丫頭許了，也不至有今日。也是他命苦，原也有幾戶年紀門戶都相當的，又嫌他是庶出；那不論的，家門又太寒薄些，我又不忍他嫁過去受苦。只說他年紀小，不急在一時，所以耽擱至今日。倘若這遭兒果然選中了，竟充發到海外去和藩，豈不是我誤了他？」賈政道：「萬裏挑一，那裏就選中了，大可不必杞人憂天。」又命賈璉速封三千兩銀子來。

賈璉暗暗叫苦，也惟有東挪西當，少不得湊了來，賈政又找了賈珍來叮囑一番，也是這般擬奏。一時兩府裏俱慮了上來，賈政那裏知道。一日賈璉與林之孝對賬，林之孝便又提起從前所議發放家人丫鬟的話頭來，因說：「老爺回來也有些日子了，因前些時在年節下，怕提起這些事來掃上頭的興，就沒再提。如今二爺既告家道艱難，何不趁機稟明了，把年老有功德的家人放幾家出來，要他們多少報效幾百兩銀子，再該裁減的姑娘也裁減些，一年下來也可省不少銀子嚼用。不然，如今府裏生計有出無進，每日裏拆東牆補西牆的，也不是長事兒。或再有一兩件大事出來，只怕沒處兒臨急抱佛腳去。」

賈璉聽了有理，果然找時機稟與賈政，賈政原不理會這些家務瑣事，只說：「你與你媳婦酌量著裁辦，且擬個名單上來，再稟與太太知道。」賈璉因令鳳姐與王夫人計議，鳳姐道：「依我說竟別找那個釘子碰。去年我原說過一次，剛提了個頭兒，就惹出了太太一車子的話，又說從前府裏小姐如何尊貴體面，又說要省寧可從他省起，萬不可委屈了姑娘們，倒像我放著多少錢不使，只要省出丫頭的月例銀子來過日子扮儉省的一樣。因此自打那回以後，我再沒提過一次。」賈璉道：「原是老爺叫我同太太商議，橫豎又不是你說的，不過傳話兒罷了。」

鳳姐無奈，只得走來與王夫人商議，又說是老爺命賈璉所行。王夫人躊躇一回，歎道：「我也知道今非昔比，不料竟到這份兒上了。若說是裁放年老家人，倒是應該的：一則他們都是幾輩子的老人，年久功深，放了也是該的；二則那些人各個都是土財主，不愁銀子贖身；三則我知道廚房上、針線上的人原多，只是他們姐妹又並不使那些針線上人的活計，凡貼身東西，鞋腳、手帕、荷包、順袋，都是丫頭們另做，白放著那些人也是無用，正該裁了去；難的是各房丫頭，年紀小，正是學規矩的時候，就放出去也要另尋營生，不是積恩，反是做孽了；況且上次爲攆了幾個丫頭出去，老太太心裏很不自在，這才幾天，又說要放丫頭的話，豈不自討沒趣？連我也不忍的。」

鳳姐忙道：「太太說的何嘗不是？只是府裏的姑娘都大了，前番既有司棋做出那些事來，保不定別的丫頭沒有，便沒有生事，也保不定生心，倒是早些打發出去的爲妙。若不夠用時，提拔幾個小丫頭上來也是一樣的。」

這話正觸了王夫人平素所忌，遂道：「既如此，你只看著去做就是了。只一條，老太太房裏的丫頭卻不可減，倒是我房裏先裁去兩個罷了。再者這二年寶玉也大了，眼瞅著便要成家娶親，我早說開了春便要他仍然挪出園外來住著，誰知道過年事情多，就忘了。趁這幾天日頭和暖，正該把這件事著緊辦起來。我邊上幾間房子已經打掃出來，或明兒或後兒，你挑個日子就挪他出來吧。家俱器皿不用一概搬出，揀幾件精緻不占地方的搬出來就是了。他屋裏的丫頭最多，又更恃寵生事，積驕成貴的，去年雖整飭過一回，前一向他病中，聽說更又鬧得不像了，恰便趁此發放了，只留下襲人、麝月、秋紋幾個妥當大丫頭跟出來就是了。」

鳳姐得了主意，因傳了各房伏侍的頭兒來，商議著立了單子，每房或裁兩個，或裁三個，都有酌減。又親自與各房主子說知。餘人都還罷了，惟寶玉傷感不已，歎道：「去年剛走了三個，才幾天，又要趕人。早知道這樣，索性一次全攆出去的不好？省得隔幾日一送的挫磨人。」

鳳姐笑道：「依你說，這些人早早晚晚守著你一輩子不去的才好？難道姑娘們大了，也都不許出門子麼？橫豎早也得走，晚也得走，從前還是你天天嚷著，說要把這裏的人全放出去，與父母自便，可是有這話的？如今果然要放了，你倒第一個攔在頭裏，可不是口不應心？」寶玉聽了，方回心轉意道：「既如此，他們能有幾個錢，若同老子娘要，難保他們老子娘不抱怨囉嗦，倒教他們受委屈。果真要放，就該身價銀子不要，白放了才是，也不枉相識一場，伏侍我這許多年。」說著親自去回王夫人。

怡紅院諸人原爲離別在即，正各自抱頭痛哭，聽了這話，倒覺歡喜。他們父母知道，也都欣喜異常，便托了宋媽媽牽頭兒，帶了春燕的娘何婆子等人一同進來與賈母、王夫人磕頭。賈母起先並不知道緣故，及細問過，知道是寶玉的主意，反覺喜歡，笑道：「我就說這孩子心善，行出來的事硬是與別人兩樣。」眾人也都隨聲附和，說是「寶哥兒竟是個佛托生的，所以生來就與人不同。」賈母聽了，更加歡喜。

誰知二月十二正是林黛玉芳誕，他雖不喜鬧熱，然三年前寶釵及笄時鳳姐原爲操辦過，如今少不得也依例照辦，大觀園裏早又設下筵席戲樂，諸姐妹各有禮物奉贈，不過是或書籍字畫，或針黹頑意，不必細表。正看戲時，忽然北靜王府來了四個女人，也說賀林姑娘千秋，又抬了一只荷葉碧玉缸來，裏面養著兩尾北溟金魚，都有三尺來長，說是北靜王妃所贈。賈母命人接了，道謝。心中暗暗乩掇，照理賈府侄甥女生日，王府無須送禮，且又送得如此豐厚有餘。私下裏向王夫人、鳳姐說了，也都不解。

過了兩日，賈政下朝回來說：「今日遇見雨村，言語間向我問起外甥女在家諸事，又問許了人家沒有。我想他雖是外甥女的業師，如今妹夫早逝，他與林家早已沒了瓜葛，況且又是個女學生，這些年也沒聽見說起，如何忽然這樣關心起來？所以只含含糊糊的答了他。」

王夫人訝道：「如此說來，老太太果然猜得不錯。今兒老太太找了我跟鳳丫頭去，說起前年春天，宮裏有位老太妃病歿，咱們都去隨朝入祭，借住在一個官兒的家廟裏，就與北府裏眷屬隔壁。他家賃了西院，咱家賃了東院，北靜太妃原跟老太太提過，說要爲王爺納位側妃，必要門第、模樣兒都過得去，還要才學好。說是王爺在家常說的，從前唐太宗時有個妃子徐惠，中宗有個上官婉兒，玄宗有位梅妃江采萍，還有德宗後宮的宋氏五姐妹，都是能詩擅賦的，就連宮女裏還有個韓翠蘋紅葉題詩，如今才女竟絕跡了不成？一個美人兒，縱有天仙般姿容，若不知詩書，也是無趣，好比花再好，沒有香味，也只好用來糊牆。所以發誓必要找個才女爲妃子，娶進去，立時便請賞封誥，與王妃比肩的。算起來這話說了也有兩年多，想必爲的是國孝在身，便拖了下來。如今三年孝滿，只怕要舊話重提，莫不是看上了林姑娘，要請賈雨村作媒？」

賈政想了想，拍掌道：「聽你說的，八成便是這樣。老太太怎麼說？」王夫人道：「老太太的心思也難說得很，看意思好像捨不得林姑娘出去。憑心講，北靜王有權有勢，年紀又輕，才貌又好，少妃雍容和氣，也不是那一味量窄好妒輕狂拔尖的，果真林丫頭能嫁作王妃，未必不是一門好親事。不如你得空兒勸勸老太太，辦完了林丫頭的事，還要給寶玉提親呢。」賈政應了，垂首閉目，獨自在窗下養了一回神，便往賈母房中來請安。

此時李宮裁、王熙鳳等都在賈母座前承奉，李紈又說些賈蘭的文章進展與賈母聽，說學裏塾長都誇他有才情，賈母聽了，十分喜歡。忽見賈政進來，李紈、鳳姐忙都迴避了。賈政請了安，稟明賈雨村之事，說是「只怕一兩天內就要登門求聘的，到時果然明白提出來，咱們卻是應與不應？若不應，倒不好拿話回他的。」

賈母聽了這話，正合著前日的光景，心下十分煩惱，低頭尋思一回，只得道：「我實話說與你吧，寶玉的婚事，我早已看好了一個人在這裏。爲的是年紀還小，不便提起。如今林丫頭已是及笄之年，我原打算過了這幾天就要同你商量的，不料北府裏倒搶先一步，快在我頭裏。」

賈政聽了，便知賈母之意，是欲留黛玉長在府裏，與寶玉親上作親的，忙笑道：「老太太的眼光自然不錯。只是自從薛大姑娘那年端陽落選，娘娘幾次透出話來，雖未說破，老太太未必不明白。如今又有北靜王府這件事，倒不如順水推舟，豈不兩全其美。」

賈母不樂道：「娘娘既未說明，倒不好亂猜的。橫豎過兩天就是十六，椒房眷屬入宮探視的日子，我便與你太太往宮裏走一回，當面問準娘娘的意思就是了。」賈政不便再說，恭身退出。正是：

長恨鴛鴦難比翼，羨他蝴蝶又雙飛。

第五回

逞英豪衛若蘭射圃
歎薄命金鴛鴦送花

卻說賈母爲了北靜王爺提親一事，心中百般爲難，便欲往宮中求準元妃旨意。到了二月十六日一早，賈母起來，鴛鴦打起半簾，琥珀進來疊被鋪床，外邊早已備下熱水，玻璃用銀盆盛著送進來，鴛鴦伏侍著洗漱過了，梳頭理鬢，敷脂抹粉，珍珠端進銀耳湯來，賈母也只吃了半碗。這時候請安的人已經一撥一撥兒的到了，且不敢進來，只在外邊廊下等候。王夫人等得不耐煩，因見鸚鵡餵鳥，便問道：「老太太今兒起得比往常晚些，可是昨兒睡得晚了？」鸚鵡笑道：「睡得倒早，只是睡不實，起來躺下幾次，直到三更才睡實了。」鳳姐不等王夫人說話，忙道：「我前兒原給鴛鴦說過，用木瓜湯洗腳，就睡得實了，難道不作效麼？」鸚鵡道：「怎麼不作效？洗過幾次，睡得好些了。只是老太太嫌木瓜味腥，又不教洗了。」

鳳姐正要再說，忽見鴛鴦打起猩猩氈簾子來，知道賈母已經妝扮好了，忙扶王夫人進門來。賈母這房子原是一共五間，三明兩暗，西邊兩間是寢臥起坐更衣梳妝之處，最東邊的暗間供著菩薩，有時賈母獨自想心事，也來這裏坐一會兒養靜，外邊明間沿窗下是條山炕，平日賈母就坐在炕頭，隔著窗玻璃向外觀望閒散，眾人來請安時，也多在這裏說笑。正中一間設著扶手靠背透雕雲龍如意紋四圍鑲玳瑁的紫檀正座，座後有插屏，座前設几，供著爐瓶三事，只在年節下、或是待客，隆重其事時才在這裏，平日不大停留。因此眾人這時進來，便在這東邊明間。

賈母見王夫人已換了朝服，十分滿意，向鳳姐道：「璉兒可起來了？」鳳姐陪笑道：「璉兒再懶，也不敢誤了進宮的大事。一早已經穿戴好，趕著請旨去了。」眾人見賈母神色鄭重，也都不敢說笑。

一時廚房送了早飯來，有玉田紅稻米粥和鮮蘑雞絲粥兩樣，鴛鴦等擺上炕桌，地下設著一張花梨木束腰高足几，几面剛好與桌面平齊，剔紅福祿壽歲寒三友攢錦食盒裏另有蓑衣餅、千層饅頭、白馬蹄、素什錦、醃雞脯等十幾樣。眾人也有炕上坐的，也有坐在地上椅子中的，各揀自己喜歡的吃了幾樣，又用過杏仁茶，便散了，仍留王夫人、鳳姐在房中等候。鴛鴦又捧上賈母吃的益母膏來，也吃過了。又等了一盞茶功夫，賈璉方回來，卻說皇上御駕鐵網山春圍，即日便行，元妃亦在伴駕之列，因諸事皆須準備，且容回宮再見。賈母聽了，半日無語，垂首悶悶不樂。賈璉安慰道：「我已同夏守忠說了老太太的意思，托他代向娘娘稟明，想來不幾日就有回話的。」賈母歎道：「如此，也只好等著罷了。」連王夫人、熙鳳也覺失望，都安慰了賈母幾句，各自散去。

隔了兩日，宮裏果然來人，卻命將薛寶釵的年庚八字寫個帖兒送進去，立等就要的。王夫人情知元妃旨意已定，喜動顏色，便攛掇著寫了。賈母雖百般不願意，卻也聖命難違，只得命人用個泥金帖兒寫了，交與賈璉，仍請夏太監帶回。賈璉陪著夏太監用過酒飯出來，一直送出二門以外，欲上轎時，恰好寶玉帶著李貴、錢啓等幾個人在門口張望，掃紅等捧著包袱，正等牽馬來，見了夏守忠，避之不及，只得上前參見，李貴等也都向賈璉問了安。那夏守忠拉了寶玉的手只管上下打量，但見他貂裘革履，金冠玉帶，面若傅粉，唇如施朱，雖無語而似笑，既俯首亦有情，不由笑道：「多日不見，哥兒越發出息得溜光水滑，就好比萬歲爺御書房門前的那株海棠花兒一般。難怪娘娘視如隋珠和璧一般，每日嘴裏心上的放不下。」又向賈璉道了擾，上轎去了。

寶玉便向賈璉道：「這老兔子做什麼只管來？」賈璉瞅著寶玉笑道：「為著你的事，我忙了這半日，你還問，這才是皇上不急，太監急。」寶玉奇道：「我的什麼事？」賈璉自悔失言，忙笑道：「見了老祖宗，自然知道。這時候我還有別的事，只等見過大老爺便要出去，卻沒功夫同你細說。」又問寶玉，「你穿成這樣，是要那裏去？」寶玉道：「馮紫英請校射吃酒，去會一會他。」賈璉笑道：「怪道你這樣打扮，倒像要出征打仗的，嚇了我一跳。」寶玉正欲說話時，只見茗煙當先牽著一匹雕鞍彩轡的高頭白馬走來，後面跟著十來個小廝，五六匹馬，遂認鐙上馬，李貴等前後左右跟著，一直出了大門，方都上馬來，揚鞭絕塵而去。

一時來到馮府，早有五六個年輕公子在廳裏等候，皆錦衣玉冠，所披不是貂裘，就是豹氅，身上繫著玳瑁小刀、錦繡荷包、汗巾、玉佩、香珠翡翠等物，見他來了，都站起身來，滿面春風的笑道：「幸會，幸會。」原來是陳也俊，衛若蘭，韓奇，司裘良等人，大多都是舊識，便不熟識的，也都早聽過名頭，遂各自廝見了，敘禮讓座。

馮紫英再三請衛若蘭坐在首席，衛若蘭推辭不過，只得道聲「有僭」，含笑坐了。馮紫英自己便坐了主位，親自斟了一輪酒，舉杯起座笑道：「今日之會，一為敘闊，二為祖餞，在座皆為夙好世交，悉在武蔭之屬，然而上叨天恩，下承祖德，自幼錦衣玉食，養尊處優，其實寸功未建，誠可愧也。而今海疆作亂，犬戎窺伺，真真國屢次挑釁，朝廷幾番發兵，至今尚未平夷。隨時一紙令下，你我等便要祭旗從軍，聚散難以預料。譬如衛兄此番來京，原以為久別重逢，當可一聚，豈料昨日看了邸抄，才知道衛老伯已點了兵馬大元帥，衛兄便是一個現成的先鋒，如今奉命巡閱江海門戶，操兵防倭，不日便要起拔。雖說沙場吟鞭，男兒本色，然我輩又不得盡興了。因此以小弟之意，得聚會時便該常聚，閒時則將弓馬演練起來，以備不時之需。故而今日略備薄酒，請幾位好朋友校賽騎射，一則為衛兄壯行，二則也是不忘祖訓之意。諸位若不嫌我多事，便請滿飲此杯。」說罷舉杯一飲而盡。

滿座公子都接聲叫好，一齊飲盡，又談些沿海戰事，說及「賊寇猖獗，每每上岸窺探附近城廓，其勢刻不容緩。朝廷雖屢屢發兵征討，奈何內有盜賊逆匪，外有敵患環伺，賊逆勾結，難以檄剿」等事，都不禁摩拳擦掌，形於顏色。寶玉於這些事上向不留心，又因座中衛若蘭雖是世交，卻自那年秦氏出殯時匆匆見過一面後，衛家即闔家離京，遂無深交。一向聽聞他文字風流，弓馬嫻熟，且生平最喜蘭花，凡行止之處，必手植數十株，繞戶通衢，香聞十里，故而自號若蘭。每到花開之日，往往臨花把酒，自斟自飲，至夜不眠，有詠蘭詩數十首傳世。今日難得相會，又見他清華貴重，儀表天然，果然好個人物，不免向前互道久仰之情，又請教種蘭之道。

那衛若蘭也久慕榮府玉公子之名，只恨無緣深交，今見他主動攀接，豈有不竭誠相告的，笑道：「世人都只說蘭性最嬌，不宜家養，豈不知空谷幽蘭，雖風吹霜欺、晨昏日曬而芬芳四溢，何嘗嬌乎？故而小弟種蘭花，最忌拘謹，不以盆栽，不設花壇，只依時點種苗芽，任其風雨灌溉，兼命小鬟守護，不許禽鳥啄食、蟲蟻傷根而已。其餘也並無竅門的。」寶玉道：「我以前看書時，嘗見宋趙時庚所編《金漳蘭譜》著錄二十二品，宋王學貴所編《蘭譜》著錄五十品，又有《群芳譜》載：『蘭無偶，稱爲第一香。紫梗青花爲上，青梗青花次之，紫梗紫花又次之，餘不入品。』不知兄以爲如何？」

衛若蘭笑道：「趙時庚以吳蘭、潘花等十一種爲上品，鄭少舉、黃八兄、周染爲中品，以夕陽紅、觀堂主等爲下品。我則以爲不然，蓋花開因時隨處，恰如李時珍《本草綱目》所言：蘭草、澤蘭生水旁，幽蘭生於山谷；蘭花生近處，葉如麥門而冬爲春蘭；生福建者，葉如菅茅則為秋蘭。此皆天假其時而開，故有春秋之別；地擇其質而異，遂有山水之類。豈是蘭花本身有上下分乎？澤蘭生水邊，其豔何求入畫？山蘭生幽谷，其香不為媚人。惟庸人自擾，文人自得，故以蘭花入譜，且枉論品級，豈是真愛花人耶？故而小弟愛蘭，但得新品種，必視如拱璧，精心移來，闢地而植，無論杭蘭、建蘭、朱蘭、伊蘭、風蘭、真珠蘭，皆視之為摯友良師，並無品級貴賤之分別。」

寶玉聽了這幾句，便知這衛公子亦是性情中人，更加喜不自勝，又見他雖然人物俊美，態度溫和，卻豪邁有魏晉之風，無一絲脂粉紈絝氣，比自己大不多幾歲，卻已有揮兵指戰之能，倒覺自慚，不禁贊道：「初次識荊，便得聆雅訓，塗我塵衿，幸何如之？奈何夏蟲不可語冰，寶玉性本愚鈍，兼少見聞，衛兄談吐深奧，非弟等塵芥之人可以省得。」

衛若蘭忙道：「井蛙之見，往往以管窺蠡測而自誤。且性耽煙霞，素少教化，若有衝撞之處，還望海涵。我與兄雖然少見，形容舉止卻不陌生，所以見了面只當老友重逢一般，不覺忘形。」看見寶玉一臉迷惑，忙又笑道：「在金陵時，我原和甄府的寶玉公子十分要好，時常會面飲酒，若論他的舉止容貌，與兄一般無二，就連談吐態度也相彷彿，方才我見了你，還只當是甄世兄來了呢。他如今原也在京城，只可惜不得見面。」

甄府闔家來京聽候審理之事，賈寶玉原也耳聞，因記掛甄寶玉，日夜思一見面而不得，如今竟聽衛若蘭說與甄寶玉熟識，便有心打聽得再仔細些，卻忽又想起聽母親說過，甄家三小姐原許了景田侯之孫為媳，近因出了事故，司家正嚷著要退親，今見司裘良在座，不好多提。正要別話岔過，忽聽馮紫英對面笑道：「你兩個倒投契，可惜衛兄不日便要祭旗南下，不然以後你們倒可時常親近的。」

寶玉聽了，戀戀不捨，問道：「今日一別，不知何時還能再見？」衛若蘭道：「朝廷之任，原本天心難測，況且戰事多變，更比風雨陰晴無一定之規，若順利時，一戰而捷，兩三月便可還京，若不順利時，只怕三五年也未必轉得來，也惟有『盡人事，聽天命』六字而已。」馮紫英笑道：「提起此事，我還有一問：原說你小登科的日子便在左近，如今忽然授了這個銜，倒不知是先洞房，後操兵呢，還是先立功，後行禮？更不知令夫人是何閥閱？此前可曾見過？知道相貌性情如何？」

衛若蘭赧然道：「自當國事爲重，先退敵，後成婚。再則婚姻大事，全由父母之命，媒妁之言，我卻上那裏見面去？」馮紫英頓足歎道：「這萬萬不可。若是由著媒人信口開河，麻臉也說成羞花，禿頭也說是閉月，那還得了？」韓奇道：「馮兄言重，媒人如何肯這樣屈心，若是中人之姿強說成花容月貌也還罷了，如何麻臉禿頭，也能說成羞花閉月？男方即便當時受騙，過後難道不尋他晦氣的？」馮紫英道：「這你就有所不知了，就由得男方打上門來，那媒人也自有一番說辭：姑娘一張麻臉，便如花上停著蜜蜂一般，豈非羞花？至於禿頭，更好解了，夜裏連燈也不用點的，何況閉月？」說得眾人哄堂大笑。陳也俊道：「馮兄說得這樣真切，莫非曾經上過媒人的當不成？」

馮紫英笑道：「小弟實親身經歷過一件險事，但要馬虎一點，也就上當了。虧是我見機得快，才不曾落下一世的遺憾。」眾人見他說得鄭重，都忙問道：「這卻是什麼緣故？果然有媒人要給馮兄當上的？那媒人也未免太過大膽些。」馮紫英道：「從前我隨家父在軍營時，曾有個武官說他家女兒如何如何貌美，如何如何賢慧，意思要與我家攀親。家父便同我商議道：他官職雖小，也是立過戰功的，且又是清白人家，若果然有個那般德貌雙全的女兒，未必不是良配。我想這婚姻之議事關終身，豈可馬虎？便不肯立時應承，只設辭拖延，且找了個心腹小校替我打探虛實。原來那小校有個姑媽是出家人，常往那府裏講經說法的，便擇日找個由頭設法見了那小姐一面，正遇見那位小姐爲著什麼事在責罵丫頭，那道姑見了，轉身便走。親事也就此黃了。」

眾人都詫異道：「如何就黃了？你這說得不清不楚的，到底是怎麼回事？莫非是那小姐相貌醜陋，或是麻臉禿頭有殘疾的不成？」

馮紫英笑道：「非也，若論這小姐相貌，倒也標緻，據那姑媽說，當真是魚入鳥驚，狼奔豕突。」寶玉一口茶噴出，笑道：「馮兄這話說得奇怪。魚入鳥驚倒也罷了，又怎麼狼奔豕突起來？果然是佳人，豈會與虎狼同行？」

馮紫英笑道：「這位美人兒，外稟桃李之姿，而內具風雷之性，每當發作起來，便如山崩海嘯一般，可不是狼奔豕突麼？」

眾人聽了，都不禁哄然大笑。惟寶玉想及鳳姐與夏金桂，不禁心中一動，心想那香菱自去年被薛蟠休棄，抱病至今，聽說每況愈下，眼見是不行了；平兒又新近撞傷了頭，自己原也去探望過兩三次，每每問起來，他只說自己不小心，再不肯抱怨一句，然而那眼中含淚，無限委屈，可憐可敬的模樣兒，真叫人看了辛酸，只可恨賈璉與鳳姐偏不懂珍惜。想到此，不禁暗暗歎了幾聲。

一時酒過三巡，有童子來報，諸物齊備。馮紫英遂引著眾人往射圃中來，過了一座木橋，從竹林走出，是片偌大空場，方圓約有二十來畝，一花一樹俱無，卻遍種著四季草，雖是寒冬時節，依然蒼翠軟伏，其高堪堪遮沒馬蹄。場地西北角是養馬廄，東牆根下搭著鵠棚，立著一排五色皮鵠，鵠前有箭道。望東北上，編些竹籬，護著幾間敞廳，兩旁長廊環抱，皆有窗槅可闔合，供人在廊下遮陽避雨，飲茶歇力，因此又有爐灶、茶几、繡墩等陳設。

眾人脫了外邊大衣裳，露出裏頭緊身衣來。寶玉見那衛若蘭穿著秋香色箭袖短襖，套一件紫羯坎肩兒，豎著一圈紫貂毛領兒，腰間繫著一枚金麒麟，雕鏤精工，文章閃爍，十分眼熟。忽然靈機觸動，想通緣故，不禁大笑道：「早聽說舍表妹訂了親，原來便是衛公子，這可真是天生地設的一對璧人。」

原來寶玉生平最恨提起這些姐妹嫁人之事，雖知湘雲已有了人家，卻從未問及對方姓張姓李，只當沒有這回事一般；眾人也都知道他這個脾氣，從不肯在他面前談論，故而他見了衛若蘭，再想不到竟是表妹婿。直到看到金麒麟，原是那年自己得了送與湘雲之物，如今卻繫在他腰上，才福至心靈，想得明白，自然是史家將此物作爲文訂，送與衛若蘭的。他既然如此珍重隨身攜帶，自是看重這段姻緣之故，不禁一掃往日厭婚恨嫁之論，反而代湘雲歡喜，遂向若蘭道：「衛兄大可不必爲馮兄方才戲語遲疑，舍表妹雖不才，卻是容貌不讓西、嬙，才學不遜班、昭，若論性情，堪稱巾幗英雄，與衛兄可謂珠聯璧合，佳偶天成。」

那衛若蘭早知史家與賈府是至親，今日見了寶玉，正有意向他打探虛實，只不便開口，偏值馮紫英又當席發了一通盲婚可懼的宏論來，更覺尷尬，只得禁口不提了。孰料寶玉自己率先說出來，不禁又是喜歡，又是慚愧，忙施禮道：「賈兄謬贊，弟愧不敢當。」馮紫英等聽見二人原是姻親，都大喜稱奇，笑道：「說了半天，原來令岳便是史府，這卻上那裏想得到去？如此知根知底，這可不用道姑上門打聽了。」眾人更大笑起來。

衛若蘭不好意思，忙率先下場，小廝已經牽了馬在場邊等候，遂於架上選了趁手弓箭，打馬馳去，先繞場跑了兩圈，活動開筋骨，這方搭箭在弦，翎花靠嘴、弓弦靠身、右耳靠弦，離鵠約有百步時，箭做連珠，瞬忽便連射了十箭，停馬下來。眾人看時，箭箭中矢，有九枝都射正靶心，只有一枝射偏，雖在紅心之外，卻也中的，都哄天價叫起好來。

馮紫英便也下場來，並不上馬，卻站定在百步開外，蹲身下腰，肩肘端平，立有千鈞之重，只見他戴著海龍拔針的軟帽，那銀針足有三寸來長，一身玄色春綢錦襖，翻出紫貂出鋒的領子，襯著深湖色春綢皮袍，銀狐嗉筒子，前後擺襟清清楚楚兩個圓圓的狐膁，胸前將軍結，腰間英雄帶，腳下一雙紫皂緞子錦薄底英雄戰靴，寬襠下氣，拉弓如滿月，攥拳如鳳眼，猛的將手一撒，那箭勢如流星趕月一般，也是接連射了十箭。

於是眾人也都紛紛下場，各逞絕技，也有百步穿楊的，也有箭發連珠的，甚或有背立發箭的，惟寶玉毫無花槍，端端正正射了十箭，倒也有七八枝中的。衛若蘭見他底盤不穩，在旁指點道：「若說架式也還不錯，只差在膂力不足，撒手時不夠俐落，箭勢便易飄忽。再則雙肩與肘未能端平，力用左了，也容易錯了準頭。」寶玉依言試了，果然箭去如星，正中鵠的，喜得笑道：「我日常在家也時時與兄弟們練習的，只是不見長進，原來訣竅卻在這裏。」

彼時眾人皆已射過，論功行賞，卻是馮紫英爲首，衛若蘭居次。馮紫英道：「衛兄馬上射箭，理當居冠，不該由兄弟僭越。」

衛若蘭道：「馮兄連發十箭，箭箭正中鵠的，小弟卻有一箭射偏，自然不及馮兄。」陳也俊道：「你二人一時瑜亮，不必過謙，本是遊戲，何必定要分個高下？就雙雙奪魁又何如？久聞衛兄擅使雙刀，惜未得見，不知今日可能賜教一二？」

衛若蘭推辭一回，禁不住眾人齊聲誠請，只得重新下場來，雙手持刀，立於馬上，下抑上揚，大開大合，輕如揮扇，易若折枝，驅馬自人群中穿入穿出者幾回。

眾人躲閃不迭，惟馮紫英紋風不動，忽然撮指在唇，呼哨一聲，只見馬廄中一匹渾身紅如熾炭惟獨四蹄雪白的大馬脫韁而出，疾馳過來，行經馮紫英身畔時，長嘶一聲，穩穩停住，馮紫英揪住轡繩，翻身上馬，早有小童遞過雙刀來。馮紫英接了，提轡踹蹬，便迎著衛若蘭馳去，雙馬交錯之際，只聽「嗆啷」一聲，又復分開。轉眼卻又戰在一處，你來我往，左蕩右決，但聞兵戈交錯，不見塵土飛揚，盞茶功夫已經打了數百回合。眾人看得目蕩神馳，都點首稱讚，誠心悅服。

舞了一回，兩人收兵下馬，眾人都迎上來接著，不免說些稱讚羨慕之語。大廳裏早又排下酒肴，管家來邀眾公子入座，只見商彝周斝羅列，珍饈美酒星陳，色香俱全，水陸齊備，眾人都道：「太破費了。」方坐定，又有幾個唱曲兒的，穿紅著綠，搖搖擺擺，捧笙抱琴而來，座前磕了頭，遞上一柄灑金摺扇，上邊寫著許多曲牌名兒。馮紫英先請衛若蘭，次請寶玉，不免彼此推讓一回，也都一一都點過了。歌娘便彈起曲兒來，箏排雁柱，板拍紅牙，聲如流鶯婉轉，色若嬌花沉醉，一遞一和，唱了一曲〈雙調步步嬌〉：

你將那一曲陽關休輕放，俺咫尺如天樣。
慢慢的捧玉觴，朕本意在尊前捱些時光。
且休問劣了宮商，你則與我半句兒延著唱。

這個唱過了，那個便又接聲兒唱道：

則甚麼留下舞衣裳，被西風吹散舊時香。
我委實怕宮苔再過青苔巷，猛到椒房。
那一會想菱花鏡裏妝，風流淚，兜的又橫心上。
看今日昭君出塞，幾時似蘇武還鄉？

眾人持杯聽曲，不知不覺已然酒過數巡，月滿西樓。馮紫英做手勢止住唱曲，席前打了賞，笑向眾人道：「聽這半日哼哼呀呀的曲兒，倒覺悶氣，不如行個令兒來，方飲得痛快。」韓奇道：「剛射過箭，兩膀子酸痛的，再猜拳擺莊，未免鬧得頭疼，不如斯文些的倒罷了。」寶玉便說聯句，司裘良笑道：「這也太難為人些，若一時三刻只管聯不上來，不怕醉，也怕悶壞人。」

馮紫英道：「如此，便是飛觴吧，也還簡便節省。就每人飛唐詩一句，從我而起，飛第一個字，接下來便飛在第二個字上，依次類推，錯了序的要罰，應了景兒的賀一杯。」韓奇道：「這也罷了，只是飛個常見的字罷了，不然幾首詩雖不難，難得恰好應在字序上。」馮紫英笑道：「今日之局原為衛兄而起，不如就以尊諱為令，不知衛兄意下如何？」衛若蘭笑道：「但飛何妨。」寶玉道：「既是衛兄名諱，則各人所飛之句須得辭句雅致，且有誦讚之意，不然未免不敬，也要罰的。」眾人都答應了。

馮紫英便飲了門杯，先飛一句道：

「蘭爲奇香卻在幽。」

其下爲寶玉，先喝了一聲彩「好句。」方跟了一句：

「握蘭猶未得相親。」

衛若蘭聽了，不禁一笑，舉杯與寶玉照了一照，各飲一口。下首韓奇，想了半日，吟道：

「君聞蘭麝不馨香。」

馮紫英笑道：「這可該罰了，雖然合令，卻不雅。」韓奇笑道：「只顧著別錯了序，好容易想起這一句來，偏又意思不好。」喝了一杯，又想了一想，方道，「倒是換這一句吧。」遂重新吟道：

「一隻蘭船當驛路。」

眾人都道：「這句雖不是吉讖，倒也應景，可以合令。」接下該司裘良，說了一句：

「愁殺樓蘭征戍兒。」

韓奇笑道：「說我的不雅，這句卻又如何？」馮紫英道：「司兄此句詞意雖愴惻，然正與韓兄的上句合拍，下邊又恰該著衛兄接掌，倒也承上啓下。」眾人也都罷了，又催促衛若蘭飛令。

衛若蘭因把酒笑道：「雖然征戍千里，『愁殺』倒也未必，況且今日嘉朋滿座，正該及時行樂才是。各位以我的『蘭』字爲戲，我卻也要得罪玉兄做個伴兒。」遂曼聲吟道：

「玉在山兮蘭在野。」

眾人都哄然叫好，於是闔席共賀一杯。最後是陳也俊，吟了句：

「月低儀仗辭蘭路。」

回至馮紫英，該合令在最後一字，只見他並不思索，舉杯過耳，高聲吟道：

「中有一人字金蘭。」

眾人更加叫好，都笑道：「難怪你要行這個令，原來早有成竹在胸，真正善始善終，應景之至。」共飲了一杯。

第二輪該寶玉做令官，飲過門杯，笑道：

「蘭亭月破能回否。」

馮紫英笑道：「這一句問得好，而且有情意，衛兄該當浮一大白。」衛若蘭臉上一紅，笑道：「馮兄又取笑了。」眾人都不解，因問爲何該飲，馮紫英笑道：「這句『能回否』自是玉兄爲他令表妹問的，取『式微，式微，胡不歸？』之意，別見幽情，衛兄還不該浮一大海麼？」眾人都笑道：「果然該飲。」衛若蘭只得飲了一杯。

其下該韓奇，吟了句：

「木蘭已老無花發。」

吟過之後，自知不吉，也不用人勸，便先飲了一杯，眾人倒笑了，又催司裘良快說，司裘良便說了句：

「走馬蘭台類轉蓬。」

眾人都道：「這句也不好，且存之，衛兄接一句吧，該把士氣重新振作起來才是。」衛若蘭聽了，不免想了一回，復抬頭高聲吟道：

「不破樓蘭終不還。」

舉座哄然叫好，都道：「這句說得豪邁，又正切著自家之事，雲龍風虎，在此行也。」遂輪流敬衛若蘭一杯，各自說些鼓舞壯行之語。

闔座喝了一回，方又接著飛令，下該陳也俊，已忘了次序，因問：「該在第幾個字上了。」馮紫英道：「衛兄自許『不破樓蘭終不還』，蘭在第四字上，你該飛在第五個字上了。」陳也俊便說了句：

「檻菊愁煙蘭泣露。」

馮紫英笑道：「這可拿住了。這句是詞非詩，且意思也不吉，該罰。」陳也俊只得認了罰，想一回，另說了句：

「欲深不見蘭生處。」

下該馮紫英，卻只顧低頭吃菜，眾人都知道到他必有奇句，都催道：「到了你，偏是賣關子，還不快說呢？」馮紫英這方抬頭笑道：

「旋培殘雪擁蘭芽。」

韓奇一口酒噴出，笑道：「馮兄這句刻薄太過，委實該罰。」馮紫英笑道：「應了景，理當該賞才是，如何倒該罰的。玉翁是親家，你來評評這個理。」寶玉見衛若蘭早已羞得連腮帶頸俱已通紅，不忍取笑，忙道：「倒是我收了令吧。」遂吟了一句：

「家是江南友是蘭。」

原來在座倒有一多半是祖籍江南的，聽了這句，頓生思鄉之念，遂共飲一杯，完了此令。

第三輪該著韓奇起句，以「蘭省花時錦帳下」起，以「傳聞奉詔戍皋蘭」收；至司裘良時，便以「蘭亭往事如過雨」起，以「桂折秋風露折蘭」收，罰了一杯；衛若蘭便以「蘭陵美酒鬱金香」起，以「誰憶重遊泛木蘭」收；陳也俊便以「蘭亭賓主今何在」起，以「烏鵲無聲夜向蘭」收；如此令行禁止，酒到杯乾，眾人不覺半醉，馮紫英最後收了一句「壯圖萬里戰皋蘭」，眾人齊聲叫好，都說「這說得切，而且吉利。衛兄賢喬梓這一去，必當旗開得勝，屢立戰功。」如此完了七七四十九令，停杯換茶，重整肴饌，各人用過乾稀飯，盡歡而散。

是晚寶玉回至府中，因記起香菱之病，便先往薛姨媽院中探望一回，然後方回園來。襲人正等得焦急，見他回來，忙迎上來伏侍脫換衣裳，問道：「今天如何吃得這樣晚？我只當你醉了，還要回了老太太，另打發車子去接呢。」寶玉道：「我並沒多喝酒，回來得也不算遲，不過是去看看香菱，又去給老太太請了安才來，所以晚了。」襲人聽了，便回身叫小丫頭備洗澡水。寶玉道：「昨天剛洗過，怎麼又洗？」襲人道：「你剛從那有病的人屋裏回來，不免帶了病氣，自然要洗一洗才放心。」

寶玉笑道：「那裏就那麼容易過上了。你且別忙，我還要看看林妹妹去呢。」襲人道：「你去了一日剛回來，不好好歇著，怎麼又到處走？況且林姑娘原本身子不好，你才看了香菱回來，又往他屋裏去，他豈不怪罪呢？」寶玉道：「林妹妹再不忌諱這些，他自己昨天還親去看過香菱呢。」說著忙忙的換過衣裳，拔腳走了。

襲人悶悶的，只得收了衣裳，回身坐在床邊，拿起一雙鞋來緝鞋口。正用牙咬著拔針，忽見鴛鴦帶著兩個婆子，抬著一盆紅掌走來，笑道：「緝個鞋，用得著這樣咬牙切齒的？」襲人忙起身讓座，笑道：「你不知道這種千層底鞋，沿上一圈貉子皮，翻毛出鋒，最難拔針。你做什麼來的？」

鴛鴦道：「剛才寶玉在老太太屋裏看見這盆紅掌，誇說顏色好，老太太所以叫送來。」又望著襲人道：「我聽說你明兒請了假，給你哥哥的女孩兒過三朝，怎麼倒見你一臉不樂意？是同寶玉拌嘴不成？他剛才回來，這時候又往那裏去了？」襲人忙掩飾道：「哪有的事？正是爲我哥哥的事——雖是喜事，卻也是件添愁的事，明日吃洗三麵，雖不能像人家張筵唱戲，少不得也要擺幾桌酒，殺幾口豬，沒多久又是滿月酒，再是百日，周歲，一年之內，倒要請三四回客，添丁本來已是多一張嘴吃飯，況且還有這許多張羅。若是個兒子也還罷了，偏又是女孩兒，我哥哥因此在那裏犯愁呢。」鴛鴦笑道：「你家裏何至於艱難至此？老太太、太太難道沒有放賞的？」

襲人道：「你這話說得又奇了。論起來我是這府裏的，或節或病，府裏自有恩賞，我家裏卻與府裏並無瓜葛，便添了丁，也不是家生子兒，憑什麼討賞呢？我雖肯幫襯些，不過一月二兩銀子，便盡拿出來，也不夠什麼。」

鴛鴦見他多心，忙道：「我並不是那個意思，只是你月例銀子、年節賞賜都跟我們不同，原是太太比著周姨娘、趙姨娘的例給的，比平丫頭的還多，怎麼你家裏有這樣大事，太太倒不理論呢？」襲人忙道：「太太並不知道，就是老太太，也沒有爲這個去驚動他老人家的理，難道赤眉白眼的去說我哥哥家添了個女孩兒嗎？倒沒意思的。」

鴛鴦道：「你不好意思去回，不如我明兒找個機會說與老太太知道，必會賞的。」襲人道：「這更不好。老太太就有心要賞，也不好平白無故給丫頭家裏人放賞，被那起小人知道了，更不知嚼出什麼好的來了。連平兒的堂弟娶媳婦，上頭也還沒賞，焉知不是爲了避口舌呢？二奶奶那樣霸道的人，也不得不防備，我如今倒敲鑼打鼓的惹事去，可不是不長眼色兒。」鴛鴦歎道：「說起平兒來，真真教人不服氣，行事兒色色比人強，論賞卻樣樣落在人後。二奶奶要做臉面，日常只是拿他做文章，又沒個老子娘作主，又沒個兄弟姐妹幫襯，就保得住自己不出錯，也保不得別人不出錯，他們夫妻不和睦，是拿他做筏，父子婆媳鬧左性兒，又是拿他墊踹兒，那裏不受些冤枉。前些時候無緣無故捱了那一頓打，差點把小命也丟了，也沒半個人站出來說句公道話。」

襲人道：「說是大老爺、太太爲秋桐罵了璉二爺一頓，所以二爺堵氣，才鬧起來的，可是這樣？論起來大老爺、太太也太荒唐些，也有個爲著屋裏人打罵兒子、媳婦的理？依我說，這件事二爺、二奶奶有三分錯，大老爺、太太倒有七分。」鴛鴦冷笑道：「他們又知道什麼是理？就只得『貪得無饜、仗勢欺人』兩樣是理罷了。」

襲人正要說話，寶玉已回來了，鴛鴦便起身告辭。寶玉也不甚留，只說：「襲人去送送吧。」襲人果然送出來，鴛鴦出了門首，便又站住道：「你那件事，我倒有了一個主意在此，教你個法兒，如今且不忙說，趕明兒『洗三』回來，你只提了一籃子紅蛋捱房送給老太太、太太們，就說是家裏孝敬老太太的，也討討老太太的壽。老太太一高興，少不得就賞了，別人也不好說什麼，保不定還要湊趣的。」

襲人謝了回來，笑向寶玉道：「你平日見了他，便要拉住說個不完的，如何今兒這樣淡淡的？」寶玉道：「不是我冷淡，倒是他近來每每見了我，總是帶搭不理，當作沒看見一般，我若是多說兩句，更要冷下臉來，彼此倒不好意思的。所以我如今對他只好相敬如賓的罷了。」襲人抿嘴笑道：「相敬如賓，原來是這麼說的麼？」

夜裏襲人卸了殘妝，寶玉便拉他在身旁，將白日在馮紫英家射鵠遇見衛若蘭之事，從頭至尾說了一遍，又說他怎樣一個性情豪邁，人物風流，又道：「馮大哥雖是說笑，卻也是世間常情，那書上戲裏有關盲婚啞嫁、亂點鴛鴦譜的故事原就不少，比如醜妻配賢夫，美女嫁賴漢，那裏由得自己作主？就拿眼前這幾個人作比，像是二姐姐出嫁前，那裏知道孫紹祖會是那樣一個豺狼人物？又薛大哥娶進夏家的之前，誰想得到這般潑悍無理？我方才去看香菱，見他越發瘦得可憐了，這一場病也不知治得好治不好。依此想來，雲妹妹心裏未必沒有這層疑慮，倒是你得空兒當面說與他，就說我親眼看見的，衛公子相貌品行，文采武功，無一不好，真正神仙一般人物，這宗親事總算不辜負他素日爲人。雖則小時候受過許多苦楚，如今嫁得這樣一個如意郎君，若得詩詞唱和、琴瑟諧調一輩子，也就是人生樂事了。」

襲人聽了，也替湘雲歡喜，笑道：「正是的，兩家裏庚帖也換了，文訂也送了，連大喜的日子都定了，正主兒卻連對方名號也不知道，更不知臉長面短，性情脾氣。這些人天天都在這裏破悶兒呢，若不是你今兒恰恰的遇到，卻上那裏打聽去。」

寶玉笑道：「雲妹妹原來不知道衛若蘭的字號麼，難道就沒有托別人打聽的？這也難怪，他於這些事上向來不大用心的。」

襲人道：「你又來說胡話了。這樣人生大事，怎會不上心？只他一個女孩兒家，怎好開口打聽這些，況且家裏又沒有親爹娘，這門親事原是他叔叔嬸子替他訂下的，更不便問了。去年七巧節，我們在葡萄架下說了那一晚上的話，他雖隻字不提，可是望著大月亮出了好一會子的神，若不是爲這件事犯疑，又是爲什麼？既是今兒你打聽得清楚，等我說給他，好教他放心，也討個現成的賞去。」

寶玉忙道：「你說的時候慢著點，別臊著了他。」襲人笑道：「這也用你提醒的？只是你若能把這份小心略用些在正事上，我們跟著少操多少心？老太太、老爺、太太也看著歡喜，就是親戚們見了，也說老太太沒有白疼你。」兩人又說了一回，睡下。正是：

紙上談兵公子戲，水中望月女兒經。

欲知後事，下回分解。

第六回

蘆雪廣垂釣得佳句
紫菱洲探病敘離情

卻說襲人聽寶玉說了衛若蘭種種，心裏頗替湘雲歡喜，便欲找個空兒說給他放心。可巧次日一早，寶玉換衣裳出去了，湘雲走來借魚具，襲人便拉他至裏間坐下，沏了茶給他，細細將衛若蘭一事說知，抿著嘴兒笑嘻嘻向湘雲施了一禮，賀道：「那衛公子的家勢門第自然是沒說的了，如今聽說人物又美，武功文采都好，性情又溫和，據寶玉說，兩府裏這些爺們哥兒通算起來，沒一個比得上。且眼下做了先鋒，想來不日就要建功立業，封侯封將的。你只等著瞧吧，想必這頂鳳冠少不了的。」

湘雲滿面飛紅，啐道：「你們兩個晚上不睡覺，只管拿我嗑牙算什麼？難道私房話說盡了，嚼別人舌頭撵瞌睡的不成？」襲人笑道：「我倒一片好心爲姑娘，成日家求神拜佛，只望姑娘許個好人家，郎才女貌，白頭偕老，也不枉了姑娘平素的拔尖好勝，就從前吃過一些苦，也都準折得過了。所以巴巴兒的打聽了新姑爺長長短短，報給姑娘知道。原來姑娘不領情，倒嗔著我多事。既這樣，以後再打聽了消息，不告訴姑娘便罷了。」湘雲羞得摟著襲人央告：「好姐姐，你如今脾氣越大了，好端端一句話便惱起來，又趕著我叫起『姑娘』來了。我怎麼不領情？難道這園子裏誰和我真好，誰和我假好，我會不知道嗎？」

說著，忽聽「哈」一聲笑道：「大喜大喜，我當兩個人關起門來說什麼呢，原來是紅娘給鶯鶯小姐報信來了。」兩人唬了一跳，都忙回頭看時，卻是寶琴約著邢岫煙走來，向湘雲笑道：「約了我們在蘆雪廣好等，你只說借魚杆，倒一去不回來。他們都等得不耐煩，我兩個因此來看看，當是被誰絆住腳，原來急著打聽未來夫婿，一心惦記著早過門兒，便忘了出門兒了。」羞得湘雲追著寶琴要打，那寶琴早躲在邢岫煙身後，頭上鳳嘴裏銜著的珍珠步搖隨聲亂顫，笑道：「好嫂子，救我。」

岫煙正攔住湘雲，勸他「別只管鬧，前邊還等著咱們呢。」聽了這話，羞道：「無端端的，怎麼又打趣起我來？」反同湘雲兩個一起回身來捉寶琴。襲人忙幫著寶琴拉住湘雲道：「如何兩個打一個，況且還是大欺小。琴姑娘是客，這屋子槅子又多，燈檯又高，若碰傷了倒不好。」湘雲便在襲人身後笑道：「這屋裏只別人有嫂子的不成？橫豎我也有嫂子，只是嫂子不幫我，倒偏幫人家。」說著又向襲人叫了幾聲「好嫂子」。恨得襲人啐道：「我好心勸你，你不聽，倒拿我取笑兒。」便也來呵湘雲癢。小丫頭們聽見動靜，都忙進來，見他四個鬧成一團，又笑又勸。

襲人先住了手，又勸開湘雲、寶琴，岫煙見丫頭們進來，早避到一邊去，假裝看壁上字畫。翠縷、翠墨早又走來說：「姑娘們說了，因史姑娘不來，才使琴姑娘、邢姑娘來催請，怎的越發連兩位姑娘也都不見了？」眾人這方想起來此緣故，都不禁笑了，忙一起出來。

湘雲又強拉上襲人一道，翠縷拿著魚鉤魚線，翠墨提著桶，一同來至蘆雪廣時，只見寶釵、黛玉、探春等都已到了，各自把著杆子坐在窗前垂釣，波光凜凜，映入簾中，晃得頭面上簪光釵影，一片晶瑩，紫鵑同鶯兒兩個在窗下煽爐子煨茶，雪雁、文杏、待書、彩屏等都在水邊戲耍，或裝魚餌，或編花籃，或蹲在地上摳土猜字。亭基並山石上纏的古藤，濛濛茸茸垂在水面上，底下的水深碧紆緩，一片撥金戛玉之聲，清泠不歇。眾人見了湘雲等，都笑道：「再晚些來，這湖裏的魚盡釣完了。」

探春看見襲人，便問：「二哥哥做什麼兩三天不著家，這一大早晨又往那裏去了？」襲人道：「說是北靜王府有請，換了衣裳坐席去了。」探春道：「北靜府這一向走動得好不頻繁，隔三岔五的來人，又送東西又請吃酒，不知是什麼緣故？」忽然想起一事來，又問，「你不是請了假，說今兒要回家去替你哥哥的孩子『洗三兒』麼？怎麼這時候還沒走？」襲人笑道：「因麝月剛請了假，秋紋又病了，我再走，那些小丫頭還不淘翻了天。橫豎過些時候擺滿月酒，還要回去的。所以這次不去了。」

探春點頭道：「不枉太太器重你，說你懂事，顧大局。」一回頭見打發去請李紈的小丫頭回來了，便問：「請了大奶奶沒有？」丫鬟道：「大奶奶說蘭哥兒病了，所以留在屋裏照看，等下吃飯時老太太房裏見吧。教叮囑姑娘們，這裏寬曠，且水邊風大，略頑一會子就歇歇吧，吃茶水點心時記得關窗。」

說著，惜春也穿葦度橋曲曲折折地來了，湘雲道：「我去怡紅院借釣杆，所以遲了；你住得這樣近，怎麼來得反比我還遲？」惜春笑道：「你也問清楚了再抱怨，我早已到了，爲的是林姐姐說茶葉味兒有些陳了，所以特地回家另外取來。剛走到廊下，正遇見兩隻仙鶴對著起舞，便站著看了一會。」

湘雲道：「取個茶葉罷了，打發丫頭回去就是了，何必又巴巴兒的自己跑一趟？」

惜春道：「卻又來，就是丫頭不知道分辨，所以才拿了舊年陳的來，就要他們再取一百回，也不過是這樣。」說著遞給彩屏一個紫竹雕雲鶴的茶筒。彩屏忙送與紫鵑煨上。

待斟時，偏又少一套茶杯，彩屏因又回房去取。眾人或收了魚杆，或交與丫鬟，且過來洗手用點心，丫頭們圍著伏侍。惟惜春獨自斟了一杯茶，坐在窗邊望著對岸蘆葦叢出神。原來自入畫被攆後，丫鬟們都知道這四姑娘年紀雖小，性情冷漠，竟是凜然不可親近。惜春也知道眾人心思，因此自斟自飲，亦不與丫鬟取笑閒話。襲人見他無人侍候，忙擰了手巾來與他擦手，惜春接了，也只隨便擦了兩下，並無一語道謝。

襲人又剝了一隻圓臍血橙送來，惜春這方笑道：「這會子並不想吃這個，你自己吃罷。」說著走出來，將簍中魚盡數傾入湖中。那魚在簍中困了這許久，一旦得了自由，反見遲疑，銜嘴吹沫，搖頭擺尾了好一陣子，方「潑喇」了幾聲，游得遠了。

眾人也都來放了生，仍舊歸座閒話。翠縷早數了一遍，笑道：「寶姑娘釣了一條獅子滾繡球，一條銀梭子魚，林姑娘一條錦鯉，一條青魚，我們姑娘是一條大金鯉魚，邢姑娘和三姑娘的簍子都空著，四姑娘最多，足的兩條鰍鯽，一條鯪魚。要說那些金魚、錦鯉放了也罷了，鯽魚同鯪魚該留著，交給廚房裏熬湯不好？」眾人聽了都笑道：「他去了那好一陣子，如何釣得反比我們多？必是你數錯了。」寶釵道：「必沒數錯，四妹妹原比咱們心靜，垂釣之道，考較的便是一個『定』字。只是雲兒來得晚，也還釣了一條青魚，三妹妹坐這好一會子，如何竟也是竹籃打水一場空？倒也該罰。」

探春笑道：「我們自然認罰，倒不知那遲到不來的該不該罰？」湘雲早接口道：「知道你再不肯便宜受罰的，不過想拉扯上我墊背罷了。就罰我作詩，如何？」黛玉笑道：「你這會子詩興來了，倒推在他身上。既這樣，就罰你作首好的來，若不好時，便把你也放進這湖裏同魚做伴去。」說得眾人都笑了。

湘雲道：「不過是作詩，我雖無『七步』『八叉』之能，倒也不懼，只管命題限韻來。若作得不好時，再來閒話。」寶釵道：「也不難爲你，便是七律一首，限一東的韻，探丫頭二冬，邢丫頭便是三江。」黛玉道：「一東二冬也太近些，不如換一個。蕉丫頭行三，就派他三江的韻；邢姑娘便是四支。」

一時議定，彩屏早取了紙筆來侍候，湘雲等各自思索，寶釵自同黛玉閒話，忽一轉頭看見襲人在旁側耳出神，笑道：「傻丫頭，想什麼呢？」襲人笑道：「我聽見這水底下琮琮作響，又不像是水聲，倒像有人藏在水裏彈琴似的，所以在這裏細聽。」黛玉、寶釵都笑了，解釋道：「那是山子野的戲法兒，每在瀠流迂迴之處，便著人於石腳上包了銅皮，流水過來時便有奏鳴之聲，便和人家在樹梢簷下拴鈴鐺聽風是一樣的道理。」

說著，湘雲已經先吟得了，即索筆蘸墨，一時寫成，眾人看時，只見寫著：

蘆雪廣垂釣限一東韻

纏綿濡沫綺羅叢，何似江湖一夢中。
瑤水琪山同日月，煙蓑雨笠共西東。
菱歌紈扇分蘭槳，玉露清輝照畫艟。
縱擲千金無處買，半輪明月一竿風。

眾人看了，都拍案稱讚，笑道：「只說作不得好詩便把他放生，原來他倒巴不得要往湖裏去的。詩裏說得倒是鏗鏘豪邁，若果然要你千金散盡，擔風袖月，漁樵為生，看還這般說嘴不？」湘雲笑道：「我果然有菱歌紈扇為伴，蘭槳畫船遨遊，且遍歷瑤山琪水，自然便是神仙了，就散盡千金，又何足惜？況且原無千金可散，落得大方。」

黛玉笑道：「千金易散，只怕相伴同遊之人倒不捨得散的。你這起句原化的是『相濡以沫，不若相忘於江湖』，倒也改得巧妙，只怕口不應心。」眾人原不理論，聽他說了，少不得又重新看過，湘雲聽他打趣，便猜襲人說的那話，只怕他也知道了，自然是寶玉悄悄告訴的，羞得擰他道：「偏你又看得真，想得到。」又道，「別只說我，他兩個也都得了，且看蕉客的吧。」

果然探春同岫煙也都已吟罷膽清，便先看探春的，只見：

蘆雪廣垂釣限三江韻

撥雪尋春落暗香，蓮花漏盡滴回廊。
魚書每向龍門寄，雁字常憑鳳宇翔。
流水有心歸大海，煙波無處望斜陽。
漁舟唱罷掛蓑去，卻看梧桐棲鳳凰。

寶釵贊道：「這用的是《淮南子》典故：『鮪，大魚，長丈餘。仲春二月，從西河上，得過龍門，便為龍。』自是越發豪邁了，只是不工些。況且這裏也沒什麼『大海』，『煙波』，『漁舟』，『梧桐』的，何必學雲丫頭一味神遊？」探春笑道：「我不說煙波大海，難道只就一沁芳溪大發豪情的不成？況且范仲淹生平未履湘楚，還不是寫了〈岳陽樓記〉，他又何嘗見過『銜遠山，吞長江，浩浩湯湯，橫無際涯』的萬千氣象？小杜〈阿房宮賦〉通篇都是夢話；連李青蓮尚有〈夢遊天姥吟留別〉，比起來，我已經是極之謙遜了，便不工些，也只好改日再『眸而得之』了。」

眾人都笑了，因又看邢岫煙的，只見：

蘆雪廣垂釣限四支韻

春低楊柳柳低眉，銀線金鉤玉半垂。
蘆管未能成曲調，杏花才可入新詞。
鶯聲掩映玻璃脆，月影輕搖鸚鵡癡。
待到明朝風雨定，落紅滿地掃胭脂。

不待眾人說話，湘雲先笑道：「這一篇倒是句句實情了，只是意境不夠開闊，未免失於閨閣氣。正如《吹劍錄》裏評的，『柳郎中詞只合十七八女郎，執紅牙板，歌楊柳岸曉風殘月；先生詞，則要山東大漢，唱大江東去』。你看這滿篇的楊柳、杏花、玻璃脆、鸚鵡癡，可不像柳三變的口吻？」寶釵笑道：「沒見這樣兒的，不等別人評論，自己先就標榜作蘇東坡了。」眾人又說笑議論一回，遂相約著往王夫人房中來。

王夫人正與薛姨媽閒話，見他姐妹來，便住口不說了，且打發彩雲拿甜碗子與姑娘們吃。寶釵道：「聽媽媽說姨媽這幾天每每多夢，三更天還不能睡實，不知吃了藥好些沒？」王夫人笑道：「好多了，正想要問你，前兒那藥丸叫個什麼名兒?從前沒見過。記住了，以後也好叫菖哥兒、菱哥兒他們照樣製去。」

寶釵笑道：「不過是麝香安神丸。說是麝香，其實是龍腦，倒不知是什麼緣故。」探春道：「自然是因爲這龍腦便是藥中之君，所以怕在藥名裏露了底，被人偷了方子，照樣兒配出來，才故意行此魚目混珠之計，掩人耳目。」黛玉笑道：「若如此，那製藥的也未免太小心過於，倒不如學那此地無銀三百兩的勾當，直叫個『素香非麝丸』也罷了。」眾人都不由笑了。

正說著，只見鳳姐紅著眼圈走來，猶自用絹子拭淚，眾人都忙接著。王夫人、薛姨媽因知道他從邢夫人那裏來，只當他又受了委屈，忙道：「你婆婆找你去這半天，卻爲的什麼事？」鳳姐歎道：「孫家打發人來，說咱們二姑娘昨晚不小心崴了腳，從樓上跌下來，我婆婆因此叫我去商議。」眾人聽了，都唬的忙問：「可傷得重不重？」鳳姐歎道：「若不重，他們怎肯叫咱們知道？如今太太已經打發璉兒趕著去了，想來到晚就該知道了。」

王夫人便拭淚道：「偏寶玉一早出去了，不然該叫他跟他哥哥一起看看去。怪道我這幾晚每每夢見一個女孩兒對著我哭，叫我媽，卻又看不清樣貌，因此天天在這裏犯疑，原來卻應在他身上。」鳳姐道：「可憐二妹妹從小死了娘，一直跟著老太太、太太過活，早把太太當作生身母親一般。這是太太記掛妹妹，心有所感，所以早在夢裏預見得到。」眾姐妹也都唏噓感傷，又坐了一會兒便各自辭出，都有些興致懶懶的，便沒再聚。

這裏王夫人便向薛姨媽歎道：「這些日子家裏總不得清靜，一時丟玉，一時撞牆，又是這個病那個病的鬧個不休，再沒一件事叫人省心。倒是前兒襲人來說，他哥哥生了個白胖孩兒，雖說與府裏無干，畢竟是件喜事，所以我多賞了他幾兩銀子，也是借點喜慶的意思。」

薛姨媽也道：「論起襲人那孩子的處事大方，伏侍周到，原也該賞。何止姐姐這裏，便我那邊也是一樣，媳婦是不消說，一月裏頭，少也有十幾場氣好生，香菱又眼看著不好了，只怕就在這一兩天便要出來。好在寶丫頭心細，一早預備妥當，不要我操心。有時替他想想，只覺得可憐，未出閣的姑娘，又是這麼個門第，說出去是皇商，別人看著以爲不知怎樣千嬌百貴呢，只爲家裏沒個得力的人，竟連這些事也忌諱不得，要他出面料理。我想著，便覺對他不住。」說著，不禁哭了。

王夫人忙勸道：「你有寶ㄚ頭做膀臂，也就算有福氣。又體貼，又大方，行的事又可人疼，也知道寬仁體下，又不是我們大奶奶佛爺似的面慈耳軟，又不比鳳ㄚ頭，雖然精明，到底刻薄太過。前些日子鳳兒病了，要不是寶ㄚ頭幫著管理調停，只怕府裏連年也過不好。」薛姨媽道：「三姑娘也是好的……」

未及說完，忽然吳新登家的走來，回說寶玉的奶媽李嬤嬤自初春發病，昨晚忽然不好起來，如今清醒一回昏聵一回，醒時便叫著寶玉的名字，口口聲聲只要再看一眼，家裏人百般安撫，只看他咬牙切齒，睜眼不肯去，因此斗膽來求主子開恩，好歹請二爺走一趟，使老人家安心。王夫人聽了，益發煩惱，向薛姨媽道：「我說的如何？這才是一波未平，一波又起。」因向吳新登家的道：「你說給他們，寶玉接了北靜府的帖子，一早出門去了，若回來得早，我叫他過去給嬤嬤磕頭。」吳新登家的答應了，又請示發喪銀子，一併賞了，領了對牌出去。不提。

是晚寶玉回來，聽說了迎春之事，立時便要回賈母去，說：「這便請老太太打發車子去接來，就以養病爲名，在家住上一年半載再作道理，好過在那邊受苦。」王夫人忙勸止住，道：「你又來胡說了，誰家女孩兒出了門子，有事沒事只管回娘家住著的？即便有病，也該在男家休養，巴巴兒的接來家中養著，倒像笑話人家請不起大夫一樣。況且驚動了老太太，更不好。倒是明兒帶著相熟太醫一道上門去診視探問，也還使得。」

說著，賈璉也回來了，因說：「不管怎麼問，二妹妹只說自己不小心，失腳從樓梯上摔下來的，依我看，總是孫紹祖那廝做的好事。只恨沒有證據，不好把他怎樣。大夫又說尋常扭傷，並無大礙，只開了一張跌打藥方。方才已經回過大太太，說知道了，叫我酌量著辦。孩兒的意思，不如咱們這裏另請穩妥的太醫過去，重新替二妹妹看過，商議著立個方子，太太覺得是怎樣。」王夫人道：「我也是這個意思，既這樣，就是鮑太醫吧，橫豎他明兒也要來的，你就再辛苦一趟，帶他往孫府裏走一回，寶玉也跟你一道去。」賈璉、寶玉二人都答應了。

次日早起，寶玉穿戴停當，請安已畢，也不及吃早飯，只略用了一碗燕窩湯，便匆匆出來園門口花廳上，等著賈璉東院裏請安回來，好一道往孫家去。此時園中諸人也都知道寶玉今日要去看迎春，都命丫鬟送來禮物食品，略表心意而已。襲人都打作一包，出二門來交給茗煙拿著，又叮囑了許多話。

一時寶玉出來，外面早已備下一輛玄青緞帷子大車，遂與賈璉一同上來，後面鮑太醫又另坐了一輛車，李貴、茗煙等都騎馬跟隨。來至孫府，李貴等先行一步，早已通報進去，孫紹祖開了中門迎接，把著轅門不教下來，只命家人抬進門去。原來這車與轎本是分體的，轎在車上時，便是車廂，若拔開機關，則分開來轎是轎，車是車。於是來了五六個健壯家人，拔起屈戌，插進轎杆，一路抬進去，只見中路各府門、儀門、正殿及東、西配殿俱是黃琉璃瓦綠剪邊，歇山頂調大脊，倒也十分輝煌齊整。

一時停了轎，孫紹祖親自趕上來打起轎簾，寶玉與賈璉挽手下來，才知已經來到花園門口，只見面闊三間，皆是灰筒瓦歇山頂，廊柱上漆著彩畫人物故事，簷下一溜懸著十幾隻各色竹子骨的鳥籠子，養著些八哥、畫眉、百靈、紅脖、藍脖，正唧唧啾啾叫得十分熱鬧。進了門，腳下一條石子鋪的小路，兩邊俱有抄手遊廊，搭著葡萄架子，掩著一座青石太湖石疊的假山，山下碧水環繞，曲徑迴廊，雖然遠不及大觀園軒敞，卻也亭臺樓閣俱在，花木魚鳥齊全，因一路順爬山廊上來，只見山坡下幾株桃杏柳樹，都有小孩胳膊粗細，掩映著一座灰筒瓦綠剪邊歇山重簷的院落，額上也寫著「紫菱洲」三個字。

原來前些時迎春出閣時，寶玉正在病中，未得送親，因此這孫府裏倒是第一次來，不免留心觀望。孫紹祖見寶玉只管打量，笑道：「久仰府上大觀園之名，只恨無緣遊賞。日常聽奶奶時時提著做姑娘時住的院子，所以在花園裏另替他準備一處住所，也叫作『紫菱洲』。」寶玉心中明知真情必不如此，迎春獨居園中，蕭條冷落至斯，分明便是休妻，然而自打進門來，孫紹祖一團火似迎著，話又說得堂皇，竟令人無言以對。

及至進來房中，只見四壁蕭然，不過略有幾件傢俱擺設，兩三個婆子和近身丫鬟伏侍。繡桔見了賈璉和寶玉，不由的眼圈一紅，卻因孫紹祖在側，不敢怎樣，只羞羞怯怯的請了安。寶玉等先不及與迎春相見，都坐在廂房喝茶，讓鮑太醫入內與迎春把脈。廚房送上點心來，兩人那裏吃得下，賈璉便略挑了幾筷子鱔麵，寶玉拈了塊酥，都默然無語。反是孫紹祖將雞鬆就麵，呼嚕嚕吃了一大碗，又拿起一隻燒鵝腿來啃。

一時鮑太醫診了出來，因道「內淤未痊，又添外傷，更兼抑鬱傷肝，氣虛傷脾，脘中窒溢不舒，上焦清陽欲結，竟至痼疾。究竟跌損還是小事，只要療養得宜，不出兩月也就好了。倒是這氣鬱壅塞，內火攻心，倒是大症。務宜怡悅開懷，莫令鬱痹綿延。」婆子早備下紙筆，即時開了方子。

寶玉看時，都是些鮮枇杷葉、杏仁、瓜蔞皮、鬱金、茯苓之類，倒也相宜，唯其中有半夏一味，因與鮑太醫酌議道：「既說二姐姐內火攻心，如何又用此燥熱之藥，雖說五志熱蒸，痰聚阻氣，然去痰之藥甚多，不如換作貝母。」又向孫紹祖道：「太太聽說二妹妹扭傷腳，特地叫我帶了一些牛筋來，若用杜仲、田七一起燉了，每日早晚吃著，比藥還好。若說氣鬱，倒別無靈藥的，不過是減些勞神乏力之事，好使姐姐寬心罷了。」孫紹祖不好意思，訕笑道：「原來內兄竟知岐黃之術，可是家裏現成有國手，從前竟不知道，早知道時，也可省幾文醫藥錢。可見聰明人自是八面玲瓏的，倘若他日一時不濟，便開間藥房、坐堂問診，做那懸壺行醫的勾當，也不愁生活了。不比小弟，除卻兩膀子蠻力，竟身無長技，若不是皇恩浩蕩，賞了這個兵部指揮的頭銜，只好落得給人家看門護院罷了。」說著嘿笑了幾聲。賈璉聽他說得粗鄙，也不理他，因拉寶玉過這邊來看迎春——因是至親，遂無避妨。

那迎春病在床上，黃白著一張臉，兩腮的肉盡陷下去，血色神氣全無，勉強倚著繡枯坐起，先問了賈母、邢、王二位太太安，又問園中諸姐妹。孫紹祖咳了兩聲，道：「我送太醫出去。」藉故走開。寶玉因取出眾人所贈之物奉上，也有字畫頑物，也有新鮮飲食，又有寶釵命鶯兒用新柳枝編的奇巧花籃，盛著些金桔、果脯並一瓶子露，說是喝了可以清熱散淤的。迎春一一看了，歎道：「多謝他們想著，也不知這一輩子還有再見的日子沒有？」一語未了，兩行淚直流下來。

寶玉也不禁垂淚，只得說些寬慰的話，又問些病情家務等事，因見旁邊書案上設著棋枰棋盒，心想孫紹祖何嘗有此雅興，倒不知迎春與誰對奕？遂道：「姐姐從前在園裏，奕棋從無對手，我幾次要拜姐姐爲師，姐姐總是自謙不肯，莫不是如今收了徒弟？」迎春苦笑道：「這裏有什麼人會同我下棋？是我閑了，自己擺幾盤殘局來破悶兒罷了。」寶玉聽了，更覺心酸，強笑道：「如此，想必姐姐棋藝益發精進了。」一時，孫紹祖打發人來請吃飯，且迎春也恍惚思睡。賈璉遂同寶玉使個眼色，二人出來廳上，那裏有心思用飯，只得胡亂吃了幾口，告辭回府。

寶玉回來，先到上房回了王夫人話，又去與賈母請安，因王夫人叮囑不教說迎春之事，便只說去了衛府做客。賈母聽見他與衛若蘭投緣，更加喜歡，又向他道：「今兒你奶媽家來人，說李奶母昨夜子時咽了氣。我想著他從小兒奶了你這麼大，論禮該去靈前盡個禮，也是惜恩念舊、敬重老人的意思。況且你張、王、趙三個奶嬤嬤也都要去，你不去，教他們看著寒心——只別多耽擱，那地方人多氣味雜，行了禮就早些回來。」寶玉答應了出來。

婆子們送進園子來，襲人接著，見他悶悶的，問話也不答應，進房來，衣裳也不脫，便合身躺在榻上唉聲歎氣。推想並非因爲李奶母之事，九成是爲了迎春，便不敢細問，只投其所好，說些日間姑娘們蘆雪廣釣魚的事與他聽，又說探春、湘雲、岫煙作了好詩，眾姑娘都讚不絕口。果然說得寶玉喜歡了，忙問何詩。襲人笑道：「我那裏記得去？別說聽不懂，連學也學不來。」寶玉道：「雖然記不全，難道連一半句也不記得的？」

襲人趁機勸他：「你既想知道，不如去秋爽齋走走，一則姐妹們談談講講，散散心，二則他知道你今天去看二姑娘，豈有不惦記的，不如你早些說給他知道，也免他明兒來問，再則聽說蘭哥兒病了，你若有空閒，不如約三姑娘一同去稻香村走走。」說著，早向床頭取了衣裳來替換。

寶玉依言換了，臨出門時，忽又想起一事，因折回來問道：「昨天臨睡前，太太打發人來叫你，那半日才回來，爲的什麼事？我因心裏有事，就忘了問。」襲人道：「也不是什麼大事，就是我哥哥嫂子生孩子，太太賞了十兩銀子，叫給打幾樣金銀器。」寶玉道：「正是的，花大哥弄瓦之喜這樣大事，你就告幾天假回去照應一下也是應當的，如今碧痕他們也都大了，都會伏侍了，其實不用這麼天天守在屋裏。況且老太太叫我明兒去給李奶奶磕頭，一日不在家，不如你伏侍我出了門，便也回家吧，若不放心時，趕天黑前回來也是一樣的。想起倒也可歎，記得上次李奶奶來時，你說只怕是什麼『辭路』，原來竟是真的。可見人生人死，原有一定之數。如今我自去替他送葬，你自去與花大哥賀喜，一生一死，死而復生，方見得天地循環，萬物有生息。」說著連連感歎。襲人聽他又發了魔症，也不肯答應他，只催促著快走。

正是：

落李猶憐老奶母，開花再賀寧馨兒。

正囉嗦不了，只見待書和翠縷走來說：「香菱不好了，我們姑娘都趕著去送呢，叫過來看二爺回來沒有，問聲二爺去不去？」寶玉、襲人都唬了一跳，忙一同出園往薛姨媽院中來，未到跟前，已聽見裏邊哭聲，又夾著女人謾罵聲。欲知香菱究是怎樣，且看下回。

第七回

接懿旨神瑛假妝瘋
聞賜婚絳珠真離魂

話說香菱一病而歿，薛姨媽家開弔發喪，請僧道來念《楞嚴經》、《解冤咒》等，連日忙亂，人來人往。香菱又留下遺言說不教破土下葬立牌位，只把骨灰送回南邊撒在江河曠野中，便當自己回家了一般。薛蟠聽了，感悟之心發作，想起從前恩愛的光景，香菱嬌滴滴的模樣，著實大哭了一場。那夏金桂浸了一缸子醋在心裏，每日早晚尋些事故來顛寒作熱，打雞罵狗，薛姨媽、寶釵因此暫且搬回園中來住，寶釵又說：「蘅蕪苑已經關了，丫鬟、婆子皆已散出，何必又重新開門鋪床的費事，況且家裏還要留人照看，我並不天天在此，不過陪媽媽偶爾住上一兩晚，再則林妹妹病了，正愁沒人照顧，幾次三番打發丫頭來請我媽入園住著，不如就先在瀟湘館能著住下，橫豎事情完了，仍要出去的。」

鳳姐不待王夫人說話，先就笑道：「依我說姑媽竟不要強他的才是。你看他說得又周全，又懇切，又條理分明，我竟沒話駁他。正是林妹妹那裏也要姨媽幫著照看，如此一舉兩得，倒也便宜，他們娘兒姐妹也得親近，老太太聽著也喜歡，太太也少操些心，豈不好？」

王夫人見他二人都這樣說了，低頭思忖半日，也便允了。俟寶釵去後，便向熙鳳道：「那件事，老太太究竟准了沒有？」鳳姐歎道：「這件事不只太太急，便連那邊大老爺並東府裏珍大哥哥都再三勸著老太太，說北靜王既然請了林妹妹的從業恩師賈雨村做媒，可見真心看重，事先色色打聽得清楚，是再三酌量深思熟慮過才下聘的，如今若不許他，只怕不肯甘休呢。無奈老太太只是不准。」王夫人道：「要說北王也是奇怪，雖說林姑娘自小在咱家長大，畢竟不姓賈，即便要聘他，也該是咱家先放話出去，請媒人打聽著合適人家才好訂親的，豈有個媒人上門，放著咱家的姑娘不求，倒指名兒要聘府裏表小姐的？從古至今也沒有這個道理。莫不是那年老太太八十大壽，北靜王妃來家做客的時候，親自看上了你林妹妹，所以要說給王爺作妃？他倒也賢慧。」

鳳姐笑道：「早先我也疑惑來著，這幾日裏細細想來，倒覺得這件事九成是寶兄弟紮的筏子——聽那邊珍大奶奶說，早兩年裏頭馮紫英就幾次三番跟珍大哥打聽林妹妹，說是聞得府裏表小姐作的好詩，寶兄弟拿出去刻了給人看，無不贊羨；他又常往北府裏走動，只怕也曾拿去給北王看見，即便他自己不拿去，馮紫英那些王孫公子聽說是榮府裏小姐作的好詩，又知道北王向有風流之名，遍尋才女不得，哪肯不爭著獻寶。所以依我說倒是北王先聽了林妹妹的才名，王妃才來府裏親自相看的，又見妹妹是這樣一個神仙似的人物，哪還有錯？再打聽了根基，知道是五代列侯，書香門第，前科探花、巡鹽御史之女，自然更加看重，所以才滿口裏應許不以庶妃之禮相待，三媒六聘，娶過去另建別院，請恩封誥，與王妃比肩，只稱姐妹，不分大小。」

王夫人點頭道：「我說北靜王這樣權勢人物，什麼樣的閨秀淑媛娶不得，只認定了要你林妹妹，又說得天花亂墜的，想來必是你說的這個緣故。依我說這宗親事也就罷了，且不說門第相當，年貌匹配，只論北王的這份心思，也就難得，況又答應『兩頭坐大』，視作正妃一般對待，究竟沒什麼可挑剔的，老太太若認真不許，這個道理我也就不懂了。」鳳姐道：「老太太倒也沒有一定回絕，只是推說還要送信去蘇州跟林家的人知會一聲，才送林妹妹庚帖過府的。其實是想等娘娘回京，再商議。」

王夫人又想了一想，歎道：「老太太既要這樣，也只好等著罷了。前些日子同你說，叫挪出寶玉來，且選定日子沒有？」鳳姐笑道：「怎麼沒選？上回太太說過後就想著要搬的，本來色色兒的也都打點齊了，偏又遇上史大妹妹要往南邊去，寶兄弟哭得什麼似的，那天他姐妹們都往稻香村給史大妹妹添妝，正說得熱熱鬧鬧的，寶兄弟忽然好端端的哭起來，弄得史大妹妹也哭了。襲人因此跑來跪著求我，說這時候挪動，只怕寶兄弟慪出病來，我想這陽春天氣本來就忽寒忽暖的，不宜搬遷，所以就又耽擱住了。況且過兩天就是太太的好日子，索性忙過了這件大事再搬不遲。」王夫人也笑道：「我倒忘了，又不是什麼大生日，便依你說的這樣。」鳳姐答應了，自去安排。

到了三月初一，各王公侯府、親朋故舊、乃至僧寺尼庵，皆有賀禮，門前車馬絡繹，園中賓朋往來，抬禮盒送戲箱的盈衢塞巷，榮國府內外開筵，官客便在外邊榮慶堂，堂客便在大觀園嘉蔭堂，兩處各搭起戲臺來，槐陰布綠，棟宇生輝，說不盡崇墉巍煥，局面堂皇，屏開孔雀，褥設牡丹，瓶插四季長開不謝之花，酒泛三江極望無涯之麴，簪釵明耀，羅綺繽紛。此時正值仲春天氣，花開錦繡，綠滿河堤，又因清晨微微的落了幾點雨，越顯得玉梨含笑，嫩柳多情，連廊下鳥鳴也比往日清澈歡勢。園中丫鬟新換了單羅夾紗的春衫，正是心如花開身比燕輕之際，都著意打扮得桃紅柳綠的，在席間穿梭伏侍。

一時焚過壽星紙馬、祭了天地，便開席唱起戲來。外間便點了《繡襦記》的〈嘲宴〉、《浣紗記》的〈效顰〉，《牡丹亭》的〈拾畫〉、〈叫畫〉等，內間則是足本的折子戲《倩女離魂》。那妝旦的呈嬌獻媚，作西施捧心之態；扮醜的擠眉弄眼，搖三寸不爛之舌；文則蟒玉璀璨，武則胄鎧鮮明；笙簧簫管，形容九宮之樂；生旦淨末，演盡人間悲歡。眾賓客或淒然有淚，或粲然捧腹，或悵然若失，或打著拍子搖頭讚歎，或抻著脖兒轟然叫好，一時也說不盡那千形百態，富貴繁華。

其間最閑的要屬寶玉，因各人俱有正職在身，惟他給王夫人磕了頭後，便無事一身輕，只管各處閒逛賞戲；然最忙的卻也是他，一時小廝傳賈政的話，命他往外間陪客見禮；一時又覷個空兒進來內帷廝混一回，給王夫人敬杯酒，同賈母撒個嬌兒，和姐妹們品評一回戲，又同丫鬟調笑幾句，忽然一轉頭不見了林黛玉，問時，丫鬟說心口疼，自回瀟湘館吃藥去了，便又要跟著去瞧——忽然二門上一路傳報進來，說「宮裏來人宣旨」，唬得賈政忙止樂撤席，傳命大開中門迎接，寶玉也只得跟著出來；方出園門，又聽見說北靜王妃到了，忙側立迎候，眼望著車子進了園，換了肩輿，方往前來。

賈璉早已引著一人來至廳上，正是六宮都太監夏守忠，也未捧旨，只口中傳諭：「娘娘給太太賀喜，祝老爺、太太福如東海，壽比南山。」原來元春雖伴駕離京，卻早備下一份壽禮，囑咐夏太監這日送來，計有玉堂富貴春綢八匹、紫檀鑲嵌的象牙雕人物山水插屏一架、秦鏡一面、珐瑯象鼻爐一座、窯變水注一個、金銀錠若干。賈政、賈璉、寶玉等都跪謝了，面南叩恩。夏守忠又從袖中取一黃封，笑道：「娘娘臨行前，已經請宮中監天正推算了一個絕好的日子，便是本年九月初九，只等春狩回來，與老太太、太太當面議過，便來降旨。」

賈政欲接時，夏太監偏又笑道：「娘娘這封兒是與府上玉哥兒的呢。」寶玉不明所以，只得磕了一個頭，上前接過來，復轉手遞與父親。賈政道：「既是娘娘給你的，你便拆來看吧。」寶玉只得拆開，卻是寫在灑金頁紙上的一張斗方，寫著「金玉良姻」四個字，不禁心下打一個突，呆呆的仍交與父親。賈政這方接了看過，仍舊折在封內，向夏守忠道：「娘娘的聆訓，政已盡知，自當尊諭而行。」又命賈璉款待夏太監，自己進去覆賈母的話。

這裏寶玉失魂落魄，一路低著頭進了園子，也不回席上去，逕自迷迷糊糊，歪歪斜斜，只沿著沁芳橋翠堤一帶踅走。

那邊原本樹多路歧，如今桃杏俱已開遍，正在花繁葉茂，紅飛散亂之際，他見了，不免又發癡想：這些花木一年一度，雖然今兒謝了，明年照舊又開過，便不是今年的這些花，可知也還開在這個園內，這棵樹上，也算輪迴有命了；反是園中的這些人，一旦今兒去了，不知明年仍得回來不？便回來，也不知這個園子還是姓賈姓甄，還是栽桃栽李，這些人還得見面不見？如此想來，人竟不如花木，非但無根，兼且無情。去年喜鸞與四姐兒在園裏頑時，那些人還笑自己癡心妄想，說「這些姐姐妹妹將來橫豎都要嫁人的，那時卻又如何呢」，自己原也細想過，真正無可奈何，不過聚一天是一天罷了，及至散時，也只得含悲忍淚、自開自釋而已，其實無法可想，但能天可憐見，容自己與林妹妹得在這園裏相守一輩子，年年春謝葬花，秋來聽雨，也就於願足矣。誰想今日忽賜了這「金玉良姻」，一生心事竟如冰化水，活著更有何趣味？

想到此，只覺得心上被尖刀剜了一下相似，又如頭上被打了一悶棍，早疼得抱住一棵桃樹，身子便順著那樹慢慢的軟倒下去，直哭得聲嘶力竭，氣短神昏。偏偏這邊樹木匝密，若非有心找尋，對面也難見到，因此橋上雖然人來人往，竟無一人看見，竟讓他痛痛快快哭了足有小半個時辰，漸漸回過味來，元妃雖題字口諭，畢竟並未欽定，這件事或者還有轉寰，老太太最疼自己的，又疼林妹妹，若能求老太太作主，老爺、太太那邊也就好說了，只怕老太太不肯。且從過往許多細事看來，老太太對寶姐姐保不定也是中意的，又留下薛家一門在此住了這些年，或者心裏願意做親也未可知。如此想來，便求老太太作主，只怕未必便准，須得想一個妥當法子，一求即應才好，不然白去說一回，求不成，倒把話說老了，就難了。因又想起往年每每自己病時，家中上下皆來探視，比好時更見寬容溺愛，但有所求無不應准，看來待病求情倒是一個辦法。

未及想得停當，忽見兩個小丫頭穿著一式一樣的折枝花樣縐紗夾襖，蔥根綠的細褶裙子，一路說笑穿花度柳而來，見他坐在這裏，不由又是吃驚又是好笑，問道：「寶二爺，你坐在這濕地上做什麼？怎麼不去聽戲？老太太方才找你呢，誰想卻在這裏。」寶玉充耳不聞，眼直直望著河面，自言自語，說一回又笑一回，又掬起落花揚著玩兒，所說之語更無人能懂。

兩個丫鬟慌了，早飛跑著去叫人，恰逢鳳姐剛應酬著斟了一輪酒，下席來透氣，看見丫鬟慌慌張張的過來，忙喝住了罵道：「做什麼瞎眼的雀兒似的混跑你娘的，一點規矩沒有！客人見了成什麼樣子？」丫頭忙站住，說了緣故。鳳姐吃了一驚，想著堂上許多貴客，不便驚動，當下喝住丫鬟不叫聲張，自己忙忙的帶了人來至翠堤桃花樹下，只見寶玉滿面淚痕，散著頭髮，正嘟嘟噥噥說個不了，見了鳳姐，迎上來拉著衣襟嘻嘻笑，抓起花瓣來嚼了滿嘴，又伸手叫鳳姐也吃。鳳姐唬的叫了一聲：「皇天菩薩小祖宗，早不病晚不病，也不瞧瞧今天是什麼日子，怎麼這個時候發起呆病來？」忙拉著手連哄帶勸，攜至怡紅院來。又命人出去說給賈璉，叫悄悄傳大夫，從夾道進來，切勿驚動客人。

襲人正因遍尋寶玉不見，回來怡紅院打聽，忽見鳳姐送了來，又是這般面目，不禁又驚又痛，又不知原委，只管哭著亂喊，那寶玉益發撒嬌撒癡，滿口裏胡言亂語，倒茶給他，便把茶杯打翻，扶他上床，又抱著床柱子撞頭。襲人、秋紋等幾個人都按他不住。鳳姐想著這件事瞞著賈母須不好，若不瞞時，外邊客人未散，一邊打發人拿定心湯與朱砂安神丸來給寶玉吃，一邊命秋紋悄悄找著鴛鴦，告訴原委，叫他酌情稟報。

一時大夫來了，及診時，又不發熱，又不見汗，只得把了一回脈，扒開眼皮張了張，又叫伸舌頭來看看，半晌方道：「依府上所說症候，公子所患該爲癲狂之症，多由志願不遂，氣鬱生痰，痰迷心竅，以至神不守舍；或則肝膽氣逆，鬱而化火，煎熬成痰，上蒙清竅；該當其脈弦滑，目赤苔黃。然以公子情形看來，脈浮緩而弱，舌白滑，卻又不似癲狂，倒似寒症。」賈璉不耐煩道：「你且別管是癲是寒，如今只說該如何診治就好。」大夫又低頭重新診了一回脈，躊躇道：「若是癲狂，原該清痰，然公子又並無痰；若是傷寒，則當發汗。故今療治之法，須得先發其汗，汗發則疏散，鬱散則病自癒。」遂援筆立了一張方子。賈璉看時，只見寫著薑南星、南木香、天麻、蘇子、龍腦之類，也還常見，然又有白僵蠶、白花蛇、全蠍等，頓覺噁心，也只得命人拿去，照方抓藥。

且說賈母、王夫人起初聽見宮中有旨，皆下席出來內廳等候，俟賈政進來回了元妃之語，又取出斗方來看了，都既喜且憂，便要叫寶玉來叮囑幾句。賈政這方發覺寶玉並未跟來，罵了一聲「不知禮的孽障」，因命丫鬟去傳。尋了一時回來，卻說到處不見，賈母、王夫人都覺納悶，只得且回席上來，又見鳳姐也不知去了那裏，只有李紈、尤氏在此招呼，更加詫異。

北靜王妃坐著看了一齣〈情奔〉，略用了些點心茶水，便說要走。王夫人苦留用飯，王妃笑道：「難道有戲有酒我倒不喜歡麼？實在今兒也是吳貴妃萱堂的壽日，我如今去時已經是遲了，好在俗話兒說的：『遲到好過不到』。想來他們也不至怪我。」王夫人聽了，不便再留，只得送出嘉蔭堂來，看著上了轎子，後面十幾個丫鬟僕婦圍隨，手裏捧著衣裳包兒。周瑞家的等也都跟在後面，一直送出園門口，看著棄輿登車，方才回來。

此時臺上已換了細吹，酒菜上席，第一碗乃是官燕，第二器便是魚翅，餘者海參江瑤，鹿脯驢唇，魚與熊掌兼得，鴨共乳鴿比翼，鳳膽龍髓，簋盤珍錯，何消細說。一時各王妃公主散去，席上只有幾族近親家眷，賈母推說乏了，回房歇息，看見鴛鴦面色慌張，不免細問。鴛鴦不敢隱瞞，只得說了寶玉發病，如今已經請大夫診治用藥之事。賈母聽了，焉有不驚動傷心的，忙忙扶了鴛鴦往怡紅院來。正值寶玉鬧了半晌，又吃過藥，已闔目安穩睡了，襲人坐在床邊垂淚。賈母便不命叫醒，只在外面坐下，又問緣故。襲人哭著回稟：「因二爺出園接旨，便不曾跟著，誰知眼錯不見便丟了，只得回房來找，正沒抓撓處，二奶奶卻送回他來，便哭不成哭，笑不成笑了，滿口裏說什麼『金玉姻緣原是和尚道士的渾話，如何連娘娘竟也信了，又要哄得老太太、老爺、太太相信』，摔東摔西，只要往宮裏找娘娘論理去，若不是璉二爺趕著進來，險些拉不住。」賈母聽了，哭道：「我說的如何？這自是爲賜婚弄的了。我成日家只說這件事急不得，只不信，到底這樣。倘若弄出什麼事來，可如何是好？」

說著，賈政、王夫人也都聞訊來了，襲人只得又從頭說了一遍。賈政怒道：「這個不省事的孽畜，當初他搬進園裏來住著，我便不願意，只怕人多嘴雜，雖無桑間濮上之事，難免瓜田李下之嫌，原指望大兩歲，自然懂事些，哪想越大越不成器，更比小的時候混賬了，如今竟鬧出這些故事來，悔當初不拿繩子來勒死。」賈母氣道：「你自是爲我寵他，所以特地在我面前說這些話來指桑罵槐。他搬進園子住著，原是娘娘的主意，就是今天鬧出這些事來，也爲的是娘娘下旨，你要勒死他，便拉他到宮裏殿上，當著娘娘的面勒死，不與我相干。」賈政方不敢說了。

賈母又流淚道：「非是我偏心，只知道疼孫子，不替你們做父母的著想。爲的是寶玉和林丫頭從小一處長大，更比別人和氣親洽，那年爲紫鵑丫頭一句頑話，說林姑娘要回蘇州去，還鬧得寶玉要死要活，一條命幾乎去了半條，如今倒又忽然弄出個『金玉良姻』來，可不是要他的命？」因想著外邊尚有賓客，況且寶玉睡著未醒，只得命他二人且去應酬，等席散再來。

王夫人那裏還有心思坐席，略爲應酬一回，早又出來，立逼著鳳姐問主意：「你原說已經勸得老太太答應了林姑娘的親事，如何方才老太太只是怪我攛掇娘娘？罵得我一句話也回不來，偏你又不在那裏。等下子再問時，卻拿什麼話回的好？」鳳姐也覺束手無措，況且深知此事不妥，只得虛辭安慰，陪笑說：「好太太，你也容我略想想，才被舅奶奶拉著灌了幾口酒，這會子心口亂跳，哪還有主意？等我送走了客人，再想個法子消消停停的勸著老太太，哄著寶玉可好？」

是晚席散後，賈母、王夫人、熙鳳等又往怡紅院探視，園中人此時十停已有九停知道了寶玉發病之事，也都來問候，惟薛寶釵、林黛玉兩個不曾來。那寶玉此時病得益發奇怪，目散神癡，哭笑無常，口中並無別語，只自念詩念詞，聽了杜鵑叫，便說「啼得血流無歇處，不如緘口過殘春」，看見柳絲，便說「明年更有新條在，擾亂春風卒未休」，及丫鬟送藥來，又說「嫦娥應悔偷靈藥，碧海青天夜夜心」，除此之外，倒也並無異行妄動。賈母看了，自是煩惱，向鳳姐道：「今日來的那大夫只怕不妥，如何吃了藥一些不見效應，不如明日另尋妥當的再看過。」鳳姐明知此爲心病，非醫藥所能爲，便再換一百個大夫也不中用，卻也只得唯唯答應。

一時回至賈母房中，王夫人不住長吁短歎，又向鳳姐使眼色兒，鳳姐滿心爲難，也只得向賈母笑道：「寶玉是老祖宗的心肝兒，他病了，老祖宗豈有個不著急上火的？所以便連娘娘的懿旨也不顧了，只要遂寶兄弟的心，成全他與林妹妹。可知我原也和老祖宗是一樣的心思，巴不得林妹妹在咱家住上一輩子才好，無奈北靜王爺求婚在前，娘娘降旨在後，如今縱然逆了娘娘的意，不理賜婚的事，娘娘看在親情上自然不肯降怒，但只北靜王那邊又如何處呢？他與咱家原不沾親，爲祖上有些交情，這些年又走動得頻繁，所以才比別府更見得親熱，將來果然結了親家，就更加融洽有照應了。這些王公侯伯的親戚故舊雖多，細論起來都不如他家的體面威風，連皇上也敬他三分。說到咱們家，雖上有祖宗的福蔭，下有娘娘庇護，然『燈芯兒雖亮，也還要多添香油』，能和北府結成通家之好，比什麼不強？若是不肯將林妹妹許他，親事固然不成，幾輩子的交情只怕也都丟了，豈非得不償失？非但得罪了王爺，且又拂逆娘娘，世上哪有拿著兩宗好姻緣不許，倒強扭著只要做一宗親事的理？老太太最明白不過的人，這道理原不用我說，只怕老祖宗疼愛孫子、外孫女兒，一時算不過來。」

賈母聽他說得頭頭是道，由不得點頭歎道：「你說的何嘗不是？只是方才的情形兒你也見了，果然是我護著自己外孫女兒，放著好婚姻不許寶玉應的不是？實是這孩子原本實心左性，鑽進牛角尖裏再不出來，我只怕逼急了他，喜事變成壞事，倒白白害了兩個好孩子。」說著又哭起來。鳳姐道：「如今之計，卻也無別法可想。俗話說『心病還須心藥醫』，寶兄弟這病原是從林妹妹身上起的，自然還要從林妹妹這頭治起。倘若說得林妹妹通了，再來勸著寶兄弟，保不定便好了。」賈母一時不懂，鳳姐又細細解釋道：「林妹妹是知書識理的大家閨秀，自然懂得父母之命媒妁之言的大道理，未必便肯跟著寶玉胡鬧了。如今倒要同他好好商議，只要勸得他本人願意了北靜王府這頭親事，難道寶玉倒攔著妹妹不許出門的不成？自然也答應奉旨成婚了。如此豈不兩便？」賈母這方聽得明白，卻不通道：「那北靜王雖是個王爺，畢竟已經娶了正妃在先，你林妹妹心高氣傲，未必便看得上。」

王夫人一旁聽得焦躁起來，因陪笑道：「林姑娘雖是個難得的，到底是姑娘家，再高傲也有個盡頭，難道做王妃還辱沒了他不成？況且王妃親口答應了『兩頭大』，願意跟林姑娘比肩，只稱姐妹，不分東西，何等寬仁體下。遠的不說，只看王妃今兒的態度舉止，豈是那量小尖妒的？若王妃脾氣孤拐時，咱們自然不能看著外甥女兒吃苦，憑他權勢再高，也少不得想個法兒推卻；如今既是這樣門第，人家不嫌棄咱們高攀，咱們倒嫌人家拿大的不成？」王熙鳳也跟著勸說。賈母從頭細想一回，終無良策，只得道：「既如此，就由你去勸勸你妹妹吧，寶玉那頭，明日等太醫瞧過了再說。」鳳姐答應著出來，一宿無話。

話說黛玉自開春後又發了嗽疾，每日請醫問藥，上自賈母、王夫人，下至賴嬤嬤、林之孝家的這些有頭臉的管家娘子，各房裏一等大丫頭，甚至趙姨娘、秋桐等夾層主子，也都往來問候，倒弄得黛玉詫異起來，心下每每疑惑。及王夫人生日，黛玉不過座前行了禮，略坐一回，看了半齣戲，便託病回來。因眾人都在席上奉承，這日瀟湘館便無人來，連薛姨媽和寶釵也因夏金桂回了娘家，也都搬回去料理兩天。黛玉反覺清淨，獨自看了一回書，理了幾篇舊詩，便命紫鵑收進鸚鵡籠子來，早早關了院門。因此元妃下旨、寶玉瘋顛這些事雖鬧得天翻地覆，然而園中人都知道干係，誰肯多嘴，因此瀟湘館眾人竟是絲毫不聞。

到了晚間，紫鵑伏侍著黛玉吃過藥，扶上床歇著，雪雁放下湖綠銷金帳子來，掖好，忽然笑道：「今兒一日不見寶玉，倒也奇怪。」紫鵑道：「自然是因爲今天太太生日，應酬多，所以未得空兒，這有什麼好奇怪的？」雪雁道：「不是那麼說，平日裏縱然大風大雪，或有慶弔大事，他也總要來一趟，囉嗦幾句，看著姑娘睡下了才肯去。今兒到這時候還不來應卯，想是不來了。」紫鵑道：「或者喝醉了不得來也是有的，今晚不來，明日一早必來的。」

他兩個唧唧噥噥，早又激起黛玉一懷心事來，不禁情思迤逗，珠淚偷潸，面向裏假裝睡熟，心下卻千回百轉，想著沉痾漸成，今年發病又比往年沉重，雖然賈母還是一般疼愛，那些人未必不私下抱怨，這些時候往瀟湘館走動得不像，焉知不是探聽病情計算時日來的？又想起日間看的戲，開篇便是兩句俗語：「花有重開日，人無再少年。」可知春光易老，心事難酬，倘若竟這樣死了，此生豈非虛度？想到此，不禁柔腸寸斷，淚雨霖淫，早又愁結丁香之眉，露凝芙蓉之靨，哽哽咽咽，翻騰了足有兩三個更次才睡著。次日便醒晚了。

忙梳洗時，早有賈母處鴛鴦送燕窩來，又問昨兒可睡得安穩些；紫鵑正拉著手閒話，周瑞家的又同著廚房柳嫂子來請安，問要吃什麼清淡粥水不要；一時趙姨娘獨自走來，也絮聒了好一會才走了。黛玉便同紫鵑計議道：「二舅母的生日，又不是我的生日，這些人不去看戲，只管往這裏來做什麼？別的人也還罷了，趙姨奶奶一向少有走動，如何也三不五時的過來，難道瀟湘館裏出了鳳凰、麒麟，他們趕著來看熱鬧的不成？」

話音方落，只聽王熙鳳的聲音在窗外笑道：「正被你說著了，這屋裏可不是飛出鳳凰來了，怪不得院名兒就叫作『有鳳來儀』。原來我這個『鳳』是假，你這個『鳳』才是真的，可見叫『鳳』的未必是『鳳』，住在鳳凰館裏的才真正是鳳凰呢。」一行說，一行已進來了。黛玉拍著胸口笑道：「今兒我這裏竟比廟裏香火還熱鬧呢，什麼風兒又把你撮了來，回回這樣神出鬼沒，必要唬人一跳的才罷。今兒有客，你自然是大忙人，不在前頭招呼，來我這裏做什麼？什麼真鳳假鳳，你喜歡這塊匾，摘了掛在你院子裏可好？」鳳姐擺手道：「我配不起，這輩子我沒有鳳冠霞帔的命，只好修來世；不比妹妹，貌若天仙，才名又高，所以才配住在『有鳳來儀』，叫作『瀟湘妃子』呢。」

黛玉聽這話裏有文章，益發狐疑，卻不好問的，只得請他坐了，命紫鵑沏八寶茶來，鳳姐忙道：「我不愛喝那個，甜膩膩的，不如你嘗嘗我這個。這是今年開春，新茶芽兒剛發出來，不等長成便用指甲掐下來用秘方特製的，一畝茶園也只得這十來斤，知道你口味輕，特地給你帶了來。」說著果然掣出一隻巴掌大的脫胎菊瓣描金朱漆盒子來。黛玉見那盒子紅潤如珊瑚，知道是宮中御用之物，不禁笑道：「茶怎麼樣還不知道，倒是這盒子是難得的。這胎骨是用絲綢和生漆製成的一色漆器，你從那裏得來？」熙鳳笑道：「你且別管，先嘗嘗味道怎麼樣？」

紫鵑沏了來，黛玉依言嘗了一口，只覺滿口清醇，風生兩腋，再擎杯細看時，只見細葉浮香，螺芽蕩影，果然色、香、味俱全，與往常喝的不同，便贊了兩聲。鳳姐這方緩緩的道：「說起這茶，其實一家子的人都是托你的福，這還是北靜王府……」一語未了，忽見豐兒慌慌張張的走來說：「奶奶快去看看吧，寶玉今早起吃了藥，病得更瘋了，老太太、太太都在那裏哭呢。」

鳳姐、黛玉俱嚇了一跳，忙問緣故，豐兒定一定神，看見黛玉在側，不好多說，只吞吞吐吐的道：「早起薛大爺進園來探病，旁人都迴避了，也不知他兩個說了些什麼話，寶玉便又瘋起來，大喊大鬧的，滿口裏只說要往宮裏去找娘娘，駁回賜婚的事。如今老太太、太太和姑娘們都已趕著去怡紅院了。」鳳姐聽了，不及安慰黛玉，起身扶了豐兒便往外走。那黛玉聽了「賜婚」二字，猛可裏一驚，只覺頭昏目眩，眼面前金的銀的紅的紫的亂晃，耳朵裏鐘兒磬兒鑼兒鼓兒鈸兒齊響，心頭上酸的辣的苦的鹹的澀的齊湧，頓時面褪紅潮，唇如金紙，向後倒仰下去，唬的紫鵑、雪雁忙抱住了亂喊亂搖，又飛跑的去追二奶奶傳大夫。

黛玉神昏智亂，惟有心頭一點執著，清明不滅，牽腸動肺，恍惚間只覺身子一輕，飄飄蕩蕩離了屋子，見雪雁在前追趕鳳姐，笑道：「傻丫頭，又追他回來做甚？難道他肯爲了我，便不理老太太麼？」逕自一路悄悄冥冥，潛潛等等，因風而起，遇水凌波，倒趕在鳳姐頭裏來了怡紅院。飄然轉過碧紗櫥，只見許多人圍著寶玉哭泣。賈母「兒」一聲「肉」一聲哭得氣咽聲顫，鴛鴦站在身後撫背，彩雲替王夫人揉著胸口，直叫拿薄荷湯來舒氣，薛姨媽早扯出薛蟠去在外間教訓，麝月、秋紋等都腫著眼睛，柔聲勸寶玉吃藥，襲人更是哭得帶雨梨花一般，連探春、惜春也都站在一旁垂淚。黛玉見了，便也覺得心中酸痛，卻再想不起自己如何會在這裏，但覺身不由己，飄搖不定，遂扶著床欄杆四處打量，只見床上新換了一頂淡青宮花紗帳，大紅實地紗盤金鉤帶，上邊罩著白綾帳沿，用玉色宮紗掐三牙寬鑲滾邊，當中是寶玉自畫的〈賞茗圖〉，上邊題的詩還是自己的手筆，不禁心中愴惻，上前推著寶玉道：「你做什麼只管胡鬧，一年大兩年小，還只是這樣沒輕沒重，惹得這些人擔心。」

寶玉正在妝瘋，忽經黛玉這一推一問，呆了一呆，及至回頭看時，並未見人，大驚叫道：「林妹妹你在那裏？如何只聽到說話，卻不見人？難不成躲起來捉弄我麼？」扒著床欄杆只管四處亂看，又翻起枕頭來找，眾人見他這般瘋癲，都面面相覷道：「這些人都在這裏，哪有什麼林妹妹？寶玉這次病得委實沉重。」

王夫人越發痛哭起來，向眾人歎道：「我爲這個孽障，也把心操得碎了，就是娘娘賜婚，難道不是好意的？北靜王府三番兩次請人來求聘，弄得天下人都知道了，只差著換帖一層。原想著把寶玉的事辦了，便要發嫁他林妹妹，雙喜臨門，何等榮慶喜耀之事，偏這個禍胎如今這番大鬧，倘若傳揚出去，非但於他自己臉上不好看，就是林姑娘，被人聽見這些話，有什麼意思？」

寶玉原只為賜婚一事懸心，所以有此一番造做，誰知一早薛蟠走來爭執了幾句，罵他有眼不識金鑲玉，其實辱沒自家妹子，若不是看在娘娘份上，寧可妹妹老死家中，也斷不許他進賈家門的。寶玉聽了，方想起只顧想著黛玉，不免羞了寶釵，心下頗覺後悔，只不知如何收場，索性妝得更瘋些，實指望眾人看他顛倒混亂的份上，不予計較。誰知忽然聽得王夫人之言，方知還有北靜王府求聘林黛玉一節，不啻耳邊驚雷，眼前地陷，直把妝瘋換成真瘋，假狂逼出顛狂，從床上直跳起來道：「誰說林妹妹要嫁！」只聽「砰」一聲，卻是頭撞在床板上，疼得一跤跌倒，滾落下地，襲人等忙扶起來看時，只見他額頭也磕青了，面皮也擦破了，鮮血直流下來，都驚慌大叫。

連黛玉也不禁急痛攻心，「哎喲」一聲叫道：「寶玉，你怎麼樣？」翻身坐起，卻在瀟湘館自己床上，眼前哪有寶玉，連賈母、王夫人、熙鳳這些人也都不見，不過是紫鵑守在一旁啼哭，方知前邊所見竟是一夢，難得竟那般清醒明白。不禁意有所動，歎了一聲道：「你哭什麼？我又不是一時三刻便死了。」紫鵑見黛玉醒來，早念了幾聲佛，及聽他這樣說，又不禁哭了。

恰好賈璉一早另請進鮑太醫來，先到怡紅院看過寶玉，又往瀟湘館來看黛玉，診了一回，詫異道：「方才看二爺的脈象，情形雖似魔症，脈象其實平穩；如今這位小姐神思清楚，關寸倒是紊亂虛浮的。原係心肝兩經血虛之症，血虛則神無所歸，魂無所主，是以驚悸不已，宜少陰、厥陰同治。」一時也開了方子來。命人照方煎了，黛玉哪裏肯吃。

原來那林黛玉一生思茲念茲，此乃心頭第一件大事，如今一旦落空，豈有不驚厥膽寒的？然此時三魂歸位，六魄安齊，漸漸理清因果，思前想後，又將這些日子府中諸人往來言行，早起鳳姐來時那些含含糊糊的話，以及方才夢中所見王夫人所說求聘之事，林林總總，一併聯想明白，已把北靜王府求聘與宮中元妃降旨兩件事理清頭緒，自覺萬念俱灰，絕無生理，那眼淚水早不知不覺將枕巾打濕。紫鵑端了藥來，也都打翻了。春纖等忙進來收拾，紫鵑明知緣故，只得找出些話來安慰，那黛玉毫無生志，但求速死，閉了眼不理不睬。正是：

蒼天不與顰卿便，恨海難尋精衛填。

正在傷心，忽然雪雁捧著串香珠氣喘吁吁的飛跑進來說：「不好了，不好了，寶玉被抓了。」紫鵑等俱唬了一跳，連黛玉也都忍不住睜開眼來。欲知何事，下回分解。

第八回

天賜多情公子赴會
夜奔無路優伶沉江

話說因王夫人生日，一早定了兩日的戲酒，偏偏寶玉這日發作得更比昨日厲害，大哭大鬧，弄得頭破血流的，襲人拉著替他揉頭，又上了藥，方才安靜了。賈母、王夫人等心裏雖焦的了不得，奈何前邊已漸漸的有客來，少不得要打起精神去招呼，又見寶玉已安頓下來，便叮囑襲人好生伏侍，各都散去。襲人因端藥來與寶玉吃，寶玉歎道：「別人不懂，難道你也不懂？我這病，那裏是藥治得好的。」

襲人聽了這話，又似明白，又似糊塗，只得含糊勸道：「生病哪有不吃藥的？你吃了藥，踏踏實實睡一覺，趕緊好了，老爺、太太也放心，老太太也歡喜。」寶玉冷笑道：「只管他們歡喜，便不問我心裏是怎麼樣嗎？我與林妹妹本是一個人，如今倒被他們弄成兩個人了，就吃上一車子的藥，怕也不得活呢。」襲人道：「越勸著你，你反鬧得越瘋了，滿口裏說的什麼死呀活呀的，太太聽見，更該傷心了。昨兒原是太太的千秋，一家子歡歡喜喜的，為你一個人，弄得雞飛狗跳，連杯壽酒也沒喝安穩。你還只管鬧。難怪太太成日家說『養兒養女都是債』，又說『天下只有癡心父母，從無孝順子孫』，你這樣一味耍性子，豈不傷太太的心？」

寶玉道：「他們若真心疼我，就不該有什麼賜婚，什麼金玉，我若不能與妹妹同生同死，就獨個兒活上一千年，飛升做神仙，到了那壺天福地，紫府瀛台，也還是個鰥寡神仙，沒什麼趣味；若是遂了我的心，我就立時三刻死了，化煙化灰，一萬年不能超生，也是個滿足的鬼兒，再不怨的。」說著又哭起來。

襲人聽他說得大膽，且越發沒了顧忌，不禁又是驚又是惱又是痛，只得委婉勸道：「並不是太太不許你同林姑娘好，為的是前有北靜王的求聘，後有娘娘的賜婚，這都是惹不起的主兒，太太又能怎麼樣呢？雖說娘娘是太太的親生女兒，如今做了皇家的人，便是金口玉牙，一言九鼎的了，說出來的話，連老爺也不敢駁回。就算老爺、太太為了你，現敢拿著懿旨不尊，忤逆娘娘，想方設法回了娘娘的意，娘娘或是不肯降罪，然北靜王府又豈肯善罷甘休的呢？」

寶玉聽這話說得周密，竟方方面面，層層都是道理，無話可駁，低頭想了半晌，忽然想起什麼來，跳下床翻箱倒篋的搜尋起來。襲人忙道：「你要找什麼？說出來，我幫你尋。」寶玉只是不理，又捱個兒拉開螺甸抽屜翻找，到底在櫃子最下一格抽屜裏尋見了，卻是那年北靜王親賜的蓐苓香念珠，並元妃娘娘舊年賞的紅麝串，一併拿過來，又向桌上叵籮裏揀起一隻夾核桃的鉗子，便發狠的砸起來。

襲人再三攔不住，眼見已將個苓香串砸得七零八落，明知他因人及物，只得委婉勸道：「你心裏不自在，何苦砸那啞巴東西？難道為你砸了珠子，那求聘的庚帖和賜婚的懿旨就都不作數了不成？」寶玉扔了鉗子，忽的點頭笑道：「依你說的，這事還得找北靜王說理去。」說著拔腳便走。襲人原見他發狠的砸珠子，只道發洩過了，自然心服，所以並未十分阻攔，忽見他站起身來，倒沒提防，便被他奪門出去，忙追至院中死死拉住道：「小祖宗，你這是要到那裏去？」

寶玉道：「我找北靜王評理去。論早晚，我比他先十年就認得妹妹了；論遠近，我與妹妹原是姑表至親。他憑什麼倒橫在我頭裏要搶親？」說著掙開手腳，只要往外走。襲人急得大叫：「你們還不幫我拉住？」小丫頭們早看得呆了，聞言正欲上來時，豈料寶玉生怕別人攔他，遂不顧死活，用力將襲人一掌推開，拔腳便走。

那襲人跌到在地，眼見著寶玉搶出門去，急得兩淚長流，小丫鬟們忙扶起來幫著拍打。襲人又羞又愧，又急又怕，顧不得髮亂釵橫，衣鬆帶斜，徑出園來，打聽得賈母在自己房中歇息，遂進來跪陳寶玉出走之事。賈母急得哭起來，便又命人傳進賈政、王夫人來。

當下闔府大驚，人仰馬翻，賈政頓足歎道：「罷了，罷了，這個孽畜必定要與我做對，我一生的名節，加上這副冠戴家私，終是要毀在他手上了。」只得命賈璉騎了快馬去北府打聽，一併謝罪。誰知北王並不納見，只叫門房出來傳話，說海外來了幾位奇士高人，見著賈府玉公子，都道是人間龍鳳，羨慕有加，因此北王留他在府中盤桓數日，彼此講談學問，反叫賈府打點替換衣裳送來。賈母、王夫人等聽了，都不禁放聲大哭。正值雪雁往怡紅院打聽寶玉病情，見襲人等哭成一片，遂忙飛風的回來告訴。

那林黛玉聽了，頓時憂心如焚，淚落如雨。此前他魂離肉身，看清因果，明知事已至此，救無可救，反倒心如止水，波瀾不興，暗想從前只當離魂之說只在戲中才有，孰料竟是真的，方才自己靈魂出竅，遂得聞北王求婚之事，自是上天示警，令自己死心之意。遂抱定飲恨求死之心，更無忍辱偷生之理。此時聽說寶玉獨闖北靜府，早又將自己放下，只顧一心一計爲寶玉打算起來，心想他這般任性胡爲，眾人這般苦惱焦慮，都只爲我一人而起，倘若這番竟鬧出什麼事來，我卻該如何自處？依情形，那北靜王行的明明是「以痛令從」之計，若自己不肯許婚，只怕寶玉再難回來。世上有情人原多，最難便在隔心兩意上，自己從前原也一般迷惑，每每猜疑生忌，如今這番魂夢相通，才知他心如我心，兩個人竟是一個人，卻又偏偏天不與其便，生出這番阻隔來。他既爲我這樣，我除卻一死，竟無以爲報；我既得他知己若此，縱爲他一死，又何足惜哉？

正思量間，只見小丫鬟飛跑的來告訴，賈母、王夫人、熙鳳一行進園了，正往瀟湘館這邊來。黛玉主意既定，心思清明，遂拭淚勻面，從容整衣。方迎出來時，只見賈母已坐著肩輿打那邊顫顫悠悠的來了，後面眾婆子、媳婦並鴛鴦、琥珀、彩雲、玉釧、平兒、豐兒等一行十來個人，都打著青油紙傘，遮著王夫人、鳳姐等，搖搖擺擺地走來，這才知道不知何時竟又下起雨來。

黛玉忙迎上來見了禮，親自扶進賈母來，請入內室奉茶。紫鵑將荷葉立蜻蜓的鏨銀珐瑯托盤盛著幾盞茶出來，黛玉親自捧杯，第一杯敬了賈母，第二杯便敬王夫人。正欲敬鳳姐時，鳳姐早自己從托盤上取了一盞茶來，笑道：「這瀟湘館我一天來三次，只怕丫鬟們通報看茶的早煩了，若不是跟著老太太、太太，一口水也喝不上，還敢勞動妹妹親自敬茶呢？」眾人都笑了一聲，只有黛玉、紫鵑恍若未聞。

賈母起先聽稟報黛玉昏厥並太醫之語，早已焦心如焚，只為寶玉那邊也鬧得厲害，未能就來探視。及此時見了，卻見黛玉雖是形容憔悴，卻態度沉著，言語平和，倒覺欣慰，遂吞吞吐吐，說起北靜王府求親並寶玉如今已經前去理論之事，歎道：「手心手背都是肉，我哪不是為你們打算，況且事關你的終身，我也斷不肯叫你受委屈的，只是北靜府權高勢重，說出話來，連皇上也要讓他三分，何況咱們這樣人家。」

黛玉此時一心只想有什麼法子能保得寶玉平安回來，餘者更不理論。不等賈母說完，早跪下稟道：「終身大事，自當長輩作主，哪有女孩兒家置喙的理？都為老祖宗疼愛顰兒，所以如此，顰兒豈敢不遵。若能因顰兒一人，上報老太太劬勞養育之恩，下體眾姐妹守望相助之情，自是情願的。」說罷，兩行淚直流下來，泣不能仰。賈母忙拉起來，抱在懷中哭道：「好孩子，我知道你孝順，但能看著你兄妹兩個好好的各自成家，我閉上眼睛，也好去見你的娘。」

王熙鳳聽這話說得傷痛，忙上前勸慰，開解一番。賈母又叮囑眾丫鬟婆子一回，方扶了鳳姐的手出來，仍舊登輿辭去。黛玉一直送出院門，看著賈母等走遠了方轉身回來，早已力盡神微，回頭向紫鵑微微的笑道：「好了，從此可不用再想了。」一語未完，猛的一口血吐出，天旋地轉，身不由己，早又軟了下來。

紫鵑、雪雁嚇得抱著連聲叫喚，眾嬤嬤、丫鬟抬進房來，登時擠了個水泄不通，見黛玉不好，都怕惹出事來，便嚷嚷著要去上房稟報。紫鵑卻明知不過是那樣，況且太醫剛剛來過的，姑娘不肯吃藥，便來個神仙也是無法；遂遣散眾人，自己扶了黛玉躺穩，欲勸慰幾句時，又想著這件事關乎姑娘終身，此時心事難諧，怕他心裏比死還難受，又有什麼話可解勸得開，便也哭了。反是黛玉微微睜開眼來，勸道：「又哭什麼？我一個人愛哭還不嫌煩麼，再饒上你……」說著，又喘起來，紫鵑、雪雁忙又捶背揩面，奉茶漱口，明知無言可解，索性一句話也不說，惟盡心伏侍，聽命由人而已。

這裏眾人送了賈母回房，王夫人先就贊道：「林姑娘反比寶玉明白，我說他不是那不識大體、一味任性佯狂的，果然不錯。如今林姑娘既肯了，料想北靜府少不得就要放寶玉回來，他獨個兒鬧不起來，或者心思一定，過兩日就好了。」賈母只歎著氣，並未答言，趕著叫人寫了黛玉生辰八字，用錦袋封了，又叫進賈璉來叮囑幾句，著他明日一早帶了帖子送與北靜府合字，順便接寶玉回來。

鴛鴦早已命人熬了參貝養心湯，鳳姐親自伏侍賈母喝下，陪著說了回話，復往前頭席上來。可憐王夫人神疲力盡，也只得補了妝，又往席上周旋一回，好容易撐至席散，方才回房。

卻說寶玉來至北靜王府時，水溶正在宴客，聽說賈府玉公子來拜，忙命快請入書房敬茶，因告了罪，來至書房相見。寶玉迎面跪下，先請了安，即落下淚來。北王見他額上見傷，神情悲痛，大為吃驚，忙親手扶起，詢問緣故。那寶玉來時，原為一時情急攻心，不及多想，此時見了水溶，卻也不敢放肆，況且兒女私情原難啓齒，且事關黛玉聲名，更不便直言肺腑，因此除了低頭垂淚之外，竟無言以對。水溶深以為罕，當下亦不便多問，惟含笑道：「我雖不知你為何事煩惱，此時廳上正有幾個好朋友飲酒閒話，不妨入席一談，或可略解煩悶。等席散後，你我再翦燭夜談，不論你有何為難事，我能排解時，必替你排解。」

寶玉無可如何，只得權且忍耐，俟後再相機進言。遂拭了淚出來，與座中諸人一一相見，一為茜香國使臣，一為南安郡王世子，還有一個，便是那日在馮紫英府上會過的景田侯之孫、五城兵馬司裘良，餘者皆為北府幕僚而已。廝見畢，另設椅加箸，捧上杯來，寶玉告了座，先敬了一輪酒，便赧然無語。司裘良道：「自打前回在馮府見了你，這一向再未覿面，你可知道衛兄的事情麼？」寶玉道：「他起拔的前一日，我還特為去送行來著，此後倒也沒有書信，想來自然是建功立業，捷報頻傳的吧？」司裘良笑道：「也難怪你不清楚，他方到海疆，那真真國就發起進攻，起先衛兄也贏了一役，我還具表替他向皇上請賞呢。誰知這些日子來忽然斷了消息，連兵部也都沒有奏表，想是雙方停戰休兵一時也未可知。」

水溶因座間既有南安世子，又有外國使臣，便不欲議論這些軍情國事，遂笑道：「一味牛飲，非但無趣，而且易醉，不如行個令兒。」茜香國使臣先就笑道：「久聞你們中原人飲酒，喜歡猜枚行令，擊鼓傳花，諸多故事。只是我卻來不得那些，腹中草莽，一詩一句也不可得，雖不懼醉，只怕掃你們的興。」水溶笑道：「無妨，今兒行一個簡單又有趣的，既不吟詩，也不考試，倒是來賭酒說故事的罷了，說得好時，舉座共賀一杯；說不好，罰一大海。」

使臣道：「這個卻好，只不知是什麼故事？你們中原人說故事是要唱的，又要合轍押韻，又要抑揚頓挫，我卻學不來。若是學先兒說書，倒不在行的。」水溶道：「自然不難爲你，究竟說書的雖然口齒伶俐，也不過是那些話本傳奇，無非忠臣蒙冤得雪、夫妻離而復合、或是才子佳人幽期密約、曠夫怨女牆頭馬上之類，其實無甚新鮮。我今日要行的這個令，卻須說真人實事，便是悲、歡、驚、奇、警、醒六個字，每字相應一點，擲出幾點，便說出所命之題，如此，既廣了見聞，又助酒興，可好？」眾人都連聲說好：「這個新鮮有趣，又不比那些吟詩作賦的悶氣，又不似猜拳吆三喝六的粗魯，便是這樣。」

於是取骰盅、蓮花玻璃醢來，擲了骰子，卻該著南安郡王世子先說。世子便拈過骰子來又一擲，擲了個五點，該著「警」字，想了一想，講道：「這是我府裏一個門客講的，也不知真假，倒有幾分警世意義，或可說來下酒。說是蘇州閶門有個布商，雇了一個夥計替他理財，那夥計十分旺他，三年賺了五千有餘。夥計因要乞假還鄉，這布商苦留不准，夥計因而惱怒，使氣問他：『難道我死了你也不放我去嗎？』那布商道：『你若死了，我親自送你還鄉。』又隔兩年，這夥計爲這布商足賺了一萬兩銀子，一日忽染病而亡，死前，細說其家住於何地何鄉，家中尚有何人，言訖身亡。那布商倒也是個信人，果然親自雇了車，送他還鄉。及到了門上，那夥計的兒子出來聽了始末，臉上並無哀戚之容，只命人將棺材送去堂前擱置，便傳酒菜款待布商。布商只覺這兒子不孝，也不好說的，因飯菜已擺上桌來，便邀這兒子與自己同吃，那兒子這方面做難色道：『你是我父親的東家，我原不配陪坐的。』便聽裏間他家老祖母隔著簾子命道：『你既知道自己不配做陪客，還不叫你父親出來敬酒？』那兒子聽了，果然拎一把斧子，逕自劈開棺來，只見那夥計一躍而起，笑著向東家告罪。原來，這夥計一心只要還家，因布商不肯，便使計詐死，又恐他母親兒子吃驚，早寫了信回來說明原委，因此他家人並不難過驚惶。」

講罷，眾人都道好聽，惟有司裘良道：「這故事倒也新奇，只是警世意義卻何在呢？」南安郡王世子笑道：「那布商原也問著這夥計：何忍如此誑我？那夥計答得最妙：我早已替你算過，命中只該有萬兩身家，再不能多得一分一厘的。我若仍在店裏時，既不能替你增財，徒然作踐糧食，又有何益？只是我縱說明，你必定不信，反疑我為要回家設言欺你，必不許我告假。惟有詐死，方能成行，況且躺在棺中回來，又無需勞動，豈不美哉？」眾人聽了，都說：「命中八尺，難求一丈，這的確足以使人警省。」遂賀了一杯。

接著又擲一輪，該著茜香國使臣，題目卻是個「奇」字，使臣笑道：「我正怕說不好，幸得是這個題目，倒有一個現成的故事，奇與不奇，就由得諸位來評判了。在我們茜香國，國人都以仰望天朝文墨為雅事，雖善寫者不多，卻也知道顛張、狂素、二王、顏、柳諸聖的名號。凡習字者，自然法其一帖，以描摹得法為榮。豈知卻有一個筆硯鋪老闆，雖也時常弄些筆墨為自得，究竟不見得有甚麼妙處，又平時滴酒不沾。有一日赴鄰家婚宴，被強灌了幾杯，喝得醉了，回至店中，拿起筆來一頓狂寫，睡去。醒來時，儼然一部『蘭亭』，與羲之所書毫無二致，二十一個『之』字盡得其神。那些人見了，都爭著要買，又央他再寫幾篇，卻一個字也寫不出了。後來又為著什麼事，醉了一次，又像前回的那般恃酒狂草，這回竟是米芾的行書《研山銘》。那以後便得了竅門，每要字時，便喝酒，只一醉了，便提起筆來，要顏體便是顏體，要柳體便是柳體，寫出來，便同原本一般無二，拓下來的也沒這般神似，竟是書聖附體，鬼斧神工。你們說這可奇是不奇？」

眾人聽了，都連聲道奇，說：「這果然是聞所未聞，值得一杯。」接下來是寶玉，恰擲了一個「悲」字，不待說時，那眼圈已泛上紅來，卻低頭抿一口酒遮掩過了，方清一清嗓子，說道：「我有一位摯友，他有個表妹，自幼雙親早喪，所以寄養在他家裏，一住十年。兩人朝夕相見，這朋友既羨慕表妹的才情，又脾氣相投，心下便早立定了一個癡想頭，只不好與父母提及，又不好向表妹說明。原想過一二年大些時再提，誰知竟被人捷足先登，登門提親，這可不是人間至可悲可歎之事麼？」說到這裏，先低頭自飲了一杯。司裘良問道：「你那朋友何不向父母言明心事，退了親事，作成良緣的便是？若只管自憐自艾，便是眼淚哭出一缸來，難道那表妹就不嫁了不成？」寶玉道：「他原也有此打算，無奈提親的人家權高位重，他父母不敢得罪，巴不得做成親事倒好。如今我那位朋友為此顛倒若狂，眼見便是沒命的了。」說著不禁哽咽，忙假裝嗆酒，咳了幾聲。

司裘良道：「聽你說起來，倒也是一件可哀之事，不過究屬兒女私情，只好算人生小小不如意，不為大悲哀。況且佛經上原有典故，說有書生見女子曝屍荒野，遂脫下衣裳為之遮蔽，後來又有一個人經過，見了女屍，便為之掘土安葬。其後此女轉世，要還那兩個人的恩情，遂與那書生有一段露水姻緣，卻同這安葬他屍身之人結為夫妻，終得白頭到老。可見世上的緣份都有一定之數，或深或淺，或長或短，非人力可以勉強。」眾人聽了，都笑道：「倒是這個故事有新意，可為世上癡男怨女當頭一喝，比賈世兄說的更覺悱惻動聽。」寶玉倒也不加辯白，只道：「如此，我認輸便是，理當該罰。」說罷取過那玻璃醽來，便一揚脖。

於是重新擲過骰子，該著北靜王水溶，卻得了一個「驚」字，不禁笑道：「說起這個『驚』字，倒是不折不扣，正有一件極可驚極可歎之大事，昨日才得飛鴿傳書，便發生在本朝平安州界……」話未完時，下人進來稟報，說賈府裏璉二爺來拜。水溶再看寶玉時，只見雙頰赤紅，眼目餳澀，已是醉了，遂吩咐了管家幾句，命他出去告知賈璉，留下寶玉住一晚再走，著人送寶玉去西院廂房歇息，又使了一個丫頭名喚錦心的伏侍。

那寶玉因心中有事，又空腹灌了一大大碗公酒，逕自醉了。半夜裏醒來，只當仍在怡紅院中，及呼喚時，只聽一個聲音嬌音軟語的問：「公子要什麼？」轉頭看去，竟是素不相識的一個極標緻極嫵媚的女孩子，又見四周金瓶牙几，綺窗繡榻，門上掛著金絲藤紅漆竹簾子，床上懸著菊花墊銀鉤，掛著雲錦五色帳，花氣融融，芸香默默，不禁一驚問道：「這是那裏？姐姐是誰？」

那丫鬟掩口笑道：「公子果真醉了。這是北靜王府西廂房，我是王府裏的伴讀丫鬟錦心，我們王爺命我來侍奉公子的。」又問要茶要水。寶玉定睛看時，只見那女子約有十七八歲模樣，雲髻高堆，修眉聯娟，一雙秋水眼兒，上身穿著件銀紅棉紗小衣，下邊只繫一條鵝黃洋紗挑線鑲邊單裙，外邊披了件雀藍織金雲緞夾襖，腕上叮叮噹噹十幾隻絞絲銀鐲，雙手托腮坐在面前，粉頰上兩個酒渦兒忽隱忽現，正笑盈盈望著自己，唬得忙披衣坐起，陪笑道：「不敢勞動姐姐。」便欲下床。錦心忙按住勸道：「此時已是四更，況且外面又正下雨，公子要去，也等天亮了，同王爺當面辭過再走不遲。倘若這時候出去，或淋了雨，或受了涼，豈不是婢子的不是？」

寶玉聽了，從懷裏掏出錶來看了看，又側耳細聽，果然雨聲滴瀝，急如漏沙，只得又重新躺下。那丫鬟顧自倒了茶來，滾熱噴香，也不知是何名，寶玉也不敢問，欠身接過來漱了一口，仍交到那丫鬟手上，重復躺下。那丫頭便坐在床邊，含笑道：「你若睡不著，我們說話可好？」寶玉滿心煩懣，只闔目裝睡。那丫鬟笑道：「人人都說榮府裏的寶玉公子最是個多情識趣的，今日一見，竟這樣冷心冷面。難道我果真相貌醜陋，比不得府上的那些姐姐，讓公子連看一眼也覺不耐煩嗎？」

寶玉聽了不忍，這方睜開眼來歎道：「姐姐自是花容月貌，又何必說這樣話？奈何寶玉滿腹心事，不知欣賞，只好得罪了。」說罷重新閉了眼睛，竟如老僧入定的一般，任那錦心如何佯嗔嬌笑，賣弄風情，只不理睬。錦心雖然一盆火樣，顧自放出勾雲行雨的手段，攝魂奪魄的本領，對著這樣一個木頭人，卻只如對牛彈琴的一般，又不敢太過廝纏半晌，也只得罷了，悶悶的胡亂睡去。正是：

烏聲愁絕客中夢，階雨滴殘簾外春。

一時天光放亮，寶玉先醒了，看見錦心臥在外榻，烏雲散亂，細香微生，不忍叫醒，悄悄跨下床來，正尋鞋時，錦心卻醒了，將手背掩著嘴打了個呵欠，笑道：「原來公子已起來了，我這就叫人打水來。」遂自去傳喚，便有兩個才總角的小丫頭打了水來，錦心伏侍著寶玉盥洗穿戴了，引他出來廳上用飯。寶玉因問北王所在，錦心告之「上朝去了」。

寶玉呆了一呆，只得沿著遊廊出來，但見雨卷珠簾，雲飛畫棟，幾隻燕子在簷下穿梭來回，好不忙碌，原來這西院四周皆是花籬短牆，圍了兩三畝大一塊地，除卻屋宇遊廊之外，亦有亭台花石，位置佈局無一不佳，倒像是獨成一個小小園林，其間小徑悉以碎白石砌成，曲曲折折，以欄杆回護，滿園儘是牡丹花，石臺上、平地上，高高下下，足有千餘朵，開得正盛，五彩繽紛，便欄杆上也都纏繞青藤，雜以五色小花，看去如錦如雲，十分悅目，不禁站住看了一回，方來側廳坐定。錦心將一方鵝黃地子繡紅線的挑絲掐牙口巾與他圍在頸下，布了碗筷。看時，菜式倒也尋常，惟所用器皿，非金非銀，乃是一色的蝴蝶穿花細巧瓷器，青釉粉彩，其花色看去皆是一式的，及細瞋時，方見花朵、彩蝶的品類各各不同。寶玉只隨便吃了幾口，也不知是饑是飽，便放下了。

又等了一盞茶功夫，水溶方回來了，仍請至書房相見。寶玉含羞行見藩郡之禮，跪謝「不勝酒力，叨擾王府」之罪，水溶挽手扶起笑道：「酒逢知己千杯少，何罪之有？」又道，「錦心是我的一個伴讀丫鬟，因他還粗知文墨，所以命他伏侍你，原想若還可以入目時，就送與你了。誰知竟爲見棄。」

寶玉道：「王爺固然寵愛有加，奈何寶玉此時心如死灰，竟不能分辨妍醜。寶玉從前常爲喜同女兒廝混，每被家嚴申斥，兼被世人誤會，以爲多情。如今方悟得情之一字，原無多寡深淺之別，惟有真假幻滅之分。倘若心中當真取中了一個女子，情爲之生，以其爲至珍貴至可愛慕者，則世間萬千女子也皆有可愛可憐之處，概因大凡年輕女子，總有相似之處，其所以分愛於萬千女子者，原在萬千女子身上尋找其至愛女子相似之處也；若一日緣滅情絕，那至愛者竟失去，則愛慕之念亦隨之而失，世間女子再無可戀者，雖萬紫千紅，亦不能悅其目，動其心也。」

北王聽了，默然半晌，方笑道：「雖說『不知者不罪』，然君子不當奪人所好，這倒是小王冒昧了。只是我方才回府時，在外面遇上令表兄名璉的，才知府上已允了我的媒聘，特爲送令表妹庚帖來的，兩府從此結爲秦晉之好。如今聽了你這番理論，倒教我爲難起來。婚姻之事，一諾千金，小王既已邀媒下娉，尊府又已換帖許親，斷無覆水重收、出爾反爾之理。不然，府上豈不怪我無禮放肆？如今府上的車馬已在外等候，不如你這便同他們回去，以免政老垂盼，至於茶禮納彩等事，還須從長計議，都憑府上的意思，小王無有不從。」

寶玉聽了，知他不會主動退婚，這件事惟有求之於賈母，方可解決，只得快快告辭。北王又賜以彩緞、貢扇等物。寶玉拜謝了出來，果然賈璉在廳上等候，見了他，忙拉上轎來，一同回府。賈母等早在簷下等候，見了，一把抱入懷裏哭道：「你個不長進的孽障啊，要這些人爲你操多少心，耽多少驚怕才肯安生？」王夫人也哭泣不止，連李紈、探春等亦在旁拭淚。

接著賈政聞訊來了，李紈、鳳姐忙迴避了去，賈母惟恐寶玉在外受了委屈，積在心裏，便不令賈政責罰，也不許他多問，只寒暄數句，便叫人好生送回怡紅院歇息。寶玉又道：「北王已經親口許我，不肯奪人所好，強扭成親。如今只求老太太作主。」立逼著賈母令人去北府裏索回庚帖來。

賈母滿心煩惱，只得哄道：「縱是退親，也須商量一個妥當主意，彼此臉上過得去才是，哪能這樣莽撞。好孩子，你只好好養著去，都有我呢。」看著寶玉去了，方覺神倦體乏，回身躺下，闔了眼朦朧欲睡。王夫人等見了，都悄聲告退，只留鴛鴦等在此伏侍。

此時兩府裏大半都聽說了北靜府納妃之事，都覺歡欣鼓舞，爭相傳告，說是「咱家已經有了一位皇妃，如今又要出一位王妃了。已經過了帖子，只等著擇日納彩了。這是王爺親自相準了三媒六禮來下帖子求的，比娘娘更體面得寵呢。」因此都往瀟湘館來巴結。便連府外的一些姻親戚舊得了消息，知道賈府將與北王聯姻，其威赫尊榮之勢眼見比往時更盛，也都來打探真僞。

王夫人因此十分煩惱，將眾人散出，獨自坐在抱廈裏沉思。偏偏趙姨娘覷著左右無人，便又走來戳舌獻勤兒，故意蠍蠍螫螫的道：「太太可知道東府裏的新聞麼？」王夫人道：「你不看看這些日子家裏多少大事，何曾消停過一日，自己的事都鬧不清呢，那裏還理得到鄰居家的閒事？」趙姨娘將手一拍道：「原來太太竟沒聽說，論起來還是太太見機得早，所以咱們這邊總算沒事，到底東府裏沒有太太這樣的人拿主意，所以才出了大紕漏。」王夫人聽這話沒頭沒尾，說的好不蹊蹺，由不得問：「東府裏出了何事？」

趙姨娘湊前一步，做出副機密樣子，低聲道：「太太可還記得原在咱們家學戲的那十二個女孩子？我早就說，學過戲的粉頭都不是好東西，幸虧太太拿主意把他們都攆了去，落得園中清淨。誰知道當中有一個小旦叫齡官的，不知什麼時候勾搭上了那邊的薔哥兒，出府後竟未回家，被薔哥兒暗地裏收了，就養在府外頭後巷一個院落裏。如今已做了暗門夫妻一二年了。」

王夫人愣了一愣道：「前些時候老太太不是親自保媒，要替薔哥兒說親，定了賴大管家的孫女兒麼，怎麼又弄出個齡官來了？」趙姨娘搖頭咂嘴的道：「真告訴不得太太。可不是正爲這件事作耗？那齡官聽說了薔哥兒訂親，竟立逼著薔哥兒跟他私奔，一同回蘇州去，偏生薔哥兒手腳慢，又要賣房子，又要當古董籌錢，又要找他那些京城裏的好朋友吃酒道別，竟自走露了風聲。那晚天還沒亮，兩個悄悄兒的帶了細軟上船，纜繩還沒解，就被那府裏小蓉大爺和賴二管家追上了，好說歹說拉著便走。那齡官還只管攔著不許走，賴管家便指著說了兩句狠話，罵他不知羞恥，勾引大家公子，又說要拿他報官，站木籠行街。那齡官也不知是氣，也不知是怕，竟然一轉身投了水，及打撈上來，已是斷氣了。薔哥兒哭得死去活來，直要與賴二抵命。如今那邊鬧得家反宅亂的，就只瞞著老太太一個人。」王夫人詫異道：「竟有這等事？那賴大兩口兒知道有這樣事，豈有不惱的？」

趙姨娘道：「怎麼不惱。賴管家如今一得了閑就往那府裏坐著說長說短，同珍大爺一說就是半日。那賴小姐聽說了這件故事，如今哭著鬧著只要退婚，賴管家倒也肯，只是賴大娘不捨得。說來也是，他原是咱家幾輩子的奴才，爲的是上頭開恩，脫了賴尙榮的奴籍，又替他捐了前程，許他做了官，得了體面，如今更又做起親戚來了。這原是他們幾輩子修來的福份，豈肯輕易斷了去呢？這也難怪薔哥兒不願意，正經公侯府裏的公子哥兒，怎麼倒娶奴才閨女做正房呢。」

王夫人道：「女家的出身原不必太過理論。況且那賴尙榮既脫了奴籍，做了官，他女孩兒便算不得出身低微。那女孩兒我也見過的，說話行事都還大方得體，若論持家有計算，比三丫頭不差什麼，依我看，倒是薔哥兒未必配得起他呢。」趙姨娘原爲的是討好，聽了王夫人這話，忙改口道：「太太說得是。探丫頭在府裏，誰不當是正經主子待？這都仗的是太太疼他，所以如此。」王夫人道：「這是他自己行事尊重，所以如此，倒不全爲我疼他。」看見趙姨娘滿臉飛紅，不好再說，又問，「那賴大要退婚，珍大爺怎麼說？」

趙姨娘道：「珍大爺怕駁了老太太的面子，如今正兩邊說和呢。所以我說，戲子自古沒好人，這兒女親事，自然該由大人作主，哪能由得小孩子自己的性子呢？他們才長了多大，見了多少世面，自然是看見風流妖調的才愛，知道什麼是好？如今寶玉鬧成這樣，老太太只管護著，太太竟要拿定主意，萬不能由他自便的才是。還有一句話要提醒太太，雖說寶玉和林姑娘不比那旁支左派小門小戶的，也要提防著些，倘若錯了一招半步，那時……」

說著，賈母房中的丫鬟來請王夫人過去商議。趙姨娘忙住了嘴，殷殷勤勤的同著彩雲給王夫人穿衣裳，找帕子，伏侍著出了門，想想無事，又往瀟湘館來給黛玉請安，打聽動靜。

這裏王夫人來到賈母上房，只見鳳姐早已來此等候，仍是爲了寶玉、黛玉之事。賈母歎道：「這裏頭〈滿床笏〉還沒下場，寶玉倒唱起〈單刀會〉來了。他自幼膽小怯事，倒虧得有膽子往北靜府裏闖這一遭，可見是癡心孩子。如今硬是不應他的意，強扭了他，更不知又做出何事來？只是林姑娘的庚帖昨兒已經趕著送去了北府，如今又去討回，如何說話？倒要想個妥當計較。」

王夫人忙道：「庚帖過了門，林家的姑娘便是水家的人了，豈有索回之禮？兩府聯姻之事，親戚中已經多有知道的，早傳得沸沸揚揚，如今一旦退婚，還不定議論出什麼好的來呢。況且娘娘原有口諭，取中寶姑娘在先，難道咱們也退回薛家的不成？可叫親戚臉上怎麼過得去呢？」

賈母低頭歎道：「我也正爲此做難。寶姑娘也是好的，別說退了他在娘娘面前不好回話，便是我也捨不得。無奈寶玉心裏只有他林妹妹一個人，你們也都是知道的，前年爲紫鵑一句頑話鬧成什麼樣，難道你們都沒看見的不成？這回索性鬧進王府裏去，再不應他，怕他不鬧上金鑾殿上去，或是做出別的什麼事來，我和你豈不白操了一世的心？」說著又垂下淚來。王夫人便也哭了。

鳳姐見他們這樣，少不得湊近來獻計道：「老太太若定是捨不得林妹妹，我倒有一個主意，不知老太太、太太覺著怎樣？」賈母忙道：「你有什麼主意，快說出來，大家商議。」鳳姐笑道：「其實也不是我的主意，倒是北府裏提親許的『兩頭坐大』的話兒，給我提了個醒兒。北府裏可以『兩頭大』，咱們自然也可以照貓畫虎。只等娘娘回來，老太太、太太進宮討一道懿旨，把寶姑娘、林姑娘兩個一同許了寶兄弟，再拿懿旨去回北府王爺，說雖然咱們許婚在先，無奈娘娘有命，不好駁回，那時再要退親，便不算無禮。如此，既順了娘娘的意，又堵了眾人的嘴，王爺的面上也過得去，又完了寶兄弟的心願，解了老太太、太太的愁煩，豈不皆大歡喜？」

賈母聽了，果然歡喜，笑道：「你這個主意好。虧你從何處想來？倒不知姨太太肯不肯，再則也要寶姑娘、林姑娘兩個願意才好。」鳳姐笑道：「這個更不要老祖宗操心，林妹妹早認了姑媽做乾媽了，他和寶姑娘又和睦，比親姐妹還融洽呢，巴不得一世不分開的才好。我雖不知書，也知道個娥皇、女英的典故，如今兩個妹妹正是一對兒花開並蒂，又是一個叫寶、一個名玉，就像天生註定，合該嫁了咱們寶玉似的，何不一雙兩好，鼎足而三？」賈母更加歡喜，道：「到底是你說得明白。果然這樣，就更好了。倒是暫把這件事擱下，等娘娘回京來再議。」

王夫人聽見，便又想起一事，因說：「正要回老太太，我明兒要往廟裏上香去，不知老太太有事吩咐沒。」賈母道：「我前夜做了一夢，夢見咱們娘娘來看我，囑咐了好些話，心裏正有些納悶，要與你說，又怕你多心，既是明日往廟裏去，正好替我在佛前多上炷香，禱告禱告。」

王夫人心中一動，原來他正為連夜夢見元妃哭泣，所以才起意往清虛觀求籤，聽賈母如此說，不覺心中驚動，強笑道：「這都是因為娘娘不在京，老太太未免掛念，日有所思，夜有所夢，其實娘娘有皇上的恩澤庇護，那裏要我們操心呢。」又陪著說了一回話，方散了。欲知端詳，且聽下回分解。

第九回

泰安寺扳倒平安使
水月庵掀翻風月案

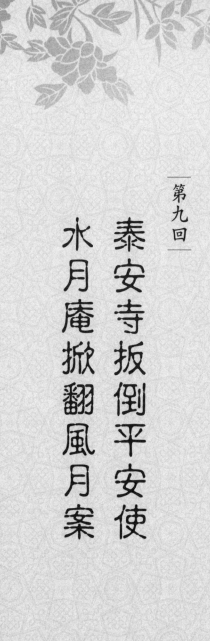

話說王夫人因夜裏輾轉難安，竟得了一夢，看見賈元春懷中抱著個襁褓中嬰兒，滿面淚痕地向自己辭行，口裏說：「女兒一心要好，奈何福壽皆有定數，誰意竟遭此不虞之禍。如今我要往警幻仙子處銷號去了，從此幽明異路，與母親再無相見之日，故來拜別。還望母親珍重身體，勿以女兒爲念，須以女兒爲誡：休再一味攀高求全，從此退步抽身，看開一些，還可保的數年安居。若不然，則大禍就要臨頭了。倘若兒身還在時，還可設法爲爹娘籌措轉寰，趨吉避凶，如今天倫永隔，再不能略盡孝心了。」說著，哭拜下去。

王夫人唬得心驚神動，忙欲拉住細問時，卻撲了一個空，方知是夢，心中墜墜難安。如今又聽賈母說也夢見元春，便更加不自在。及回來與賈政說了，賈政只勸道：「這是你日夜思念女兒之故，其實那裏會有什麼緣故呢？」王夫人素知賈政最厭這些虛妄之談，故也不肯再說。

次日起來，王夫人自去廟裏進香，賈政洗漱了冠戴入朝。誰知來至禮部廳上，頭一件議的便是平安州賊逆案。原來皇上一行因往鐵網山春圍，行經平安州界時，竟遇著山匪劫路，雖然賊逆烏合之眾，不堪一擊，不消一時半刻已被官兵擊斃大半，其餘擒的擒，散的散，也都潰不成軍。然而官兵中卻也未免有死傷，更兼馬匹受驚，四散奔逃，元妃乘的那輛車竟然滾落下山，一縷芳魂縹渺，就此香消雲散。皇上撫屍哭了一回，當下也無心再行，遂留下親兵數十人料理後事，解木造棺，與元妃裝殮，自己竟引馬回轀，返駕還京來了，預計不過三兩日即可回宮。

眾人議了一回迎駕慰君諸事，又向賈政道擾。那賈政聽了消息，早已三魂轟去兩魄，那裏還知回應，出來宮門，三番四次不能上馬，只得命人打了轎子來，一路哭回府來。在門前下轎，即命家人撤燈除紅，掛起雲幡，自己也顧不得通傳，徑往賈母上房裏來，進了門，哭倒在地，跪陳元妃之事。賈母聽了，大驚痛呼：「我家完了！」向後倒仰過去。鳳姐、鴛鴦等人圍著叫喚，慌著拿藥油來擦，王夫人早哭得神昏智亂，厥過去幾回，玉釧、彩雲也都哭著勸撫。賈政自悔說得冒撞，驚動了母親，這時卻也都顧不上了，只伏地大哭而已。一時賈赦、賈珍、邢夫人、尤氏等也都聞訊走來，皆哭得聲咽喉嘶，淚如雨下。

登時間，寧榮二府從裏至外，通掛起素燈籠來，經幡紙縉，幕帷帳幔，裝飾得雪洞銀窟一般。未曾迎棺，且先安靈，因大觀園爲省親而建，靈堂便設在大觀樓，當中供著宮中畫師爲元妃傳的影，與尋常畫像不同，卻畫作宮中行樂圖一般，綾裱牙軸，裝點了許多花卉樓臺，當中一人祥雲環護，正大華容，卻非鳳冠霞帔，只打扮作女史模樣，鳳目含情，玉容宛在，與元春真人一般大小，身後立著許多侍女，皆是宮妝豔服，珠瓔蔽面，有捧如意的，有捧巾櫛的，有捧書冊的，有執扇的，形容各異。賈母、王夫人等見了，不免又大哭起來。遂定含芳閣爲坐息處，南邊三間小花廳專門預備宮中使用，大開正門給人客出入，園中諸人只走南角門，留西角門專備和尚、道士走動；又召清虛觀、鐵檻寺、水月庵、地藏庵等僧尼輪班誦經，安設插屏隔斷園中道路。

未得商議停當，便有王子騰處及保寧侯府上送弔銀來的，接著各公侯伯府，世交故舊，也有送水陸道場的，也有送三牲祭禮的，也有送酒的，也有送戲的，往來絡繹不絕。賈政、賈珍、賈璉、鳳姐、尤氏等只得止住悲聲，出來應酬管待，又要打發賈蓉、賈芷、賈藍、賈菱等人起身往平安州方向迎候元妃靈柩，往來報訊；又要計議發引問弔、停靈起壇諸多事務，打賞各府來人；又要請太醫爲賈母、王夫人、黛玉等診治；又要叫裁縫、紮花的、金銀匠來裁衣裳、紮彩棚、打金銀器，管待酒飯；又要分派家人各司各職，某人管廚房，某人管孝帳，某人管器皿，某人管香油蠟燭，某人專管陪侍往來弔客，某人靈前遞香化紙，某人只在門前打雲板——又因府裏前些日子打發了許多家人出去，一時人不湊手，遂將寧國府的撥了一半過來。那些人從前秦氏喪事上，原領教過鳳姐手段的，倒也不敢躲懶推脫——遂都一一安排妥定，幸喜不曾有失。

一時大明宮掌宮內監戴權送祭銀來，賈政面南磕頭，接了，又將戴權請至內室奉茶，細問娘娘罹難詳情。戴權道：「連我竟也不能深知——去年秋天平安州節度還上書說：該地民風淳樸，崇佛尚禮，本地鄉紳鹽商各自捐銀若干，興建佛寺及皇家行宮。皇上大喜，親筆題名『泰安寺』，又命將修建驛宮之商人姓名、出銀數目，俱繕單呈送，議敘加級，賞了許多冠戴，雖是虛職，也是五六品的頭銜。今年春闈時，皇上忽然想起這件事來，說摺子上說這行宮修建得如何輝煌闊大，佛寺又怎樣有神蹟，究竟不曾親去過一回，不如這便順路隨喜一番。便欲往驛宮停留數日，誰料竟鬧出這件事故來。

「如今那些賊眾已交大理寺逐個審訊，才知道原本都是些普通百姓，爲的是稅重難負，逼得沒了活路，才落草做起這些勾當來。究竟這平安州節度也不是什麼尚佛好禮之人，不過爲的是變弄名目，勒索銀錢罷了。他既吞了那些地霸買官的錢，又怕事情敗露，便又假立名目，要從百姓身上榨出錢來蓋塔遮羞，交不出銀子的便捉了來當苦力。那些人正當壯年，多半又是沒家沒業的光棍兒，被逼急了，焉有不反的。便糾集起來，竟自一呼百應，做了盜賊。從前也還規矩，誰知爲首的一個前年又走了，剩下的不成氣候，便又窩裏反，不問皂白，逢車必劫，竟惹出這場大事來。如今這些匪眾已交大理寺審理，皇上額外開恩，只將幾個頭目梟首示眾，餘者或充發，或流放，大多仍遣回原籍務農去了。雖走了幾個起事的，如今皇上已發下海捕文書，四處剿拿，料想總歸拿得到。」

賈政聽了，不免稱誦一番「天鑒如臨，明洞萬里」等語，因送戴權出去，又將賈璉喚來，交與他上賜之銀，暫且開發緞帛彩繒、牲醴紙馬之用。

賈璉拿了這銀進來，先揀搭喪棚、放焰火、燈彩香花、金銀山等幾件大的開發了，其餘仍不知何出，因與賴二計議道：「酒席那筆，不拘那裏，你且先替我墊上，有了銀子再還你。」賴二笑道：「二爺說那裏話？我的難道不是爺賞的，何談借不借的。只是我究竟也沒多少，若只是百二十兩，少不得求親靠友還可挪湊些，如今兩府裏接連幾日的酒筵開費，沒有三百兩容易下不來，我便滿身的鐵，能打幾斤釘兒？」賈璉笑道：「你別哄我，這些年你賺的存的比哪個不多，細論起來，連我也未必比得了。別說一二百兩，便是一二千也難不倒你。如今且不論這些，你有多少借多少，能著這些銀子花去吧。實在湊不出，也只好席面上省些，眼下且顧不得臉面體統。」

鳳姐在裏頭聽見，忙命人叫進賈璉來道：「你這樣東借一筆西挪一樁的也不成話，銀子花了不少，面上不好看，還要落人褒貶，到時候老太太、太太說，那年蓉哥兒媳婦死了，還有那許多排場呢，如今娘娘歿了，倒只管節省，豈有不惱的？不說沒錢，倒說咱們不會辦事，上頭不滿意，下面也看笑話，以後還想在兩府裏爭面子麼？」

賈璉焦燥道：「有錢誰不會做面子？這會子不是挪不出銀子來嗎？賬上本來就有限，統共那幾千兩銀子，前些日老爺捐資又一骨腦兒挪了去，如今竟再要一些兒也沒了。幸好買棺下葬這些不需自家出錢，不然只怕連口像樣的棺材也打不出，那才叫饑荒呢。擱在從前，還好向鴛鴦挪借些老太太的東西來救急，偏又被大太太知道了，不鹹不淡扔了那幾句話，如今鴛鴦見了我，正眼兒也不瞧，難道還會借當給我嗎？」

鳳姐道：「我說你沒才幹，難道必定只有老太太的東西才可當？甄家幾箱子東西運來，難道不是你收著？便拿幾樣去當，也沒人知道。」賈璉道：「只怕往後來要時，對出來倒難為情。」鳳姐冷笑道：「誰來要？誰對得出來？甄家兩位大姑娘如今躲著娘家尚來不及──倘若信得及時，東西也不擱在咱家了；三姑娘被司家退了婚，如今正尋死覓活的鬧不清，倒好意思來要東西的不成？只有一位哥兒，聽說又跟咱們家寶玉是一個性子，除了調脂弄粉，在丫頭堆裏胡鬧，再沒一點正經主意的，況且又跟他老子娘一同在牢裏，未必放得出來，便出來時，也不難應付；除非他老子娘親自登門來要──且別說甄家已經定了罪，再難翻身的了，就真有那一天，也未必好意思當面兒一件一件清對的，就少了幾件，也沒人知道。倒是咱們自己家保不定有人記著這筆賬，那也不用怕，到時候只要一筆一筆的回明了，知道是花在公家的事上，誰還會逼你賠出來的不成？」

賈璉被一語提醒了，大喜道：「這倒是個正經主意。就有什麼事，也只好到時候再理論。眼下且顧不得那些。就只怕在京中不便出手，若是惹出事來，倒是得不償失的。」鳳姐道：「誰叫你在京裏出手，不是成心點眼藥兒？我教你一個法兒：太太陪房周瑞家的女婿，叫作冷子興的，是京城裏有名的古董商，前些年為著一樁什麼事惹了官司，被判了個遞解回鄉，還是我保他出來，才得以無事。如今你只叫他進來，不拘什麼挑些去，拿到南邊，遠遠的出脫給那些深宅大院、富豪巨賈，再沒人知道的。何等爽利便宜？」賈璉聽了喜道：「原來你背著我做下這許多事，竟瞞得我一絲兒也不知道──這且不去說他，你既與他有這項好處，他自然不好意思推諉我們的，我這就叫進他來商議。」說著拔腳要走。

鳳姐卻又叫住道：「我教了你這個法子，你拿什麼謝我？」賈璉道：「這又奇了，我就得了錢，也是爲公家，卻爲什麼謝你呢？回回我得了銀子，你都要抽頭兒去，『禿子包網巾——饒這一抿子也罷了』。」鳳姐啐道：「就只你一心爲公，難道我是替自己辦事的不成？你也白替我算算，這裏邊上上下下，幾百口人的衣裳鞋襪，首飾器皿，難道都是不用錢的？你換了錢來，好歹分我一半，不然我就嚷出去，大家賺不成。」賈璉咬牙笑道：「人家說『雁過拔毛』，也就算是頂慳吝不過的了。到了你這裏，卻是『茹毛飲血』，直要放出一隻禿雁去的才是。」當下出去安排商議不提。

且說府裏起水陸道場，各寺庵裏僧尼道士輪班念經，諸如《藥師》、《楞嚴》、《解冤》、《密多心經》晝夜不休，又因太醫診得娘娘斃命之時已有兩個多月身孕，豈料遇著這番冤孽，一屍兩命，那孩兒竟不得見天日，故而又另起一壇念《血盆經》、《往生咒》等。寶玉跪了一回，只聽得滿耳鐃鈸齊鳴，周圍佛號高宣，正覺頭昏腦脹，忽見人堆裏一個眉清目秀的小尼姑向自己使眼色兒，指指自己，又指指門外，轉身出去時，又回頭兩三次，悄悄點手兒，分明是叫自己隨他出去，心下頗爲詫異。左右看看無人留心，便悄悄出來，只見那尼姑正站在山子後一株大石榴樹下踮腳張望，顯見是在等自己。正走近了欲問時，卻見那邊又來了一個尼姑，兩個肩並肩的一同向自己施禮，問二爺好。寶玉聽見他二人聲若鶯啼，嬌柔婉轉，猛然記起來，歎道：「你們不是蕊官、藕官麼？剃了頭，幾乎不認得。」心中暗自歎息。

原來因水月庵、地藏庵的女尼、道姑們都來府裏誦經，蕊官、藕官便想借機與芳官一敘，卻再找不見，少不得尋著他們師父智通探問究竟，偏智通又含含糊糊，一時說病了沒來，一時又說芳官原立誓不回大觀園的，叫他們不必再問。蕊官、藕官都是聰明女子，雖然看破塵網入了佛門，察言觀色的本領不忘，見那智通言辭曖昧，情色恍惚，水月庵一眾女尼又行止輕浮，念經時眉梢眼角全是情意，不住向來客中少年子弟身上留連，又與賈珍、賈蓉一干人眉目傳情，不似佛門品格，不禁起了疑心，只苦於無法求證。因想著寶玉從前與芳官情厚，遂找他出來商議。

寶玉聽了緣故，踟躇道：「依你們說來，芳官不來必有緣故，只是你們既問不出來，我問時也未必肯說的，他們是出家人，難道能拷問的不成？」藕官歎道：「你從前何等機變，如今怎的這般呆頭呆腦起來？他們既說芳官在庵裏病了未來，你如今只派個心腹之人往庵裏探望一回，便知究竟，誰又叫你拷問什麼了。」寶玉低頭想了一回，道：「倒是這個人還可一用。」又問候了幾句藕官、蕊官在地藏庵修煉諸事，文官、艾官那些人去了那裏，彼此可有往來。兩人俱淡淡地道：「不過是捱苦認命罷了，又問那些做什麼。」略敘幾句，便散了。寶玉只得轉身回來，自去找人傳賈芸往書房相見。

此時族中子弟都在大觀樓前跪經，打磬焚紙，召喚甚是便利。那賈芸也正爲有事要求寶玉，巴不得一見，聞訊立即來了。寶玉遂托以芳官之事。賈芸滿口應承，道：「二爺且忙自己的事，我這便往水月庵去，最多兩個時辰，就有回覆的。」又約了仍在書房相見，即忙忙的去了。

寶玉只怕耽擱工夫久了，襲人惦記，使人到處找自己，便想著先回怡紅院打個轉兒。不料眾人再不想他這時候回來，都恰便有事故出去了。襲人自那日吃他一跌，又落了眾人一番褒貶，又氣又愧又心灰，便病倒了，此時正睡在床上，忽然見他進來，只得掙扎著起來與他找衣裳。寶玉心下後悔不來，忙按住說還要去前邊跪經，不用更衣，不過是回來看看，吃杯茶就走的。襲人便又喚進兩個小丫頭來打發他吃了茶，命陪著往靈上來。也只送到嘉蔭堂前便回去了。寶玉進來，故意焚香奠紙，跪了一回，看看眾人都閉著眼聽經，或打瞌睡，方出來，仍舊往外書房等著。那賈芸猶未回來。

寶玉獨坐無聊，遂向案上抽了一本詞箋來看，因讀至元好問〈臨江仙〉一闋，見了「蓋世功名將底用？從前錯怨天公。浩歌一曲酒千鐘。男兒行處是，未要論窮通。」數句，若有所觸，低頭悶思。正欲和上一首，賈芸已回來了，忙細問究竟。賈芸歎道：「幸虧叔叔不曾親見，原來芳官自出家後，已經改了法名圓覺，先時那些姑子待他還好，不過支使做端茶遞水等事，後來因他不服管，便每每折挫起來，使他往灶房劈柴提水，合庵的衣裳都是他洗，動輒三兩頓不給飯吃。再後來，索性打罵起來，勒逼著要他順從，哪知芳官偌大氣性，竟用磁瓦毀了面孔，所以這次來府裏念經，便不叫他進來，怕人見了要問。」寶玉大驚道：「芳官性子原本倔強，口齒又伶俐不讓人，觸怒師父也是有的，但也不至獲此重罪，況他從前那等抓乖愛俏，如何竟肯毀了容貌？莫不是水月庵另有隱情？」

賈芸笑道：「我聽說叔叔常往寧府裏去射鵠，難道那邊的事一絲也不知道麼？連我也早有耳聞，只未曾細打聽過。」寶玉臉上一紅，半晌方道：「早先去過幾次，自打去年秋天病了一回，這一向再沒去了，卻不知這件事與芳官有何關係？」賈芸歎道：「寧府裏聚賭，這些人誰不知道？都裝作睜眼的瞎子罷了。既有賭，便有酒，珍大叔賣弄廚子手藝，山珍海味、龍肝鳳膽通吃得厭了，如今又興起齋菜來。那水月庵諢名『饅頭庵』，做素齋是滿京城裏有名的，珍大叔因此命賈芹辦來孝敬，每逢初一十五，就弄齋席來宴客，又叫那些女尼、道姑妝扮了來侍酒，說是仿效前唐遺風，學的什麼魚玄璣、楊太真，自己便是溫飛卿、唐明皇了。那芳官從前又學過唱，長得又好，那些人自然更不肯放過他，芳官破著臉同淨虛、智通大吵了幾次，竟索性毀了面目，免得他們再來羅皂。」

寶玉聽了，目瞪口呆，流下淚來，頓足歎道：「佛門淨地，竟然如此不堪，這還有王法嗎?實在可惡!可恨!」連說了百十個「可惡」，卻終究無法可想。賈芸也知道寶玉是個「燈草拐杖——作不得主」的，他與賈芹同爲賈府旁支，自賈芹管了鐵檻寺、水月庵兩處，每日騎馬坐轎，出入兩府，得意洋洋，族人多謂賈芸不及，因此久有不憤之心，如今既捏了這個滿理，焉肯輕易發放了。便又忖度一回，心生一計，笑道：「叔叔想是不便插手理這事的，這倒是我去與林大娘說知，請林大娘想個法子倒罷了。」寶玉奇道：「你原來與他家倒有交情。」

賈芸笑道：「有沒有交情，還要求寶叔一句話。」因悄悄向寶玉說了自己與紅玉兩相心許之事，又道，「自小紅放出來，我已經托媒去他家求聘，只未放定，說是要等鳳嬸娘發話，如今還求叔叔在鳳嬸娘跟前美言幾句，替侄兒做個保山，只要鳳嬸娘答應，這事便有十分了。」

寶玉聽了，又驚又喜，笑道：「你果然有眼力。我一向說小紅是個好的，竟被你看中了。這是成人之美的好事，我自然幫你。」當下兩人說定了，散去。

賈芸出了園子，因想著鳳姐院落就在前邊，不如趁此去請安，一則得便相機下言，二則如今府中正是用人之際，或可尋些差使。想得定了，遂出西花門，往鳳姐處來。

進了院子，只見小丫頭豐兒正在大槐樹下石凳子上教巧姐兒穿珠花，看見賈芸進來，笑嘻嘻的道：「二爺做什麼來了？」賈芸因道：「給嬸子請安。不知可得閒兒麼？」豐兒笑道：

「二奶奶幾時得閒過？方才老太太使琥珀姐姐請去說話了，不定什麼時候回來呢。二爺若沒什麼事，等奶奶回來我說一聲兒罷；若有事，只好再來。」

賈芸只得道：「也沒什麼事，不過是請安，姐姐替我說一聲兒吧。」反身出來，正走在西花牆下，可巧一個人迎面過來，險不曾撞個滿懷。那賈芸忙站住了看時，卻是余信家的，只見他頭上齊鬢勒著老鴉青布，身上穿著簇新的白襖藍裙，手裏托著一笸籮折的金銀錠，正要往園裏去，當下心思電轉，便得了一個主意，忙笑道：「嬸子往那裏去？」余信家的便也立住了，笑道：「原來是芸二爺，唬我這一跳。這是往那裏去？丟了魂兒似的，滿臉作難。」

賈芸正要他這一問，好行那「借床伸腿兒」之計，當下故意歎道：「嬸子問得好。我這裏可不是正是爲一件事好生爲難。」因將寶玉所囑之事說了一遍，攤手道：「嬸子也知道，藕官、芳官這些人從小兒一處學戲，情分原比別人深厚，素來又天不怕地不怕，最好事鬥氣的，從前在府裏時，連趙姨奶奶也還打了呢。如今出去了，也還是一樣。方才藕官和蕊官因不服芳官在水月庵裏吃苦，去求寶二叔作主，寶叔又爲芳官是太太親自攆出去的，不好再去求情，特特的叫了我進來，立逼著想法子救他。嬸子白替我想想，那水月庵是個姑子廟，如今淨虛同芹老四兩個現就是睜眼兒的金剛，哪還理閉眼兒的佛？仗著珍大叔撐腰，連菩薩禮法尚且不放在眼內，何況是我？且又不在我的差使裏。」又將水月庵之事從頭告訴，只不肯說出自己探庵告密之事。

那余信家的正爲去了鐵檻寺、水月庵兩處的抽頭兒百般惱火——從前府裏管各廟裏香供月例銀子的，原是余信，那些姑子逢臘月送花門兒，端陽送艾虎，在府裏得了賞，或是得了年例香例銀子，少不得先要孝敬了他，誰知自打賈芹管了鐵檻寺、水月庵之後，那些住持便再不如從前那般巴結，因此早已懷恨在心。今日既得了這個信兒，如何不喜，且素知王夫人最恨此等事，當下拍手道：「淨虛這老禿歪剌竟敢這樣膽大欺心！每日裏白米香油，只說是供奉佛祖，原來竟送進盤絲洞去了，這還了得！虧得是二爺告訴我，不然闔家都還只蒙在鼓裏呢。二爺放心，這事只管交給我，憑我說給太太，好叫他們知道天網恢恢，菩薩有眼。」

賈芸笑道：「既然嬸子肯擔待，自是最好。只是寶叔千叮嚀百囑咐的，生怕太太知道了要說，嬸子在太太面前，不要提我和寶叔的才好，不然太太問起來，寶叔豈不怪我？」余信家的大包大攬的道：「這個自然。葫蘆牽著扁豆藤，越扯越扯不清，我只揀俐落的說了便是，再不瓜絡旁人的。」當下差使也不做，顛顛兒的來至王夫人上房，正值王夫人午睡醒來，正在洗臉。余信家的不便回話，且挽了袖子，親替王夫人遞手巾，繫圍子，又伏侍著勻面刷鬢，遞上茶來。王夫人問：「你不去送紙，又做什麼來的？」

余信家的覷著眾丫頭都出去了，眼前只有彩雲、玉釧等幾個心腹，這方向王夫人耳邊悄悄說道：「真告訴不得太太，那芹哥兒愈大愈不像了，我聽說他如今又嫖又賭，前日領了例銀，跟腳兒就進了賭坊，不到天黑時候，一百兩銀子輸得淨光，還畫押打指模的倒欠了人家二三十兩。」

王夫人不通道：「那些人就肯借他？況且他領了月例銀子，原是給廟裏添香油，招呼尼姑、道士日常用度的。他不拿去，廟裏還有不造反的？」余信家的道：「他拿去？他不拿出來就好了。他如今管著水月庵、鐵檻寺兩頭，每月不但不肯填進一文錢去，還要他們孝敬幾百兩出來呢。」因將寧府裏聚宴，賈芹使水月庵女尼妝扮了，權充粉頭侑酒一節添油加醋說了一遍。王夫人聽了，直氣得聲顫身乏，喝道：「這還了得？眼裏有天道王法嗎？我把這些事交給璉兒操辦，情指望他使我省些心，竟然就是這樣理家的？還不把璉兒兩口子給我叫來。」因一疊聲打發人去立時三刻叫賈璉、鳳姐來說話。

余信家的忙又勸道：「芹小子幹下的那些事，璉二爺只怕也不知道。太太細想，他既要賺這個巧宗兒，怎麼倒肯讓上頭知道，斷了他的財路呢？倒是東府裏珍大爺盡知的，卻也樂得用他招呼那各府的王孫公子，所以不肯多管。」王夫人愈發生氣，歎道：「作下禍事來，難道不是賈家的醜名？就這樣針不刺肉不知疼的。好個珍哥兒，現任著兩府的族長，頂著三品的冠戴，竟這般放縱子弟，胡作非爲。」余信家的道：「從前珍大爺恨他賭錢養小子，原也著實教訓過幾回，及至後來珍大爺自己賭得更厲害，倒不說了，且又得他奉承席面，所以很肯器重，時常召他進府，縱得他比從前更壞十倍。」

一時賈璉先來了，余信家的深懼熙鳳威名，嚇得早指名往園裏送紙避出去了。鳳姐因在前頭看收祭禮，打發賴升家的分派燈油香燭等物，落後一步進來，覷見王夫人顏色鐵青，連彩雲、玉釧等也不比尋常，便不敢說笑，只恭敬請了安，立在一旁聽候吩咐。

王夫人並不看他二人，冷笑了兩聲道：「我竟是個聾子，瞎子，把偌大家業交給你兩個，情指望享幾日清福。你兩個倒好，成日家只管自己高樂去，竟比我還聾，還瞎，由得子弟們在眼皮子底下無所不爲，只差沒把佛祖天尊也拉下臺來，難道就一聲兒不聞？」

賈璉聽這話風不對，嚇得一聲兒不敢應，只向鳳姐悄使眼色。鳳姐只得上前笑道：「怨不得太太生氣，二爺這些時候被大老爺使派，連出了幾趟遠門，一月裏倒有大半月不在家的，難免有些手眼不到的地方。我們錯在那裏，求太太指點我們，以後也好留些小心。」

王夫人垂著頭，又沉思半晌，這方勻了勻氣，歎道：「若是別事，我斷不至如此生氣。

無奈這件事非同小可，若不處理妥當，別說氣壞了老太太、老爺，愧對祖宗，就連天地也不恕的。」賈璉聽這話說得嚴重，益發驚動，忙跪下道：「請太太明示，侄子年輕，原不擅理家，若做錯了什麼，還請太太饒恕。」王夫人道：「我聽說周媳婦的四小子管尼僧月銀，原是你指派的，你可知道他在寺廟裏做的那些傷天害理的混賬事？」

賈璉再料不到是這件事，聞言更加詫異道：「是周嫂子再四求了侄兒，方許他管的，這事原向老爺稟報過的。這一向，他按月出銀，尋常不往府裏來，所以並不常見，太太既如此說，想必他有甚不妥處，待侄子去細查來。」王夫人看他確然不像知道底細，這才將余信家的所稟之事擇簡說了一遍。賈璉、熙鳳俱嚇了一跳。

原來各家廟裏月例供給皆有舊例的，然自那年省親之後，爲二十四個小道士、小和尚無處安置，賈璉便作主暫遣去鐵檻寺住下，因賈芹之母百般求了鳳姐，遂撥與他照管，又因水月庵離鐵檻寺最近，便將水月庵每月支領例銀事也都交與賈芹，免得走動兩次之故。原想不過是領取支出，過個手兒的事，那裏想到他竟會又借此生出這些故事來。如今聽了王夫人訊問，那賈璉既驚且愧，唬的磕頭求罪道：「竟有這等事！侄兒委實不知。侄兒這便命人去廟裏將那芹小子帶來，查清了，必要重重打他幾十板子，再問他這貪贓枉法、玷辱佛門之事。」

王夫人又道：「芹小子固然該罰，便是水月庵、鐵檻寺兩處的住持知情不報，狼狽爲奸，也該狠狠處治，或是捆了交給衙門，或是遣去他處，你儘快酌量著拿個主意出來。另則，凡參與侍酒的尼姑、道姑，這便命他們或還俗，或是他去，作速遣散了，落得眼前乾淨。」又問兩處住持名姓。

賈璉想了一想，道：「鐵檻寺的住持是色空，饅頭庵是淨虛。那做齋菜、侍酒的都是水月庵的尼姑，想來這事未必與色空有關了，多半是淨虛的首尾。等侄兒去查清了，再來回稟太太，一併辦理。」王夫人點頭道：「他們到底是出家人，若無過錯，也不可錯傷了無辜。你就去查來，想來他們既敢這般膽大妄爲，做的壞事只怕還不單這一件，若有別的什麼事，也都查清了報我。」

鳳姐聽他二人計較，生怕立時深查下去，不免翻出他與鐵檻寺淨虛老尼勾結貪昧的許多醜事來，只望拖延幾日，好作周旋，忙上前道：「太太且消消氣，查歸查，只別急著處治。這幾日爲娘娘發送念經，正是用到這些人的時候，一時散了，卻去那裏找這許多人來。況且如此一來，少不得驚動眾人，若洩露出去的倒不好。如今家中大事小情足有百八十件，一時也還論不到這裏，處治得急了，未免掛一漏萬，反生別事，不如料理過喪事，打發親友去們了，再關上門來妥當處治，那時神不知鬼不覺，也不至叫親友議論，也不至被老太太風聞，豈不便宜？」

王夫人又想一想，只得道：「便是這樣。只是這些人在我眼前，總不令人心安。不如另安排他們去別處念經，只別叫在客人面前招搖才好。」又喝命左右，「這件事不許透一絲風兒出去，若叫老太太知道半句，揭你們的皮。」賈璉、王熙鳳答應著退出。王夫人猶自忿忿不平，半百之人，新經大慟，又被此一激，至晚便頭疼體乏起來，懶進飲食。幸好鮑太醫是每日來的，便即診了脈，酌量著重新添減幾味藥，立了方子。是晚宣卷坐夜，便不能守，吃過藥早早睡了。欲知後事，且看下回。

第十回

空靈殿絳珠歸太虛
獄神廟茜雪慰寶玉

且說這日內監來告訴，元妃靈柩明日進京，府裏上自賈母，下至僕婦，都要往灑淚亭迎接。眾人聽了，不免有一番勞動，各自準備。瀟湘館眾人便發起愁來，都說：「姑娘的身子原本不好，那裏還禁得起這樣折騰？」黛玉聽了，獨自擁著被想了半日，忽道：「紫鵑，拿鏡子來。」紫鵑不明所以，只得遞個把鏡到他手中。

原來自從提親事後，那林黛玉每日裏坐擁愁城，說不盡淚濕枕畔，恨重羅衾，已是幾日夜不飲不食，不眠不休，早瘦得脫了人形。此時看見鏡子裏杏臉香枯，櫻唇紅褪，那裏還有從前的容光，不禁微歎一聲，便要起來梳妝。紫鵑忙勸道：「姑娘現正病著，老太太早發了話不必早晚請安，哭靈行禮的事，也都不教姑娘去，這又何必起來躺下的折騰？仔細著了風，又不好了。」黛玉微微搖頭道：「你那裏知道我的緣故？只管打水去罷。」

雪雁只得出門打了水來，紫鵑便扶著黛玉在妝台前坐下，淨面漱口，梳頭刷鬢，又取來生日裏賈母賞的青雀頭黛畫了眉，猩猩暈的胭脂塗了臉，聖檀心的口脂點了唇，直打扮得煙籠芍藥，雨潤桃花一般。黛玉自己拿了鏡子左右照照，滿意了，便又命紫鵑開了箱子，親自選了一套衣裳換上。

剛剛收拾停當，忽聽見窗外春纖的聲音道：「寶二爺來了。」紫鵑微微一愣，忽然明白過來，倒覺得辛酸，忙過來打起簾子。寶玉已進來了，口裏說：「這可怎麼好？明日娘娘靈柩進京，闔家都要出迎。妹妹這一向不好，只怕又勞動著了，出門的衣裳不妨多穿兩件，那藥煎好了擱在暖壺裏帶著，路上好吃。再者，我聽說妹妹早起的燕窩近日竟停了，這萬萬使不得，還要照舊吃起來的才好。」囉嗦半日，黛玉只不答言，微微轉頭蹙眉，倒像不耐煩似的。紫鵑過意不去，因在一旁歎道：「姑娘這吃不下，睡不實，也不是一天兩天了。打從太太生日頭兩日裏發病，這一向總不見好。每早晚不過一碗梨汁，竟沒粥米下肚的。我才勸了姑娘半日，說得口也乾了，倒是二爺來勸勸吧。」

寶玉深知黛玉心事，只不敢說破，又見他菊花瘦損，柳眉愁顫，惟有一雙眸子含珠凝露，盼睞有情，倒比前些時候還清明些似的，心中益發難過，因陪笑道：「你身子原本虛弱，這初春天氣又正是發病的季節，打緊的保重還來不及呢，哪禁得這樣糟踐？便吃不下，也該強著吃些——若梨汁可吃時，湯水也便可以用些，每日換著花樣兒滋補，倘如開胃，再進以細米粥，熬得米花盡開了，也就跟湯水一樣，容易入口的。想是嫌廚房做的粗糙，這倒是我親自去給柳嫂子說說罷了。」說著便向外走。黛玉這方回頭來叫住，歎道：「你不必去，便是煎了龍髓鳳腦來，我吃不下，也是徒然。我有幾句話叮囑你，等我說完了你再去。」

寶玉聽見，忙站住回身。黛玉又向紫鵑道：「把那些還了二爺吧。」紫鵑會意，聞言向案頭拿了一隻纏枝蓮的藤屜子過來，雙手捧與寶玉道：「這是我們姑娘前兒命我收拾出來的，請二爺拿回去吧。」寶玉一邊接過來，一邊問道：「是什麼？」黛玉道：「都是你從前送我的，如今我留著也是沒用，況且前世欠你良多，只怕這輩子還不清，那裏還消受得起這些身外之物，不如都一併還了你吧。你自家留著也好，送那用得著的人也好，都不與我相干。」寶玉不明所以，隨手打開，只見許多書籍、巾帕、西洋脂粉、奇巧頑意兒，皆是素日贈與黛玉之物，最上頭卻是那串砸了一半的蕶苓香珠，頓時又是氣湧，又是心酸，不由滴下淚來，哭道：「妹妹如何又來慪我？難道還了這些給我，從前說的那些話就都一筆勾銷了不成？縱然我說的那些不值什麼，往日用在妹妹身上的心思也都是夢話，然而妹妹為我生的氣、傷的心，也都不算了麼？」

黛玉欲說話時，卻一股酸氣上湧，便又大咳起來，紫鵑忙過來捶背，雪雁遞過唾盂來，侍候著漱了口。黛玉又喘了一回，方道，「還說什麼往日、今後的，我知道娘娘下了旨，你和寶姐姐的好日子就訂在九月初九。我也沒什麼可送你，也並不是爲生氣才還你這些，我只怕我活不到那日，不能當面與你們兩個賀喜，今日見了面，以後還不知有再見的日子沒有，倒是這裏交代清楚的罷了。願你兩個……」話未說完，忽又大吐起來，渾身抖摟成一團，無奈腹中無食，掙扎半晌，不過吐出些清水來。

寶玉聽了這些話，又看了這般形狀，那裏忍得住，心坎裏便同刀鋸銼磨樣疼，那眼淚早如雨點兒一般，一行哭，一行道：「你說這樣話，是拿刀子剜我的心。我往年那些話難道是白說的麼？妹妹放心，從前是爲娘娘不知聽了誰的閒話，弄錯了，所以才有那些想頭。如今娘娘薨了，這些謠言自然不攻而破，又理會他做甚？況且家裏出了這樣大事，哪還會有什麼金哩玉哩的瞎話，自然都不提了。眼前也不用說別的，單只拿一件事來比給你們聽，就知道這件事斷不可行的：娘娘才薨了，我身上現有三年的孝，難道寶姐姐等我三年不成，豈不耽誤了他？十八九歲的大姑娘擱在家裏一耽三年，就是老太太、太太肯，姨媽和薛大哥哥也斷不肯的。從前我說一輩子不要長大、姐妹們好永久在一處的話，你們還笑我癡心，如今你們自己倒都不理論了？」

紫鵑聽了，倒覺說得有理，不禁低頭默默出神，連雪雁也拍手道：「都說二爺呆，原來心裏頭最有算計，想得周到。」又向黛玉道：「姑娘快別再說那樣話了，叫二爺聽了豈不傷心？況且二爺說的真正有道理，日子還長著呢，那裏就說到不見面兒的上頭去了？」黛玉橫了他一眼，止住不許多說，這番大嗽大吐，早已妝殘鬢亂，力有不支，只得仍回床上躺下，閉了眼睛，半日無言。

紫鵑等只當他睡了，見他面如桃瓣，氣喘微微，悄向寶玉道：「姑娘勞這半日神，也該歇著了，二爺回頭再來吧。」黛玉卻又睜開眼來，寶玉只當他有話說，忙趨前時，黛玉卻又看著他不語。紫鵑會意，忙道：「我給二爺倒茶去。」拉著雪雁出來。那寶玉坐在黛玉床前，也只看著黛玉不響。

兩人這般望了半日，黛玉方幽幽歎了一口氣，慢慢地道：「寶姐姐的庚帖都已送了進宮，八字也合了，日子也定了，你如今說這樣話，豈不辜負他？我也斷不許你這樣。況且老太太原是當面問準了我，才拿我的庚帖去給人，這是我親口應允，須怨不得旁人。橫豎我這病是好不了的了，如今只求一死，落得乾淨，所放不下的，惟有你和寶姐姐兩個人。還記得那年我打你窗下過，看見寶姐姐坐在你邊兒上替你繡肚兜，我還笑他，心裏不自在，如今想起來，倒只覺得好。每每闔了眼，那情形竟是真真兒的，就像是昨天的事一樣。想來你二人將來成了親，這模樣自是家常見的。我想著，倒覺心安，我走之後，若能得寶姐姐長久陪著你，倒比我在的更好，你若果然當我是知己，就拿待我的心好好待他，便是不辜負我了。」說著，眼怔怔望著寶玉，似有悲泣之態，卻流不出一淚滴來。

那寶玉萬箭攢心，心裏雖有萬千言語，卻早哭得哽咽難言，那裏說得出。黛玉見他這樣，大有不忍之態，歎道：「這些日子裏我總也睡不實，每每闔上眼睛，便似夢非夢，倒把從前往後的事想起許多來。如今也不同你細說，你只記著我的話，同寶姐姐好好過，可別再誤了。」一邊說著，微微抬起手來，似要與他拭淚，舉至半路，歎了一聲，仍舊放下。寶玉見那手柔若疊絹，瘦如無骨，心中早不勝憐惜，又聽了這兩句話，愈發針扎一般，不由握住了大哭起來。

外邊婆子們聽見哭聲，驚得忙一齊進來，連祝媽正在窗外修竹挖土，聽見裏頭這般哭鬧，也都唬的一同趕進來，又哄又勸，一邊扯開寶玉手來，口裏說：「妹妹正病著，你這樣哭鬧，豈不擾他不安？教人聽見，又去跟老太太、太太學舌，大家不得安生。如今前邊正設壇呢，二爺有這些眼淚，到前邊哭去的不好，倒還在人前盡了禮。」一邊說，一邊將那個玲瓏穿雲的藤屜子塞在他懷裏，只管往外拉扯。寶玉身不由己，被婆子們一陣哄攝，推出瀟湘館來，只得胡亂抱了屜子，垂著頭一路回來。

誰知那屜蓋子原不曾蓋穩，一行走，裏面物事一行灑落，寶玉也顧不上，歪歪斜斜一徑回來怡紅院中，隨手將屜子扔在地下，便直撲進簾裏來，捶床搗枕，號啕大哭起來。襲人見他這樣，少不得強撐著起來勸問，卻再問不出一句話，也只得設言安慰而已。奈何寶玉聽不入耳，反覺厭煩，暗想我在這裏，他們必要不住勸慰，反擾得大家不安；倒是那些婆子的話雖粗，理卻不差，橫豎要哭，何不往靈前哭大姐姐去？倒省得這些人聒噪。想得定了，便起身要走。

襲人忙拉住道：「你才回來，這又是往那裏去？」寶玉道：「去嘉蔭堂。」一行說，一行已出去了。襲人欲勸時，又覺說不出口，只得由著他出去，獨自悶悶的，只得仍回房躺下。正是：

心字成塵終不悔，芳魂逐夢卻無依。

且說次日元妃棺槨還京，兩府裏侵晨即起，大門中開，外邊早已備下大小馱轎、車、馬百十騎，以賈母爲首，餘者賈赦、賈政、賈效、賈敦、賈珍、賈璉以及寶玉、環、琮、珩、珖、琛、璜、瓊、瓔、璘、蓉、薔、菖、菱、芸、芹、蓁、萍、藻、蘅、芬、芳、芝、藍、荇、芷、范、蘭等合族男丁，並邢夫人、王夫人、尤氏、鳳姐等女眷，男女家人，幾百餘口，鴉沒雀靜，白漫漫一條素練鋪開，足有里許，或車，或馬，或轎，或走，只聞紛遝之聲，不見擁亂之象，流雲堆雪，徑向東郊灑淚亭而來。

早有幾家王公侯府已遣了家人在此設祭等候，彼此道了煩惱，分賓主男女坐定，便聽一隊人馬銘旌素馬而來，便知是宮裏消息。賈政忙迎上前，果然是戴權捧旨而來，忙跪下了，後面賈璉看到，早飛報與賈母等，也都跪下了，頓時玉山傾倒，雪浪堆伏，刹時間齊刷刷跪了幾百人，除了頭髮烏黑，望去一片銀縞。戴權因高聲宣旨，滿篇溢美，無非是「賢德妃元春生前端淑賢德，孝悌溫良，今一旦溘逝，聖心戀戀，上下咸望其德」等語，奈何天不假年，死不逢時，因事出意外，天氣炎熱，棺槨不宜久停，特賜允歸孝慈縣皇陵附葬，即日起程，不得有誤。凡賈府子孫皆須往孝慈守靈，斷七回京。

賈母等聽了，都是一愣，大觀園裏早已收拾妥停靈之處，又怕未必允許靈柩還家，遂在鐵檻寺另收拾一處地方。豈料天心難測，竟命即往孝慈停靈，提前許多功夫都落了空猶可，這上下幾百人口並無遠行打算，如今即令起程，一概飲食行宿倒是件爲難之事。賈政忙拉住戴權袖子款述爲難之情，戴權笑道：「賢德妃是皇家之人，自然要在皇陵停厝，哪有回娘家辦事的道理？況且那邊一應都是全備的。這個咱家可做不得主，老國丈快接旨罷。」賈政無奈，只得磕頭謝恩，接了旨起來，便打發賈珍、尤氏、賈璉、熙鳳帶了賴大、來升、林之孝、吳新登、周瑞等十幾個家人回府收拾行李，又苦求戴權從情寬宥些時候，好做準備。戴權笑道：「這個自然。我和府上是什麼交情，何消囑咐？二位爺只管消消停停的收拾，總趕在巳牌前起程，別誤了我回宮交差就好。」

賈珍聽了，忙命賈蓉、賈芷、賈芸、賈薔四個帶著張材、旺兒等幾個得力家人即便騎馬先行，沿路預備茶水飯食等；自己便與賈璉兩個一路打馬飛奔回府，尤氏、鳳姐合坐著一輛四輪素蓋車隨後，眾家人分坐兩輛大車再後。及到了家，只覺千頭萬緒，幾百人口，吃穿用度，竟不知從何備起，少不得想一件記一件，便吩咐人著緊準備起來，只覺得拿了這樣，又少那樣，種種不齊備，豈可一時即全。

好容易打點得七七八八，鳳姐方起身時，忽覺體下忽的一熱，不禁「噯」的一聲，坐倒下來，便見裙子裏褲管下面猛的流出一股急血來，頓時將腳面鞋襪俱染得通紅。周瑞家的「啊喲」一聲，忙扶住了，叫道：「可了不得，這是血崩哪！」欲叫大夫時，卻往那裏叫去，好在平兒也跟了來，忙扶鳳姐回房躺下，取烏雞白鳳丸來服下，因與周瑞家的計議：「奶奶這樣，孝慈是萬萬去不得的，告訴那邊珍大奶奶，跟老太太說一聲吧，連我也不能過去了。」周瑞家的道：「這是自然，哪有丟下奶奶獨個在這裏的道理，自然要辛苦姑娘了。」遂過來寧府裏告訴尤氏。尤氏無法，只得自己上了車，仍隨賈珍、賈璉回來灑淚亭。

元妃的棺槨早已到了，賈母等皆舉哀已畢，面有淚容。因不見鳳姐，忙問緣故，不免又添煩惱，因向尤氏道：「既如此，你也別去了，留在家裏照應些，他太太、大嫂子是不能不去的，鳳丫頭偏又病了，你留下來，好歹兩府裏還有個管事的人。再則三姑娘、四姑娘都是造冊待選的嬌客，也都不用去。再有各房丫頭，陵上哪有那麼大地方，未免起坐迴避不便，也都不要去了，就只是每房裏兩個婆子、媳婦跟著，再管家裏挑選幾個年老沉穩能主事的跟去照應，餘者也都留下來看家。」分派停當，遂請起棺。

登時四下裏哀聲齊作，旗牌高張，父母子女不免執著手又說了些叮嚀珍重的話，賈政又命寶玉過來與賈母磕頭，跪請賈母回府，賈母又抱著寶玉哭了一場，叮囑他在陵上諸事小心，寢食留意。寶玉還想囑咐黛玉幾句，然而隔著許多儀仗人群，終是不便，只得罷了，雖在馬上屢屢回頭，只見素車轔轔，旌幡如林，那裏望得見。惟暗暗以手揮之，目斷意迷，只望黛玉也恰好正望著他，彼此心照而已。

當下裏白車素馬，銘旌彩帶，鼓樂喧闐而去，曉行夜宿，凡七日夜方抵孝慈。那邊早已打點齊備，便升靈設壇，焚香化錠，念起楞嚴經來，一邊又打掃房舍，安排眾人住下。眾內相與天文官墳前拈了香，焚過紙錢，祝禱寒暄一番，便都辭去，卻留下一隊羽林軍在此安營駐守。賈赦、賈政都深以為罕，到這時，方知道賈母不令府中年輕女子跟隨來此的深意，也惟有不變應萬變，依禮自處罷了。

是晚三更，寶玉自與賈環、賈琮等守靈，枕藉眠石，百般不適，亦且心中惦記黛玉，更覺煎心煮肺，片刻難安。眼見賈環、賈琮等東倒西歪，都睡得熟了，他卻只是翻來轉去，想著黛玉臨行前那番言語，語意大是不祥，又想著走得匆忙，竟未能再話別幾句，也不知此時病得怎樣了，越發牽情惹恨，難以成眠。

正在沉吟之際，忽聞得一陣香風，非煙非霧，如蘭如麝，不禁詫異：「那裏來的奇香？難為這些香燭檀煙竟都壓他不住。」又聞得細細一縷樂聲破空而來，清越悠揚，妙不可言，心中更加驚奇：「那裏來的歌樂？又不是經聲更籌，又不是梵歌笙曲，如此悅耳動聽。」正尋思間，又見無數雲衣霓裳的女子簇擁著一個絕色麗人姍姍走來，但行處凌波微步，柔香細細；乍止時羅襪生塵，荷袂翩翩；冰雪爲肌，瓊瑤作骨，意態鮮妍，風姿秀雅；裁春山之遠黛，輕籠眉嫵；剪秋水之清流，影落雙瞳；脈脈春愁，依依情緒，姍姍玉樹，步步蓮花；雖非那羞花楊妃，閉月貂蟬；強勝似浣紗西子，落雁王嬙。

寶玉見了，不禁目奪神馳，滿心驚訝：「那裏來的姐姐？竟將生平所見女子一概壓倒，若凡間有此殊麗，世人也都不要成仙了。」更可異者，只見那麗人風搖柳擺的一直行至面前，竟盈盈下拜，嬌語低吟道：「侍者靈河岸三生石畔灌溉之情，絳珠至死不敢忘，如今雖然緣盡，卻不忍就此相別，故向警幻仙子乞假半日，特來辭行，還有幾句話要託付。」寶玉聽這聲音十分耳熟，心下大驚，揉眼細看，卻是林黛玉，只是比從前更見雅豔豐潤，如嬌花照水，嫩玉生香，因此一時未能認出，喜得迎上前道：「原來妹妹也來了，氣色竟比先大好了，吃了哪位太醫的藥？回去定要好生謝他。」

黛玉凝眄良久，方輕聲歎道：「寶玉，原來你果然都忘了，昔日離恨天外，赤瑕宮中，神瑛使者煙霞嘯游，觀星攬月，何等逍遙自在？我本草木，承你以甘露灌溉，無以爲報，遂許願將一世的眼淚還你。此生有緣相遇，已知前誓無虛，縱然心意落空，我也不怨什麼，也不欠你什麼了。如今恩債兩完，我自該往薄命司歸案，卻還有一言相囑：你雖爲我知己，卻不可以我爲念，消沉蹉跎，有負他人。況且你我此番原爲歷劫而來，待得孽滿歸原，空靈殿上自有重逢之日，那時再與你分證今昔，方知我心不改。」說著掩面轉身欲行。

寶玉見那林黛玉雲裳月袂，飄飄若舉，搖搖然有乘風歸去之態，只怕黛玉要走，因此別的話總未聽懂，只一句「恩債兩完，不欠你什麼了」，卻是錐心刺骨，痛徹肺腑，忙迎上前叫道：「妹妹且慢，我還有話要說……」一驚坐起，只見靈桌上琉璃燈半明半滅，夜風裏引魂幡心中忽忽若失。

獵獵作響，滿空裏金銀錠煙香嫋嫋，卻那裏有什麼黛玉、仙姑、奇香、異樂？不禁怔忡迷惘，

賈環、賈琮也都驚醒了，揉著眼問：「寶玉哥哥，你不睡覺，喊什麼？」寶玉一聲不響，站起來往外便走。茗煙也醒了，忙跟出來，問：「二爺這是往那裏去？若吵醒了老爺，又捱一頓教訓。」寶玉被一言提醒，忙的站住，但見銀河浣宇，皓月當空，照得四圍松柏樹重陰疊翠，分外蔥蘢，忽的一陣風來，吹得徹骨清寒，不禁打了一個冷顫，醒悟過來，遂轉頭向茗煙道：「我要回府裏看看，你悄悄去馬廄裏牽出兩匹馬來，咱們趁夜裏沒人知道，悄悄兒的這就走吧。」茗煙唬的道：「這那裏敢？老爺知道，是要打死的。」

寶玉恨得跺腳，悄聲罵道：「賊奴才，往日說得那樣動聽，如今並不要你赴湯蹈火，不過偷兩匹馬出來，就唬的這個樣兒。沒有馬，我自己走著回去罷了。」茗煙想一想道：「二爺自己走脫，我還是一個死，左右是死，不如豁上這條命，就陪二爺走一趟。」遂向馬廄裏偷偷牽出兩匹馬來，同寶玉兩個騎了，揚手一鞭，絕塵而去。看馬的家人聽見馬嘶蹄聲，方驚醒過來，忙欲追時，那裏追得上，只得來報與賈政。

賈政氣得頓足咒罵不絕，又欲打發家人隨後去追。誰料這番折騰，那些守衛的羽林軍也都醒了，知道失於職守，走了賈家公子，都相顧埋怨，走來道：「聖上原有旨意，命賈家上下在此守陵七七四十九天，不可擅離，如今一個不防，被你們走脫了兩個，我們身上已經耽了大不是，從此是連睡覺的時候也沒有了。還望政老看在公事面上，莫再偷逃擅離的才好。」賈政聽了，這那裏是協守皇陵，分明是監禁看管之意，心知事有不妥，不好爭辯，只得悄悄走來將賈赦喚醒，又命人叫了賈珍、賈璉來，也都覺得驚動不安，只猜測不出緣故。暫且不表。

且說寶玉、茗煙兩個朝登紫陌，夜踏紅塵，並不曾囫圇睡過一覺，原該七日的行程，如今三日兩夜便已抵京，來至榮國府前，卻見大門上貼著封條，且有羽林軍把守，頓時驚飛魂魄，上前施禮道：「軍爺請了，不知我家犯了何事，如何封著這門不許進去？」那把門的衙衛將寶玉上下打量一番，聽他說「我家」，免不得問：「你是府裏什麼人？」茗煙代答道：「這是我們榮國府的寶二爺，你們又是什麼人？」

那衙役冷笑道：「我們不知道什麼寶二爺，貝二爺的，你既是這府裏人，且與我們去王爺前說話。」寶玉道：「不知令上是哪位王爺，等下自當拜見。只是我府上內眷如今可好？還望小哥放我進去一探。」那衙役不耐煩道：「我們是奉了皇上的命，只管抄家把守來的，可不是替你看家通傳的，裏邊死的死，抓的抓，跑的跑，藏的藏，知道你問的是哪個？只管跟我們走吧。」

寶玉聽見一個「死」字，頓覺萬箭攢心，料定是林黛玉無疑，撕心裂肺，大喊了一聲「林妹妹」，分開兩個衙役便往裏闖。那些人那裏肯容他，便上來扯的扯，抱的抱，嘴裏且不乾不淨的喝道：「反了，反了，皇家的封條你也敢撕，果然反賊之家，沒有良善之輩。」登時將他主僕兩個五花大綁，捆了來至撫司，通報進去。

半晌，才出來一個清客模樣的儒生，抱拳道：「原來是賈公子，王爺吩咐，如今不是說話的時候，還請公子委屈幾日，容後相見。」又吩咐衙役，「王爺有命，且帶去獄神廟看管，不許慢怠。王爺過後要親自詢查的。」衙役答應了，面面相覷道：「一個犯人也這麼著，到底是生在公侯府裏，船爛了還有千斤釘，我們倒不要白得罪了他，王爺問起時不是頑的。」便不肯再像方才那般驅趕，反殷殷勤勤打了轎子來讓寶玉乘坐，命茗煙隨後跟著。

寶玉隔著轎簾不住探問，方漸漸知曉，原來送殯隊伍剛走了兩日，北靜王與忠順王便奉命抄了賈府，除了薛姨媽、李嬸娘等親眷著令離府自去之外，凡賈家女眷主僕俱送往祠堂暫棲，惟有榮國府王熙鳳因匿藏私賣犯官財物，獨自押在獄神廟待審。寶玉又驚又怕，再欲問時，獄神廟已到，兩個衙役向該班看守交代幾句，收轎子離去。

原來這獄神廟就座落在城西離榮府不遠處，原是犯人未定案前暫行關押的一個所在，因其中供奉著獄神爺，乞求天公開眼、蒙冤得雪的意思，因此人稱「獄神廟」。此時鳳姐已先行關在女監，寶玉便與茗煙在男監，中間雖隔著一條通道，幸喜可以照面。寶玉進來，且顧不得繩床瓦枕，被褥不全，便撲在柵門前叫著鳳姐，那鳳姐正睡得昏昏沉沉，聽見寶玉呼喚，猶道是夢，又聽茗煙扯著嗓子叫喚：「真是我們二爺來了，茗煙給奶奶請安。」這才相信當真是他主僕二人，不禁眼裏滴下淚來，問他：「你不是同老爺、太太在墳上守靈麼？怎的也來了這裏？」

寶玉顧不得細說經過，只問：「老太太現在那裏？林妹妹可好？咱家究竟出了何事？爲何獨獨把你關在這裏？」鳳姐約略說了抄檢之事，寶玉早已頓足不迭，連聲歎道：「林妹妹那樣身子，那裏經得起這番折騰，如今更不知病得怎麼樣了！」鳳姐道：「那倒不用犯愁。我雖關在這裏，因小紅常來探訪，府裏的事還聽說些——抄家第二日，北靜府就打轎子接了林姑娘去，他如今已是王妃了，北府裏什麼大夫請不到，自然比從前更好了。」寶玉聞言大驚，問道：「林妹妹如何肯嫁？你莫不是騙我？」鳳姐歎道：「我已經到了這個地步，還騙你做甚？你林妹妹原本不肯，奈何咱家如今落到這般地步，北靜府那邊又催逼得緊，難道由得他自主麼？況且若是做了王妃，好歹還可以回護照顧些，自然好過窩在一處受苦的呢。」寶玉聽了，半信半疑，他自從夢見黛玉前來辭行，心中只疑黛玉已死，如今聽鳳姐說他做了王妃，便又疑那夜之夢原是爲著黛玉出嫁的緣故，故來相別。雖然傷心，倒也歡喜，只不大肯信。

次日午後，紅玉又攜了一隻食盒來看鳳姐，揭開來，乃是一碟新筍，一碟炒雞蛋，一盤炒青菜，一碗紅稻米飯，又一大盤百果蜜糕留作點心，另有一隻缽子，盛著半缽榨菜菇絲湯——因在孝中，故而都用素食。

鳳姐看了，眼中垂下淚來，歎道：「當日放你出去，我原本不捨得，今天才知道竟是難得做的一件好事。」又告訴他寶玉昨日也來了，原本押在隔壁，不知爲何一大早轉至後邊大監牢去了，意思叫紅玉想法子仍轉他回來，好歹兩人隔著過道還能說上幾句話。紅玉忙答應了，又道：「奶奶可知我如何能進來這裏？原是從前伏侍過二爺的茜雪嫁了人，正是這獄神廟看守的頭兒，二奶奶關在這裏的話，也是他告訴我的。他若知道二爺也來了，還不定怎麼歡喜呢。如今要替二爺轉監，還得求他去。」

鳳姐便又將自己設言隱瞞、說黛玉已經嫁了北靜王爲妃的話說了一遍，叮囑他見了寶玉，且莫洩露風聲。紅玉點頭記清，且不急與寶玉相見，卻忙忙的出來尋著茜雪，將消息告訴了。那茜雪果然又驚又喜，垂淚道：「我們二爺從前何等嬌貴，那裏受得了這等煎磨？想必廟裏什麼都是不慣的。」即便命自己男人先回獄神廟替寶玉轉監，這裏自己且備了些鮮果蔬食，杯箸枕席，又對著鏡子著意妝扮一回，換了身鮮亮衣裳，方同紅玉一起出門來。臨近時卻又頓住，轉身往茶莊裏買了一筒上等楓露茶，又借了剛燒滾的茶吊子，說明稍後歸還。他原是這條街上常來常往的，茶莊夥計都認得，便由他提了去。

來至獄神廟，寶玉同茗煙果然又轉回昨晚住的單間來。原來獄卒昨日見兩個差役打轎子送來他主僕二人，知道是有錢公子，滿以爲可以敲得一筆肥竹杠，遂安排在單間監禁。孰料寶玉與茗煙兩個走得匆忙，身上竟未多帶銀兩，早在來路上已經用得光了，便無錢打點。獄卒氣了一晚，哪肯再另眼高看，遂一早便將他二人移入後邊大牢房去了。寶玉昨晚來時，只覺這獄中既酸且臭，輾轉一夜，難以入眠，如今從那大牢房裏重新挪回來，才知道這裏竟是天堂，只不曉得因何兜來轉去。還是那牢頭說明緣故，寶玉方才理會，念起茜雪相待之情，心下倒覺得慚愧。

一時茜雪同紅玉手挽手的走來，先至鳳姐前請了安，又往寶玉處來。那牢頭開了牢門讓他娘子進去，囑咐：「別耽擱太久，等下有人來查房的，若教人看見你來探監，反倒於二爺不好。」茜雪道：「知道了，你去院門外守著吧，若有人來，咳嗽一聲。」遂與紅玉一同進來，放下食盒茶筒，便要折身見禮。

寶玉忙一手一個拉住了，歎道：「你兩個從前在我身邊時，並未得我半點好處，如今我落到這樣，承你們不念舊惡，肯來看我，已經是莫大恩情了，再要給我行禮，豈不折殺了我？」茜雪、紅玉都道：「二爺千萬別這樣說，從前在府裏，二爺對我們何等好來？主子的恩，一輩子不敢忘的。並沒別的孝敬，難道磕個頭還不是該的？」說著果然跪下端端正正磕了一個頭起來，急得寶玉也只要跪，茜雪、紅玉忙左右攙住，都道：「這如何使得？」茗煙早跪下還禮道：「茜雪姐姐，小紅姐姐，你兩個的大恩大德，茗煙替主子謝謝了。」紅玉扯著茗煙耳朵笑道：「還不快起來呢，又做這些像生兒。你難道替二爺跪我們不成？」茗煙忙起來了。

茜雪遂展開包裹，將帶來的衾枕簟席親自鋪陳，紅玉斟出茶來，笑道：「這是茜雪特特去茶莊買來的，只怕沒有府裏的可口。」說著雙手奉與寶玉。寶玉益發羞愧，接了杯子，愣愣的出神。茜雪鋪好簟衾，回頭看見寶玉一臉緋紅，便知他仍爲那年酒後擲茶杯的事介懷，笑道：「我那年出府來，若不是二爺與太太說情放我自便，不叫變賣配小子，指不定如今在那裏受罪呢。因此這些年來從不敢忘了二爺的恩德，只恨無由報答。說句不敬的話：如今二爺雖是一時的不順，倒容我盡了心，竟要酬神還願呢。」說得紅玉、茗煙都笑了。紅玉也道：「我比不得茜雪姐姐，從前在怡紅院時只是個二等丫頭，端茶遞水都捱不著邊兒，難得一遭兒，還教秋紋他們說了大半個月。如今這個巧宗兒倒被我一人占了，秋紋他們聽見，不要氣死？」說罷扭著臉微笑。

寶玉聽了這些話，又是喜歡，又是慚愧，又見那茜雪上了頭，開了臉，兩鬢堆鴉，高鬟滴翠，比先在絳芸軒時越發標緻了，上身穿著件秋香色洋紗衫，內襯妃色緊身，下著月白紗褌，厚底堆絨蝴蝶鞋，淡施脂粉，細描雙黛，頭上插一枝素白玉簪，耳上墜一對赤金丁香葫蘆，打扮得十分伶俐；那林紅玉卻是藕合色紗洋衫，細褶子湖水綠的洋緞裙子，襯著銀紅比甲，肩垂腰細，綠鬟紅顏，頭上並無一根簪環，只斜斜插著朵珠蘭，帶著玉兔搗藥的金玉耳墜；兩人站在一處，便如同枝並蒂的兩朵蓮花兒一般。寶玉見了，便又發起呆來，正要說話時，只聽門外連連咳嗽，知道有人來了，茜雪與紅玉忙忙拽了門出來。欲知後事，卻看下回。

第十一回

賈採春遠嫁真真國
薛文龍皈依渺渺鄉

上回說到寶玉正欲向林紅玉打聽黛玉之事，卻聽見牢頭在門外大聲咳嗽，便知道有人來了，那茜雪、紅玉遂忙忙的出去，便見巡牢的進來，捱間走了一遍，點過名字，仍出去了。鳳姐隔著過道向寶玉苦笑道：「從前只有我點花名冊查人的，如今倒被人查，且更比那些媳婦下人不如，做了犯婦，今生不知有重見天光的日子沒有。」寶玉忙安慰了幾句，茗煙又將方才茜雪帶來的蔬食攏出，先盛了一碗奉與寶玉，又隔著柵欄問鳳姐。鳳姐道：「先頭小紅來看我時，已經吃過了，餓時，還有百果糕。你們自己吃罷。」

茗煙早已餓得狠了，便自己盛了滿滿一碗，三兩口扒完了，欲再添時，卻見盆中所剩無幾，不禁踟躕。寶玉見狀，便知道他沒吃飽，忙道：「你都吃了罷，我這一碗還吃不了呢。」茗煙也知寶玉飯量窄小，料非虛言，笑道：「那我老實不客氣了。」遂將下剩的盡盛在碗中，就著剩菜一頓風捲殘雲吃了。寶玉心中有事，將新筍湯泡飯草草吃了半碗，也辨不出什麼滋味兒。

此後茜雪、紅玉兩個或午或晚，或隔一日，便來探望鳳姐、寶玉，裏邊又有牢頭照應，溫飽得宜，茶濃酒淡，也就將就得過，不復念狴犴之苦了。

且說賈政見寶玉搶馬私逃，羽林軍又不許追趕，心知事有意外。胡思亂想了一夜，到次日晌午，便有薛蝌使家人老蒼頭來報說榮寧二府被抄之事。

賈赦、賈政、賈珍等聽了，瞠目跌坐，兩淚長流，都急得發昏，只不敢擅離。賈政問：「來抄的官兒是誰？」知道是忠順府，頓足歎道：「偏生落在他手裏。」及聽說北靜王督辦，不禁垂頭思索。老蒼頭道：「聽我們太太說，雖是奉命抄封，倒不曾難爲女眷，如今府上老太太帶著眾位姑娘暫在宗祠裏安身，外面自有我們太太和二爺幫著照應，我們大姑娘也留在祠堂，一則照顧老太太，二則也好內外通些消息。」

賈政等聽了，都稱謝不已，略爲安心。命灶上辦些酒飯來與他吃了，復又帶來細問他：「你方才直說你家太太與二爺，怎麼不見提起你家薛大爺？」老蒼頭哭道：「我家大爺也被帶走了，說是從前常往府上來的那個賈雨村供賣出來的，說我們大爺在應天府打死了人，是姑老爺同舅老爺寫書給他，命他瞞情草辦，還拿了許多書信出來做證。又舉了什麼石呆子的扇子、平安州的佛寺，大大小小十幾宗故事來，我也記不真，也學不來，只見著這邊府上被抄，那邊我們大爺就被帶走了，如今我們二爺正亂著四處托門路使銀子疏通呢，還不知此刻審得怎樣。」

眾人聽他說得不明白，都又是煩惱又是納悶，惟賈赦聽了「石呆子的扇子、平安州的佛寺」二句，直驚得魂飛魄散，跌坐在椅中，半晌不能言語。賈政見他這般，忽想起那日戴權送祭銀時說的那些話來，方知這事竟與他有些首尾，然事已至此，抱怨無益，惟頓足歎道：「罷了，罷了，從前許多人勸我莫要同賈雨村親近，只不肯聽，如今到底養癰成患，怨得了誰？」只得打發老蒼頭回去，免不得說了許多叮嚀囑託千恩萬謝的話。

原來在平安州建泰安寺塔、皇家行宮，賣爵捐銀，正是賈赦的主意，連同平安州節度使立了名目，逼著地方官紳拿出許多錢來，連兵部指揮孫紹祖家也曾出過五千兩銀子，又請兵部大司馬賈雨村具折上奏，代一干人邀功求賞，原指望借此謀官求利的，誰承想皇上忽然起意巡幸平安州，惹出這場大是非來。及大理寺奉命查審時，那賈雨村因有奏摺爲證，難以脫辯，只得據實招供，又將事故全推在賈赦身上，以期自保。大理寺因奏請將賈赦、賈珍一干人提取到案。恰在此時，又有緝盜司呈上寶月瓶一隻，原爲朝鮮國上貢之物、御賜與江南甄家的，問起究竟，卻是賈府奴才周瑞的小兒子賣與當鋪的，說是賈府璉二爺交與他姐夫冷子興往江南私賣，被他順手偷了來的。

「藏匿犯官財物」罪名非輕，按律理當查沒。忠順府遂趁機上疏云：平安州買官一案牽連甚廣，若明查時，眾官員必定彼此勾結，砌詞狡辯；那賈府故舊甚多，少不得四處鑽營求靠，托門路說情，雖可嚴令申飭，終不如簡行暗施來得便宜；甄家既能在查抄前將財物轉往賈家，賈家必也會設法轉移財物往他處，不如行一個「調虎離山」之計，先將賈府男丁一概支往孝慈縣守靈，再出其不意，下旨抄檢，則賈赦等縱有通天的手段，也難施展；況且寧榮二支原係一脈，榮國府既不乾淨，保不住寧國府沒有事故，若能抄出些實物來，便不怕那些人抵賴了。

皇上聽了，深以爲然，問計於四王。那北靜王水溶聞旨大驚，深知忠順王與賈府不睦，必會借機踐踏，忙自動請纓協抄，好不使賈府太過吃虧。果然抄檢之際，忠順王一味恃令逞強，耀武揚威，幸得北靜王審時度勢，屢屢勸諫，令衛兵不得與女眷爲難，又將賈母等暫送往宗祠棲身，雖命人看守，卻不曾欺辱凌壓。凡賈府親戚，如薛寶琴、邢岫煙等，皆交與其父母帶走，並不同賈府之人一同拘押。

如今榮寧二府既抄，賈赦素與平安州節度使、賈雨村等的通信皆露了底，鐵證如山，不容分辯；寧國府又抄出許多賭具來，一番明察暗訪，順藤摸瓜，早又將寧國府賈珍每夜糾集朝中權貴子弟聚眾賭博、召尼侑酒之事查出，連宮中內相也有份參與。這「私設賭寮，官宦勾結」原是朝廷大忌，比窩贓更又嚴重；「逼尼爲娼，玷污佛門」更是萬惡不赦之罪，該株連九族的。然礙於牽連甚廣，法不責眾，反使當今投鼠忌器起來——此時邊疆不穩，外患不絕，倘若此時重裁群臣，勢必朝中大亂，動搖殿堂基本；且念在元妃慘死，委實不忍降罪他父母胞兄，只朱筆批出，將賈雨村問了流放之刑，又因雨村之職乃係王子騰累本保奏，便也連降三品，遠遠的派了個州府之職，擇日上任。至於榮寧一族，因其子孫悉在孝慈縣守制未歸，便暫緩治罪；又翻閱奏章，因見賈府閨秀探春、惜春俱在備選之列，遂詔北靜王、忠順王入內共議，又問及平番之策。

原來朝廷關於平番向有「主戰」與「議和」兩派，北靜王自是主戰派之首，議和派則以忠順府馬首是瞻，相持之間，似是北靜王略占上風，然日前兵馬大元帥衛廷谷飛書來報，大軍初到廣西時，與匪寇正面爲敵，兩軍對壘，其子衛若蘭爲先鋒，起初小勝一役，然欲聯兵圍剿時，才知對方半是盜賊，半是倭寇，內外勾結，兵力忽然增強一倍，而兩廣總督又按兵觀望，馳援未及，遂致大敗，連衛若蘭也於戰中失散，至今生死未明。皇上聞訊甚爲焦慮，以爲當今之際，應以重兵剿匪爲先，不願分散兵力攘外，因此如今重審卷宗，意欲和親，緩解內外夾擊之勢。忠順王原在抄檢時見了探春一面，此時見皇上問及賈府兩女，便知皇上有開脫之意，便順水推舟，盛讚探春儀容不俗，臨危不懼，堪負議和重任。皇上聞言大喜，即詔賈探春進見。

那北靜王原是極力反對和番的，以爲國家社稷竟要賴一弱質女流爲保障，委實難堪；卻因此議利於賈府，不便阻攔。況且前番抄檢之際，園中有許多僧道尼姑設壇念經，因其並非賈府之人，便都令其自去，其間有一帶髮修行的女尼，穿著簇新的僧袍，神情冷漠，隨眾離去，北靜王因那女尼舉止氣度與眾不同，未免多看了兩眼，正欲問時，忽聞瀟湘館一片哭聲，又聞報賈府姑表小姐林黛玉病重身亡，當下心煩意亂，悵歎不已，又有攏翠庵女尼妙玉走來，請准往瀟湘館爲林黛玉超度。水溶見那妙玉生得仙姿玉骨，超塵脫俗，春雲作態，秋水爲神，只當帶髮修行的尼姑在賈府原本尋常，不以爲奇。及後來看名冊時，才知道賈惜春走失，這是抄檢官大失職處，倘若皇上察知，必有重罰，如今忠順王極薦賈探春上殿，卻不提惜春半句，自然也是爲此。北靜王心中有鬼，便也惟有隨聲附和，倒由得忠順府輕易贏了一局。

那忠順王與北靜王嫌隙多年，此番輕易取利，十分得意，親自往賈府宗祠傳旨，又將探春帶回忠順府住了一晚，令夫人小心管待，著意打扮了好明日一同上朝。這原是王公間朝三暮四翻雲覆雨的慣術，也不必細表。

如今只說賈政等在孝慈接了聖旨，聞知探春已被皇后認爲義女，賜名「杏元公主」，擇於本月中旬出使真真國，都大哭不止，連李紈等也都拭淚，惟有趙姨娘洋洋自得，逢人便說：「剛去了一個皇妃，又出了一個王妃，可見咱們家硬是有這樣運氣。這一家子的命可都是我女兒救下來的。」

賈環又道：「三姐姐如今做了公主，我豈不就是王子了？」賈蘭道：「你不聽內相說皇后已認了義女，從此不是咱家的人了，雖然父母可得前去送行，卻不許相認，連老爺、太太尚且如此，何況咱們？」賈赦、賈珍等都是老於官場的，聞了此訊，便知內廷必有恩寬，倒覺歡喜，私下說：「這回或可脫卻死罪了。」賈璉道：「難怪我們那位一直說這些姑娘裏頭，數三姑娘是個有心計有造化的，比男人都強，果然今日有這番奇遇。」忙著打點賈政、王夫人、趙姨娘等起程。

一路趲行，幸得趕在三月十八到了京城，先往祠堂裏與賈母等相見，彼此不免抱頭痛哭，又各自詢問別後情形。賈政、王夫人聽說了寶玉、鳳姐兩個另外在獄神廟監禁，不禁愁心百結，又聽說黛玉早在抄檢前已咽了氣，惜春又趁亂易裝出走，都不禁垂淚歎道：「倒是他兩個走得乾淨。」又問詳情。

賈母哭道：「竟連我也沒料到有那般快。那日晚間他還好好兒的來請安，看著神色倒比前些日子好些，我只說但願趕緊大好了吧，誰知沒半刻功夫就見雪雁那丫頭飛跑的來說不好了，我正要同這些人去看他，就見許多官兵衝進來，捧著皇旨立逼著叫走，可憐林丫頭孤零零的來，孤零零的去，臨了兒我竟沒能見上一面，也沒人送一送他。」說著又大哭起來。

尤氏、寶釵、鴛鴦等忙上前苦勸，又說了鳳姐謊稱黛玉已嫁北靜王、暫且瞞著寶玉之事，連紫鵑、雪雁等幾個黛玉貼身伏侍的人，北靜王也都作主開恩放了，雪雁自扶黛玉之靈回蘇州去，一路車船俱是北靜王遣人照管，紫鵑的娘老子都在南邊老宅，便也隨船去了，說好葬了黛玉再各自回家去。

王夫人點頭道：「這倒也是個省心的法子，林姑娘的庚帖是已經過了府的，就是北靜王幫著料理也不算逾禮，將來寶玉要是問起，也只說林姑娘嫁過北府去就是了，不然又不知要鬧出什麼事來呢。」謝了尤氏辛苦，又拉著寶釵手哭道：「你還沒進門兒，我家便出了這樣大事，難得你竟不肯在這時候拋下這些人離去，可叫我怎麼謝你？」寶釵勸道：「姨媽怎麼竟說這樣話？聖人語錄裏尚有說的：『死生有命，富貴在天』，原強求不來。山還有起伏高低呢，何況人的運氣？又說是十年一大運，一年一小運，『日月運行，一寒一暑』，眼前不過是一時的不順氣，只不必看得太重，順天知命，隨遇而安，反倒容易過去的。」

賈政、王夫人聽了這番議論，都不禁點首，賈母也道：「這些日子，虧了有他在我身邊，時常勸說，安我的心，又幫著調排料理，安置這許多人，若說我家無福，不該有這樣的好媳婦。」說著又哭。賈政、王夫人反止了淚勸慰不已。

接著眾僕婦丫頭上前跪見，王夫人因不見襲人，悄向寶釵問起，才知道抄檢時，北靜王因見他病得沉重，許他出府休養，因令他哥哥花自芳來領了去了。

稍歇辦上飯來，因値寒食，只是些青團紅藕，王夫人頗覺難以下嚥，然賈母卻吃得津津有味，絲毫不見爲難。賈政見了，暗暗敬服，又見眾人在祠中按男女分了前後進住著，雖是簡陋，卻井井有條，秩序儼然，不失大家風範，更欽佩母親的膽識胸襟，心中暗想：我家世代蒙恩，出將入相，臨到大難來時，這些鬚眉之輩竟不如女人把持得住，也就難怪家道式微了。

此時京中諸人多半已知曉賈政等回京送女消息，或念舊情體諒他難中諸物不齊的，或慮他家仍有起復之日屆時未免銜恨的，雖不便親來慰問，卻多都打發家人送些衣裳油米，或是銀兩，或是器皿，各盡情分而已。賈政此時也不必客套，一一收下，都交與寶釵量物而用。王夫人又悄向寶釵道：「咱們回京送親這樣大事，朝廷早已傳得遍了。這些遠親故舊尙且還要稍作應酬，怎麼孫家同咱們是至親，竟然一絲動靜不見？他們姐妹在園中住了那些年，如今探丫頭即將遠嫁，難道迎丫有就沒有幾句話囑咐妹子的？」

寶釵情知瞞不過，不禁垂淚歎道：「咱們家出事沒幾日，孫家便有人來報喪，說二姑娘病歿了，也只說了一聲，連多句話也沒撂下。我想著這件事便告訴老太太，既出不去，也是徒然傷心；太太們都在孝慈，橫豎也是過不來，鳳嫂子又是那樣，這裏邊惟有平兒倒還是那府裏的半個主子，所以同尤大嫂子商議著，不如叫我兄弟薛蝌陪著平兒走一趟，略盡點禮。再四求了看守，好在平兒是個丫頭，倒沒太阻攔。聽說那孫家姑爺淡淡的，靈堂也佈置得馬虎，靈前只有府裏陪過去的兩個丫頭守著，好不冷清。別的事，太太只悄悄問平兒就知道了。這件事要不要告訴老太太，也還請太太裁度。」

王夫人點頭歎道：「人已死得透了，說了也是白傷心。倒不如先瞞著的好。」又叫出平兒來問他。

平兒哭道：「那日我去到孫家，孫姑爺愛搭不理，連茶也沒款待一杯。還是繡桔悄悄引我到廂房坐著，私下裏告訴我，二姑娘原病得沉重，聽說咱們家出了這樣的事，哭得了不得，收拾了幾樣衣食要回府裏來看老太太，孫姑爺非但不許，反向著姑娘大吼大叫，說大老爺騙了他錢，又帶累他受審，『吹噓自家認識什麼兵部大司馬，誆我拿出五千兩銀子來京候缺，候了半年，一職半銜的影兒也沒見，倒把你准折現銀塞了來，你也不照鏡子看看，値五千兩銀子不値？如今你家老少上下都成了死囚犯，銀子自然是討不回的，還要累我吃官司，正是我不知哪世裏投錯了胎，娶進你這個敗家精來，倒賠澆裏不算，現在又想搗騰我的家私往娘家搬。若不是念在一場夫妻，就把你送到官府裏，告你一個拐帶私逃，叫你進牢裏同你兄弟做伴兒去。』另有許多難聽的話，也告訴不得太太，說著竟反鎖了門，把伏侍二姑娘的丫頭也都帶了去，故意使著做這做那，不許他們回去看顧姑娘。如此過了一夜，第二天早起打開門來，就見二姑娘直挺挺的躺在床上，已是死了。」說著又哭起來。

王夫人也拭淚不已，歎道：「他從小在我眼前長大，就跟我的親生女兒一樣，如今一伸腿去了，可憐我竟不能送他一送。」還欲問時，恰好尤氏走來商議晚間安歇之處，只得且把這事放下。原來這祠裏地方雖大，卻也被上中下三等女眷擠得滿滿當當，竟難以再闢出一間臥室來與賈政歇息。王夫人想想也覺爲難，遂去問賈政。賈政道：「什麼大不了的事？這時候那裏還顧得上這些，不拘哪個管家爺們兒的房裏擠一擠就是了。」

尤氏聽見，忙又回道：「那倒不必，若是老爺肯屈就，下房裏騰出一間來倒還容易。讓他們兩屋拼一屋就是了。」說著自去與管家娘子們安排。一宿無話。

次日正值清明，有些微微的落雨，淅瀝斷續，時有時無，賈府眾人侵晨即起，在榮寧二公牌位前拈香拜祝，焚了紙錢，賈政跪祝道：「祖宗打下這番家業來，兒子不能克紹箕裘，振作家聲，反令祖宗蒙羞，寧不愧殺。如今長女元春、次女迎春先後身亡，三女探春又被點爲御女，即將遠嫁，此去路途遙遠，風波險惡，況且那真真國蠻夷未化之地，風俗起居皆不與中土相同，探女孑孓獨往，如何應付？另有寧府小女惜春日前走失，如今下落全無，尚求賴祖宗先靈庇佑，保他兩個一生無恙，家人終有團圓之日。」王夫人又特地另化了一份紙，奠祭迎春，只不敢說明了，怕驚動賈母。

祝罷，北靜王送的轎子已經來了，正是接賈母、賈政、王夫人、趙姨娘一行與探春送行的。來至江邊，只見碼頭邊一早設下螢幕彩棚，御座前鋪著紅氈，嫁妝船隊妝金堆花，停在江邊，弦管細樂嫋嫋傳來。內相引賈母等來至棚下坐定，鄔將軍搶上來相見，賈政少不得執著手百般囑託。

未幾，禮炮三響，皇上龍輦已至，群臣叩拜，山呼萬歲，遂升御座，祭祖先，諸王進表稱賀，宴樂大作。只見那賈探春蟬鬢花鈿，眉黛額黃，朱唇皓齒，月容星目，頭上戴著九龍四鳳的珠寶翡翠冠兒，上有翠蓋，下垂珠絡；身上穿著織金繡鳳的深青色翟衣，真紅飛魚錦裙，領口、袖端、衣襟、底擺俱織著金色雲龍紋，頸下腕上金碧輝煌的戴著十數件珠翠首飾，連鞋面上也左右各綴著五顆大珍珠。真個是花團錦簇，富麗堂皇，神追文姬，色若王嬙，手姿絕豔，妙麗無雙，娉娉婷婷來至御座前跪倒，口呼「父皇」，自稱「孩兒」，叩行宮廷大禮。當今與皇后均離座起身，執手叮嚀，殷殷垂囑。

此時細雨方歇，日晷薄辰，雲隙裏透出一線日光來，恰便照在探春面上，益發如朝霞映雪，明月煥珠，豔射不能正視。賈母、王夫人等夾在百官中，遠遠的陪座末席，直哭得氣咽淚乾，情知今朝別後，永無相見之日，都覺五內摧傷，泣不可仰，只苦於不好出聲的。倒是那趙姨娘看見探春鳳冠霞帔，掛裙寶履，渾身珠圍翠繞，打扮得天女一般，連待書、翠墨兩個也都蜀錦雲羅，花釵玉帶，打扮作宮女模樣跟在後面，當真千嬌百貴。那趙姨娘雖然也覺不捨，心中著實得意。探春也不住向人群中暗暗尋找賈母等所在，還是待書先看見了，附在耳邊悄悄告訴，也惟有淚盈雙睫，遙遙注目而已。

領宴畢，吉時已至，杏元公主拜別聖上，棄岸登舟，揚帆起行。群臣跪請皇上回鑾，賈母、賈政、王夫人等這才放開聲音，望著江水大哭起來，趙姨娘一行哭一行數落著：「我十月懷胎生了你，捧鳳凰一樣的捧至這麼大，重話也不曾說過你一句，更沒得你一天孝敬，如今眼看你做了公主、王妃，只道能替我賺個誥命，替你兄弟掙副冠帶，哪承想就這樣一聲不哈的去了，通連句話也沒留下來，可不是沒良心？你既認了皇上作父，皇后當娘，有了這樣天大的靠山，又是國家得力的時候，何不替我們說兩句好話，撒個嬌兒，難道皇上不聽麼？」賈政聽了，斥道：「滿口裏胡說的什麼，國家大事，你那裏曉得。還不閉了嘴走遠點呢。」趙姨娘這方不響了。

群臣既散，江邊擁圍的百姓便也任意指點議論起來，有說公主儀仗好不威風堂皇的，有說賈家真正會養女兒、剛死了一個皇妃又出了一個公主的，也有的說以臣子之女冒充公主已經是假，偏他又姓賈，倒嫁去真真國做王妃，這真真假假，真叫作難纏的。賈政也懶怠去聽，連同王夫人、趙姨娘別了賈母，仍舊回孝慈去。王夫人還想往獄神廟去看寶玉，反是賈政勸住了，道：「如今多事之秋，躲著遠著還恐生事呢，倒自己送上門去，回頭又不知生出什麼事來，反替他添罪。」王夫人只得罷了。

一行回至孝慈，賈珍、賈璉帶領族人迎見，賈政先往元妃靈前拈香告訴了，復進來見賈赦。因見賈赦如今六神無主，舉止失措，不過數日未見，竟似老了幾年，連兩鬢的頭髮也都白了起來，便不肯直說迎春之事，只略述幾句送親情形，又悄悄叫來賈璉，方細細告訴了。賈璉嚇了一跳，也不禁垂淚，又走去與母親商議。邢夫人便作主說且不告訴賈赦，等將來事情過了再說。倒是李紈等聽說了，都覺傷心流淚，在元妃靈前化紙時，便也替迎春澆祭一回，又悄悄囑咐僧道另做了一番道場，超薦亡靈，只瞞住賈赦一人。不提。

如今且說薛蟠上了堂，果然便是爲搶香菱打死馮淵一事。原來當年賈雨村將門子尋釁充發，因前些年遇著大赦，門子還了自由身，輾轉來了京城，便又托親靠友做了老本行，心下直將雨村恨個賊死，只爲懼他權勢，不能如願。偏又遇著雨村降職，賈家犯事，皇上又令人明察暗訪雨村所有經手官司，往來官員。那門子得了這個機會，如何不報仇，便將從前雨村在應天府所爲添油加醋舉報了上去。府衙不敢怠慢，密奏一折奉上。不幾日皇命下來，便著本府提案重審。

起初府衙爲著馮淵、香菱俱已告歿，恐無憑證，且又受了薛家錢財，未必不願意草草了事。奈何那門子原是深知道此案底細的，偏又供出馮淵家人，並當時打死人時出過力的薛家惡奴、以及在當堂串供僞證的乩仙道士，難爲他記得清楚，便都一一報上名字。府衙不敢包庇，只得派出快手一一拘了來，逐個刑審夾押。那些人又不是什麼梁山英雄，拜把兄弟，都只是隨風倒窩裏橫的軟蛋膿包罷了，不消幾十大鴛鴦板子、十幾道夾棍、幾百個杠子，便都屁滾尿流哭爹喊娘的供了出來，猶恐供得不夠細緻明白，恨不得將自家骨髓腦漿都倒騰出來讓眾人看見，更何況這人命關天的大案，哪有審個不清的。況且又有從賈府抄出、賈雨村寫與賈政敍述結案始末的書信做證，遂又加了結黨舞弊，徇私枉法之罪，不但薛家從戶部除名，亦連王子騰也牽連在內。恨得薛姨媽直罵：「該死的賈雨村，若說當年開脫我兒，原該承他的情，誰又教他寫這兩封信來討好，如今連哥哥、姐夫俱連累在內，真正害人害己，倒不如當年不幫忙倒好，還少生這許多年的閒氣。」

只過了兩堂，薛蟠之案已經落審終結，當堂問了「倚勢漁色，致死人命，賄賂縣衙」之罪，流放寧古塔爲奴，發下籤子來，打了八十板子，只看在乃祖份上，不褪中衣，些許留個薄面。那薛蟠呼爹喊娘，哭得好不淒慘，堂尊哪肯理會？遂一五一十打過了，拖將出來，點了兩名長解，押送起行。可憐薛蝌還只當可救，到處找人打點呢，只白花了許多冤枉錢，那裏救得出？

到了起解這日，薛姨媽、薛蝌、寶釵等一早得了消息，都在驛道旁守候，見了薛蟠，不免抱頭痛哭，無奈枷板隔身。薛蝌又將長解拉到一旁說話，款待酒飯。那長解道：「我們向得府上好處，怎麼忍心眼見薛大爺受苦？只是這裏尙在京城，不敢權情。二爺放心，只要出了城，便給大爺揭去花押，鬆了枷板鐐銬，咱們瞞上不瞞下，只當遊山玩水，消消停停的送到，包管便如侍候親哥哥一般。」

薛姨媽看薛蟠面帶青傷，形容憔悴，幾乎認不出來，略問了兩句過堂刑訊事，早又哭出聲來。又令寶蟾上來相見。薛蟠見了寶蟾，卻覺慚愧，因問：「你家奶奶可好？」寶蟾撇嘴道：「還問奶奶呢。自從他上次回娘家去，通連個信兒也不曾送回來過。因爺出了事，咱們又搬了家，太太打發人特特的去告訴奶奶知道。聽那去的人回來說，奶奶聽了，一聲兒不言語，連茶水也沒留那送信的人喝一口，便又教回來了。」薛蟠聽了，半晌不言語。

一時小二排上酒飯來，薛姨媽那裏看得上，早令寶蟾取了自家備下的酒飯，山珍海味擺了一桌子，給薛蟠享用。薛蟠吃了幾口，那裏咽得下。也是爲這幾日在牢裏，雖然過堂辛苦，胃口倒是不虧的。明知此去未必再有回歸之日，欲囑咐幾句，竟無話可說，思來想去，只得向薛蝌歎道：「我雖是做哥哥的，自小連半分兒也不如妹子，也不如你，癡長這二十幾年，竟沒置過半分家業，不過是淘氣生事，惹媽媽氣惱罷了。如今我去了，媽媽倒可從此省些閒氣，便是媳婦兒去了，也只教他去罷了。他就是在家，也終究是個守不住的，倒是去了的省心。就是寶蟾，若是願意守，便好好的幫襯著媽媽過日子；若不願意守，也求媽媽尋個好人家打發他去罷，只當我死了，竟不必再望我回來。沒的耽誤人家女兒做什麼？」

薛姨媽、寶釵等一世都不曾聽他說過這樣明白話，不等說完，俱已哭倒。那寶蟾便哭道：「爺說那裏的話？寶蟾是那朝三暮四心軟意軟的人不？既然跟了爺，就生是薛家的人，死是薛家的鬼，除非是爺休了我，再沒二心的。我只恨不得跟了爺去，早晚陪伴，一日三餐，也有個伏侍的人，偏又不許家口隨著。更恨不曾爲爺生下一男半女，給薛家傳個後代，繼了香火，也不枉侍候爺一場。」薛蟠聽了，不免又垂下幾滴淚來。

不想差役隔席聽見這些話，便又想了個弄錢的主意，遂在薛蝌耳邊悄悄說了。薛蝌意出望外，忙又走來向薛姨媽耳邊說了，薛姨媽一時未能聽得明白，又悄悄問了幾句，方才恍然，低頭想了一想，便又拉寶蟾一旁說話。寶釵雖未聽見，也大約猜到，倒羞得面紅耳赤，只佯作與哥哥說話，轉頭背身而坐。寶蟾起初不願意，只說路途遙遠，恐生意外；又說薛蟠既是流刑重犯，卻行此枉法之事，捉住了豈不同罪？薛姨媽再三勸說，又許以好處，說是「你家奶奶決計是守不住的。若你果然有了孩子，即便蟠兒回不來，我也替他作主扶了你為正，將來這一份家資儘是你的。又或是你有什麼別的心思，只要薛家的孩子留下來，餘的你願意拿走的也全都歸你，決不違言。」

寶蟾又扭捏了半日，到底允了。薛蝌重重的酬謝兩個長解，又細細的計議了何時給薛蟠解枷易服，何地租店容薛蟠與寶蟾兩個小住，若有信兒時便雇車子打發寶蟾回來，若沒信兒便耽擱數日再往前去，另外投店求宿，果然十分無法時也只得罷了。議得定了，遂出門去雇了一輛車子給寶蟾乘坐，先給了一半車錢，答應等原車送寶蟾回來後再給另一半。又送了寶釵先回去替寶蟾收拾包裹，命家人騎馬追來，又約了相會之地，揮淚而別。

自此，一行人每走三五百里，便停留數日，尋下處與薛蟠、寶蟾方便，兩個解差便住在隔壁，一應住宿、飲食都是薛蟠開銷，又因看著二人快活，心中難免不忿，便又攛掇薛蟠替他兩個出錢叫了妓姐兒來，殺雞打酒，直把洪峒縣當作快活鄉，樂不思蜀的起來。

是日薛蟠與寶蟾兩個繾綣一回，雨散雲收，解差過來拍門催促起行。寶蟾計算離家已有月餘，且飲食住宿俱各不慣，便不肯再向前走，只要回去。薛蟠這些日子每天拿錢出來與解差打酒召妓，囊中漸空，雖百般不捨，也只好答應。於是客棧裏置了一席，與寶蟾兩個抱頭痛哭，灑淚而別。復又向前走了數日，這晚夜宿孤村，方朦朧闔眼，忽見一個瘋跛道人飄飄走來，嘻笑道：「昔日馮淵慘死，早於警幻座前將你告下，爲你命中該有一子，故不即便索拿。遷延至今，方來取你歸案。還不快跟我走呢。」

薛蟠自是不肯，掙道：「我又不認得你，做什麼要同你走？」那人笑道：「你雖不認得我，我卻一早識得你。好與你說得明白：我乃渺渺真人，與汝妾英蓮之父甄士隱是摯友，日前度了你契弟柳湘蓮的便是我。還不跟我走麼？」薛蟠聽了，雖不知「英蓮」爲何物，只聽見「柳湘蓮」三字便喜，遂不懼怕，反迎上前道：「原來柳二弟也在你處。快領我去見他。」徑隨道長去了。

次日兩個解差尋不見人，只當他耐不得苦，偷自跑了，欲回京報捕時，又恐上頭知道了責罰，遂胡亂擬了一個途中病死的名兒，回去含糊交差了事。薛姨媽、寶釵得了信兒，自是大哭起來，終究無可奈何。

幸喜寶蟾自回來薛家，腹中漸隆，於九月上果然得了一子，承薛蝌、邢岫煙相幫撫養長大，雖非棟樑經國之才，卻也不似他老子混賬，倒還肯用心學習，做些小本生意，量入爲出，日子也頗過得，這都是後話了。正是：

蝶飛展翅方一夏，夢醒回頭已百年。

第十二回

遊太虛難遂三生願
因汗巾偶結百年歡

話說賈氏子孫於孝陵守制期滿回京，榮寧二府各案也已落定，朱筆批出：寧國府威烈將軍賈珍私設賭寮，結黨營私，敗壞朝綱，杖一百，流三千里；其子賈蓉係從犯，原當杖八十，流千里，姑念寧國公之後只此一脈，遂加恩改判革去禁尉之職，降爲庶民；賈芹逼尼爲娼，玷辱佛門，杖一百，流三千里，永不赦還；榮國府世襲一等將軍賈赦結交外官，勒逼地方，爲謀取古扇致死人命，依律當斬，念在忠良之後，且年邁，從寬改判爲杖一百，流三千里，永不赦還；其子賈璉往返平安州傳遞消息，原當廷杖八十，流千里，念其並不知情，其父又已流放，老母、弱弟無人奉養，遂改判革職，永不錄用；其幼子賈琮因年幼，赦其無罪；工部員外郎賈政持家不嚴，失於約束，念其自身並無過犯，且長女元妃一生謹慎，次女探春和番有功，免其刑責，發還部分財物；賈寶玉、賈環等，因其年幼，未有惡行，且爲賈元春、賈探春胞弟，赦無罪，併發還大觀園允其居住。

賈母、王夫人係婦人，且爲元妃、探春嫡祖母、嫡母，免其罪，發還梯己財物，准其仍居住大觀園中；邢夫人、尤氏雖係婦人，亦有瞞情不報之罪，削其封誥，貶爲庶民，另擇住宅居處；王熙鳳擅藏轉賣犯官財物，私設銀貸，重利盤剝，依律該當枷號三個月，滿日責八十板釋放枷封，因係婦人，准其具保自贖；李紈、賈蘭係榮府一脈，且孤兒寡母，並無惡行，赦無罪，准其自處；另外寧國府所有財物悉沒入官，家奴當街變賣；榮國府除長房賈赦財物家奴悉沒入官變賣之外，賈母、賈政所有財產，擇其越制者收沒，視其必需者發還，奴僕令其自遣；其餘族中子孫如賈薔、賈芸等，原當削籍爲奴，今皆法外開恩，不予追究，免其連坐之罪。

衆人看了，號啕痛哭者有之，慨天感恩者有之，私心慶幸者亦有之。賈赦、賈珍到了這個地步，回天乏力，悔不當初，也惟有給賈母跪著，哭訴不孝之過，遠別之情。賈母、賈璉、尤氏、賈蓉等都哭得淚人兒一般，賈政、王夫人一邊苦勸不已，惟邢夫人倒還鎮定，垂淚說些路上珍重、自家小心等語，因見路邊許多人賣粽子、火腿，便命人買了許多，與賈赦、賈珍兩個帶上，途中餓了充饑。賈赦還想著給迎春處送個信兒，最後見上一面，賈璉忙道：「前日一回京我就著人往孫家送信兒去的，來人說孫紹祖因回鄉祭祖，帶同二妹妹一道去了，如今不在京中。」賈赦只得罷了。賈珍便也想起惜春來，自思父親一生敬仙好道，統共只得了他們兄妹兩個，如今又將小妹子弄丟，也不知是死是活，是僧是俗，心中委實羞愧。

送赦、珍兩個上了路，眾人回至祠堂來，商議今後打算。賈母又拿出許多梯己來，命賈璉往獄神廟去贖鳳姐。賈芸已先接了寶玉出來，賈母、王夫人見了，不免又抱頭痛哭一番。邢夫人忖度著他兄弟邢大舅的住宅就在左近，那原是自己幫襯購置的，此時便去投奔，他自然也不好拒絕的，想得定了，遂向賈母呈明，只等賈璉、鳳姐回來，便要帶了他們同賈琮、巧姐兒一同往那邊安身；尤氏原是父母姊妹俱死絕了的，如今丈夫又去了，況且有家不能回，急得恨不能一死，幸好賈薔跪陳房子家什俱是賈珍從前替自己置辦的，如今正該報答嬸娘，何不就搬去同住。賈蓉自也願意，便與尤氏母子夫妻同往那邊去；李紈便也要去投奔李嬸娘，王夫人勸道：「皇上許你自擇居處，不如仍住在稻香村裏的爲是。」李紈起先不肯，經不住眾人幫著勸說，便允了。

一時鳳姐來到，病得蓬頭鬼一般，見了賈母，滾進懷裏大哭。賈母心裏百般不捨，也只得摩挲著含淚勸慰：「皇命難違，你如今且隨你婆婆往外邊住著，幸好離得並不很遠，你好生養病，閑了常來園中看我，娘兒們早晚相見，也是一樣的。過些日子或是消息鬆動了，或是皇上額外開恩，再接你進園來。」鳳姐情知無法，大哭一回，只得隨了賈璉、邢夫人離去。賈母知道賈赦一應財物俱已沒官，雖說邢夫人此前存得許多體己，亦不好問他——便問時，自然也都沒實話的，不免要貼補許多，不消細說。

眾人商議已定，團團坐著吃了一餐飯，廚下將陋就簡，使勁解數辦了許多肴菜來，奈何眾人哪有胃口，都怏怏悒悒的，不過胡亂吃些，便散了。

這裏賈母帶著賈政一房人回至大觀園中，看見綠柳含煙，方可垂地；夏花多情，悄然謝盡，且那些錦雞、仙鶴、孔雀、鴛鴦並連鹿、兔、雞、鴨等活物一概不見，惟有沁芳泉中幾尾游魚仍自穿來行去，還見得有些生意，更覺感慨歎息，仿如隔世重來的一般。便先來至曉翠堂坐定，且各分派住處，寶玉仍在怡紅院不必挪動；李紈與賈蘭亦照舊回稻香村；王夫人便選了蘅蕪苑，周姨娘跟過去伏侍；趙姨娘與賈環住了探春的秋爽齋；賈政又請賈母住到嘉蔭堂，賈母不允，執意要在攏翠庵，說要從此早晚禮佛，為兒孫祈福；賈政百般苦勸，到底拗不過，也只得由著母親住在庵裏，自己便將書房設在附近凸碧山莊，以便日夕侍奉。議論停當，便又分檢發還財物，一一打點屏帳箱奩，各自搬挪。

誰知眼錯不見，寶玉便走了出來，徑往瀟湘館來。他雖當黛玉已嫁，明知館中無人，然而既回來這個地方兒，又豈肯不走一趟，見不到人，便看看他的門頭也好。遂抱著這一番人面桃花的心思逕自尋來，方下了翠煙橋，略見著些瀟湘館的門首亭尖兒，眼中已然落下淚來。只見館門虛掩，楣上卻有兩盞素燈籠，當下也不及細想，只當是替元春披孝，及進了院子，只見琅玕寂寞，溪水幽沉，軒窗冷落，廊廡塵生，不禁心中酸辣，氣哽喉塞，那眼淚直如雨點般灑落下來，把前襟也打濕了，一邊隨手推開門來，只見堂前帳幔如雪，香案儼然，分明佈置作靈堂模樣，案上猶供著牌位，觸目驚心，寫著「姑蘇林黛玉之靈」七個字，登時頭上打了一個焦雷，跌坐下來，便如靈魂出竅的一般，茫然不知所之。

原來那日北靜王抄檢時，聽聞瀟湘館林黛玉猝逝，心中感慨，匆匆帶人趕來時，卻見紫鵑率著眾丫鬟僕婦跪在院門前，散著頭髮，將一把剪子逼住自己喉嚨道：「我們姑娘剛剛仙去，他的遺體卻不容人打擾，倘若你們定要進來，我便死在這裏。」

北靜王見了紫鵑這樣，愈發感慨，心想有其主必有其僕，如今雖與林黛玉緣慳一面，然只看他這幾個丫鬟的言行，已可知是怎樣剛烈貞節的一個妙人兒。便不命人入內搜檢，只在院前揖了幾揖，口中念念有詞，祝禱一番。正欲去時，忽聽空中悠悠一聲長歎，念道：「爾今死去儂收葬，未卜儂身何日喪？儂今葬花人笑癡，他年葬儂知是誰？」

眾人俱是一驚，抬頭看時，才知是廊上鸚鵡學語，那水溶不禁悠然神往，心想其所養鸚哥尚且通靈至此，何況其人？又聽了「試看春殘花漸落，便是紅顏老死時。一朝春盡紅顏老，花落人亡兩不知」幾句，更是淒然欲泣，想那詩中所言，其時，其景，其情，其事，竟與眼下無一不合，豈無前因？況我進園之時，正是他魂斷之日，雖然緣慳一面，卻得以聆聽鸚鵡遺言，也便同面領詩心的一般了。他生前我雖無緣，他死後我豈能不略盡綿力，以慰芳魂，便結個再生之緣又如何？遂取了賈府的花名冊來，逕自勾掉紫鵑、春纖等一干人，那王嬤嬤與雪雁原是黛玉從南邊帶來的，自然更不消說，又命人打造了棺槨，請妙玉誦經超度，停靈數日後，即命紫鵑、雪雁扶棺南行，那妙玉亦自稱蘇州人士，欲隨船回蟠香寺修行，北靜王無不應允，便也許他扶靈南去。因此這瀟湘館竟躲過抄檢一劫，室中家俱桌椅絲毫未動，衾枕衣箱一如從前，除了紫鵑等個人所有之物，其餘都保留從前的一般，只正房明間裏多著一座香案桌幃，供著林黛玉牌位。

賈母等如今剛剛回來，各處尙未走到，兼且頭緒繁雜，一時顧不到此，竟讓寶玉走來，猛可裏一驚，便糊塗起來，心道林妹妹不是已經嫁了北靜王爲妃嗎，如何這裏卻設著他的靈位？忙揉眼再看，可不正是「姑蘇林黛玉之靈」七個字，頓時轟去魂魄，摘掉心肝，眼中癡癡流下淚來，開口結舌，便如死了一般，頭頂心像有一萬聲雷，轟隆隆滾過來，又轟隆隆滾過去，傾軋碾轉，只是「姑蘇林黛玉之靈」七個字，餘者更無知識。

也不知過了多久，麝月先尋了來，見寶玉呆呆的坐在靈前椅子上，目散神癡，涕淚縱橫，宛如泥塑木雕一般，不禁心中暗叫一聲「苦也」，忙推他呼喚時，那裏聽得見，遂驚得連哭也忘了，飛跑的去報知王夫人。一時眾人擁進來，看見這般，無不驚慌呼叫，一邊打發人去請大夫，一邊七手八腳，連椅子抬著，送至怡紅院來。賈母、王夫人等圍著亂哭亂叫，又彼此抱怨爲何竟不防備，教他熱不辣的得知了黛玉之事，如何不唬出病來。又命林之孝速去請大夫。奈何往常走動的那些太醫不是說家中有事走不開，就是乾脆閉門不見，便不大熟識的，一聽說是賈府請人，也都支吾不肯來。王夫人又氣又急，罵道：「都說醫者父母心，別的人還罷了，那鮑太醫、張太醫每常往來，一年少說也有幾百兩銀子打點，如何事到臨頭，竟肯見死不救的？」只得催著林之孝另外請去。

半日，方請了一個藥店坐堂郎中，診過，說是「因氣升痰，卒迷心竅」，要用參湯送服星香散治之。周瑞家的去尋了一回，只找見一包南星、一包木香，卻再尋不著人參。王夫人道：「舊年裏托寶姑娘換了許多，節前姨太太又送了一匣子來，想必還未用完。抄去的東西如今還一半不見一半的，凡藥房裏所用之物都堆在綴錦閣裏未清，且去那裏找找看。」周瑞家的道：

「可不是去綴錦閣裏找來著，不然也沒這些南星、木香了，委實不見人參。」王夫人又想了一回，道：「我還記得當日姨太太送來時，原是用一隻紫檀匣子裝著的，我連匣子沒動都交給賈菱收著，或者沒同那些零散藥材放在一處也未可知，你再仔細找找。」周瑞家的只得又去找了一回，果然尋見一隻紫檀匣子，忙捧著來與王夫人看。及打開時，卻只見些蘆根鬚泡，哪有半枝原參，不禁都目瞪口呆。

可巧林之孝家的走來回話，見此情形，心中早已猜到七分，嘴上卻故意道：「莫不是抄家時被那些人偷了去？」王夫人歎道：「若說是抄家時丟的，別說是幾枝參，就是珍珠瑪瑙，大宗家俱，那些人也說昧下便昧下了，又豈肯再偷樑換柱地費事？自然是咱們自家人掉了包兒的。」林之孝家的恍然道：「管藥材的是賈菱、賈菖兩位哥兒——怪道二奶奶那些日子病好了又犯，直抱怨說藥吃下去，總不見效應，原來人參都被掉換了這些個冒牌貨，那裏還有藥性？照這樣說來，林姑娘臨走前吃的那些個湯藥、人參養榮丸，豈不也都是……」說到這裏，忙又咽住。

王夫人早已垂下淚來，恨道：「賈菱、賈菖這兩個東西，例銀子比誰不多？連救命的東西也要拿來榨錢，還算是個人麼？成日家我只說不管遠的近的，一筆寫不出兩個賈字，總是一族裏的子孫，所以常肯照應著些。哪成想這些人非但不念恩情，各個憋著勁兒只管同府裏掏壞，芹小子是這樣，菖、菱兄弟兩個也是這樣。」越想越氣，欲要追究時，那些人如今都已出府另過，那裏找去？只得拿銀子令林之孝往府外頭買來。

一時照方煎出藥來，麝月同秋紋兩個左右扶著寶玉，王夫人屈一腿跪在床上，親自灌了下去，也只有小半入口，大半都流了出來。那寶玉癡癡呆呆，似睡非睡，眼淚只管一刻不停的流下來，卻不見哭聲，一時如墜冰窟，整個人冷得發起抖來，好似打擺子的情形；一時又火燒火燎，身上發出火瘡來，自己抓得破了，膿血流了一身，卻只是不噴一聲，惟滿臉痛苦扭曲之色。

賈母、王夫人見了，疼得如摘了心尖子般，痛哭不已，百般延醫求藥，內服外敷，無奈只如石投水，不見一些效應。王夫人急得只要上吊，哭道：「我恨不得索條繩兒自盡了，好過在這裏看你受苦。」周姨娘、玉釧每日左右跟隨，刻不離身，惟恐有何不測；賈母便每日在佛前求告，又四處求神起數，拆字占龜；連賈政想到一子一女俱亡，探春又越海遠嫁，眼前不過只有寶玉、賈環兩子，寶玉又是這樣，心下大爲不忍，只望他立時三刻好了，往日淘氣盡皆可恕。

原來賈政素向稟持聽天由命之心，以爲人之壽夭禍福，盡由自招，大限來時，雖然百般不願，也只好由他；到了如今，卻也關心情切，將那些《靈樞》、《素問》、《脈訣》、《金匱》等親自翻查，再三再四的與大夫斟酌藥方，又因此時藥房人已都散了去，只得親自看著人預煎湯水，每見寶玉發冷時，便命灌以生薑湯，待燙熱時，又飲以紫蘇湯，略作安靜，便加減柴胡桂姜湯等溫補。賈母、王夫人見他這般，都覺詫異，轉想至人老疼子，益發心傷。惟有趙姨娘、賈環母子見了，不免又妒意橫生，暗暗咒詛：「回回必要鬧得這樣翻天覆地的，阿彌陀佛，果真這番死了，倒也罷了。」

凡此種種，寶玉一概不聞不見，只自情思迤逗，心神俱滅，魂靈兒彷彿離了身體，輕飄飄隨著風一陣飛送，直往極高極遠處飛去。行了半日，也不知天上海上，雲裏霧裏，忽見一座高峰聳峙，山前有個洞口，寫著「遣香洞」三個大字，內間透出一股似有似無的奇香，聞之令人心醉鼻酸。那寶玉不覺進來，行經若耶之溪，款踏朱鵲之橋，耳聽清音悠遠，眼見彩蝶翩躚，不知不覺來至一個所在，只見許多女孩兒在那裏煉香，這原是他生平最精通之事，不禁上前作揖道：「姐姐們請了。些些小事，寶玉代勞如何？」眾女孩兒笑道：「你倒好心，只是這卻容不得你一個臭男人動手呢。」

寶玉聽了，頓覺自慚形穢，欲去不捨，又見那香粉殷紅如血，且香得異常，不禁問道：「請問姐姐，這是什麼香？爲何紅得這般不尋常？我聞了，倒像有些心酸似的。」那爲首的一個女子冷笑道：「你固然不知——只這覺得心酸，也算是有些知識的了。我少不得要告訴你：這原是天下癡情女兒從心底流出的一掬傷心血淚，隨日月凝結而成，自非凡間尋常脂粉可比。」寶玉聽了，忽想起一件舊事來，欲往深裏思索時，卻見那邊又有一隊女兒簪花挽柳的走來，嘻笑道：「你這小子，怎麼無緣無故又闖到這個地界來了？」

寶玉看了那些女子，似曾相識，卻又不知名姓，並不知在何處見過，不禁心下暗思：這些人並非親戚中那些閨秀闈英，更非丫鬟僕婢之輩，他們既生得這樣，倘若見過，必定不至忘記，若沒見過，如何這般面善？況且聽他們話中意思，分明我從前來過此地，即在我自己看來，也覺依稀見過，卻又一絲頭緒也無，想著，倒不解起來。

便聽那些女子紛紛笑道：「這蠢物去了下界十六年，如今越發呆了。」又有一人道：「絳珠妹子久別方回，今日輪到我的東道爲他接風，作主人的遲了倒不好，我們快走吧。」說著欲行。

寶玉聽見「絳珠」二字，忽然心有所動，忙趕上前施禮道：「姐姐們慢走，方才姐姐說的『絳珠』，似是在下一位故人，可否請予引見？」那女子笑道：「故人也罷，新人也罷，緣分既盡，見也無益。況且絳珠妹子已經說過，你若果然有念舊之心，就該好好對待新人，才不辜負他關切之情。你如今只管在這裏廝纏做什麼？」說著袖子一揚，徑轉入一座極軒敞的宮門去了。

寶玉看時，卻見門首橫書著四個大字，乃是「孽海情天」，不禁心中一動，正欲舉步再追，忽聽耳邊有人呼喚：「寶玉，醒醒。」聲音極是熟悉。睜眼看時，卻是襲人坐在對面臉對臉兒的垂淚，彷如梨花帶雨、芍藥扶風的一般，倒一時恍惚起來，不知是真是夢，只覺許多舊事翻上心頭，倒像針尖扎了一下似，不禁一把攥住襲人手腕，「哇」的放聲大哭起來。

便聽另一個女子的聲音說道：「寶玉醒了。到底是姐姐，別人的話，他再聽不進心裏去。」卻是麝月。又聽小丫頭歡天喜地的叫著「二爺醒了，二爺醒了」，一路奔出房去，想來自是通報賈母、王夫人等去的。

此時王夫人正在攏翠庵裏陪賈母念經，忽聽山門拍得雷響，只道又有禍事，忙出來時，只見小丫頭喘吁吁的告訴說：「二爺醒了。」賈母、王夫人聽了這句，只如鬼門關上放轉來的一般，喜得鼻涕眼淚一齊出來，忙返身先在佛前磕了頭，這才攙著丫頭忙忙來至怡紅院，隔窗已聽見寶玉大哭，反覺放心，都說：「好了，能哭出來就是好了。」忙忙進來，只見寶玉一行哭著，一行低頭尋鞋，只嚷著要往瀟湘館祭黛玉去，襲人、麝月正自死勸。

王夫人便也要攔著，賈母道：「不要阻他，連我也正要好好祭祭林姑娘去，不如這就叫人備了紙錢香蠟，一同哭他去。讓他盡情痛哭一哭，幸許就好了。」王夫人只得放了手，命麝月拿衣裳來換。

那寶玉病了這幾日，飲食不進，那裏還有力氣，雙腳方一落地，便見得眼前金星亂迸，耳嗚石磬，早掙出一身冷汗來，險些跌倒，襲人、麝月忙扶住了，又遞上參湯來。寶玉平素原最不喜喝參湯的，如今急於要走，便不推卻，接過碗來一氣喝盡了，直嗆得咳起來。

賈母、王夫人看著，更覺傷心。寶玉喘了一回，自覺身上有些氣力，勉強站起來要去，王夫人又想傳人取籐椅來抬著，寶玉道：「求太太容我自己走著去，才見得有誠意。況且老太太都不乘轎，我倒好抬著走的？」王夫人只得應了，命襲人、麝月左右扶著，一同來至瀟湘館中。

此時院中早已著人打掃過，落葉拾盡，門窗整潔，便不似前番那般蕭索，賈母見了黛玉牌位，撫案放聲大哭，鴛鴦忙放下椅子來，賈母便一行哭一行數落著：「我打小兒接了你來，原想著你母親去得早，我未能好好疼他，所以只望酬還在你身上，方不負了我一番疼愛女兒之心。不料連你也先我而去，臨了兒竟未能見上一面。那晚你好好的來給我請安，看著神色倒比從前好些，我只說但願趕緊大好了吧，誰知你竟是辭行來的。你生前一世聰明，臨死還是這樣明白清醒，教我那裏料想得到？待我聽丫頭說你不好了，還沒來得及去看你，便見那許多官兵衝進來，捧著皇旨立逼著叫走。可憐你一個人孤零零來，一個人孤零零去，除了你幾個丫頭，也沒人送一送。」說著又大哭起來。眾人聽著，無不落淚，寶玉更是撕心裂肺，撫今昔之懸殊，念幽冥之永隔，放開聲音大哭了一場。

原來寶玉當日在陵上夢見黛玉前來辭行時，已知黛玉必死，雖抱著一線僥倖來至京城探問，日夜奔徙，不知疲勞，只因全仗一份關切之情才可支持；及後來聽了鳳姐的謊話，又有茜雪、紅玉極力附和，不由得他不信，然而心中隱隱約約，總覺得有那裏不妥，只是一時不能想得真切；前時忽見了黛玉靈位，思前想後，早已猜得明白，心氣一鬆，竟自傻了，遂至靈魂出竅，上天入地的尋找。偏偏那離恨天太虛幻境並非別處，乃是似有實無、疑真卻假之地，惟有緣人方可入內，警幻仙子因見他塵緣未了，惟恐窺破天機，便不許他與黛玉相見。因此這一番愁苦思欲竟無處發洩，便好似千流萬壑擁在心裏，只管奔湧翻騰，卻尋不得出口，雖然眼淚滔滔的流下來，卻一聲也哭不出，又怎能不逼出那一身的火瘡來。及至毒瘡發出，又大睡了這許久，倒把心神慢慢收束，只是仍不能身心舒散，直至見了襲人——他原是與黛玉同天生日的人，又與寶玉情分不同。正是劫後重逢，難中相遇，便如同隔世再見的一般，更覺得心上刺痛，驀地一激，倒使得那萬種抑鬱頓時尋了一個出口，遂「哇」一聲大哭出來，頓時通暢，又同眾人往瀟湘館拜祭一番，身上鬆快許多，便一天天好起來。

麝月逐日煎了十全大補湯來調理，私下悄悄向襲人笑道：「他病得人不人鬼不鬼的，姐姐只來喚了一聲，倒比華陀、扁鵲的神方還見效，竟是起死回生呢。」那襲人也覺感慨，正是：

三生緣分自茲斷，一縷芳魂何處招？

看官，你道襲人如何這時候來到，這些日子又去了何處？蠢物原先也自疑惑。直至王夫人攆了襲人去慢慢問起，這才了然。原來那日抄檢，因從襲人箱中搜出一條大紅汗巾子來，兩王俱認出原是茜香國女國王進貢之物，北靜王與了琪官，琪官又與了寶玉的，不禁都是一愣，又見那襲人雖然風鬟霧鬢，形容憔悴，卻生得俏麗婀娜，眉目多情，便都心中有數，知道此鬟必是寶玉親近之婢。北靜王便有心要替寶玉保全這丫頭，生怕待到案子審落時，倘若家奴充官變賣，倒不好設法的，便藉口他病得沉重，令其兄花自芳領回家休養，趁亂輕輕發放了。

誰知忠順王明知他有這番心思，便故意要從中作梗，偏不許他如願，因看見汗巾子，便得了一個主意。次日即遣了家人往花家提親，要那花襲人嫁與蔣玉菡爲妻。

襲人聽說要把自己配戲子，急得只要去死，無奈花自芳兩口子懼怕忠順府勢力，早已暗自提防，日夜看守，百般勸慰，說道：「你看從前北靜王要聘府裏林姑娘，林姑娘不願意，索性一死絕了他這念頭。所以府上才抄了，焉知不與這件事有關呢？若是當初痛快答應了這門親，便有個山高水低，北靜王自然要設法周旋，府上或許還不至落到今天呢。你如今也要學那林姑娘的樣兒，以死抗婚，可知那忠順府財雄勢大，氣焰又高，他見你這樣，豈有不惱的，到時候更不知又做出什麼事來？你便不替我們和你未滿月的侄女兒著想，也該替牢裏的寶二爺想想——忠順王便不能把你怎樣，難道還不能爲難寶二爺嗎？到時候你一死百了，他無處發洩，必定變著方兒把氣出在二爺頭上，你就忍心在天上看著二爺受罪？到那時再悔，已經遲了。況且我們雖然知道你對二爺情深意重，畢竟還沒上頭，仍在姐兒隊裏，不然求死也有個因由，如今冒然殉節，倒說不過去，徒然落人閒話。又豈是姑娘素日的心志？」

襲人聽這話說得有理，氣苦不堪，整哭了一夜，次日也只得隨人開臉上頭，委委屈屈的上了轎，徑抬至忠順府邊上蔣玉菡住的小院裏。雖是戲子娶親，卻也有一番張羅，粗吹細打，十分熱鬧。那琪官早知襲人之名，聽說王爺要替自己娶他回來，雖覺躊躇，卻也是願意的。他原是風月中人，慣能伏低做小，比寶玉更加溫柔體貼，是夜喝過交杯酒，打發了客人，掩了門，將蠟花剪得亮亮的，揭了帳子，挑了蓋頭，看那襲人烏雲也似頭髮，桃花一般面孔，眉如新月，眼若橫波，粉香油膩，蘭麝噴襲，雖非十分姿色，也有七分人才，更兼身段玲瓏，態度嫵媚，燈下看著別有一種風流。那蔣玉菡越看越愛，不禁意蕩神馳，骨醉魂銷，遂在腰間解下一條松花汗巾子來，正是寶玉當年席間所贈，溫言軟語道：「我與府上二爺原是至交，雖然你我今日之事原是王爺作主，不能違抗，你若果真不願意，我也不強求你，寧可做個掛名夫妻，等到二爺他日出來，仍送你們團圓就是。」

襲人見了汗巾子，吃了一驚道：「那是我的東西，如何竟在你處？」琪官也詫異道：「我只說這是二爺贈與我的，所以拿給你瞧，也是見物如見人的意思，那裏想到竟是你的？」襲人便也自箱底取出大紅汗巾子來，問明正是琪官贈與寶玉之物，方知姻緣前定，莫不有因，不覺心中一動，低下頭來，又偷看琪官修眉俊眼，唇紅齒白，不在寶玉之下，若論那神情旖旎，言語和氣，竟似還勝三分，不免雪獅子向火，心意融軟起來。那琪官也自感慨，遂更加曲意俯就，軟語溫存，襲人半推半就，少不得依了。

是夜繡被濃薰，紅燭高照，燈回寶帳之春，香媷金爐之篆，交臥鴛鴦之頸，新成鶼鰈之盟，顛鸞倒鳳，毋庸絮言。及後來北靜王知道時，已是生米成炊，也只得笑著說了句「公子也太薄倖，戲子也太僥倖」，便輕輕揭過，並不放在心上。

如此過了兩月，蔣玉菡打聽得賈家案子落定，寶玉已回了大觀園，自己雖不便親來造訪，卻忙告訴他妻子知道。襲人自然歡喜，遂藉口為侄女兒過百歲，向府裏告了假，只說回哥哥家住幾日。待回至兄嫂家中，不過略寒暄數句，便挽了四樣禮物來與王夫人請安，誰知來至怡紅院中，正遇見寶玉發病，在夢中亂喊亂叫，忙上前隨著麝月呼喚，居然一喚即醒，非但王夫人等感激不盡，便他自己心中念起舊情，也覺酸楚，伏侍著寶玉吃過藥睡了，便隨王夫人往蘅蕪苑來，不免擇簡從權，將自己被逼下嫁之事說了一遍，又落下淚來。

王夫人因他如今已經出閣，身分不比從前，便視作客人一般，命他上炕來坐，又叫玉釧來見禮。襲人忙拉住了，羞道：「這可折煞我了，我身子雖出去了，這心魂卻仍像從前的一般，哪夜裏夢魂兒不回來園裏轉上幾回。如今到底親身走這一遭，太太若是疼我，就容我好好伏侍幾日，盡盡心意，便不負從前待我的情意了。」說著磕下頭去。玉釧忙扶起來。王夫人便一把抱進懷裏，哭道：「我原指望你能跟著寶玉一輩子，我就死了也放心，誰知偏又不能。你如今再說這些話，可不心疼死我？遠的不說，只說這次他病得沉重，湯水丸藥吃了幾斤下去，一絲兒效應不見，只你來看了一遭，叫了兩聲，他竟就醒了。可見你們的情分與別人不同。如今你又嫁了，他身邊再沒有個知疼知熱貼心知意的人，若下回再有個什麼高低長短，教我往那裏找你去呢？」

襲人聽了，心中更是難過，忍淚勸道：「太太吉人天相，二爺自然也會逢凶化吉的。俗話說：積善之家，必有餘慶；又說是：大難不死，必有後福。二爺的好日子還在後頭呢，我雖不能守二爺一輩子，橫豎都在京城裏住著，太太有什麼吩咐，隨便使人喚一聲，沒有不來的。況且二爺如今也大了，或者經此一番變故，倒把從前貪花愛紅的毛病兒戒了，從此收心讀書，倒是一件好事。」王夫人歎道：「若能如你說的那般，自然是好，只是你侍候他這些年，看他可是那愛讀書的人不是?從前你在他身邊時，還時常戒勸些，如今誰還跟他說這些話？」襲人羞紅了臉道：「太太只管誇獎，我倒不好意思的。如今那些小丫頭們也都大了，也都知道伏侍……」

正說著，忽見林之孝家的匆匆走來，滿面驚慌的道：「太太可知道史家的事？」王夫人吃了一驚，忙問：「史家的什麼事？」林之孝家的定了一定，方稟道：「外邊抄了邸報來，說是前番戰事失利，陣前先鋒衛若蘭失手被擒，如今生死未卜，兵馬大元帥衛廷谷上了一本，參奏兩廣總督史家老爺按兵不發，失於援救，故而致敗。如今史老爺已經革職查辦，不日便要調取回京受審了。」王夫人吃驚道：「史家與衛家是姻親，怎麼倒窩裏横的起來？」林之孝家的歎道：「從前有衛公子在的時候，兩家自是姻親；如今還沒拜堂，倒把個新郎丟了，連死活也不知道，那衛家老爺痛子心切，把史家看得殺子仇人一般，那裏還念什麼姻親呢？」

襲人一旁聽著，早已按耐不住，遂問：「可有史大姑娘的消息麼？」一語提醒了王夫人，忙道：「正是的，我倒忘了他，倒是你肯記得。」便也向林之孝家的打聽。林之孝家的道：「邸報上沒寫，不曾聽說。」王夫人著實沉吟一回，終究無法可想，又問：「老太太知道麼？」林之孝家的道：「這是林之孝剛從府外面抄來的，老太太想來還不知道。」王夫人忙道：「既這樣，就別在老太太面前提起。再教林之孝好生打聽著，看看史家幾時進京。」

林之孝家的答應了，又道：「才剛前邊住兒媳婦同秦顯家的犯舌，我把兩個都說了幾句，罰他們去掃院子。有句話要同太太說，可行不可行，還憑太太定奪：有道是『水淺魚不住』，如今家勢不比從前，白養許多閒人也是煩心，倒不如早早開發了爲是。他們若有良心呢，肯拿些銀子出來孝敬，也可解些眼前愁煩；便拿不出銀兩，好事也不白做，叫他們簽字畫押，逢年隨意孝敬，遇事仍舊叫回來使喚就是了。」王夫人道：「你說的很是，待我籌畫兩天，再做道理。」

一時林之孝家的去了，王夫人復向襲人歎道：「真是一事不了，又添一事。偏是如今用人之時，你鳳二奶奶又出去了。」襲人方才聽林之孝家的說又要裁人時，便在心中思量不已，此時想得定了，遂向王夫人道：「方才林大娘勸太太的話，固然是正經道理。只是別的人都還罷了，好歹留著麝月。若論小心伏侍，二爺房裏這些人，就只他還知道留點小心，若有他一輩子長長久久伏侍二爺，我就不在這裏，也沒什麼記掛，只好像在的一樣了。」說著，又不禁哽咽。

王夫人也是滿臉淚痕，一疊聲兒道：「好孩子，寶玉無福，所以才不得你伏侍他一輩子。麝月那丫頭我看著也好，既是你也這般說了，那裏還有錯？我只是捨不得你。」

襲人垂淚勸道：「我去了，自然另有好的。況且我縱伏侍得好，畢竟是個丫鬟，沒什麼見識，不比寶姑娘的端重識大體。二爺與寶姑娘的婚事是早已定下的，不如早早將寶姑娘娶過門來，太太豈不多個臂膀？再則二爺成了親，有寶姑娘管束照看，也不至再像從前那般胡鬧。」

王夫人深以爲然，不禁點頭道：「你說的何嘗不是？真真說到我心裏去了。只是眼前剛搬進來，幾十件大事未理，暫還說不到那裏去呢。」又命玉釧拿了一個塡漆戧金龍鳳呈祥的銀錠匣子來，說，「你出嫁時，我不得安靜，也沒什麼妝奩陪送你。今日聽說你來，才備了這點東西，別嫌簡薄。」

襲人聽見，忙又跪下磕頭道：「太太這麼說，是折殺我了。我在園子裏時，太太拿我當親生女孩兒一般疼愛，如今是我辜負太太，殺身也難報還的，怎麼倒好要太太的陪送？還請太太收回去，便是疼我了。」說著又哭起來。

王夫人拉起來道：「大事當前，連我們也不得自主，又那裏由得了你呢？如今我家鬧成這樣兒，也沒剩下多少好東西，不過是個心意罷了。既給了你，斷沒收回之禮。」玉釧也在一旁說：「太太賞你的，你便拿著吧。連我們也有東西送給姐姐添妝呢。姐姐不收了太太的，我們的可怎麼拿出手來呢？」

襲人只得收了，打開來看時，見是一枝鳳回頭的赤金點翠簪子，一個小小金九連環，另有一對石榴桃子的嵌寶金耳環，並一對羊脂玉鐲子，身不由己，忙又磕了一個頭，方起來。玉釧、繡鳳等都在一旁道喜，又出來叫進眾丫鬟來，果然都有奉贈，或是幾件釵環，或是半個尺頭，或是繡的領面兒，或是紮的挽袖兒，甚或汗巾、膝褲之類，不過各人心意而已。

此後襲人每日早來晚走，倒著實伏侍了寶玉兩日，算計時間，已是出府三四天了，明日必得回去，更不知這次去了，何時才能重見，一邊整理衣服，一邊便將手背去擦眼睛。寶玉見了，也覺心中難過，欲要說幾句貼心話兒，爲他已是人家人，又不好多說的，忽見襲人回頭問他：「你辮子鬆了，不如我幫你梳了再去吧。」正欲推辭時，轉見他滿眼盼望之情，忙點頭允了，自己走過來在鏡前坐定。襲人便站在背後，扶了他頭，拆開髮辮，用熱手巾在鬢上熨了一熨，將梳篦來慢慢的梳通了，又蘸著木樨水刷得溜光水滑，沒有一根鬆的，方一路一路的編起來。那眼淚早止不住，一滴滴落下來。

寶玉在鏡子裏看見，也覺心酸，又見襲人盤了頭髮，戴了髻子，頭上簪著燕尾，額上貼著翠翹，鬢邊又斜插了一枝狀元及第的點藍金步搖，打扮與往日不同，更覺得今昔天壤，也不好說什麼，惟點頭讚歎而已。反是襲人恐他傷心難過，又悶出病來，故意做出歡喜樣子來，引他說些風花雪月等事，直至日色西沉，蛩聲初唱，方才告辭去了。欲知後事，且看下回。

第十三回

王夫人愁妝謝熙鳳
賈寶玉對境悼顰兒

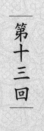

說寶玉一日好似一日，王夫人漸漸放下心來，便與賈政說了遣散家僕的主意。賈政自無不允，猶道：「如今不比從前，正該開源節流。」過了幾日，即於薔薇院召集男女僕婦，說了准其贖身的話，有願意出去的，孝敬一千也好，五百也好，都分別作價發放了；有那實在拿不出的，也只好含糊些，又有那些寧願不要月例銀子留下伏侍的，也都好語相勸，令他們各自去了；管家中只留下吳新登、戴良兩家，原一個是銀房的總領，一個是倉上的頭目，最知道賬目底細的，便仍舊照管田上租子、出入賬目等事；另有廚房、轎馬房裏的人各留了幾個，至於茶房、藥房、針線上的便都一應打發了；又因園裏花木香料、稻米菱藕從前分了各人看管，便仍舊留下祝、田、葉這幾個老媽媽，雖不添加報效銀兩，卻另外加了打掃、買辦、以及輪班看守門戶等雜務，也都沒有話說的。

賈母便留下鴛鴦，王夫人留了玉釧，李紈留了素雲，寶玉房中，便果然只留了麝月一個，其餘都打發出去了。秋紋、綺霰、碧痕等哭得死去活來，麝月勸了這個，勸不得那個，一回頭看見檀雲梳著對雙丫髻，獨自倚著窗，只管打起簾子往外看，倒覺詫異。秋紋便也看見了，問他：「莫不是你閑望一回，就不用走了不成？」檀雲這才回首笑道：「莫不是你們哭一會子，就不用走了不成？橫豎都是要走的，好離好散的不好？依我說，我們走的人只當不能再在這個地方享福了，所以傷心；豈不知這地方原不比從前，留下來的才是難過呢，倒不如趁著好時候散了，不用等到將來花殘葉落的時候才更難過，從前晴雯、芳官、春燕兒他們，願意不願意，還不是一樣要走，連襲人姐姐尚且都走了，何況咱們？倒是麝月，從今怡紅院多少事情，都要他一個擔待，我想想便替他不值，咱們不說好好勸勸，倒要他苦心勸我們，豈不沒人心？」

麝月聽這話正撞在心坎兒上，不由拉住檀雲手道：「好妹子，何嘗不是你說的這樣！你們這番回去，投奔自己老子娘，從此一身一體都是自己的了，有什麼好哭的？不比我，從小沒爹，去年又死了娘，所親的惟有你們幾個，雖不是一母所生，在我眼裏，卻看得比嫡親的姐妹還親呢，如今一旦散了，只留我一個，豈不孤單。」說著，撒開手大哭起來。眾人益發哭了，又彼此拔頭釵、擄手串的互贈表記。寶玉一旁看著，也覺難過，卻不似從前那般傷慟，只淡淡說：「檀雲說得是。天下原無不散的筵席，焉知你們離了這裏，沒有更好的去處呢？」

遂出來外書房。茗煙、掃紅、鋤藥等早又都等在那裏，七手八腳，抱著寶玉再三不肯去，一個說「我與爺從小一同長大，最明白爺的心事，我若走了，爺煩惱時，誰來開解勸慰？」一個又說「我去了，爺再遭人欺負時，可怎麼樣呢？」寶玉也都好言勸散了，那茗煙一步三回頭，蹭到門上時，復又放聲大哭起來，一路甩頭搗胸哭出門去了。寶玉心下頗覺不忍，忽想起一件舊事來，便又找了賈芸來商議，托他打聽寧府變賣丫頭裏可有個叫萬兒的，若有時，千萬贖了來，好送與茗煙成親。賈芸聽了，低頭思忖，頗覺為難。

原來那賈赦與賈珍兩府裏都素以豔姬美妾眾多聞名，市人聽說府裏賣丫鬟，無不擁來觀看。有那些閑漢潑皮專以打聽王侯公府細事的，最能認得各派子孫頭臉，倘是賈芸前去贖買時，勢必惹人議論，說賈家的丫頭仍是賈家的人買走了，倒不好。左思右想，便又轉托了醉金剛倪二。倪二起先不願意，說是：「我一個大老爺們兒，好賴有些名聲在外，打架鬧事就有我的份兒，若說買丫頭，太也教人笑話。」賈芸只得又說出寶玉來，倪二倒歡喜起來，笑道：「這個寶二爺倒也重情重義，對下人也這麼著，可見不錯。我倪二能為他老人家效勞，也不枉做了好漢。」果然打聽清楚有個萬兒在裏頭，便向官媒手中買了來。

寶玉便叫了茗煙來，當面將萬兒賞與，令他兩口兒各自過活，又勸他：「橫豎你娘仍在院裏伏侍，你家又近，得便兒常來園中走動，只當看你娘的一般。」茗煙哽哽咽咽，只得磕頭去了。

分派已定，各房打掃庭院，添減家俱，遂將大觀園重新收整出來。雖然一應排場遠不能與從前相比，卻也是三餐一宿，幾十口人的吃穿用度。賈母、王夫人每日俱是藥不離身，大夫早晚看診，亦是一筆不小支出。況且如今府裏無了鳳姐、賈璉這般人才爲之內外權度，量入爲出，更見支絀。說是本房財物不令入官，然而發還之物，卻較先所有短了許多，賈政明知是抄檢官瞞情自取，並無登記上報，哪敢聲張，也只得忍了啞虧。幸好王子騰、薛姨媽兩處不時前來探問，但見短缺，便幫襯添補些；接著許多京城戚舊看看事情將冷，也都若有若無的重新聯繫起來。賈政送往迎來，著實忙了幾日，又上本請了長假，每日不必上朝，只在家中看書，或撫花蒔竹，或逗鳥釣魚，倒做起一個隱翁來了。

王夫人、李紈等原不是那一味耽於安逸的人，自能隨遇而安。惟有那趙姨娘母子於大觀園久有豔羡之心，如今好不容易掙了進來，正指望大展拳腳，也享受一番金奴銀婢攀花折柳的揮豁，誰知賈政辭了官，從此少了這項俸銀，府裏有出無進，未免拮据；王夫人又興起這個裁減僕傭的法兒來，每院中只許留一個老媽媽看守，一個丫頭伏侍，其餘一概都教放出府去。那趙姨娘大失所望，嘀嘀咕咕，先把自己氣了個半死，原想破著臉大鬧一場，及打聽賈母身邊也只留了一個鴛鴦伏侍，連琥珀、玻璃也都放了，不好發作，只得獨自思索一回，遂留下小鵲兒來。

偏小鵲兒又不願意，說父母要替他贖身出去，趙姨娘氣得無可不可，罵道：「沒良心的小蹄子，不識抬舉的下流胚，管你出去餓死凍死，那時候才知道厲害呢。」只得另留下小吉祥兒來，又走來向賈政討彩雲與賈環收房。賈政道：「你以為還是從前麼，不等娶親，先把兩個丫鬟收房。如今寶玉和環兒正經娶親的銀子還不知指著哪項出呢，理會這沒要緊的事？況且彩雲是太太的丫鬟，如今已經發話放出府去了，難道又重新收回來的不成？」罵得趙姨娘不敢再說，回房來嘟著嘴生氣，指天戟地，喃喃咒罵。

賈環見了他母親這樣，問明原因，笑道：「我並不要同彩雲如何，這原是你多事，才碰了這場釘子。如今府裏丫鬟雖少，卻都敬我是頭號主子，想揀哪個不行？不比從前園子裏人雖多，各個揀高枝兒孵上水的不把我放在眼裏，原為彩雲是個有眼光的，不免高看一眼。如今是他自己走了，並不是我不念舊情，何必又追回來。難道除了他，便沒更好的麼？」

原來這賈環從前見寶玉、賈蘭兩個都在園中居住，惟獨自己連進園子好好遊覽一回也難，心中每每懷恨。如今家業雖敗，倒使他遂了素志，得以搬進園中來，竟喜得過年一般，不像是剛經了抄家奪襲，倒反似得了封誥提拔，每日裏樂得合不攏嘴，又想著這番恩賞都賴親姐姐賈探春和番得來，更覺理直氣壯，居功甚偉，雖在賈政、王夫人面前還努力按耐，不好太過招搖，見了別人，卻是耀武揚威，直以國舅爺自居起來，便連寶玉也不放在眼裏。妙在如今賈母不大理事，賈璉、鳳姐又不在府中，那寶玉原本有些癡病，自聽說了黛玉死訊，更是失魂落魄，茶飯無心，鳥啼花落，觸處悲傷，便跟傻子一般，那裏還顧及其他。因此通府裏竟沒有可管束他的人。

那賈環便任意揮豁起來，每日裏吆五喝六，又認識了許多三教九流的好朋友，賭錢酗酒，無所不至，更往行院裏走動得頻繁。那些粉頭們見他服禦奢華，用錢揮霍，都來巴結。賈環又是未經歷過的，略見了些庸脂俗粉，虛情假意，就看作溫柔鄉勾魂使的一般，留連忘返，反覺得家中這些鬟婢言語無趣不解風情的起來，因此彩雲去了，他非但不覺留戀，反而正中下懷，免得糾纏。又見從前府中管事的爺們如賴大、林之孝等都出府養老去了，只留下戴良與吳新登兩家，便心生一計，在酒樓裏包了房間，叫了一桌上等席面，請下吳新登同戴良兩個來，殷勤款待，說：「兩府裏出了這樣大事，只有咱們這一房非但紋絲未動，我姐姐且還做了公主，皇上、皇后親自送嫁上船，滿朝文武都來觀禮，我這御弟可是假的？從前人人都巴結璉二哥、璉二嫂子，如今又怎麼樣呢？到底不是府裏的正經主子，況且又做下那些見不得人的醜事，留下一攤子爛賬來，到底攆出去了。可見這一房裏的事情，總還要這一房裏的人作主，偌大家私，終究是我環三爺的，便提前使用些，也不爲過。從前璉二哥管賬時，你們那些流水手腳，做花賬，哪一樣瞞得過我？只不過『不在其位，不謀其政』罷了。如今府裏沒了管事的人，我少不得要操起心來，從此這帳房上的事，須得跟我商議著來。將來少不了你兩個的好處。」

吳新登與戴良兩個聽了這番狗屁不通的說話，直打肚子裏笑出來。原來他兩個見賈府遣散家人，便擠眉作眼，哭出一缸的眼淚來表白，抵死不肯去，面兒上說是感念主子恩德，其實是覷著賴大、林之孝這些人都去了，明欺賈政不擅家務，便打了一個中飽私囊的主意。只爲顧著表面的文章，還不敢太放手去做，如今既有賈環這樣一個現成草包送上門來，哪能不喜？樂得要一奉十，再自得一半，即便事後洩露，也都可推在賈環身上，遂都說：「三爺怎麼說，咱們就怎麼做，只是若出了紕漏，咱們可是擔待不起的，那時還要三爺挺身而出。」

賈環聽見他們一口一個「三爺」，樂得飛飛的，滿口裏說：「那是自然，哪有要你們承擔的道理？一切有我呢。」吳新登與戴良心中暗喜，更加百般奉承，哄他高興，由得賈環在外面胡作非爲，毫不勸阻，反而火上澆油，慫恿著他賭錢吃酒，無所不爲。自古以來這花錢的本事是不用學的，從前府裏情形雖好，爲的是銀子落不到手上來，那賈環不免還要自己約束些，如今既然予取予求，便任意大手大腳起來，白日裏呼盧喝雉，夜間偎翠依紅，不上幾月，倒用去近千兩銀子，便覺窘縮起來，又欠了許多賭賬。那些光棍無賴便又教唆他：「何必定要現成銀子，你們家那許多田地房產，閑著也是白閑著，隨便拿幾張地契出來抵押，不都一樣是錢？倘若翻過本兒來，再悄悄贖了放回去，人不知鬼不覺，何等爽利穩妥？」

原來家產發還後，因賈璉、熙鳳出去，一應田地房契俱收在賈政手上，都鎖在箱子裏不曾檢點。如今園裏人口稀少，疏於防範，那賈環又每日出入隨意，不難得手，遂偷了許多田畝地契出來，或押或當，換了銀子朝賭夜嫖，供其揮霍。他又是個輸不起的，贏了固然還想再贏，越輸反越要賭，於是滾雪球般，出多進少，悄沒聲息地早把一房產業輸了十之四五，眾人那裏知道。

賈政從前一向不問家務，如今無可推託，雖然少不得過問著些，卻是帳房怎麼說便怎麼是，如何辨得出真假，只覺得米珠薪桂，樣樣都是銀子，心下十分躊躇，不禁起了張秀鷹秋風蓴鱸之思，閒時與王夫人議論：「古語有云：『君子之澤，五世而斬。』我家自寧榮二公掙下偌大家業至今，歷經代字輩、文字輩、玉字輩、草字輩，到蘭兒剛好五代。經過前番變故，我如今已將世事看淡，無意功名。況且這京城裏，人情是薄的，物價是貴的，像如今這般坐吃山空，能捱得幾時？只爲老太太年邁，不敢勞動，才不得不在這裏強撐。我如今已想得停當，只等老太太百年，就要回南邊老宅去，好歹還有幾畝薄田可以收租。粗茶淡飯，倒容易打發殘生的。」

王夫人自無異議，卻又兜起一件心事來，因道：「老爺怎麼說怎麼好，只是寶玉的大事未了，總是一件心思。況且這次托賴祖宗餘蔭，全家死裏逃生，老太太雖然精神還好，身體卻已經倒下來，不是我多慮，怕只怕一時半刻不好了，寶玉總要再守三年的孝，那時豈不把寶丫頭耽誤了？況且娘娘原有旨意要他九月裏成親的，倘若我們仍在陵上回不來時，只得也罷了；如今既雨過天晴，不如趕緊把這件大事操辦起來，我從此也多個臂膀，不至這般吃力。」

賈政也感於寶釵難中不離不棄之情，聞言甚覺有理，即便命人叫了寶玉來，與他說知。寶玉聽了，心中百般不願意，卻不好明言的，只支支吾吾的道：「大姐姐、二姐姐去世未久，身上有孝，不便娶親。」

王夫人道：「你又胡說了，姐姐是嫁出門的女兒，又和你是平輩，要你守的什麼孝？況且『金玉良姻』是娘娘親筆手書，九月初九的也是娘娘擇定的日子，如今娘娘歿了，更該遵旨成婚，才不辜負了娘娘拳拳之心。只要不事鋪張也就是了。」賈政也道：「勞碌半世，我如今才知道功名皆似浮雲，性命亦如朝露，若非皇恩浩蕩，只怕此番便要瘐死囹圄之中了。既逃得性命出來，何敢再有富貴之思？我知道你懶怠讀書，不思上進，如今也並不指望你光宗耀祖，蔭妻封子，只要能看著你早日成家，開枝散葉，我與你母親便也安心，辦過了你這件事，我們便要歸老還鄉，依附祖塚去了。你於國不能有功，於家總該盡孝，若連這個也不能答應，卻生你來世上做什麼？」

寶玉聽父親這番話慈中帶淚，說得十分慘切，與素日教導嚴訓之詞不同，頗爲辛酸，低頭無語。王夫人見他這樣，知道心中已是活動，因哭道：「我活了五十幾歲，統共生了三個兒女，珠兒是那樣，你大姐姐又是這樣，我恨不得自己死了去替他兩個，又不能；如今只剩下你一個，再沒什麼可指望的，就只想看著你成家立室，頂門立戶，我心裏一開，說不定病也好些；你若不肯遂我的心，是教我死也闔不上眼了。」說著便哭起來。唬得寶玉只得跪下稟道：「婚姻大事，自當憑父母作主，況且娘娘有旨在先，母親說怎麼樣就是怎麼樣，孩兒無不遵從。」

王夫人聽他願意了，心中大喜，即便要辦置催妝禮，欲要找人商議時，想起鳳姐如今不在身邊，頓覺捨手；若與李紈商議，他又不擅這些，況且是個寡婦，不禁益發盼著寶釵早日進門，自己好有臂助的。正合計時，忽聞外面報了一聲：「二奶奶來了。」不禁大喜，忙命快請。便見王熙鳳淡妝素服的進來，見了王夫人，先矮身請了安，眼圈兒早紅上來。王夫人忙拉他在身邊坐下，問他今日做什麼來的，怎麼不見巧姐兒。鳳姐笑道：「姑媽那邊薛老二要娶我們那邊邢姑娘過門兒，已經擇定下月初二就是好日子，我特意討了這個差使，來給老太太、太太送帖子的。方才老太太留下巧姐兒在那邊說話，等下再過來與太太磕頭。」

王夫人便知道他已給賈母請過安來的，點頭笑道：「老太太經過這一番變故，性情喜好都變了許多，惟獨這疼愛女孩兒的偏好不改，倒是該讓巧姐兒閒時常過來走走，陪老太太說說話兒，老人家心一開，說不定身子也好些。」鳳姐也笑道：「可不正是太太說的這樣？老太太已留下巧姐兒教多住幾日了。」王夫人點了點頭，又道：「你姑媽那邊琴姑娘剛出嫁，又要娶邢姑娘進門，倒是雙喜臨門。如今我要再添上一喜，正愁無人商議，倒是你來得巧。」因將為催妝禮做難的事說了一遍。鳳姐笑道：「這有何難？我知道太太的意思，唯恐禮單薄了，面子上不好看，厚了，如今又拿不出，況且也不知道多厚才算是厚。我現有一個絕好的主意：他們前日才往我們那邊送了邢姑娘的催妝禮來，禮單還是我接的，如今就照樣兒略添一兩件，也不至太薄，也不至太厚，太太以爲如何？」王夫人大喜，點頭歎道：「到底是你，再傷腦筋的事，也三兩下便料理得停停當當，如今到那裏再找這樣一個臂膀呢？」

鳳姐原爲自己私賣甄家古董、放利盤剝等事深覺悔愧，只當賈母、王夫人等定然滿心埋怨，豈料後來賈母從陵上回來，頭一件事就是拿銀子叫賈璉贖自己出來，又分了那些體己與長房人口安身，且連半句責備的話也無，不但在婆婆、丈夫跟前替自己全了面子，更當眾使人知道老太太從前對自己的疼愛竟絲毫不減，教婆婆少不得看在銀錢份上，不好與自己爲難；如今王夫人又滿口誇讚自己能幹，並不提從前之事，更覺愧不可當，滿面緋紅。當下盡心盡意，與王夫人商議著立了一份禮單，命人寫了，即刻出去置辦，又商議請客諸事。因元妃新喪未久，不好太過張揚，隆重其事，況且也無力承擔，既辦得來時，亦未必還有那許多王公貴戚肯賞臉前來，因此不得不都因陋就簡，意思些罷了。

一時議得定了，王夫人撫今思昔，不免又傷起心來，歎道：「從前我嫁進府裏時，帶著十二個陪嫁丫鬟，幾十隻嫁妝箱子過門來，擺酒慶賀，足熱鬧了半個月有餘；便是你來的時節，雖然府上已不如從前那般鼎盛，也還是敲鑼打鼓，連日設宴，上自王公大臣，下至皇商富賈，哪個不削尖了腦袋求一張請客帖子，好借機與咱們家親近的。如今那裏還論得到這些？不過略備薄酒，應個虛禮兒罷了。」

這話觸在鳳姐心坎上，不由也陪著歎了幾聲，又勉強安慰了幾句，因說起家人變賣之事，歎道：「前些時候兩府家人在菜市口變賣，我聽說珍大嫂子買了銀蝶回去，便也想買回平兒來。無奈我婆婆說嫣紅、翠雲是老爺跟前的人，平兒、秋桐是二爺跟前的人，如今老爺的妾侍也都說賣便賣了，沒錢去買；二爺的丫頭便有錢去買，讓親戚看著不像，倒像是藏著多少家私沒露底的一般，只是不許。我急得無法，又找哥哥商議，讓他先接平兒回家住幾日，過後再做商量。哪想他非但不幫忙，還說了許多不鹹不淡的嘔心話，也不好與太太學。倒是從前園子廚房裏柳家的，前些日子贖身出去了，念著那年平兒替他們出頭洗冤的情分，倒肯出錢出力的奔走，同一個南邊來的磁器商人借了錢贖下平兒來，又約我出來悄悄見了一面。我問他還是在柳家多住些日子看看風聲呢，還是這就跟我回去，當面鼓對面鑼的同太太和二爺說明了。平兒倒哭起來，說原打算一輩子跟著我，伏侍到底的，只是早對二爺寒了心，又怕大太太不容他，那磁器商人所以肯贖他，原是想娶了他回去做塡房，家底也頗寬裕，年紀也相當，爲人也還老實穩重，前年才死了老婆，家中並無其他姬妾。我聽著，倒覺得比跟著璉兒好，只是想想我們主僕一場，原以爲一世不分開的，如今連他也離了我，倒覺得不捨。」說著滴下淚來。

王夫人也覺歎息，又見鳳姐面有煙火之色，一雙手也粗糙不比從前，明知邢夫人生性慳吝，未必肯拿出梯己來添補家用，便猜到鳳姐落勢，一概灑掃炊煮之事皆須親力親爲，想必吃了許多苦楚，心下十分憐惜，卻不好細問，歎道：「我素來說平兒是個有心計的，這也不可全怪他。別說你婆婆不許你贖他，就是他自己花錢贖身出來，你婆婆也未必容得下他，正爲著抄家的事不平，在你身上不好怎樣，還不找平兒出氣麼？這也難怪他要替自己打算，捨了璉兒另尋出路。只是王仁竟這樣壞了腸子的，真真教我生氣。」又議論了一回史家的官司，正說及衛若蘭生死未卜、史湘雲婚事蹉跎一節，忽見鴛鴦走來，問今天的晚飯放在那裏。

王夫人方在沉吟，鳳姐已作主意道：「老太太和太太都喜歡吃齋，倘如我們另置一處，老太太又不得同吃了。不如就在攏翠庵裏陪老太太吃齋倒好。」王夫人笑著點頭，鴛鴦也笑道：

「二奶奶許久不見，聽說前些時候又病了一場，精神倒是一點不減，還是這麼周到體人意。」說著去了。王夫人又與鳳姐說了一會兒話，便攜手往攏翠庵來，又將禮單與賈母看過，說了鳳姐的主意。賈母點頭贊許，聽見寶玉不曾胡鬧，十分歡喜。

自這日起，王夫人便著手兢兢業業籌備婚事，雖然忙不可支，身子反倒比從前好起來，賈政看了，頗覺欣慰。鳳姐每日早來晚走，幫著打點酬備，這日因教裁縫來與寶玉量身試衣裳，見寶玉雖然形容比前清減許多，換了新衣，便覺容光煥發，因笑道：「好個俊俏的新郎倌兒，真個鳳凰一般。」

寶玉三兩下扯脫衣裳來，仍交與裁縫，向鳳姐抱怨道：「姐姐騙得我好苦，那天怎麼竟同我說林妹妹嫁給北靜王了呢？」鳳姐笑道：「此一時，彼一時。那時候在獄裏，我若實話實說，倘若你也像前番那般發起病來，難道獄神廟裏也有大夫醫藥的？你如今眼看就要成親的人了，等娶了寶姑娘進門，可不好再口口聲聲只管念叨你林妹妹了。教寶姑娘聽見，豈不難堪？」寶玉點頭答應，又央道：「好姐姐，你如今仔細說給我，林妹妹去之前，到底是什麼情形兒？可留過什麼話兒沒有？說過這回，我從今再不提了。可好？」

鳳姐無法，少不得細細告訴他：「那日在灑淚亭迎靈，我因身子不好，便沒跟去孝慈。在房裏養了兩日，那天早晨起來，給老太太請了安，還特意往園裏去看過你林妹妹的。他剛吃過百花粥，精神倒比前些日子好些，還坐在窗下教鸚哥念詩呢。誰知到了晚上，他的丫頭雪雁忽然飛跑的來說，姑娘剛才出園來給老祖宗請安，路經蓼汀花漵時，看見芍藥、木槿落了一地，便說要收拾花兒，打發丫頭回去取家什來。等丫頭取了來時，便看見他閉著眼躺在東北畸角上一棵大桃樹下，幾不曾被落花埋了，忙一邊著人送回房去，一邊就來通報。老太太聽了，唬的了不得，便要進園去看，我正扶著往外走時，那些抄家的官兒已經到了。抄到一半，便聽見裏邊哭起來，說是瀟湘館死了人，詳情是怎樣，竟連我也沒能看見。若要問時，怕只有他兩個丫鬟紫鵑、雪雁才知道，偏又沉了船——這還是你哥哥打聽來的，說是北靜王派了船送林姑娘的靈回南，誰知行到一半，路經瓜州時，忽的一陣風浪大作，竟將船打沉了，非但妙玉、紫鵑、雪雁這些人都失了蹤，便連林姑娘的棺槨重新打撈上來，裏面也已經空了。還有件更奇的笑話兒呢——說那北靜王來府裏抄檢時，不知怎的看上了你林妹妹的鸚哥，竟派人取了去帶進自己府裏養活，誰知道那鸚哥自離了瀟湘館，也不吃喝了，也不說話了，進府沒三天就死了。人家都說，林姑娘一世聰明，連養的鸚哥也這樣，只怕你妹妹是成了仙了，那鸚哥得他教誨，早通了靈性，因此也到仙界裏陪他去了，也未可知。」

原來那王熙鳳知道寶玉素來喜聞這些奇詭逸豔的不經之談，便故意說些黛玉羽化成仙、鸚鵡通靈殉主的傳聞哄他喜歡。果然寶玉聽了，口中念念有詞，點頭讚歎感慨不絕，鳳姐遂趁機抽身去了，不提。

轉眼到了九月，吉日將近，賈府送了催妝禮去，薛家便早早準備起來，隔日送了妝奩禮單來，寫著：紫檀雕花架几床一張、大紅緞繡金百子帳一架、花梨木事事如意月圓桌一對、花梨木書格一對、楠木雕花炕案二對、楠木雕花大櫃二對；朱漆雕龍鳳箱子二十只、朱漆雕龍鳳匣子二十件；金福壽雙喜執壺酹盤一對、金海棠花福壽大茶盤一對、金如意茶盤一對、金福壽碗蓋一對；金抿頭缸、金牙筋、金羹匙、金漱口盂、金洗手盆各一對；另有四季衣裳、各色尺頭、花巾二十七箱。

眾人此時都擠在曉翠堂上看那灑金帖子，趙姨娘先就咋舌道：「好多的金子！薛家原來還藏著許多家私，這般折騰都沒擄下他的勢來，嫁妝單子還是這樣排場。」賈政蹙眉道：「若在從前，也還不算什麼，只是如今他家那裏還有力量籌辦這些東西，兩家原是至親，盡知道底細的，便簡略些，咱們也不至挑剔，這又何必如此奢華？」

王夫人歎道：「人家竭盡了力氣辦這一份妝奩，自是指望姑娘到了婆家，能抬起頭來做人，公婆妯娌看待他額外尊重些，丈夫知疼知熱，知道體貼，咱們倒不要辜負了他們這片心。」一邊說話，一邊瞅著寶玉。寶玉忙低了頭，眾人都笑了。賈母便又叮囑了寶玉許多話，也唯有諾諾答應而已。李紈是寡婦，這些事不好插手的，只坐在一旁含笑不語。

到了初九正日子，賈寶玉一大早起來，並不驚動麝月，先悄悄換了一身素服，躡手躡腳的出門，東方初白，月落參橫，星痕滿天。其時正值雁秋時節，園中梧桐落盡，紅稀綠瘦，幸而正值菊花盛開，那寶玉沿途採擷，每見了便隨手摘幾朵，滿滿抱了一懷。及上了沁芳橋，看見橋下枯荷敗梗，浮萍滿塘，忽想起黛玉從前所說最不喜李商隱的詩，獨愛他「留得殘荷聽雨聲」的話來，不禁向著水裏點頭歎道：「原來我就是那詩裏說的殘荷了。從前伴著大觀園姐姐妹妹一同遊船賞荷，何等快活自在；如今只留下我一個，又何等淒涼？妹妹冰為肌骨，玉為精神，今一旦香消雲散，卻又留下我這殘荷零葉何用？」癡癡的看了一回，歎了數聲，方下了橋，一路來至瀟湘館中。

推門進來，但見寒煙漠漠，落葉蕭蕭，一派荒涼景象。那寶玉眼中早又滴下淚來，因先將菊花供在靈前，燃香點燭，拜了幾拜，卻並不祝告，逕自打簾子進來房中，笑道：「妹妹近來身子可大好了？」說著，便回身往軒窗前黛玉常坐的椅子上坐下，仍對著床含笑問道：「這兩日我沒來瞧你，妹妹可曾惱我？」

驀的一陣風來，床上帳幔微微搖漾，抓帳金鉤細碎作響，寶玉淚如雨下，仍然笑道：「我知道妹妹必不會真心惱我。雖然妹妹拋捨得我好苦，我卻一日不曾忘記妹妹，只爲他們看管得嚴謹，不得常常過來。明兒寶姐姐過了門，更又不得功夫，所以特來辭妹妹一聲，等忙過了這幾日，再來與妹妹添香。」說著向桌上尋著一隻玻璃手燈，點起，便走來床邊照了一照，又說：「妹妹這牆上的畫兒舊了，不如我替妹妹換一幅吧。」放下燈，將帳子理了一理，又走去妝台前向著鏡中說道：「妹妹的胭脂該用完了，也等我改日替你重製一盒來，那街上買的如何用得？」又向案上青花筆缸裏選了一枝竹節玉管毛筆來，歎道：「我聽說紫鵑走時，將妹妹從前的詩稿盡行帶了去，竟不留與我作念。只是妹妹的清詞麗句，我又何嘗忘記？都如刻在心上的一樣，便此時盡行默出來也不是難事。妹妹淹通經史，詩才峭拔，論理當將詩稿整理出來，刊印傳世才對。惟我想起從前一時孟浪，唐突閨閣，竟致惹出大禍，如今悔不當初，那裏還敢放肆？」說到這裏，想起種種變故皆因自己將黛玉筆墨傳出所致，正是懷璧其罪，惟禍自招。只覺心上一撞，又悔又痛，不禁放聲大哭起來，又研開筆墨，鋪紙濡毫，做了兩副輓聯道：

琅玕失翠，竹林往事都成夢；紅豆成塵，薤露哀歌不忍聽。

心堅訂三生，有約白頭空負我；緣淺慳一面，無情黃土竟埋卿。

書畢，正欲再作一首古風長歌當哭時，忽聞半空裏悠悠一聲歎道：「趕你回來，我死了也罷了。」正是黛玉的聲氣。寶玉悚然抬頭，望空叫道：「妹妹，可是你來看我？」卻聽見一陣風聲，拂窗去了。

寶玉心神搖盪，忙忙追出門來，舉目望時，只見雲裏霧裏，一個女子穿著淡青衣裳，正分花拂柳而來，不由喜極泣道：「妹妹，你到底來了。」欲知後事，且看下回。

第十四回

金女玉郎親上作親
虛名假誥夢中說夢

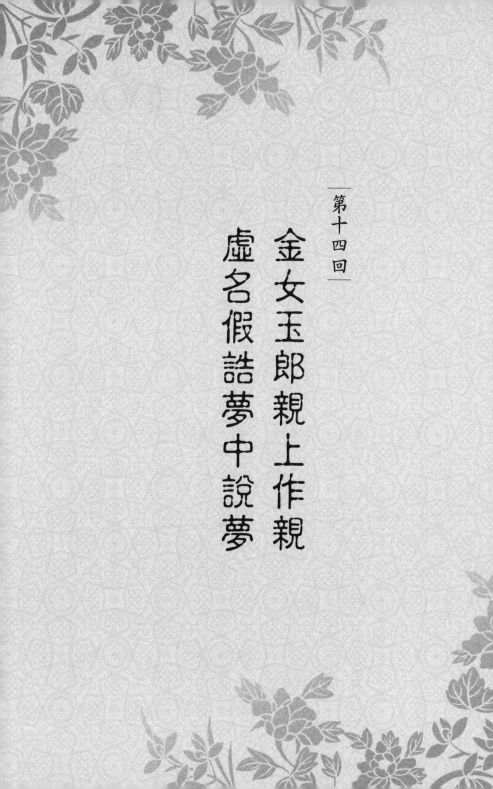

話說這日正是二寶成婚的正日子，寶玉一早起來，先往瀟湘館哭了一回黛玉，正椎心泣血，傷心不已，忽見晨霧中一個女子分花拂柳而來，卻是麝月，見了寶玉，將手一拍道：「我那裏沒尋著，一個園子找了有大半個，誰知竟來了這裏。還不趕緊隨我回去換衣裳呢，太太們都在等著呢。」忙扯了寶玉回房，寶玉猶呆呆的。王夫人、鳳姐等都早已等在那裏，見他一身素服，又驚又疑，催促道：「可算來了，再不出門，就誤了吉時了。」也顧不得責問他去了那裏，忙忙的幫他換過衣裳，身披紅綢，帽插金花，送上馬，且往薛家迎親。

薛蝌早早率了人在門首等候，誰知眼看吉時就要到了，還不見賈府人影，正急得火燎眉毛，遠遠看見一隊人馬，喜道：「來了，來了。」忙迎上前見過禮，放了鞭炮，奏起鼓樂，拉著寶玉進門。薛姨媽正端坐在房裏等新郎來謝妝，看見寶玉帽插金花、身穿補服的進來，欲說話時，倒先滾下兩行熱淚來，不等行禮畢，早拉他在懷裏道：「我的兒，你又是我外甥，又是我女婿，親上作親，我還有什麼不放心的？你和你姐姐從小一處長大，一向最知根知底廝抬廝敬的，從此成了親，更該和和氣氣，相親相愛的了，我的下半輩子，還都指著你呢。」

一時花轎進了院子，家人鋪下紅氈子來，薛寶釵蒙著蓋頭，由鶯兒扶著從屋裏姍姍的出來，登轎升輿。沿路並不用鼓樂，只是四對大紅燈籠，十二個披紅童子送轎，紮得彩豔繽紛，珠花四圍；寶玉騎馬前導，一徑行來。路人一層層擁上來圍觀追隨，起初見了彩轎花燈，妝籠箱櫃，都說好不精緻排場，及打聽是「白玉爲堂金作馬」的賈家公子迎親，娶的又是「珍珠如土金如鐵」的薛家千金，倒覺得冷淡平常，不免有今昔天壤之歎，有說「到底是世宦之家，船爛了還有千斤釘」的，有說「打腫臉充胖子，只怕薛家辦過這場嫁事，三年翻不過身來」的，也有說「看著箱籠雖多，誰知裏頭是空是實」的，一時也記不了那許多。

此時大觀園正門大開，寶玉引著轎子行來，卻並不停下，一直來在怡紅院門首，方落了轎，三聲響箭後，喜娘攙出寶釵來，踏紅氈，跪香案，與寶玉兩個比肩站著，插蔥樣拜了幾拜，送入洞房，儐相贊禮，坐床撒帳，飲過交杯，復請出新郎來坐了華筵。那寶釵尋常素面淨服慣了，如今換了一身大紅錦繡嫁衣，戴了鳳冠，施了脂粉，越襯得山眉水眼，雪膚花貌，恍如神仙一般。親友們見了，此時方覺豔羨，重復向賈政、王夫人等道喜，都笑向寶玉道「新郎好福氣」，那寶玉也只曉得點頭唯唯而已。疏疏的幾桌客，都是近親，剛剛的劫後餘生，見了面並無別話可講，說不上幾句便咽了話頭，連洞房也未甚鬧，只是悶頭吃了幾輪酒，或說些「瓜瓞綿綿，花開並蒂」的現成吉利話兒，也都無精打采。惟有王熙鳳還強撐著有說有笑，打起精神張羅了一陣，終究孤掌難鳴，便都早早散了。

是夜洞房花燭，寶釵固然做個守禮的新婦，寡言罕語，便寶玉也做了個城下的君子，雍容揖遜，只管盡些虛禮。弄得寶釵反倒疑惑起來，又不好催促，只端坐在床上不語。一時寶玉道：「姐姐勞動這一日，想必乏了，便請寬衣就寢吧。」說罷自己移燈屏後，便返身睡在熏籠上。寶釵心中暗惱，又不好說的，只得寬了外面衣裳，拉過鴛鴦戲水的紅綾被子來，嚴嚴實實蓋在身上，且胡亂睡去。

次日醒來，麝月、鶯兒進來伏侍，看見二人並不共枕，都覺詫異。寶玉、寶釵俱已醒了，也都不則一聲，各自洗漱了，一同往蘅蕪苑來與賈母、賈政、王夫人奉茶。麝月、鶯兒捧著茶鐺杯盤跟在身後，也都默然無語，惟不住面面相覷而已。進了院子，只見薜荔冷結，杜若香凝，金簦玉蕗，累累垂垂，寶釵不覺牽動舊情，止步沉吟；寶玉想起舊時往來情形，也覺感慨，轉念想到瀟湘館的泉清竹冷，雲壤永隔，又復淒然。麝月忙上前打起五彩金線絡的盤花簾子來，寶釵閃在一旁，讓寶玉先進；寶玉偏又讓寶釵。那時賈母已經來了，正與賈政、王夫人閒話，鴛鴦、玉釧、周、趙兩位姨娘都在一旁伏侍，見他二人盛服倩妝相跟著進來，卻又你讓我，我讓你，都笑道：「好一對相敬如賓的金童玉女，給老壽星磕頭來了。」

寶釵這方紅著臉進來，鴛鴦放下大紅鎖金的織錦墊子來，寶玉親自扶著寶釵跪下，一一奉茶。二人夫唱婦隨，男的如玉樹當風，女的如瓊枝照夜，恰是一對璧人。賈母、王夫人看了，都滿心歡喜，點頭讚歎，各自賞了磕頭錢。賈母那份尤其豐厚，又囑咐道：「夫妻第一便是和睦，我知道寶丫頭最端莊守禮，沉著識大體的，必不至無故慪氣；寶玉雖是從小貪頑使性慣了的，姐妹份中也還知道盡讓，如今做了親，越該相親相愛的才好。人說『家和萬事興』，從前剛蓋這園子時，你們姐妹都住在園子裏，比花兒還好看呢。如今林姑娘和二姑娘早早去了，三姑娘嫁得山長水遠，不知道這輩子見不見得著面，四丫頭和雲丫頭又都不知下落，就剩下你兩個守在我跟前……」說到這裏，傷起心來，也不等人勸，自己咽住了，便又說些「和睦白頭早生貴子」的老話兒。接著，賈政、王夫人亦各叮嚀幾句，寶玉和寶釵都答應著，磕了頭起來。

看官，你道寶玉既已答應成婚，為何洞房之中又有這番舉止？原來他心中另存著一個呆念頭，自覺與黛玉雖未明言，靈犀早通，原本定了心要生生相守，世世同依的，如今黛玉雖死，他心中卻只當他作結髮妻子一般。況且又聽鳳姐說北靜王與黛玉送靈的船在瓜州沉沒，棺材打撈上來竟是空的，便認定黛玉之靈不肯回南，必定仍是回這瀟湘館來了。他既守著自己不肯去，自己又焉肯棄他另娶？雖然為著父母之命不得不與寶釵成婚，以全孝道，卻打定主意要為黛玉守節三年，方不負這場傾心。因此態度矜持，形跡疏淡，等閒不肯與寶釵親近。那寶釵雖在新婚，因未合巹，不免害羞，行止言語反比從前拘謹了許多，益發罕言寡語，謹行慎止。何況寶玉原不如從前殷勤柔和，在寶釵自然更無前去俯就之理，便不得不與寶玉商議之事，亦多命丫鬟傳話。因此兩人當著人固然是相敬如賓，及背了人各自回房，也還是如「賓」的相待，更無半點親熱，閨房之內，床幃之間，竟是不交一語，便同陌路的一般。

轉眼到了三朝回門，寶玉一早梳洗了，看著寶釵梳頭刷鬢，薄施脂粉，穿一身龍鳳裙襖，戴一頭金翠簪環，打扮得豐態清揚，妝容淡雅，慢慢的移步出來。兩人一同坐了車，往城南薛姨媽處來歸寧。薛蝌、岫煙迎出門來，薛蝌挽了寶玉，岫煙攙著寶釵，一同來至房中與薛姨媽見禮。薛姨媽此番見了寶玉，因是新婚姑爺，情分更與從前不同，不禁滿面是笑，拉了手讓至炕上說話，又教拿水晶梨和芙蓉糕來給他吃。薛蝌笑道：「姐夫如今已經是成了親的人了，太太還只管當成小孩子，見面就給吃的。」說得一屋子人都笑起來。

寶釵便往邢岫煙房中來更換衣裳，只見炕上不過是炕桌、衣箱、引枕、坐褥，地下不過是條案、茶几、巾架、杌子，另有些茶筅漱盂等零星器具，空空落落，不多幾件陳設，不由問道：「我記得這裏原本是只紫檀雕花炕櫃的，怎麼換了樟木箱子了？那個大理石面方桌又去了那裏？」岫煙含羞笑道：「前些日子舅奶奶做生日，把兩件桌櫃當了幾百兩銀子預備壽禮了。我想紫檀也好，樟木也好，左不過是個盛東西的物什，不見得使了紫檀的，能另生出新衣裳來不成？便沒再贖，另置了這個樟木的。至於桌子，更不必了，咱們家上上下下統共十幾口人，又不在這屋裏吃飯，平白的放個石頭桌子作什麼？倒占地方。」

寶釵點頭讚歎：「從前我家開著恒舒典的時候，只有收當的，沒有當當的，如今竟也要當東當西的起來。幸虧是你，肯耐得下這些長短，換了我哥哥的那位，還不知怎麼鬧呢？」便又問寶蟾害喜可好些了，這幾日又嚷肚子疼不曾，有無與岫煙置氣。岫煙忙道：「他是重身子的人，就左性些，我又怎好與他計較？姐姐放心，姐姐的侄兒，難道不要叫我嬸嬸的？疼還疼不過來呢，那裏會去惹氣。」

姑嫂正在閒話，忽聽窗外咳嗽一聲，岫煙忙站起來，向寶釵道：「姐姐略坐坐，我去去就來。」寶釵笑著揚聲道：「蝌兄弟你做的什麼像生兒？有什麼悄悄話閑了不能說的，非當著我的面兒弄神弄鬼的，還不快進來呢。」薛蝌只得笑著進來了，向寶釵做了個揖道：「並沒什麼防備人的話，爲著姐姐如今出了閣做新娘子了，不比從前在家時，所以不好意思就闖進來，想叫媳婦出去問一聲。」

寶釵點頭道：「原來我出了閣，便是外人了，說句話也要有這些禮節妨礙；這才幾天，原先見著邢妹妹大老遠的就要避開，說句話也臉紅的，如今親親熱熱起來，就拿我一個做外人了。」說得薛蝌、岫煙一齊羞紅了臉，低頭含笑不語。寶釵不好再說，因道：「我正要去看看寶蟾，倒是趕緊離了你們這裏，免得礙著你小倆口，心裏不定怎麼罵我呢。」說著起身便走。岫煙忙拉住了，滿面羞紅向薛蝌道：「姐姐不是外人，你有話只在這裏說罷。」薛蝌也忙紅著臉陪罪。

原來自應天府案發，薛家自戶部除了名，削去皇商之職，又繳沒恒舒典等家業，薛蝌爲了官司奔波，花去許多冤枉銀錢，加上寶琴出嫁、薛蝌娶妻、賈薛聯姻諸件大事，家底盡已空了，除去自家居住的一套院落之外，餘的幾間房舍也都變賣了。邢岫煙過門後，便遣散一概僕婦，只留下兩個極小的丫頭伏侍薛姨媽茶水捶背等事，至於針黹炊煮一應雜務，俱是邢岫煙親身打理。薛蝌因見飯時將近，欲喚岫煙出來下廚，又因寶釵在他房中說話，便又改主意欲去酒樓裏叫一桌菜來，卻為銀子收在岫煙房中，不得不喚他出來商議。寶釵聽了始末，笑道：「這又有什麼可瞞人的，也值得這樣鬼鬼祟祟？難道我不知道家裏的事，還要你們這樣遮遮掩掩的，講這些虛禮？不過是家常便飯，我就同妹妹一道準備起來便是，兩個人又正好做伴。」

薛蝌笑道：「姐姐是客，怎麼好教姐姐下廚的？」寶釵笑罵道：「才說你把我當外人，現在又說起客人來了。」岫煙忙道：「姐姐願意陪我，正巴不得呢，只怕髒了這身新衣裳怪可惜的，倒是換一身的罷了。還是換姐姐從前在家做女兒時的衣裳呢，還是換我的衣裳？」寶釵眼圈一紅，勉強笑道：「就是你的衣裳，隨便揀一身與我換上罷了。」岫煙會意，果然依言開了箱子，找了件八成新京南繡繭綢罩袍出來，薛蝌忙避了出去。寶釵披了袍子，一邊繫帶子，一邊想著他小倆口萬事有商有量，好不親熱，再想想寶玉對自己的冷淡疏遠，無異冰炭之別，心下益發感傷。幸好他本性溫厚，遇事總能設法自開自解，並不肯一味自憐，不過感慨略時，便仍如常。

廚房材料是早已預備下的，並不費許多功夫，不一時便辦了出來，四樣葷菜是一碗魚翅，一盤整鴨，一碗珍珠圓蹄，一碗栗子雞翅，另有一大盆鮑魚湯。四碟涼菜是蝦仁黃瓜，雞絲粉皮，芥菜拌腰花，木耳拌桃仁。薛姨媽猶記得寶玉最愛吃糟鵝掌鴨信，也早吩咐岫煙備了，又取一大罈酒來，向寶玉道：「你如今已是大人了，只管放量吃，醉了便睡在這裏，看哪個老媽子再聒噪你。」說得眾人都笑了。

吃過，已是瞑色入窗，蒼煙四起。寶釵又往寶蟾房裏坐了一回，囑咐了幾句話，遂與寶玉兩個作辭薛姨媽，趕在月上西樓前回來，先往賈母、王夫人處請了安，方回怡紅院來，卸妝就寢，一夜無話。正是：

巫山雲雨天涯近，楚帳風霜魂夢遙。

且說賈環自與吳新登、戴良兩個勾結，每日揮豁隨心，好不得意。誰知自從寶釵進了門，王夫人便把家事都交給他掌握，一應用度使費，都從他手上支出，每日查對賬目，一筆筆都要記得清楚。吳、戴兩個做不得假，眼見再沒油水可撈，又怕隔些日子查出前邊的虧空來，反落沒臉，因此兩個私下裏商議一回，便都指個由頭辭了去，自願拿出銀子來贖身。賈政也不挽留，另從家人中提拔了兩個做管家，又命李貴打理外務，主管門上應答、家丁調派等事。又叫了賈環來問他，前些時從帳房支出大筆銀子使度，都用在何處。

賈環一時難以支吾，明知賈政最喜讀書的，便隨口說用作了學費。賈政斥道：「胡說，什麼老師的束脩要這許多？」賈環無可解釋，只得硬著頭皮道：「兒子聽說明年是鄉試年，原想下場一試，有朋友說可以幫忙捐個監生，兒子不合聽信狐朋之語，所以向帳房裏支了錢，誰知又被騙了，所以不敢同父親說起。」

賈政聽了，雖然生氣，倒也欣慰，點頭道：「考試也是讀書人本份。你雖然不該擅自支取銀兩，但本意是爲著上進，倒也是正經主意。這回我便不怪你。只是你果然要考，便該堂堂正正的考去，又何須捐監入場？眼下便有錄科，蘭兒也說要下場，你就同他一起考去，你叔侄兩個又剛好做伴，也不孤單了。考不考得中，都不必太放在心上，只當走個過場，積攢些經驗便罷了。若果有真才實學，不過輸在時運上，到那時再談捐監也不遲。」賈環只得應了。

府裏眾人聽說賈環要同賈蘭一起下場考試，都覺詫異。那賈環有苦說不出，到了這時，也只得做出用功樣子來，閑了便讀幾頁書，卻那裏看得進去。這日因覺得悶，欲往邢府上尋賈琮作耍，方出來街上，忽聽後面有人道：「那不是三爺麼？可有日子沒見了。」賈環回頭來，只見一個三十多歲的男子，頭戴皂羅網巾，身上穿著葵色緞子猞猁皮袍，外面罩一件淡蜜色緞子四圍鑲滾的草上霜一字襟坎肩，腳穿薄底緞靴，打扮得十分花哨，正滿面春風的朝著自己拱手，卻是從前常往府裏來的相公單聘仁，陪著賈政考查自己詩詞學問時原常見的，難得他還記著自己是「三爺」，倒也歡喜，遂嘻嘻的笑道：「許久不見，你如今在那裏發財？」

單聘仁笑道：「這裏不是說話的所在。三爺刻下要是無事，容我做個小東道，就到旁邊酒樓裏小敘一回如何？」賈環正覺肚餓，聞言欣然答應，笑道：「要你破費，倒不好意思。」單聘仁笑道：「我從前在府上常來常往，難道叨光的還少麼？」遂引著賈環來至街道拐角的一間半邊賣茶半邊賣酒的鋪面前，只見這半邊是個斗方，寫個古體的「茶」字；那邊是一個酒簾兒挑在半空，寫著「現沽不賒」；中間雕花排扇隔斷，供著鮮花盆景，爐瓶香案，也還整潔不俗。二人上了這邊樓上茶座，揀一窗口亮處坐下，叫小二來，點了幾樣葷素酒菜。

小二唱了菜，又沏了一壺香片來。單聘仁飲過，略說了兩句閒話，這方道：「我從府上出來，在家閑了半年，原打算謀個館混個溫飽，幸好遇見一位同科考學的舊同窗，將我薦至繕國公之孫石光珠的府上做書辦，做些寫寫算算的雜事，倒也輕省。又可巧他今年點了學差，許多考生都來走我們的門路，我雖不肯收受禮物，奈何他們死纏著要給，口口聲聲只說倘若不收，豈非認定他們是考不取的？倒不吉利。況且又並不想別的，只求我得便兒在石大人跟前略提這麼一兩句，讓大人記得今年生員裏有這麼一號人物，閱卷時手下略鬆動些便是了。因為這樣，倒使我近日手頭略寬裕起來，倘若世兄早遇見我兩天，別說做東吃酒，只怕倒要求著世兄捨米呢。」說著哈哈大笑。

賈環聽了，不免上心，又見單聘仁頭上帽子，身上衣裳，腳上鞋帽，無一不是時新小巧貨色，不由信了，問道：「原來今年的學政是石大人，他與我家原是世交，從前逢年過節，也曾拜會過的。我正想著縣試將近，要不要投考倒還拿不定主意，倘是石大人監考，倒是可以一試。不爲別的，我見許多考生十幾歲入場，考了幾十年，鬍子半白，還是童生。可知這考試錄遺，學問固然重要，運氣卻也不可或缺，倘若運氣不濟，任你有天高的才識，空入了一回場，也還是無用。既是石大人做考官，我便運氣差些，也不怕了，只要世叔肯在石大人跟前點撥這麼一兩句，想必不肯遺漏了我的。」

單聘仁的這番說話，早已是做熟的腔調，逢著機會便要使出來撞騙一回的，起先見著賈環時，因知他素不好學，原不指望他上當，不過隨口一試，如今聽了這話，便知已然入彀，更加笑道：「這可是世兄的時機來了。我們石大人最是古道熱腸，素肯識英雄於未遇，拔豪傑於窮途的，況且閒時每曾與我提起政老，往往讚不絕口，稱讚是古往今來最剛直不過的一個仁人，只可惜時運不濟，所以出了這樣的事，每提起來，還往往歎息不已。有這樣的情分在前，只要我在大人面前略提一二句，說世兄今年也要投考，想來以世兄這般的學問人才，一個秀才自然是穩中的，再有學政大人的親自垂愛，就是前五名也還如探囊取物哩。」

一習話說得賈環如穿後壁，如脫桶底，心眼裏開出花來，忙道：「既然如此，我明兒就備一份禮去拜見石大人，投作門生的豈不好？」

單聘仁笑道：「世兄又來說笑話兒了，府上如今這樣的境況，學政大人雖有心相助，也只好暗中使力，難道還要敲鑼打鼓惟恐別人不知的麼？倘若世兄這般冒失失闖進去，便有通天的才學，大人反倒不好幫忙的了。不然，豈不落人話柄？況且世兄考中後，自然便是一個現成兒的門生，如今尙未開考，正經連個生員也不是，卻又來投什麼師門？倒沒名堂的。」

賈環聽了，連說「不錯」，笑道：「你知道我的，原本對功名並無興致，所以竟不知道這些講究。我們這樣人家，自然都是世襲爲官，那爵位是從生來就抱定了的，竟從未想過考取功名的事。自從家父辭了官，全家的指望便都落在我一人身上，倒不容不盡力。既然世叔這般說了，我便放手一搏，雖然一頂頭巾不値什麼，總是個好名聲，也好教家父歡喜。」單聘仁點頭道：「既然世兄有這番雅興，我今晚回去就設法與學院大人說知，倘若有了三分消息，再來與世兄報喜。」兩人又說一回，便散了。

賈環自此抱定一個必中的念頭，安心要掙那一頂頭巾來充充面子，每日興頭頭的，逢人便說要同賈蘭一道下場，搖頭晃腦的念些「之乎者也」，卻又並不溫書，只眼巴巴等著單聘仁再來找他，急得眼睛裏恨不得生出手來。誰想那單聘仁竟是一去無音，直等到考期貼出來，沒兩日便要進場，方重新約了他仍往前番那家酒樓相見。落了座，賈環急吼吼便問：「那件事可有消息麼？」

單聘仁手裏拿著個白玉煙壺，且不作答，只向他做個不急的手勢，叫了小二來，這回並不吃酒，只要了一壺茶，另有雲片糕、芝麻糖、瓜子、栗子、果子、腐乾等幾樣點心乾果，又等著小二沏了茶，這才低聲向賈環笑道：「原不好意思來見三爺的，爲的是不能一去無憑，所以又不得不來，還有句說不出口的話——前回說的那件事，我等了好幾日方尋個空子與家主人說知。家主人聽見世兄有志向學，十分稱讚，連說前番政翁身在縲絏時不曾盡力，久以爲憾，如今既有效勞之處，焉肯袖手？卻有一事爲難：他雖是主考官，下邊還有兩位副考，家主人雖念著政翁的交情，這兩位副考未必便肯徇情了。若世兄自恃才高八斗，拾青紫如草芥，那便只管考去，自然沒有話說；若要求個必中的保票，只怕還得打通這兩位副考的關節。」

賈環忙道：「上次世叔說了要代我向學院大人求情時，我便料著當有酬謝的。但求世叔說個數目來，我若籌辦得來時，自當奉贈的。」單聘仁正色道：「世兄這話說差了，我與府上是什麼交情，這銀子我是一個錢不要的，便連家主人也不是那見錢眼開之人，爲的是兩位副考脾氣不好，若爲世兄籌個周全，便少不得要通融些，若是別人，只怕捧著大抱的銀子，家主人還怕惹一身腥呢。」賈環明知話中有假，見他這般做作，也不得不順著他說話，卻因他終不肯吐出一句實話來，不禁焦躁，催促道：「世叔見教的是。到底多少銀子才是妥當，還望明說。」

那單聘仁越見他焦急，越是故意吞吞吐吐，只說「吃茶，吃茶」，又拿著根柳木牙籤慢慢的剔牙，直到賈環接連催問了四五遍，這才將煙壺在桌上敲了兩敲，長歎一聲道：「爲的是數目太大，所以不好開口。如今這京城裏的行情，找槍替備幾篇文章出來尚要五百兩一套，說到巴結考官，低於一千兩銀子是拿不出手的，這還只是一位副考的價錢，如要將兩位一同打動，還要翻倍。倒是石大人說了，想他家剛遇著那樣的事，哪有這許多銀子添限，倒是只收一分的罷了。」

賈環暗自一驚，心中忖度，原想不過是個秀才，又不是考舉，便多說也不過破著幾百兩銀子盡夠了，誰想竟開口一千，且話風甚緊，竟不好商討的。若說不給他，自己興頭了這許多日子，早放出大話來，說今年要同賈蘭一道下場，考不中時，倒沒臉；若給時，一則容易拿不出來，二則也怕單聘仁欺他，到時人財兩空，豈不虧了？因此遲疑不決。單聘仁見他沉吟，便猜到心思，故意笑道：「我並不是要在你面前居功，真是尋盡了時機才在大人面前遞上話，又好容易勸得大人鬆動口氣，才吐出這點消息來。這也就是世兄，換作別人，哪怕一萬兩銀子捧來，石大人還不願耽這名聲呢。」

賈環諾諾點頭，卻仍不肯吐口說願出銀兩。那單聘仁見他遲疑，知道一下子難以拿出，放出手段，更探進一步道：「你若一時籌不齊，或者分兩次給也罷了，眼下籌得多少是多少，等進了場考過，那時心中有數，若自己算著必中時，倒不必多費銀兩，只憑本事運氣考去便是；若不能做準時，再付餘下的銀子不遲。如此既經濟，又穩妥，功名事業，豈不任由世兄探囊取之？」賈環聽了大喜，笑道：「知我者單世叔也，真是個痛快人。便是這樣。」

單聘仁笑道：「若不看在世誼份上，我也不替他跑這腿子。」又叮囑賈環送銀子時切莫送到石府，免得教門人看見不雅。賈環笑道：「這個我自然省得。」說得定了，便叫店家結賬，因說：「茶是兩文一壺。那些點心、糖片都是四文一碟。」賈環拿出錢袋來，單聘仁攔住笑道：「這點小東道，我還請得起，三爺的銀子，須留著做大事。」如數付清了，又細細說了自已賃住之處，「順寬街一直到底，有個丁字路口，揀窄的一條進去，便是斜街，走不了百來步，路南有個豆醬鹽醋鋪兒，鋪子東一個瓦門樓兒，門首有個石頭影壁的便是。」說罷，將煙壺別在腰上，拱手辭去。

俗話說「蒼蠅不抱沒縫的蛋」，那單聘仁自見了賈環，便起了個懸罾等魚之心，就算他不上鉤，也要攔了河，拿天大的網來兜住，況且賈環又是個貪功好虛沒腦袋的，那裏分辨得出真假？次日果然兌了五百兩銀子，搭在馬上，尋至斜街單聘仁的下處。那單聘仁早已備了一罈子酒，並些燒雞、熏腿、鵪鴿、鹵腸之類，滿面笑容的道：「俗話說得好：『火大蒸得豬頭爛，有錢買的公事辦。』話雖粗，道理說得明白。」賈環笑道：「你看那馬上是什麼？」同單聘仁兩個抬下搭褳來，解開繩子，只見雪光燦爛的一片。單聘仁漆黑的眼珠見了雪白的銀子，什麼話說不出來？親自驗了秤，便拉著賈環至燈下推杯換盞，諛詞如潮，直把賈環奉承得天上有地下無，古往今來第一個才子，直是甘羅、謝縉的一般。說得那賈環飛飛兒的，也不認得自己了，不是去錄科，倒好像金殿面聖雁塔題名，直等一場考過，便要賜官進爵出將入相的起來。

轉眼考期已至，賈環、賈蘭收拾了考具，同乘一輛車子來至學院門前等候。不多一刻，聞得升炮開門，學院大人升坐大堂，照冊點名。

賈環抬眼看去，只見那人穿圓領，戴紗帽，金帶皂靴，正襟危坐，果然便是石光珠石大人，不由心中大喜，那裏還有絲毫懷疑。及發下卷來，看了題目，乃是〈蓋均無貧〉四字，要求一篇文章，一首律詩，雖不甚熟，卻也毫無懼畏，想那單聘仁既已經許了他，不管寫得怎樣也準定中的，只管塗鴉潑墨，盡力的做去，胡亂湊了一篇文字，至於詩題更不在話下，雖不甚佳，也還中規中矩。

那邊賈蘭見了命題，正合著從前做過的窗課，心下也自歡喜，當下更不遲疑，便龍飛鳳舞的寫起來，起筆便道：

「即均之效而申言之，貧自無可患矣。蓋國家之貧，以不均故，既曰均矣，又何貧之可患乎？且儒者出而與人國家，苟不明乎，上下相維之故，清鰓鰓焉為求富謀也，無惑乎摻術之左矣。古先王致治，類無不深思遠慮，以求泯夫上陵下潛之階，而盈虛既酌其經，斯支絀永消其蔽，不此之溝，而遂謂財用難豐焉，亦未知張惶告匱之形，固盛朝所斷不出此者，寡與貧不患，而患在均安，此豈漫為是說，而絕無征信焉……」

一路洋洋灑灑，頃刻寫完，至於詩題，正有五言八句熟極而流，便是當年元妃省親時命題詠稻香村的一首，恰便如合著題目天造地設的一般，遂在心中默念一遍，又略改了幾個字，從容謄出，頭一個繳了卷子出來，在場外候著賈環一道回家。

豈料直過了一頓飯工夫，賈環方出來了，滿面笑容的道：「你先回去，我還有件要緊的事立趕著要去辦。老爺若問我，就說被朋友拉住了，稍後便回。」賈蘭只得自己回去了。

賈環徑往酒樓來找著單聘仁，拿出兩張地契道：「我家裏銀子不少，卻落不到我手上來，前日那五百兩已是變盡方法，如今再要一千兩，委實拿不出了。這地契是我偷出來的，我原問過市價，值六百兩有多。你且收好。我將來發跡，忘不了你。」單聘仁查看地契，知他所言非虛，心中暗喜，表面上卻故意作難道：「原本說好是現銀子，如今又換了地契，倒不好同人說的。若照實說你賈三公子手裏沒錢，誰肯信？真不知要費我多少唇舌替你圓場呢。」賈環打躬作揖，再三謝了。回來，只等報喜的上門。

賈政見兩人俱已考完，命他們默了卷子出來，看見賈蘭的言詞剴切，文理清通，知道必中的，心下十分喜歡，點頭道：「這首五言律還是那年剛起大觀園，娘娘省親時命題的，正該用於頌聖。尾聯『盛世無饑餒，何須耕織忙』，切著這〈蓋均無貧〉的題目，正是珠聯璧合，英發超雋，也難為你記得起來。」又看了賈環的，不過只得「句理通順」四字而已，且通篇透著一股浮蕩之氣，考不考得中，則全賴天命了。也並不責怪，只說「考取是運，不取是命，文章之道原在修身養性，倒不必太把功名放在心上」。

賈環不以為然，洋洋笑道：「父親教訓得是，但兒子既然下場去考，自是抱了必勝之心。

自古無場外的舉人，兒子既立志為父親掙一份榮光，便不敢不盡力的。」只道必中，連夢裏也聽見報喜的上門，一時只見自己披蟒服，圍玉帶，襆頭牙笏，無數幕賓姬妾圍隨，又見人馬驛轎簇簇的上門，金銀首飾成箱抬進來孝敬，一時又看見趙姨娘做了一品誥命，王夫人、鳳姐等打著旋磨兒磕頭侍候，彩霞、彩雲、鴛鴦、襲人等都圍著自己恭維，想到得意處，不禁打夢裏樂出聲來。

誰知隔了幾日貼出榜來，賈蘭高中了第五名文生，賈環卻是落在孫山之外，不禁無趣，又見報喜的擁在門上討賞，賈政、王夫人喜滋滋的封出賞紅來，又忙著叩謝家神、祖先，益發慚愧。賈蘭換了新衣出門揖讓，眾人圍著不住口的誇獎，都說「蘭哥兒不過十三四歲，頭一次下場便一試即中，照這樣考去，明年便是舉人，後年便中進士，不出三年，縱然掙不得一個狀元，那探花、解元也是跑不掉的。」李紈聽了，心花怒放，口裏卻謙道：「他才有多大，就敢說狀元、探花，又是進士、舉子的？這番不過是運氣好，或者考官憐他年紀小，手下留情罷了，你們倒別枉贊了他。」寶釵正色道：「嫂子這話錯了，唐時王維，宋時文天祥，可不都是年未弱冠便中了狀元的？蘭哥兒年紀雖小，志氣卻大，連老爺也誇他好文章，這次考取乃是實至名歸，想必明年鄉試、會試也必一路順暢，連中三元的。」王夫人、李紈聽了，都喜得合不攏嘴。

那賈環聽在耳中，看在眼裏，卻是酸倒牙齒，氣脹肚皮，又兼趙姨娘每日在家嘀嘀咕咕，說：「你又說必中的，如今連個響兒也不聽見，只看見人家頭上戴花，難道你只合肚裏長草？」賈環愈發氣悶，遂怒沖沖的走來石光珠府上，給了門房幾個錢，求他帶出單聘仁來。門房瞠目結舌，並不知「單相公」是誰。賈環又說了一回，那門房聽得煩了，索性給他個閉門不理。賈環無奈，只得又往斜街來找。

那單聘仁見了他，不等說話，先自將手一攤，蹙眉道：「我正要去府上找你，誰想你竟來了。不消說自是為了那考試的事，我原說這件事十拿九穩的，誰想竟不成功。這也怪我此前將話說得太滿了些，原想著世兄上了幾年學，又有內纖照應，考個把秀才總不成問題。無奈據學院大人說，三世兄的文章竟前言不連後語，一句天上，一句地下，實在不成話，若是兩個副考都肯盡力遮掩，倒也罷了；偏偏當初貪圖省銀子，兩個副考只買通了一個，所以如今竟無法彌縫。

「我聽他這樣說了，也曾出主意說，不如找槍替來另做一篇文章，署了世兄的名字，換回那原先的稿本來。大人卻說，倘若一起始就把兩個副考都買轉也罷了，如今再要彌補時，只怕那位副考不肯，況且石大人也不好開口，怕他反打一耙，告個賄賂考官的罪名，這官兒還要做不做？是我拚著命往那位副考府上闖了一回，再三再四的求他，也不敢提大人的名號，只說這童生原是鄙東之子，今次投考失利，求他抬抬手行個方便。誰料那副考官開口便要兩千兩銀子，還說一字千斤，這兩千兩還是看在王爺面上，往少裏要的呢。

「我知道世兄委實拿不出，又求了他半日，好容易仍講至一千兩上。原想著是自己把事情辦得差了，也沒臉見世兄，就該先替世兄孝敬了，把事情辦得好看再來說話，也算推誠相交一場。因此急急的回去籌銀子。世兄也知道我，這麼些年也沒有個正經營生，不過東家走走，西家住住，若說人面還有三分熟，囊中卻是空的，不過混個溫飽而已。因此實實的籌了四五天，才好容易湊足了四五百兩，現捧著銀子去見那副考官，說明先付一半，情願寫欠字再補另外一半，便是加息也情願的。誰知他竟不收我的，說是『你要早來一天，這件事或者還有些商量；

如今卷子已經謄清送上了，縱有一萬兩現銀堆在這裏，也是半點法子沒有的。況且有風聲說今年考生中多有找槍替的，上頭因此大發雷霆，緝查得好不嚴謹，那裏還敢虎頭上擄鬚子去。』世兄白替我想想，事情到了這個地步，還有什麼主意呢？所以竟不敢朝世兄的面了。今兒既然遇上，單某也是不好躲開的，只聽憑發落，唾面自乾的罷了。」

賈環聽了他這一篇鬼話，直氣得七竅生煙，五臟錯位，做聲不得，半晌方道：「你既這樣說了，竟是沒你半點責任，我卻啐你做什麼？如今也並沒什麼可說的，總是我命裏無爵罷了。你將先頭那五百兩銀子和地契還了我，咱們就此別過了。從此見了面，也只當作沒有這回事的一般。」單聘仁聽了，大睜了兩眼駭道：「我的三爺，剛才我把唾沫都說得乾了，難道你竟一句沒往耳朵裏去的？那一千兩早已經送到副考官府上，層層打點了。如今難道好上門捱個兒要回來的？不怕世兄惱，這樣吐口唾沫往回舔的事，世兄說得出來，單某還真做不出來。況且裏面還沾連著石大人的面子呢。連我自己請客送禮，還添進去不知多少，如今也沒處討去。原想著托賴世兄做了官，以後少不得賞我的；難道如今爲著事情不成功，我好向世兄討還不成？」說著連連冷笑。

賈環赴考原是爲了掙面子，如今面子沒掙得，銀子花了不少，還要挨這一場羞辱，更不知回去如何向賈政交代地契之事，不禁又氣又恨，又怕又愧，當胸揪住單聘仁衣襟罵道：「你從前吃我家，住我家，得了多少好處。如今不思圖報，倒來騙我銀錢，落井下石。你也好算個人？今天若不還我銀子，跟我去衙門評理！」

那單聘仁原是欺詐成習的，不知被人當胸抓過多少次衣襟，照面罵過多少句畜牲，那裏把這些小事放在眼裏，當下握住賈環手腕微微一擰，又輕輕朝前一送，已將賈環推了個跟頭，指著笑罵道：「你若是個有志氣有本領的，早自己考中頭名狀元了，還用得著求情托路，做下這不要臉面的事？如今倒來充斯文、假清高的了。我倒不怕你去衙門裏告我，只不想陪你閑費這功夫。縱然是我騙了你，誰親眼看來？你說給了我銀子、地契，是我綁著你手給的？況且你這賄賂考官，買賣功名，先就打一百板子，只怕你皮滑肉嫩的捱不住。這是我好心提點你，你若不信我這話，只管去告，看看進了衙門，是我吃虧，還是你吃虧！」說罷竟然揚長而去。

賈環氣得目瞪口呆，灰頭土臉，也只得喪喪的爬起來，欲回家時，想到賈蘭之得寵，李紈之得意，眾人之褒貶，趙姨娘之羅唕，越覺心中不暢，暗想：我們兩個人一起赴考，若一般考不取時，倒也罷了；偏他又中了，倒教人說我做叔叔的反不如侄兒，白大了幾歲年紀，學問靈巧一些兒不及，把書都讀到陰溝茅廁裏去了。這一番口舌之辱，終不知要忍到何時方休，倒不如想個法子，大家考不成，還氣平些。因站在當街呆呆想了半日，忽記起方才單聘仁說今年科考槍替舞弊之風甚重，各府縣嚴查重辦之事來，便得了一個主意。正是：

雖無經國齊家志，倒有翻雲覆雨心。

欲知何事，且看下回。

第十五回

薛寶釵借詞含諷諫
王熙鳳知命強英雄

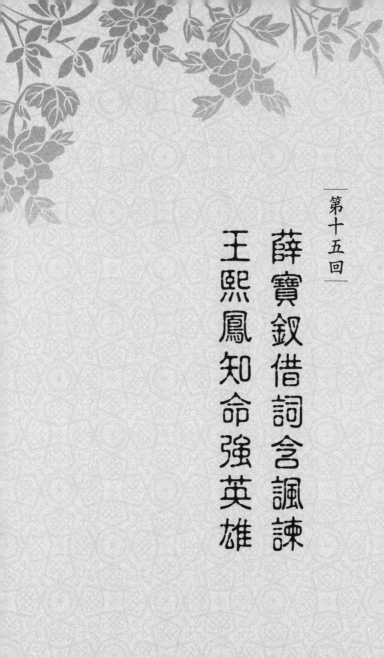

上回書說到賈蘭進學，李紈少不得請客賞人，拜謝鄰里，一連忙了幾日。賈蘭又四處邀朋會友，做了幾篇文章，寫出來到處請人看，預備明年鄉試。寶釵看著，心中不免有些活動，卻不好形於顏色，且正值年時節下，十分忙碌。打發著過了殘冬，是日早起梳洗過，因問丫鬟，二爺做什麼呢？麝月答在外間看書。

寶釵初覺詫異，轉念一想，倒也歡喜，想他到底也肯靜心讀書，自然是知道自己已是成了家的人，不得不為前途家計著想，所以用起功來，又或者這番做作是特意做給我看了，討我喜歡，不出聲的下氣賠禮也未可知。但他並未開口向我賠情，我又斷無前去俯就之理，倒用個什麼法兒教他下臺才是。想罷，遂拿了一張紙來，寫下「貧而樂道富而好禮」幾個字，交與麝月道：「你說我知道二爺用功，十分喜歡，便請二爺就這個題目做篇文章何如？」只道寶玉見了題目，為討自己喜歡，自當用心的做去，早已打定主意，且不管他做得怎樣，到時只管誇獎鼓勵為上。

不料那寶玉見了題目，又聽了麝月之言，冷笑道：「我說寶姐姐不明白我，果然不錯。寶玉只是一介凡夫俗子，雖然些許認得幾個字，奈何並無經天緯地之才，若是做幾句歪詩倒還可勉強對付，對這些八股經濟卻向來沒能耐的，若說到科舉取仕，封妻蔭子，則更是癡人說夢，姐姐竟拿這題目考我，豈非問道於盲？」

寶釵隔壁聽見，再忍不住，到底走來道：「今年鄉試，不要說蘭哥兒是必要去考的，連環兄弟前番雖然不中，老爺也說過他若願考時，寧可替他納監下場。怎麼你做兄長、做叔叔的倒一點也不上心。況且你如今已經為人丈夫，不比從前，若仍然只管這般一味任性而行，不自雖勵，怎麼怪老爺不喜歡呢？就是我嫁了你，雖不指望你為官為侯，冠帶榮身，但得你肯按下心來讀書上進，務些實事，也覺得心安。考得取時就當用心的考去，若當真考不取，我便認了命，就跟著你吃糠咽菜，也不怨什麼。」

寶玉大不中聽，歎道：「原來姐姐竟不知我。我素來最恨這些八股文章，經濟之道，更不屑與那些祿蠹文賊之流為伍，怎麼倒肯削尖腦袋趟那渾水去？況且如今朔風乍緊，梅花初放，正該擁爐煮酒，踏雪尋春才是，倒去弄那些勞神子的酸腐文章，豈不教清風明月笑我無情？」

寶釵聽了，又是羞愧，又是煩惱，若要駁他幾句，新婚裏吵鬧須是不好；若不理睬時，卻又下不得台。幸好玉釧走來請寶釵去蘅蕪苑議事，方解了圍。

俟寶釵去了，麝月便向寶玉道：「奶奶新過門兒，臉皮薄，你就是同他意見參差，不肯順著他說話，也該語氣和緩著些，怎麼就那樣直突突頂回去，也不管奶奶面上下不下得來？從前大家做親戚時，倒還廝抬廝敬、有說有笑，怎麼如今做了夫妻，倒生分起來，豈不教奶奶寒心？況且這一大家子的事如今都是奶奶一個人照管，家境又不比從前寬裕，一文錢掰作兩瓣花，巧媳婦難為無米炊，饒是奶奶能寫能算，也不知要花費多少心思才過得了這個年呢，總算大面兒上不錯，上上下下誰不誇奶奶精明賢慧，也還有那起壞心眼子的，不但不感念奶奶恩德，背地裏還時不時出些題目來難為人。前些時又說每房只留一個丫頭，惟有咱們房裏倒有兩個，明裏暗裏嘰嘰咕咕說了幾回，還是太太說大年節下不好發散人，總要過了年再說，這才消停了幾天，眼見又要重新嚷出來，我也不知道還能在這屋裏再待幾天，看見你這樣，倒走得不安心。」

寶玉聽了，呆愣半晌，喟然道：「你說人活著還有什麼趣味，從前親親熱熱的在一處，只當一輩子都這麼快活，誰知臨了兒竟一個也留不住，倒不如當初不在一處的好。」麝月聽他說得悲淒，只怕觸了他的性子，惹出更多瘋話來，忙道：「我走也好，留也好，到底只是個丫鬟，沒什麼要緊。奶奶和你是一世的夫妻，那才當真是要相守一輩子的人，你不去體貼他，誰去體貼他呢？奶奶嫁過來的時候，正值咱們家出了這樣大事，他一句也沒說什麼，一心一意幫著料理家計，敬上體下，又要體老太太的意，又要寬太太的心，不論大事小情，從來只有他勸人的，沒有人勸他的，他心裏的煎熬煩難比誰不多？你不能幫忙勸解安慰，難道暖心的話兒也不能說一句嗎？」一席話說得寶玉閉口無言，暗自慚愧，低頭默默思忖。

且說寶釵來至蘅蕪苑，只見凋紅萎翠，藤蔓糾纏，露出大青山石棱層嶙峋的本來面目來，斷枝枯葉落了一地，老葉媽正拖著笤帚在打掃。寶釵不由停了腳問：「今年那些扶留、丹椒、芸、葛、蘅、芷的收成並不好，怎麼葉子倒比往年更多？」老葉媽道：「奶奶說得正是呢，竟連我也不知道緣故。我聽那些藥鋪裏的人說，這些香草原是藥材，最有靈性的，得了氣勢就旺，失了氣勢就衰，比人還勢利炎涼呢。」

寶釵聽不入耳，轉身進房，王夫人正與周姨娘在翻檢寶玉兒時的小衣裳，見寶釵來了，連忙藏起。寶釵只做沒看見，上前請了安，笑問：「太太喚我何事？」王夫人命他在炕沿兒上坐下，略說了些家計支出等事，又問寶玉早起吃過些什麼，近日可比從前懂事些，還像先前那樣喜歡與丫鬟調笑不了，又問麝月和鶯兒相處得如何，家常事可忙得過來。寶釵便明白了，笑道：「正要回稟太太，鶯兒如今年紀也不小了，我意思要放他出去與父母自便，念他從小跟了我這許多年，想免了他身價銀子，不知太太意下如何？」

王夫人略覺意外，忙道：「他本是你的丫頭，自然是你怎麼說便怎麼好。只是他跟了你十幾年，又是從娘家陪嫁過來的，剛跟過來不到一年，便熱辣辣放了去，你捨得麼？」寶釵聽了，眼圈一紅，忙道：「太太過慮，鶯兒再好，也是個丫頭，不能留他在身邊一輩子。況且有聚必有散，玻璃、彩雲、繡鸞、繡鳳眾位姐姐，哪不是進府十幾年，比我的年頭還長，還更體貼長輩的心呢，還不是說去就去了，我如今倒好說捨得捨不得的話麼？」王夫人點頭歎道：「到底是你懂事，比我那個孽障強了百倍，這若是麝月，又不知他鬧成什麼樣兒呢。」

寶釵原也慮及此情，故而作主放鶯兒出去，既與王夫人商定，便先命人叫進鶯兒娘來，先與他說了，方回房與鶯兒本人說知。鶯兒聽見，便如迎面敲了一記響鑼，心如鹿撞，又似兜頭淋了一身急雨，冰涼雪冷，嚇得哭著跪下來抱著寶釵的腿央告道：「姑娘饒我。鶯兒不知做錯什麼，求姑娘教我，鶯兒下次再不敢了，只求姑娘不要攆了我去，情願伏侍姑娘一輩子。」寶釵聽見「姑娘」二字，饒是心堅意冷，也不由得兩行珠淚迸出，忙拉起鶯兒道：「你會錯意了。我並不是為你做錯了什麼事才要罰你出去，實在是這府裏的情形不比從前，太太原定了規矩每房只留一個丫頭的，惟獨咱們房裏倒有兩個。如今你與麝月必定要出去一個，他原是這府裏的老人，你說我不讓你出去，難道剛做了奶奶，就攆出從前的人去不成？別人豈不閒話？再則二爺的心裏也過不去。你是知道我為人的，難道忍心看我落人褒貶？但有一點法子，我也不肯教你出去，如今委實沒有別的方法。況且你去了也不是什麼壞事，我已經跟你媽說了，不要你身價銀子，這匣子裏是幾件我的舊首飾，你拿了去，或賣或當，或是淘換點小生意，或是置地收租子，不比在府裏做丫鬟強？」

鶯兒只不肯聽，搖頭哭道：「姑娘不可憐我，我便求二爺去，二爺從前說過姑娘是有福的，我也是有福的，如今我也不指望有福沒福，但能陪在姑娘身邊一輩子，就是前生修來的了。」說著便要出門找寶玉去。寶釵忙喚住道：「你怎麼越大倒越不聽話了？你教二爺留你，難道逼他攆麝月出去的不成？豈不教他爲難？」鶯兒聽了，不由停住，左右想想無法，放聲大哭起來。寶釵便又拉他在身邊坐下，緩緩的勸他：「二爺既然說你是有福的，你自然是有福的，你如今出去，便是再世爲人，從此不必爲奴作婢的了，這便是福；再過一二年，擇個合適人家嫁了，後頭更有多少享福的好日子呢。你看你襲人姐姐，從前也說要在這府裏生府裏死的，如今去了，不是也過得好好的？」

話說這般哭鬧，寶玉、麝月早都聞聲進來了，問明原故，也都傷心。寶玉欲留下鶯兒，又不好說教麝月走的話，便麝月也不肯主動說願替鶯兒出去，因此雖都滿心難過，卻又無言可勸，惟有對著垂淚而已。反是寶釵強顏笑道：「做奴才的誰不指望掙個明白身分，自己當門立戶，好過一輩子聽人使喚。鶯兒如今出去是好事，你們不替他歡喜，倒在這裏哭哭啼啼，招他難過，可不是自誤誤人？」勸了半晌，鶯兒只得收了淚，重新跪下來端端正正給寶釵磕了幾個頭，自去收拾東西，麝月跟去幫忙。

寶玉不忍留下寶釵一人，因此搜心挖膽的要尋些話與他開解，故意說起從前借鶯兒代打絡子的事來，又說：「我這塊玉的絡子也是他那年打的，還是你說的，用金線配著黑珠兒線一根根拈上打成絡子，同這玉最配。」說著從衣領裏掏出玉來給寶釵看。

寶釵早紅了臉，說道：「我幾時說的？自己倒不記得了。」又問，「鶯兒說你從前說過他是個有福的，你什麼時候同他說的？你倒成批字看相的了。」寶玉笑道：「我幾時說的？自己倒不記得了。」寶釵見他學自己，扭身不理。寶玉便又笑道：「實話同你說吧，就是打絡子的那次說起的。鶯兒同我百般誇你，說你有幾樣世人都沒有的好處，我才要細問他時，你就來了，便沒聽全，至今想起來還心癢癢的呢。」寶釵道：「這倒是我來的不對了？」寶玉笑道：「我沒說，是你說的。」故意湊近了問，「他沒來得及說，倒是你自己同我說說罷，是哪幾樣呢？」寶釵越發臉紅耳熱，嗔道：「你信他胡說。但凡做丫頭的，自然覺得自己的主子最好，不信你問小螺，準保說他姑娘才是天下第一等才貌無雙的。」

寶玉聽見寶釵說起寶琴來，越發動情，笑道：「琴妹妹自然是個難得的，這也不消別人說，各個都眼見的，不然老太太也不會逼著太太認做乾女兒了。從他出了閣，你還見過沒有？」寶釵歎道：「那裏還有機會常見？別說是他那裏，便是媽媽和岫煙，除了逢年過節，我也難得一見的。」寶玉忙道：「如今燈節已過，左右無事，不如你回娘家去住上十天半月，散散心，如何？」寶釵道：「你說得倒輕巧，這一大家子人，許多雜事，老太太又病得沉重，太太近日精神益發短了，我那裏走得開，若能閑得半日已是偷樂了，還敢說回娘家住上十天半月的話？」

寶玉深覺憐惜，歎道：「從前園子裏有那許多人時，雖覺忙亂，倒也熱鬧逍遙；怎麼如今人少了，是非倒多起來，反連一半日也不得清淨，真真奇怪。」寶釵道：「這有什麼好奇怪的？你不聞『貧賤夫妻百事哀』麼，自然……」說到這裏，復又臉紅，忙咽住了。寶玉見他這樣，又憐又愧，一時熱血上湧，便說道：「我知道姐姐嫁到我家是受委屈了，奈何我又不能為你分擔。若再增加你的愁煩，更不是人了。從今往後，你說怎的，我便怎的，如何？」

寶釵瞅他道：「你這話說得奇怪，我能要你怎的？早上不過說了句要你讀書務實的話，倒像捅了馬蜂窩的一樣，遭你好一番排揎，左一個『酸腐』右一個『無情』的，怎不教人寒心？況且我也並不為的是自己，念在上有老太太、老爺、太太，下有侄子甥女兒一大家子人，如今都指著咱們調停料理，不得不強自振作，打點精神。頭一件侍奉公婆，約束家人，次一件應酬親友，支持門戶，雖說原是我的本份，到底指著你為我撐腰打氣。咱們家去了世襲封蔭，一斤剩不了半兩，雖還有這個園子，早是個空殼子，況且有出無進。若想出頭，除了科考取仕，更無別路可走。如今讓鶯兒出去，也不過為的是『節流』，終究能補得多少虧空？若要長久，終還須想個『開源』的法兒。我與太太閒時打算，照這樣下去，統撐不了三五年光景。若不早為籌畫，到那山窮水盡的時候可怎麼好？縱然你不貪戀羅綺酒肉，只要一盞水一碗飯便能過活的，難道好教老爺太太也都飲清水啖白飯？還是要老爺重新出山來養活你我？還是必定要不讀書，不進舉的才叫作『不俗』，叫作『有情』的不成？」

一習話說得寶玉面皮紫脹，無言以對，低了頭不則一聲。寶釵看了，倒覺不忍，正欲再說時，鶯兒已經收拾妥當，腫著眼睛出來與寶釵辭行。寶玉不免又安慰叮囑幾句，親自送出門去，仍回至寶釵房中，故意引著說了許多閒話，又將陳年舊事一一翻起重說，又拿來從前結社時做的詩捱篇批評議論，又命麝月給寶釵燉粉葛雞骨湯來，著實撫慰了一番，方才就寢。正是：

人間縱有齊眉案，難舉相思不了情。

次日寶釵方起床，王夫人便又命人來請，又教寶玉穿戴好了隨後往攏翠庵會合。寶釵約摸猜到緣故，忙來至蘅蕪苑時，正見鴛鴦揉著眼睛出來，忙笑道：「原來姐姐也在這裏，怎麼不多坐一會？」鴛鴦一驚抬頭，見是寶釵，哭道：「老太太怕不中用了，請奶奶與太太快商議定了，早早拿個主意，再不然，就來不及了。」寶釵吃了一驚，便知王夫人找自己來是爲著商議賈母後事，心裏一酸，早垂下淚來。裏邊周姨娘已經打起簾子，王夫人正坐在床上垂淚，看見寶釵進來，歎道：「這可怎麼好？如今鳳姐兒出去了，你又未理過這些事，倘若有個不周不到之處，豈不落人褒貶？」寶釵道：「我父親去的時日，我年紀雖小，卻也親眼見過的。這些年兩府裏紅白喜事不斷，我冷眼旁觀著，也記了些排場規矩在心裏，只管照樣兒做去，想來也不至出什麼大錯，便有不懂的，請太太指點就是了。」

王夫人點頭道：「幸好那件東西是早已備下的，其餘不過經幡香燭、水陸道場這些，我已教人去請了大太太，等下他們過來，你與你鳳姐姐商量著立個單子吧。」寶釵點頭應了，又問：「鴛鴦怎麼說？」王夫人道：「說是老太太原給自己留了這筆使費的，無奈抄去的東西還了不到一半，現銀子卻所剩無幾，那時從陵上回來，又盡數給了大太太和鳳姐兒，如今不過幾箱子古董字畫，衣裳首飾，就盡當了，也只夠京中的花費。老爺意思滿了七，就要扶靈歸南，路上的用度並那邊破土下葬，又是一筆使費，還不知指著那裏出呢？」說著，周姨娘走來說老爺已經離開攏翠庵回凸碧山莊了，王夫人這方與寶釵往庵中來。

原來自抄家後，賈母接連遭逢生離死別，原本春秋已高，又狠經了幾場傷心，早已病入膏肓，只爲心事不了，方強撐著過了殘年。如今眼見寶玉成親，賈蘭中了秀才，心頭兩件大事擱下，再無可憂患牽掛，便立時鬆弛下來，年下辭歲祭祖，又不免操勞感傷些，病勢一日日沉重起來，漸至垂危。初時鴛鴦每日熬了梅花鹿茸人參粥來進補，還能略吃兩口，堪堪過了燈節，已是驚蟄天氣，雨水漸勤，乍暖還寒，年邁之人不禁驟冷驟熱，早是眼開口閉，水米不進。大夫雖然每日看視，也都知道只在旦夕之間，不過盡人事而已。如今王夫人攙了寶釵來見，賈母微有笑意，眼珠兒卻恍惚左右，似有所尋。恰好寶玉已經聞訊走來，跪在榻前呼喚，賈母緩緩伸出手來，寶玉忙握住了貼在臉邊，輕輕道：「老祖宗，園子裏桃花都開遍了，我陪老祖宗賞花去。」賈母只笑不應，又眼睜睜望著，意有所待。李紈忙又推上賈蘭來，也跪著說「給太祖母請安」，賈母將手摸了摸頭，仍復鬆開。

斯時邢、王、尤、許俱已得訊趕來，連賈璉、賈琮、賈蓉、賈薔、賈芸、賈菌等也都來了，一行人進去，一行人出來，彼此也顧不得諸多迴避禮儀，不過誰來了誰便進去看望一回，磕頭請安而已。接著，賴大家的等年老嬤嬤們也都拄著拐杖結伴來了，又有林之孝家的、吳新登家的等一干已然出府的管家娘子，也都走來磕頭，又與寶釵說情願回府裏幫忙料理喪儀，分文不取的，寶釵一一謝了，都請入議事廳看茶，便著手分派事務。

王夫人便讓了邢夫人、尤氏等往蘅蕪苑喝茶，便將頭先與寶釵商議的話說了一遍。邢夫人來此之前，還指望賈母身後不知留下多少財產，或者還能再分得少許，如今聽王夫人的意思分明是哭窮，意思還要各家拿出些來添補，登時氣急敗壞，冷著臉道：「這邊的家產財物盡數發還了，老太太的梯己不少，這份身後錢一早就備下的，如今怎麼竟說起不足的話來？說起來誰信？縱然不足時，這偌大的園子難道不是錢？況且家裏人口不多，原不必住這大地方，像我們這些抄窮了的，淺門小戶，稀粥醬菜，還不是照樣過日子？」王夫人本來言語遲慢，聽了這幾句，益發氣堵，說不出話來，只得進來尋王熙鳳說話。

那鳳姐哭得雙眼腫起，從進來便守在賈母榻邊寸步不離。那時賈母已經發了幾次昏，鴛鴦搶命的喚醒過來，看精神好似還能支撐些時，遂請鳳姐暫去房中休息，等下有事再叫。鳳姐搖頭不允，因見賈母閃著眼兒一一看視眾人，神情戀戀，分明有不捨之意，心想所有的兒孫都在這裏，卻還牽繫何人？忽思及賈赦、賈珍俱客死流途，通城皆知，只瞞著賈母一人，莫不是爲此念念不忘？遂在耳邊悄悄問：「老祖宗可是想著大老爺和珍大哥哥？」問了數聲，不見賈母回應，卻眼含淚光，愣愣望著寶玉不語。鳳姐低頭想了一回，忽有所悟，忙問：「老祖宗可是尋林妹妹？他已經回南邊去了，等老祖宗大好了，我送老太太回去南邊老家多住些日子，自然見得到的。」賈母聽了，意有所動，一手握著鳳姐，一手握著寶玉，喉嚨裏「咯」的一聲，面露笑意，竟爾仙逝。

登時四下裏放起悲聲，內外上下瞬息都換了孝衣素服，園子裏所有門窗俱用白紙糊了，經幡帳幔一時支起，便在攏翠庵設了靈堂——亦是停棺之地，倒也便宜。那賈政麻衣孝帽，季皐泣血，在靈前死去醒轉者幾回，哭道：「樹欲靜而風不止，子欲養而親不在。古人之言猶有餘哀，兒獨何心，能勿痛哉！」親手寫了三幅輓聯，登著梯子掛起，又做一首詩云：

陟彼怙兮思悄年，萱堂駕鶴竟成仙。
從今膝下難承笑，縱使斑衣與誰歡？
望帝魂歸杜鵑冷，思親淚落吳江寒。
留將高義垂桑梓，遙憶音容寄昊天。

寫罷，又命玉、環、蘭也各作一首詩來，都命人抄了，各寫名姓，供在堂前。接著諸王府、親友也都有送輓聯經懺來的，也有送三牲祭醴的，賈政報了丁憂，朝廷亦有賞賜，不須備述。

此時史、衛兩家正回京告御狀，不免分頭送來祭禮輓聯，卻都因官司在身，不便應酬交際，所以都不來行禮。寶釵惦記湘雲，遂叫了史家送禮的女人進來細問，那女人愁眉苦臉的道：「二奶奶竟別問起，咱們姑娘不見了呢，連我們也都不知道現在那裏。」

寶釵吃了一驚，忙問端底，那女人道：「因爲前番戰事，新姑爺失了蹤，生不見人，死不見屍，也有說被倭人擄去的；也有說被土匪殺了祭旗的，甚至還有說是被真真國公主捉了去做楊四郎的。也不知信誰個才好。」麝月問：「什麼是做楊四郎？」那女人瞅著麝月一笑，道：「原來姑娘不曾看過戲。」寶釵忙道：「問你史大姑娘怎麼樣了，如今在那裏，且別說這些沒要緊的。」

那女人愣了一愣，要抬頭想一回才接著道：「要說姑娘的事，非得從姑爺的事說起不可，咱家老爺原是爲了姑爺的事才同衛親家鬧翻臉的，衛老爺因姑爺失蹤了，責備老爺不能及時派兵，要告御狀，老爺也火了，便說要退婚。姑娘不同意，說是一個姑娘許幾個婆家，婚也定了，帖也換了，連文訂都過了門，如今倒說退婚，豈非不貞不義？說什麼也不肯，賭氣自己離家去尋了許久，那裏尋得著。後來接了皇旨，闔家都來了京城，只有姑娘咬定不肯回來，仍說要在廣西尋找，一日找不見，一日不回來；一輩子找不見，一輩子不回來。據那邊的信上說，姑娘起先出去幾日便回來住上一兩夜，後來竟接連一兩個月不見人，如今還不知道在那裏呢。」

寶釵、麝月聽了，都覺又驚又歎，又替湘雲憂心。麝月便欲去告訴寶玉，回來怡紅院時，見寶玉正在自己拿個杯子沏茶，不禁又笑又急，忙趕上前道：「我的爺，怎麼自己動起手來了？仔細燙了不是頑的。」說著接過壺來倒茶。寶玉聽了這話，又看了這情形，忽覺若有所思。麝月便問：「我且問你一句話：什麼叫做了楊四郎？」寶玉發愣道：「沒頭沒腦的怎麼忽然問出這麼一句來？楊四郎就是楊四郎，什麼做不做的？」麝月道：「我也是這麼說啊，怪的是史家那女人說，有人說史大姑娘的夫婿八成是做了楊四郎了。我所以在這裏奇怪，那楊四郎又不是吃的頑的，有什麼好做的？」寶玉吃了一驚，忙道：「原來史家來了人，可有雲妹妹的消息？」麝月遂將前番的話說了一遍，仍然只管問什麼叫「做了楊四郎」。寶玉苦笑道：「難怪他說你不曾看過戲。」只得細細說給他。麝月又想了一想才明白，拍手道：「原來他是說衛姑爺被真真國公主擄了去，只怕已經做了真真國的附馬了，那豈不是跟咱們三姑娘做起親戚來？」寶玉道：「這只是坊間人的信口胡說罷了，那裏真有那麼傳奇的事。」

正說著，忽見趙姨娘的丫頭小吉祥兒兒急匆匆的走來，劈面就說：「二爺、二奶奶快去看看吧，老爺要打死我們三爺呢。」說著便哭。麝月聞言忙笑道：「這是打那裏來，憑空說死說活的，奶奶如今不在這裏，在前頭招呼客呢。你且別只管哭，倒是把話說說清楚，老爺爲什麼打三爺呢？」

小吉祥兒急道：「我的姐姐，那裏還容得慢慢說呢。老爺如今氣得臉都紫了，拿著胳膊這麼粗的棒子，要把三爺活活打死呢。小鵲兒姐姐走時原教過我，說有事只管求二爺幫忙，我所以來求二爺，快去勸勸吧。」寶玉素來最怕見他父親的，又聽說賈政正在盛怒之下，那裏敢去，支吾道：「我這兩天身上正有些不好，剛剛吃了藥，不好見風。不如你往大奶奶那裏去，請蘭哥兒勸勸吧。老爺最喜歡蘭兒，或者倒肯聽他的話。」吉祥兒將手一拍，歎道：「要不爲著蘭大爺的事，還不至這樣呢。好好的一個秀才，被三爺給弄丟了，怎麼怪老爺不生氣呢？」

寶玉、麝月聽這話說得蹊蹺，都愣愣瞅著他不言語。小吉祥兒看他兩個瞠目不言，只得又從頭說起，偏偏越急越說不清楚，寶玉、麝月盤問了半晌，方大致聽得明白。

原來方才寶玉回來，賈政一干人正在靈前焚香，忽見門上報說從前府裏的一個相公名叫卜固修的，引著位御史大人前來求見。賈政聽了，十分詫異，心道若是上祭來的，該先往靈堂行禮，令門上打雲板響報，怎的倒要我去見他？因命人請入嘉蔭堂看茶，自己磕了頭出來，方進中堂，已見有個官員蹺了朝靴，手捋長髯坐在那裏喝茶，旁邊卜固修負著手，一副洋洋得意模樣，見了自己也並不向前問候丁憂之擾，只大喇喇笑道：「許久不見，政老一向可好？」又恭恭敬敬指著旁邊那人道：「這是聖上新欽定的學院按察大人。」

賈政此時已是驚弓之鳥，不免見木而號，又聽說是學院按察，益發吃驚，拱手道：「不知二位降臨，失於迎迓。」又命家人另換好茶來。那御史笑道：「政公府上有事，原不當打擾，因無奈皇命在身，不得不走這一趟。下官此番冒昧造訪，原是爲著府上公子科考請槍替之事，因聞舉報，本該繩堂提審，念在同朝爲臣，擅自發簽提調，未免於政公面上不好看，因特來府上親自核查。」

賈政聽了，如被冰雪，忙命人取來賈環與賈蘭赴考回來默錄的試卷，稟道：「這確是犬子賈環與孫兒賈蘭的手稿，決非槍替所爲。況且犬子今科並未考中，倘有槍替，又怎會如此狼狽？」那按察御史笑道：「若無槍替，倒不知那『杏簾在望』一詩係何人所寫？」賈政一愣，猛然省起，忙道：「那原是犬子賈寶玉的舊作，正爲園中房舍稻香村所題，童生賈蘭又恰住於稻香村內，因此自幼讀熟了，應試之時，因恰合著題目，便謄寫出來，雖非本人所寫，卻是家學淵源。既非前人詩鈔，亦非捉刀代筆，又何談槍替之語？還望大人明察。」

御史笑道：「即便沒有槍替，也難免舞弊之嫌。按說這本是賢喬梓、令叔侄的家務事，民不舉，官不究，也沒什麼大不了的。無奈既有舉報大義滅親，本官倒不好不稟公辦理的。」賈政聽了「大義滅親」四字，便知另有文章，不禁向卜固修怒目而視。卜固修忙笑道：「政翁且莫誤會，我雖忝爲幕僚，相助大人查閱各省考卷，卻也看不得那般仔細，記不得那般真切，原是令郎特地提醒，托我向按察大人翻卷求證的。非是我不念舊情，實在今年科考槍替成風，聖上龍顏大怒，委派了御史大人從嚴查辦，務必剔弊革奸。我既在大人麾下做事，不得不盡公職守，弊絕風清的。況且我素知政翁不是徇私枉法之人，諒不會怪我未爲隱瞞。」便又帶笑說了賈環行賄單聘仁買通考官一節。

賈政這方知道竟是賈環含妒陷害，意在求卜固修向單聘仁討還賄金，登時氣了個發昏。又聽御史說要褫奪賈蘭秀才頭銜，終生不許再考，幾欲吐血；再想到從前得意之時，卜固修、單聘仁諸清客相公圍隨附和，何等殷勤恭敬，如今翻面無情，以怨報德，竟打夥兒算計舊東主，又何等涼薄刻毒；最可恨者，是賈環窩裏反，陷害親侄，非但此番奪了賈蘭的功名，連將來的前途也都一併毀了，家境已經淪落至此，子孫還要自戕自戮，賈家那裏還有翻身之日？因此種種，氣往上湧，送御史出去後，便即命人押了賈環來，也無暇問他荒疏學業，敗弄家私，賄賂考官，誣告親侄，只拿來按倒椅上，便親自撈起板來雨點兒般下死勁打去，那板子越下越急，竟要活活兒將他打死。

趙姨娘早闖進來苦苦哀求，賈政正在氣頭上，見了他，越發兩眼裏冒出火來，一腳踹倒喝斥：「成日家都是你縱得他揮霍遊蕩，無所不爲，又攛掇著他壞了腸子，三番四次跟家裏人做對，從前璉兒跟我說是他偷了寶玉的玉我還不信，如今越發連侄兒也害起來。蘭兒從小用功苦讀，爲的就是有一天能入科投考，出人頭地，你母子兩個竟害得他從此無緣下場，今天不打死他，難道還留著他繼續作害親戚不成？」

一時王夫人、李紈等盡已得了訊兒走來，寶玉禁不住小吉祥兒苦求，便也來了，然看見賈政盛怒，都不敢攔阻，只得委委勸說而已。那李紈十分委屈，又不好多說，只避過一旁垂淚；王夫人也恨毒了趙姨娘母子，只爲怕賈政盛怒傷身，才不得不勸道：「老爺雖然生氣，也要保重身體，倘若失手把他打死了，豈不多耽一條罪名？我家如今已經弄成這樣，哪還禁得起再惹人命官司？」賈政那裏聽得進去，口口聲聲只道：「如你說的，我家如今弄成這樣，死的死，散的散，是再沒指望的了，我還在乎再多擔一條人命嗎？索性打死了他，倒免得後患。」王夫人、李紈聽他說得痛切，也都哭了，寶玉只得跪著請父親息怒。

誰知賈政越說越氣，板子只有比先下得更重。那趙姨娘見此番捅漏了天，明知無人可恃，將心一橫，拚死上前抱住了板子，回頭向賈環道：「畜牲，還不快跑，等他把你打死不成！」賈環正疼得死去活來，猛聽了這一句，不及多想，果然提起褲子便走。賈政見趙姨娘哭得髻鬟散亂，粉黛模糊，眼淚鼻涕黏成一片，心下原有些憐惜，一時手軟，便被賈環奪出身子來，不禁大怒，喝道：「誰敢放走了他，一起拿來打死！」然而眼前本來不多幾個家丁，又見此番鬧得厲害，也都怕出人命，哪肯攔阻，都只口裏答應著，並不動手。那賈環還只怕有人撵他，顧不得血肉淋漓，一瘸一拐，沒命的逃出，逕自離家去了。

趙姨娘哭得死去活來，賈政怒氣過後，便也有些記掛，不免令人到處尋找，那裏找得著？看看七七將近，原定發了殯便要買舟南下的，便依舊準備起來。誰知交銀子時，卻見連銀帶箱子都不翼而飛了，不禁目瞪口呆，冷汗淋漓，及召集了家中上下查問時，才知趙姨娘竟然走了，連從前藕官的乾娘夏婆子、春燕的姑媽等四五個年老僕婦也都不見，小吉祥兒揉著眼睛只管哭，一句囫圇話也說不出來。林之孝家的又道：「從前跟環哥兒上學的裏頭有個叫錢槐的，原是趙姨奶奶的侄子，父母都在庫上管賬，如今一家子也都不見了。」

寶釵留心，忙問可見著吳新登家的，林之孝家的道：「這倒沒理論，他如今不是這園裏的人了，來來去去，不過是個情面，誰去問他。」便命一個婆子去打聽了一回，回來說：「自從前些日子吳管家兩口兒出去，這一向總未來過，惟有前兒老太太的事出來，吳嫂子過來行禮，因見府上忙亂，留下幫了兩日雜務。前兒還有人見著他和趙姨奶奶兩個在園裏西牆下嘀嘀咕咕，今兒一早闔家不見了，門上掛著鎖，問鄰居，說是串親戚去了。」

王夫人道：「這不用說了，自然是他們趁火打劫，夥著姓趙的娼婦卷了銀子走了。既有名有姓，少不得找他們出來對證，找到人，便不怕走了銀子。」便四處派人去找。寶釵勸道：「不必忙在一時，趙姨奶奶素日原最肯與那些婆子、女人親近，幾千兩銀子，他獨自搬不動，自然是有人攛掇他做成的。走的這些人都是從前管銀賬的，他們沾親帶故，三教九流的乾姐妹親姐妹一大堆，隨別拎起哪個來都是一連串的乾親故舊，怕不有百來房親戚，誰知道如今連人帶銀藏在何處，急切中那裏找去？」王夫人只是不通道：「還沒王法了不成？」一邊遣人報官，一邊又四處打聽趙姨娘下落，奈何如今他家勢敗，官府便不如從前那般應酬，不過隨口應起，豈肯真個派人緝捕；便那些尋找的人也只是領了茶錢，便往茶館酒鋪裏逍遙半日去，回來只說找不見交差了事。接連鬧了十來日，只如以莛叩鐘，哪有半絲消息。

賈政又氣又急，想到自己枉稱廉正養德，身邊卻儘是雞鳴狗盜之人，兼且教子不嚴，蓄妾爲非，不禁既羞且愧，越想越恨，老淚縱橫道：「我成日家勸人說：近墨惟恐自汙，養虎亦防反噬。誰知今日自己倒跌進這個萃淵藪裏來了。門客是這樣，兒子是這樣，連家下人也是這樣，還有一個能信得過的麼？看著是詩書之族，閥閱之家，竟養了這許多豺狼虎豹，可憐自己還蒙在鼓裏，豈不愧對祖宗。」原已哀毀立骨，又添了這件刺心事，那裏撐得住，說了幾次，病倒下來。

王夫人又生恐賈政急出個好歹來，只得勸道：「我那日聽大太太說，這些人原住不了這樣大的園子，不如賣了換些現銀，大家度日。話雖不中聽，倒也是個辦法，況且你我原打定了主意要回南的，這番陪送老太太壽材回去，有生之年未必再能回得來，留著房子又背不走，打理起來又是一筆銀子，倒不如賣了乾淨。況且大太太口口聲聲只說老太太留下許多體己來，如今只是苦著他們。本來倒也不必理會，然我回心想想，他家原比我們淒慘，救濟些也是應該的。若沒錢時便罷了，若是賣了園子，倒可以大家寬裕些。不知你怎麼看？」

賈政原先看見銀子丟失，急痛交加，最放不下的卻還是給賈母送葬這件事。已經訂了船期，若不能及時送殯，豈不枉爲人子，令母親亡魂不安？因而急怒攻心，痛不欲生。如今聽了王夫人一番話，不愁銀子，頓時寬心大半，忙道：「你說的不錯，如今只要能讓老太太靈柩依時上路，風風光光的發送，餘者都不計較。只是倉促之際，一時卻到那裏尋買主去？」王夫人道：「前年南安太妃來時，再三誇讚這園子齊整，他如今正到處選地建屋給女兒做陪嫁，不如問問他家；再有理國公之孫柳芳，也說要在左近建別院方便臨朝待命，也托人問問去。」賈政道：「這園子近年來接二連三的辦喪事，只怕賣不出好價錢來。」雖是這樣說了，也只打定主意，淡泊經營，將就折些銀子可供扶靈回南，再餘下的足夠寶玉另外買屋居住即可。一時商議定了，便托人四處說合，張羅賣園子。

外邊聽見風聲，知道賈家方平息兩天，更又窮了，那些綢緞莊、海味鋪、丁丹叢、香燭店、乃至賣紗燈紙馬的，便都擠上門來要債。打發了這個，拆解不開那個。賈政是病著不起，寶玉又不擅應酬，雖有幾個老管家幫著料理，畢竟沒銀子沒臉面，說不得硬話，反私下抱怨說：「倘是從前鳳二奶奶管家的時候，何至於這般門戶鬆弛，任人作耗？所以說『沒有家賊，招不來外鬼』。從前那樣大風大浪都頂過來了，如今倒在陰溝裏翻了船。」也有的說：「趙姨奶奶母子兩個原最怕的是三姑娘，三姑娘若在，再不會如此不堪。畢竟府裏無人，說出去赫赫榮寧二公的後代，竟連個園子也保不住，弄得子孫零落，家敗人散的。」寶釵聽了，有苦難言，心中十分難過，兼又聽人議論：「原說賈薛聯姻，一個有財，一個有勢，金玉良姻，一雙兩好，誰知道他家敗得比這裏更早，真個是姓雪的，略見見日頭就化了。」更覺氣惱，又不好尋人對舌，便也犯了喘嗽之症，每日吃冷香丸調理。不提。

且說邢夫人聽見說賈府賣園子，起初只覺得意，心想一樣是姓賈，如何我家裏的人流放的流放，變賣的變賣，你家倒仍住在高宅大園子裏，骨肉父子團聚的，如今也一般的要攆出來了；興頭了幾日，忽又不忿起來，算計著那筆賣園子的款，暗想大觀園雖是爲了元春省親所建，卻也是賈家的產業，從前皇上不許長房的人住也就罷了，如今既然賣了，大家住不成，得的錢就該兩房裏公分，如何次房便自己裹了去，一分錢也不與長房養老？天下哪有這樣不平的事，受刑捱窮都是長房承當，坐享富貴就全是次房獨享，可還有個孝悌忠義？想了幾日，終不好當面去說，便想了個法子，走來找熙鳳。

邢鳳姐近日又發了頭痛的毛病，齊額捆了縐紗包頭，兩太陽上貼了小紅膏藥，正兩眼水汪汪的歪在枕上。看見邢夫人進來，哼哼嘰嘰的問好，只是軟洋洋起不來。邢夫人在炕沿上坐下，一句寒暄話也無，開門見山的便叫鳳姐去同王夫人要錢，說了兩遍，見熙鳳不甚兜攬，自己先氣起來，拉下臉道：「你是他嫡親侄女兒，又替他管了許多年家，他有多少產業，你心裏最清楚，便多分些也不為過。他素日待你不錯，想必不好意思絕口不給的，不然從前的情分豈不都是假的了？若是當真不念舊情，也好知道親姑熱侄女的不過是嘴上說得親熱，從此不用再裝虛情兒了。」

王熙鳳聽了，又是氣惱又是為難，心中明知不妥，卻不好當面頂撞，好容易等得賈璉回來，方將邢夫人的話從頭至尾說了一遍，意思教他去勸邢夫人。誰知賈璉聽了這話，卻冷笑道：「太太說得倒也不錯，你素日仗著老祖宗疼愛，也威風了許多年。如今老祖宗去了，倒要借著這件事，看看他們還肯給你臉不？討不來錢時，你也明白自己素日的為人了，看還拿什麼說嘴逞強，以為自己多有手段得人緣的。」鳳姐氣了個發昏，欲要罵幾句狠話時，忽覺胃堵作嘔，竟說不出話來，反逼得鼻涕眼淚一齊湧出，其狀十分可憐。賈璉發過話，也滿心以為鳳姐必定有更惡毒的話來回罵，及見他扒著炕沿兒乾嘔說不出話，忙拔腳走開，心中暗樂，自覺這番鬥口占了上風，竟是一生人裏頭一回，十分得意，哪還有半點憐惜之心。

幸好巧姐兒來請母親吃飯，還未進門，已經聽見鳳姐長一聲短一聲的乾嘔，忙進屋來，看見鳳姐臉脹得通紅，額上青筋爆起老高，嚇得忙倒了水來漱口，又輕輕拍著背後順氣。拍了半晌，鳳姐方回過氣來，想及方才賈璉冷言冷語，一片絕情，再看看巧姐兒，年紀尚幼，滿面孩氣，倘若自己有個三長兩短，這沒娘的孩子誰人顧惜？想到此，一股酸氣直沖鼻端，不禁回身伏倒，放聲大哭起來。巧姐兒小孩心性，看見母親哭，便也將袖子堵著臉，抽抽搭搭的哭起來。鳳姐更覺心酸，卻勉強扎掙起來，向床頭拿過帕子來替巧姐兒擦臉，又順手自己抹兩把，抱著巧姐道：「我要是死了，你老子必定續弦，到那時若受了委屈，太太是靠不住的，不如找你舅舅去，再不然，寧可找你尤家嬸嬸和蓉大哥哥商議，他們從前欠了你娘多少人情，總不好意思不好好看待你，必肯替你出頭……」

正在叮囑，忽聽外邊一片聲鬧將起來，夾著邢夫人的哭聲和賈璉氣急敗壞的吵嚷，方自驚異間，賈璉已怒沖沖走進來，也顧不得巧姐兒在旁，便將一紙休書直摔在鳳姐臉上，指著罵道：「你做的好事！我賈家欠了你王家什麼債，竟生生毀在你這個潑婦手裏了。這回若不休你，天理也不饒我！」鳳姐氣得渾身亂顫，噎了半晌方回過氣來，氣道：「我抱你前窩孩子下枯井來？還是挖了你家祖墳，燒了你家祠堂，惹你這樣劈頭蓋臉的亂罵！你要休便休，那裏來的這些廢話，難道我王家的女兒離了賈家，還能上街要飯不成？」

賈璉額上青筋盡皆爆起，將桌子拍得山響，恨道：「到了這時候你還嘴硬，我後悔沒早早休了你，也免了今日之難！我問你：尤二姐到底是怎麼死的？那個張金哥又是誰？那守備的兒子跟你有什麼仇，做什麼逼得人家上吊的上吊，跳河的跳河？我和長安縣節度使雲光並沒深交，怎麼他倒拿封信出來，非說是我寫給他的？還有那饅頭庵的老賊禿淨虛，我何時同他過過手兒來？三千兩白銀子，你胃口倒不小！」

鳳姐猛的一驚，尚未答話，邢夫人已經跟著進來，向窗前梨花木圈椅中坐定了，便拍腿大哭起來，口中念道：「素日老太太抬舉你，讓你管家，我便也睜眼閉眼，不管你的所為。原想你不過霸道些，張狂些，終究出不了大格。哪承想你膽大包天，竟連收買人命的事也做得出來，我說那個張華不過是個娶不起老婆的潑皮，哪來那麼大膽子竟敢連我家也告，原來都是你在背後指使的！後來還指使人去殺他！真殺了也還乾淨，偏又漏了手，倒慣得他膽子越發大了，再三再四的告起來！還有什麼張金哥，究竟連名字也沒聽過，如何也惹上人命官司來？你敢是上輩子跟姓張的有仇，但凡姓張的便要趕盡殺絕的不成？」

原來自打榮寧二府被抄，那些宿與賈家有嫌隙的，便都躍躍欲試，巴不得落井下石，報復前仇，忽又聽得探春做了公主，遠嫁真真國為妃，不敢輕舉妄動，只得忍耐一時，觀望動靜。及聽見賈府張羅賣園子，確知大勢已去，再難翻身的了，這才放出膽來，爭相奏劾，或告「廣納苞苴，私鬻官爵」的，或告「縱容奴僕，為害鄉里」的，遂又扯出賈璉逼死僕婦、強娶民妻、買兇殺人，王熙鳳仗勢逼婚、收受賄賂、迫死張金哥等等一干事來，大大小小足有一二十件，男女人命也有七八九條，幸而衙門中有與賈璉素相交好的，偷偷送出消息來，著他早做準備，說是衙門明日便要發簽拿人。賈璉又是著忙又是惱怒，況又惹起尤二姐慘死之痛來，益發氣憤不過，遂當即立了一紙休書，進來與鳳姐理論。

鳳姐起初聽見張華非但未死，竟又回京來告狀，頓覺心驚肉跳，意亂魂飛，正尋思如何砌辭辯解，又聽邢夫人說出張金哥的事來，況且有雲光拿出書信作證，又有淨虛的供詞，深知便渾身是口，也難推脫。低頭思索一回，早打定了一個主意，明知事情已經敗露，無可挽回，索性看也不看邢夫人和賈璉，逕自開了箱子，且收拾衣裳。賈璉見他這般，摸不著頭腦，上前一把扯過衣裳扔在地上，急道：「我明兒就要進監發配的了，你倒有心收拾頭面，敢情你回了娘家，這件事就了了不成？」鳳姐冷笑道：「所以我素日說你是個沒膽氣的，你既然已經立了休書，咱們便從此大路朝天各走一邊，我如今已經不是你賈家的人了，我做的事自然由我承擔，沒的休妻做了案，倒要前夫坐牢的。你只管慌什麼？」賈璉猶不明白，看那鳳姐臉上笑嘻嘻的，更覺詫異，呆呆的發愣。

那邢夫人猶自嘮嘮叨叨說了一大篇話，也不知鳳姐聽也不聽。賈璉卻知鳳姐素多機變，遂勸邢夫人且回房去，又令人帶出巧姐兒，自己回身瞅著鳳姐兒，卻不說話。鳳姐笑道：「你要是好好求我，我自然有辦法使你脫身；你若還是這樣大喊大叫的要我的強，我便不管了，憑你休我也好，攆我也好，不過是這樣。」賈璉聽了，忙折疊身做矮子，便在炕沿兒上跪下來，將頭點了兩點道：「二奶奶救我。求二奶奶看在夫妻情分上，別計較我方才一時情急，說的那些屁話。」說著拿過休書來便要撕爛。鳳姐忙按了他手，笑道：「這休書撕不得，還指望他做你護身符呢。」欲知鳳姐作何道理，且看下回。

第十六回

王熙鳳臨歧能權宜
花襲人遇事有始終

題曰：

情重難如願，恩深未必酬。
石苔雖不語，悄逐春風緣。

話說賈璉因鳳姐私受錢銀，惹下官司，意欲休鳳姐以自保；及至聽鳳姐有方法保全自己，忙又換了一副面孔，拿過休書來欲撕。鳳姐卻按了他手道：「撕不得，還指望他做你護身符呢。」因扯了賈璉坐在身旁，不慌不忙的分解給他聽：「攛掇張華告狀的人是我，讓旺兒找人殺張華的也是我，張華如今並沒有死，便不算人命官司；那尤二姐更是自己小產，吞金子自盡的，關著你我什麼事？就是張金哥和守備的兒子，也是自己跳河懸樑，不是我推他下水，扯他上吊的，原算不得殺人；況且就是殺了人，那寫信給平安州節度使的人還是我。你上了堂，只管將事情全推在我身上，再把這休書拿出來，就說是你早已經休了我，不過是憐我無家可歸，暫借住在你家一時未去，便任事不與你相干。哪怕再有八十條人命，也只好砍我一顆腦袋，總不連累你璉二爺可好？」

賈璉這方明白過來，心下反覺不忍，低頭沉吟道：「若是這樣，只怕你難逃刑罰。」鳳姐笑道：「你這會子也不用貓哭老鼠假慈悲的了。我與你夫妻一場，被你明裏暗裏不知咒了千聲萬聲，臨了兒救你一回，也算不枉了頭幾年的恩情。縱有千日不好，有這一日的好，你少不得還顧念著我些，看承這點恩情面上，好好看待巧姐兒，也就是記著我了。」

賈璉聽了，一時良心感發，流下淚來，歎道：「怪道人人都贊你是個巾幗裏的好漢，脂粉堆裏的英雄，果然比男人家更有計謀有膽識。你放心，巧姐兒也是我的女兒，我在一日，總不會看著他受委屈。就是你明天上了堂，我拚著傾家蕩產，也必打點得上下整齊，斷不教你受苦便是。」鳳姐聽了，心中又酸又痛，便也流下淚來。兩口子咕咕噥噥，直說至月落烏啼、東方破曉方才歇息，不過胡亂一覺，天已大亮。

方梳洗時，兩個快手已經提了枷鎖上門，出票拘拿。賈璉忙迎出門來陪笑道：「二位小哥請了，王熙鳳是一婦道人家，拋頭露面的實爲不雅。只要能保得不過堂出官，其餘判重判輕，悉從所命。」那差人將條鐵鏈子擱在窗沿上，作眉作臉的道：「二爺說得容易，咱們兄弟是奉了令牌來的，難道空手回去不成？老爺發了威，兄弟的屁股是要吃『竹筍湯』的。」賈璉道：「我這裏已預先做下一封書子給刑官，敢煩小哥代送，必不教二位受苦。」說著將封信與五兩銀子塞在差人手中，又說了許多好話，才送了二人出去。

鳳姐在裏間聽得人去了，方出來道：「這法子只可抵擋一時，過不了三天兩日，他們依舊還是要來出牌提人。不如你這就備些禮物往衙門裏走一趟，探準了官府的口氣，好過在這裏等死。」

賈璉領計而去，至晚回來，向鳳姐歎道：「審這案子的提刑官是張如圭，因是賈雨村的舊識，從前應酬時也見過一二面，最是個眼饞肚飽沒饜足的，凡他經手的案子，不將人榨乾了不肯鬆手。我說得唾沫都乾了，他只咬定三千兩銀子不鬆口，說是少一個錢也不行。」

鳳姐此時已是拿定主意，便也淡然，反安慰賈璉道：「肯收銀子便好商量，只要不用我當庭出眾的丟臉，留點體面，便殺頭也只得認了。」賈璉道：「那倒還不至於死罪，三千兩銀子買條命，還少麼？」遂說明是遞解還鄉，雖然不過堂，卻也得收押在監，等上頭驗明正身，便使長解押送原籍看管。鳳姐聽了，也自黯然，半晌歎道：「遞解還鄉總比充發流配強，只是一樣坐牢，不在京裏收監，非要回金陵去坐，可不麻煩？也罷，俗話兒說的：留得青山在，不怕沒柴燒。落葉還要歸根呢，我不過是早回去幾年，說不定過個三五載，你同巧姐兒也終要回南邊去，到那時山高皇帝遠，打聽得鬆動了，再上下打點，幸許就沒事了。」

賈璉到此地步，也只有惟惟諾諾而已，恰好王夫人那邊送了銀子來，便都添在裏頭，加上鳳姐素日所積，盡用作打點之儀。邢夫人聽說了，不免又氣又恨又肉疼，說是「當日饅頭庵收銀子時，半個子兒也沒分與我們；如今買他的命，倒要大家勒緊腰帶拿出錢來。若說天理報應，憑他的德行，原不該落此好報。」囉嗦了半日，也無人去理他。

誰知文書詳至忠順府，見了僉押，笑道：「這是賈二舍兩口兒演就的圈套，以為將他婆娘出首，便可從輕發落，丟卒保車，打的好如意算盤！就算那尤二姐、張金哥之死都不與他相關，這國孝家孝間私蓄妾室，卻也是不赦之罪，況且王熙鳳是他結髮妻子，既敢拿他的書子去唆逼地方，自然是這樣的事他平日做得不少，便這件不與他相干，那審不出來的還不知有多少件。怎可就這樣輕易發放了？」便又奏了一本，彈奏賈璉「帷簿不修，停妻另娶」之罪。當今原是至孝之君，念那王熙鳳雖然逼傷人命，究係婦人，既已擇了押解之期，便不令重審，只命將賈璉交按察院從嚴重判。按察不敢怠慢，立命兩名快手拿賈璉到案。

那賈璉半世裏只有他欺人的，沒有人欺他的，如今上了堂，尚不及用刑，方見著些夾棍的影兒，聽了兩句堂威的聲兒，已是渾身酥麻，兩腿俱軟，少不得原原本本都招將出來，連那張如圭受賄三千兩的事也都供了。按察見他招得詳實，便也存個體面，不曾發籤子，只當堂批了充軍，立逼著起行，又將張如圭另具一本呈奏。

原來那張如圭便是從前賈雨村的同僚，舊年一同被參革職、後來又同時起復的，仕途上原不及雨村暢通，因此心中鬱鬱，既不能在官途取勝，便想著生財有道，孰料這次又撞在賈璉這宗案子上，竟將個六品官兒又輕輕丟了。正是：

求全責備終何必，算盡機關也枉然。

卻說那賈璉因當堂充發，倒比鳳姐還早一日離京，邢夫人關了門哭天搶地，也未去相送。可憐鳳姐毫不知情，猶道自己捨身救了賈璉下來，他念及此恩，必會格外看重，或者將來還可望有團圓之日。及至起解之時，卻不見賈璉蹤影，只賈芸、紅玉兩個捧些衣食酒水候在路邊相送，頓覺心寒意冷，頓足道：「一場夫妻，他竟然薄情至此！」口中恨罵不絕。

賈芸不敢說明真相，且是小輩，又不好勸的，只得怏怏的垂著頭，不住拿袖子擦眼睛。紅玉見鳳姐風鬟霧鬢，形容憔悴，穿著囚服布裙，釘了鈕鋯枷板，十分狼狽，心下大為不忍，哭著同那差人好言求告：「我們奶奶自小養尊處貴，吃不得苦，走不得路，如今雖時運不濟，保不定將來有翻身的時辰，你老人家好歹路上顧惜些兒，哪不是行善積德？」那些差役受了好處，自然滿口裹答應，既見日色將夕，昏鴉噪晚，便催促著上路。

方欲行時，忽然又聽後邊有人叫道：「奶奶慢走！」回頭看時，只見一個垂髫孩兒扶著一個老嫗顛著腳匆匆走來，鳳姐定睛看得仔細，不禁心內暗叫一聲「慚愧」，那淚下亦發如雨，赧顏道：「姥姥怎的來了？」劉姥姥喘吁吁到了跟前，扯著鳳姐手哭道：「我的奶奶，再半歇兒便見不到了。老天不開眼，怎麼竟把這麼個行善積德的奶奶坐了罪，衙門敢情是不講王法的？」

紅玉惟恐劉姥姥言多生事，忙攔道：「姥姥別亂說話，仔細奶奶路上受苦。」劉姥姥唬的得忙閉了嘴，見那差人又上來拉扯，忙將塊碎銀子塞在手裏，央道：「這位小哥，腳跟略慢點兒，容我跟奶奶多說兩句話兒。我們奶奶打小兒皮尊肉貴，衣服厚了嫌壓得脊樑背疼，茶水熱了怕燒著嘴唇皮，走步路非車即馬，那裏受得慣這些，求小哥雇輛車子再走可好？」那差人笑道：「我們倒也巴不得有車坐的，無奈這裏是京城，行動就有人來的。等會兒出了城，那時若有銀子再說雇車享福的話吧。」

劉姥姥忙的滿口說「有，有」，一邊解開大衣襟，掏出一個手巾包兒來，裏面也不知多少，便都塞在鳳姐袖子裏，囑道：「奶奶路上無人伏侍，千萬自己留心，投店雇車，別教腳跟兒受委屈。」又命那女孩子上來與鳳姐磕頭，說：「我有兩個孫男孫女，頭兩次帶給姑奶奶見的都是孫子板兒，回來說府上怎麼繁華怎麼熱鬧，孫女兒聽見了便哭鬧起來，也嚷著要看看畫兒裏的世界，我知道老壽星最喜歡女孩兒的，想必不會怪我，所以這次做膽帶了他上來，給老壽星做個頑意兒，誰知道老壽星竟沒了。」說著又哭起來，又細細告訴賈府裏的事，說「園子裏到處都是人，又是來弔孝的，又是看園子的，說是園子要賣了，從此不姓賈，姓柳了，太太忙得顧不上說話。我在老祖宗靈前磕了頭，又到處找奶奶，問了多少人，好容易問到鴛鴦姑娘，才知道消息追到這裏來，緊趕慢趕，差點錯了腳跟兒。」

鳳姐知道他去過大觀園，更加羞慚，又見那青兒生得眉清目秀，閃著眼睛只管朝自己看，問他名字年紀，正與巧姐兒同年，不禁辛酸起來，哭道：「我那女孩兒也不知今生還得見不得見了，姥姥看承我面上，好歹時常走動留心，若打聽得他受苦，千萬幫扶一把。我便是死了，陰靈兒也是感激的。」劉姥姥忙道：「奶奶說那裏的話，日頭多如樹葉兒哩，還有多少大福大貴要享。一時山高水低那是做人常有的事，奶奶別太看重眼前才好。巧哥兒的事更不消奶奶操心，我們一家老小三代五口，若不是奶奶，早已餓死了，若不圖報，還成個人麼？」

一行走一行說，不覺出得城來，長解向路邊飯棚討了碗漿水來，略略澆在封條上，潤得濕了，輕輕揭下來收妥，遂與鳳姐解了鈕銬。賈芸打了賞，又對著差人千叮萬囑，道：「哥哥送了我們奶奶到站，千萬帶回奶奶的親筆書信一封，報個平安，那時必有重謝的。」差人笑道：「小哥這話在港，倒像送過千百次囚犯的。」紅玉又問劉姥姥：「姥姥是就回家去呢，還是再回府裏轉轉？」劉姥姥道：「已在老祖宗靈前磕過頭了，府裏這時候忙得沸反盈天，哪有閒情理會我們？況且已經這時辰了，再晚怕出不了城，倒好順路再送奶奶一程。」

鳳姐半日不語，聽了這話，忽然拉著劉姥姥道：「我把巧姐兒許給姥姥做孫媳婦兒，可好？記得那年你帶你孫子來我家，跟我們巧姐兒不是差不多年紀？巧姐的名字還是姥姥取的呢，可見有緣，不如我們便結個兒女親家，如何？」劉姥姥唬得道：「阿彌陀佛！這怎麼敢？不當家花拉的，我們是什麼樣人，就敢高攀奶奶了？巧姐兒將來就不嫁個狀元、探花，也自然是個誥命夫人，一個是金枝玉葉，一個是粗瓦破磚頭，那裏般配？家雀兒才往茅簷下住，鳳凰哪好落在柴垛子上的？」

鳳姐苦笑道：「姥姥你說夢話呢。我們家這一敗，是水缸漏了底兒，半滴不剩了。那裏還有重新出頭的日子呢？能得個貼心貼意的人收留他，不欺他是沒娘的孩兒，給口飽飯吃，我就死了，陰靈兒也安穩。」說著放了劉姥姥，一手拉了賈芸，一手拉著紅玉道：「你們回頭說給你叔叔，就說我做的主，把巧姐兒許給姥姥做孫媳婦兒，姥姥是男家，我是女家，你們兩個便是媒證，跟你叔叔說：他若念在從前一場夫妻的情分上，千萬別拂我的意。」賈芸、紅玉齊聲兒應了，又含淚向鳳姐、劉姥姥道喜。劉姥姥仍然滿口裏說「罪過，罪過」，搖頭舔嘴的不敢應承。

一時賈芸、小紅作辭回城，劉姥姥又足送了一里多地，又向頭上拔下一根鏨銀釵子來，遞與那差人道：「原是往榮府裏看親戚，身上沒帶多少銀兩，哥兒們別嫌棄，賣了打壺酒喝吧。」眼看著差人雇了大車來與鳳姐乘坐，復拉著鳳姐說了好一會話，這才揮淚去了。

那王熙鳳原在病中，哪禁得起這番顛沛驚惶，走了十來天，病勢日見沉重，遂將劉姥姥與的銀子拿了幾塊出來，央差人請個大夫來瞧瞧。那兩個差人豈肯替他奔波，反私下計較道：「這人眼看是治不好的了，又白花那些銀子錢做甚？不如我哥兒兩個公平分了，才是正事。」便百般敷衍，反越催促他日夜趲行，每到飯時，自己上酒樓，卻將些殘羹剩菜與鳳姐吃；睡時，自己投店，讓他睡馬棚。鳳姐自出娘胎來也未受過這等氣楚，又扎掙著走了半個月，未到金陵便躺倒了。

這日行徑一片楓樹林，時才半夏，葉猶全碧，林邊一座茶寮，棚下有個和尚在那裏磨鏡子。差人自去飲茶，教鳳姐在路邊等著。鳳姐正覺口渴，便也討了碗水來喝著，因見那和尚滿頭癩瘡，鶉衣百結，倒在磨鏡子，不覺奇怪，多看了兩眼。那和尚見他張望，便轉頭笑道：「借給你照一照吧。」鳳姐見他瘋言瘋語，便不理會。那僧復又笑道：「不過享了些虛名浮利，受了些頓挫磨折，便連老朋友也都忘了麼？」

鳳姐不解其意，身不由己，便果然向鏡中照了一照，只見裏邊有對男女手牽手的向自己點頭，卻又並不認得，心中暗道：「我生平並不曾見過這兩個人，如何倒向我招手？況這和尚又說是什麼老朋友，竟不知何解。」正思量時，又見兩個年輕女子連袂走來，身材窈窕，相貌妖嬈，那年長些的懷裏抱著個嬰兒，年少些的手裏掣了柄寶劍，寒光凜然，猛的省起：那不是尤二姐？拿劍的想是他小妹子，聞得舊年因人退婚不娶，自己抹脖子死了，怎麼倒在鏡子裏？莫非這鏡裏世界也可以來去自如的？只這樣一想，便把些邪魔招入骨髓，忽然身子一輕，不覺如夢如癡，悠悠蕩蕩，進了鏡子裏。

等那兩個差人飲飽了茶，看時，那王熙鳳已然面白如紙，兩手冰涼。那差人早知必有今日之事，也不等他斷氣，將兩塊破苫席來胡亂裹了，拖至青楓林下，尋個僻靜地方草草掩埋，徑拿了僉封去交差了事。可憐鳳姐一世聰明，臨了兒竟連個墳頭墓碑也無，這也是他命中如此，不消嗟呀。

且說大觀園逢七起壇，香燭日夜不息，總算趕在月底托了從前籌畫造園的胡老明公山子野做筏，將園子賣了給理國公柳彪之孫、世襲一等子柳芳居住，約定只等賈母起靈，便可畫押易主。柳芳一時籌不齊偌大款項，只得先付一半，又請了馮紫英做保人，言明其餘的一年後結清。其間騰挪搬遷，告知親友，不免餞行道別，忙了許多日子。那寶玉百般不捨，終究無可奈何，每日略得閒便往園中各處遊逛，又常於瀟湘館留連，也只是徒惹傷悲而已。王夫人又將賣園所得除了帶去南邊的外，餘下的分作兩份，一份與了寶玉，一份與了賈蘭，又叮囑寶玉留在京城等著收那柳家下餘的房款。

寶玉、賈蘭都跪辭不受，說：「老爺、太太賣這園子，原是為了老太太的大事，我們做小輩的，不能替老爺、太太分憂已經是不孝了，如何還能拿這分家的錢，豈不愧死？」寶釵也說：「好女不穿嫁妝衣，好男不吃分家飯，這錢還是老爺、太太帶了去吧。除去發送安葬這筆大的之外，餘下的還要修緝房屋，置些傢俱奴婢，再則那邊幾十房親戚，就備些禮物走一遍也要許多花費，那裏還剩得下許多？便有，也該在祖墳邊多置幾畝墓田，依時祭掃，養贍終身，方是長久之計。」

王夫人歎道：「我的兒，你說的這些，我早已算計過，盡夠了。這是刨去田地花費餘下的，也只好讓他們叔侄略添些家什雜物，其實沒有多少。若要買屋置業，還須等那柳家餘下的款子。這也不是分家，原是權宜之際，你們不拿這錢，難道兩口兒睡到露天地裏不成？就是你大嫂子說是跟他嬸娘表姑娘一同過活，也不好一個大子兒不拿的光身去投奔；便是你兩個，雖然你娘巴不得你回去，我知道你未必便肯，吃穿用度，一針一線，哪不要用錢？也還要囑咐你們省著些花，將來等事情了了，仍要在南邊相見，那時興許還多出來呢。」李紈見王夫人說得懇切，便磕頭謝了接過，寶釵便也接了。

寶玉原不擅這些交際應酬之事，說到遷屋租房，更是無從下手，薛蝌、邢岫煙幾番派人來接，寶釵只遷延不肯。蔣玉菡、襲人聽說了賈府賣園子，便也派車來請，寶釵方自沉吟，襲人早流下淚來，勸道：「我知道奶奶的心思，覺得我們是奴才，身分低賤，原不配和二爺、奶奶同住。只是那紫檀堡的房子原是他從前買下的，如今他在忠順府裏不得出來，房子空著也是白空著，奶奶如今只管與二爺消消停停住著，並不同我們一處，好過街邊淺屋陋室的嘈擾；況且奶奶又是好清靜的，二爺又不喜與鄰里打交道，又容我略盡片心，便不枉了相識一場；奶奶從前待我何等好來，如今連這點情面也不給我？」說著便要跪下。

寶釵忙拉住了道：「你說到那裏去了？我原爲你們住在忠順府裏，所以不肯搬，既然紫檀堡是獨門另戶，那有什麼不願意的？只是也該像外邊租房的規矩一樣，照數兒按月付租的才是。」襲人聽他願意搬，便歡天喜地的，及聽說要付租，原不肯收，無奈寶釵說：「若不收，便不敢占住的。」襲人只得應允，便動手幫著寶釵、麝月拾掇起來，先將行李搬過去。

到了七七發殯，府裏發出全副執事來，江邊早已備下兩隻船，一隻裝載賈母棺槨，另一隻賈政與王夫人自乘。京中習俗雖是趨吉避凶的，卻也有些敬重賈政爲人特來送行的，也有與賈府沾親帶故礙於禮節來打個轉兒的，也有與寶玉交好不肯懼禍避行的，也有看見北靜、南安諸王府的路祭便也隨後趕來的，弔送往來，倒也熱鬧。正寒暄間，忽聞得當當的鋪兵鑼，遠遠喝道之聲，便見一對對的金瓜月斧，旗牌銘旌，八人顯轎抬著一位內相喝道而來，卻是大明宮掌宮太監戴權押送皇家祭禮來了。

賈政自覺臉上有光彩，便在當街裏設了香案，滿面淚痕的跪謝了天恩，三拜九叩，方才重新起程。寶玉等一直眼望著船去得遠了，連影兒也盡沒在水中，又望著江灑了幾點淚，方才回來。

那李紈是早在賈環賣了賈蘭功名時便打定主意要搬出另住的，即便園子不賣時，也是不打算久住的了，如今自然更不消提。賈政方才放話要賣園子，他便已知會李嬸娘派車來將行李先送了去，只爲給賈母守靈，才不好一時便去，直等賈母起靈，娘兒倆便與玉、釵兩個道別，即登車去了李嬸娘處，相依過活。此時正值春闈大比，那賈蘭看見一眾同窗都自孜孜矻矻的準備下場，心中益發難受。恰好這日賈菌抄了邸報來，知道又是徵兵時節，便走來與賈蘭謀劃說：「從前每逢征甲，咱們這樣人家總要納捐免丁，如今已經敗落至斯，哪還有那些閑銀子納捐。況且我們忝列武蔭之屬，又從小習練弓馬，若不到疆場上廝殺一番，建些功名，也枉爲榮寧後代。不如便一同從軍去，倘或略建寸功，也好報效朝廷廊廟，重振祖宗家聲。」

賈蘭深以爲然，暗想聖賢書中說「生於憂患而死於安樂」，如今看來，從前種種困窘磨折，焉知不正是他日飛黃騰達之兆？便向李紈說了投軍之事。李紈那裏捨得，無奈賈蘭再三堅持，至於哭了，說：「我知道母親一心指望我科舉取仕，無奈出了這樣的事，如今習文已然是不成的了，縱然再讀十年的書，也是無用；倒是從武出身這條路或者還有些指望，母親若不許我去拚搏一番，怎麼對得起天地祖宗？且也有負母親從小的一番教誨。」李紈思之再三，只得允了。後來賈蘭、賈菌兩個執馬揚鞭，出生入死，果然闖了一番功名回來，此是後話，暫且不表。

且說寶玉和寶釵兩個送走賈政、王夫人，便坐了馬車出城，徑向東郊二十里外紫檀堡風馳電掣而來。此時桃花盛開，鶯聲初啼，沿途風光甚好。奈何二寶心中有事，都無心賞玩。行了半日，人漸稀疏，林漸茂密，露出兩邊垂柳樹夾著的一條黃泥路來。寶玉知道紫檀堡將至，遂出來坐在車轅上張望，果然行不多遠，便見那蔣玉菡踮著腳在路口遙等，見車過來，忙迎上來拱手，親自拉著馬來至門首。只見一帶清水瓦房，高高的虎皮牆擁著一座朱油大門，院門敞開著，露出裏面雲石照壁，書著一個大大的「福」字。

寶玉先下車，接著麝月扶出寶釵來，襲人忙迎上來見禮，寶釵忙扶住了。蔣玉菡偷看寶釵時，只見他身上穿著純素衣裳，頭上不多幾件銀飾，風姿安詳，舉止沉重，未見笑謔而和若春風，不施脂粉已豔壓群芳，心下暗暗稱讚，口稱「嫂嫂」，拱手見禮。寶釵羞得忙低了頭側身回禮，道了叨擾，且隨襲人回房洗漱更衣。麝月卻知道這便是那年寶玉爲他捱了一頓打的蔣玉菡，不禁下死眼看了兩眼，只見他穿一件洋緞鑲金線的絳色縐綢襖兒，套一件湖水藍緞子面兒的珍珠毛半袖，腳上蹬著鑲邊的雙軟底薄靴，態度溫柔嫵媚，眼神流轉多情，舉手投足間自有一種形容不出的風流逸豔，比寶玉猶覺俊美秀麗，暗想襲人竟有此夫婿，也可謂奇緣了。心下歎了兩聲，隨寶釵進房去。

原來這院子分為前後兩進，庭前雜種著幾株紅碧桃花，搭著荼蘼架子，頭一進是一明兩暗三間青磚瓦房，當中是穿堂，豎著落地紫檀鑲牙的人物插屏，東邊是書房，西邊暗間堆著些箱籠炕櫃，院門邊另有一間角房是給看院子的老李頭夫婦兩個居住，後一進是東西兩間連著灶房。此時寶釵便往後進東間洗手，寶玉與蔣玉菡兩個便攜手來至前邊明間堂屋裏敘茶，只見堂上一色清漆桌椅，搭著繡金紅紗椅披，安著藤心緞暗龍紋的坐墊，壁上不多的幾件字畫，几上釉裏紅膽瓶裏插著些翎毛、如意、時鮮花卉，倒也佈置得雅潔不俗。寶玉連聲讚歎，蔣玉菡笑道：「這房子也不是我置下的，原是北靜王惠贈。就連請你屈尊在此韜光暫住，也是王爺的主意。王爺私下裏曾同我說，兄有奇骨，如出世，必建奇功。但為人淡味薄俗，清襟養真，其志不可勉強。還教我囑咐你，但有所需，盡可同王爺講，不要外道了才是。」寶玉歎道：「王，玉之知己矣。奈何玉本拙石瓦礫之人，賦性既鈍，兼少見聞，況且性情疏懶，只怕有愧北王厚愛。」

又說了幾句話，蔣玉菡起身告失陪之罪，說是東郊有位鄉紳過壽，早早請了自己去助觴，又說「二爺若不嫌蝸居窄陋，便當作自己家中一樣，一概家什衾枕，隨意取用」，寶玉知道他是因寶釵在座不便相陪，遂不挽留。蔣玉菡又叮囑了襲人幾句，便告退了。

老李婆子幫著布上酒菜來，乃是百合蝦仁，桃花鱖魚，栗子蒸雞脯，杏仁豆腐羹，並一窩銀絲細麵，花團錦簇，色豔香濃。襲人把盞勸箸，殷勤笑道：「都說『上馬餃子下馬麵』，我手腳慢，忙了這一晌午，才擀了這一窩麵。好在我知道你們飯量都不算很大，若不夠時，多吃些菜也是一樣的。」寶玉笑道：「你如今當了家，比先越發能幹了。」挑起那麵看時，細如髮，長如線，先就贊了一聲，又將玫瑰汁子澆麵嘗了一口，更覺筋道有滋味，不禁贊道：「汁香麵滑，又透著玫瑰花香，比從前柳嫂子做的還好。」又夾一隻百合蝦仁嚼了，更加讚不絕口。襲人抿嘴笑著，知道寶玉喜歡吃魚，先替他挑出刺來，送至盤中。

寶釵只略吃了幾個蝦仁，夾了兩筷子麵，又用過半碗羹，便說飽了，要回房歇息。麝月忙跟進來伏侍，房中帳奩被褥俱全，一應都是新的。寶釵笑道：「我想是在江邊著了點風，這會子有些頭昏，只想早些歇著，並不用人伏侍。難得襲人親自下廚做了這許多菜，你不多吃些，豈不辜負他的心。」

麝月只得罷了。出來時，只見寶玉也不用人勸，風捲殘雲吃了好些，那酒也去了半壺，不禁笑道：「酒這樣東西，淺嘗就好，醉了倒傷身的。怎麼眼錯不見就喝了這許多？姐姐也不勸勸。」襲人笑道：「怎麼不勸，二爺說栗子、杏仁最好下酒，那裏勸得住？」便移過酒壺來，半真半假的笑道：「雖然你吃這許多是賞我臉，卻也再不許你喝了。留下這些也讓我們兩個潤潤口吧。」沏了一壺雨前來，裏頭放些珠蘭，請寶玉解酒。

寶玉醉意已然上來，便也要睡。麝月因問襲人道：「二爺的房在那裏？」襲人駭然道：「自然是二奶奶在那裏，二爺便在那裏，我並沒預著兩間房。」麝月抿嘴笑道：「我竟忘了同你說了，你不知道咱們二爺同二奶奶並不同房的麼？」遂在襲人耳邊將寶玉同寶釵婚後情形略說了兩句。襲人越發詫異，只得道：「東廂正房已經拾掇出來給了二奶奶，二爺若要另住，只好到我房裏去了。我在西廂雖留著一間房，其實並不來住，如今並沒多的空房，就有，也缺鋪少蓋的一時佈置不來。原說留給妹妹你的，如今只好擠一擠。」

麝月想一想道：「也只好這樣。我反正是跟奶奶睡的，倒不用再麻煩。」遂與襲人兩個扶著寶玉來至後進東間，揭起簾籠來，只見靠牆一張花梨六柱藤床，掛著垂珠藕色帳子，床上鋪著半舊的暗龍天青貢緞鑲邊寶藍素緞托裏的嘉文簟，被褥俱全，上邊擱著一個綠套青妝的緞枕，大紅枕頂，兩頭繡著纏枝花卉，有蝴蝶停在花上抖翅，卻都是怡紅院舊物，不禁眼淚撲簌簌落下，半晌無言。

襲人雖已嫁為人婦，卻仍不避嫌疑，親自拂床安枕，如舊伏侍寶玉脫去衣裳，又將他頸上那塊玉取下來，用手巾包著塞在枕下，又擰手巾來擦頭臉。那寶玉既醉且倦，頭方著枕，便睡熟了，任由襲人擺弄。麝月一旁袖手看著，並不言語，待見襲人眼酸酸的似有流淚之狀，方拉了他手出來，仍回前邊廳裏坐下，二人便淺斟慢酌，說些別後情形。襲人道：「二爺這般古怪，莫不是還念著林姑娘？」

麝月道：「可不是掛念？連大喜的日子裏頭，我還沒醒，他便先起來了，穿一身全素衣裳去了瀟湘館，也不知做什麼，累我一頓好找，急得頭頂心冒出火來。」襲人歎道：「可見世上的事盡不由人意的。我從前只道他兩個金玉姻緣，天生地設的一段好親事，又是娘娘親口賜婚，何等榮耀，誰想到結了親竟是這樣？早知道，倒不如娶了林姑娘，好歹還是兩相情願的。」麝月也道：「誰說不是呢？就比方姐姐，園裏園外上上下下誰不把你當姨娘看，如今做了蔣家新奶奶，二爺倒成了客，教人那裏想去？就是我今兒坐在這個地方，明兒也不知道還是在南，還是在北。」襲人抿嘴笑道：「太太早已同我透過話了，你的將來麼，自然是長長久久同二爺在一處，我正羨慕不來呢。」麝月搖頭道：「我也不是做假，你看二爺還是從前的二爺麼？正經八百的二奶奶娶進門，還只管當佛兒供著呢，那裏還有我站的地方兒？」說著眼圈兒紅將上來。

襲人本想取笑幾句，見他說得傷心，倒不好再說的，只得另找些話頭岔開。說了一回，蔣玉菡那邊事了，派車接了襲人同去。欲知後事，下回分解。

第十七回

紫檀堡當劍酬知己
白楊村讓杯救孤兒

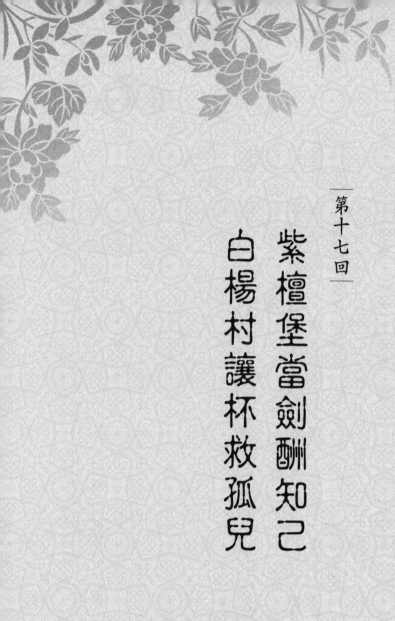

話說寶玉自此在紫檀堡住下，閒時種花餵鳥，或與寶釵吟詩作對，煮茗清談，倒也悠閒適意；寶釵卻知這般坐吃山空，久之必然不妥，遂每日得閒便與麝月做些針黹，請李老婆子帶到街市去賣了換些油米，也不過聊勝於無而已。到了年底，看看柳家結算的日子將近，這日蔣玉菡卻忽然引著馮紫英匆匆上門來，不及寒暄，便滿面愁容的道：「我聽我父親說，去年皇上在平安州遇匪的案子審了一年，也不知那裏來的消息，說是那些匪人與從前出家的柳湘蓮柳兄弟有舊，又說柳兄的祖上原與理國公柳彪是同宗，因此一紙皇旨下來，九族俱被株連，連柳芳亦削了爵，貶為庶民，產業俱沒入官，只怕玉兄的那筆款子要打水漂兒了。」

寶玉聽了，怔目呆舌，半晌不能回話。送了紫英出去，便自回房向寶釵簡略說了，寶釵卻還鎮定，勸道：「命裏有時終須有，可見這筆銀子原不是咱家的。只是太太臨走發下話來，讓你收了款子便分一半去與珠大嫂子，如今出了這樣的事，須得往珠大嫂子家送個信兒去，免他惦記。」寶玉道：「自搬到這裏來，你也很少進城，我想起來，姨媽的壽誕就在左近，不如備些壽禮，往姨媽家走一趟，你也可回娘家小住幾日，權當散心，可好？」寶釵含笑道：「謝謝你想著。」果然收拾了幾樣茶果禮盒，便命老李頭雇了車子，與寶玉進城來。

先往李嬸娘處說話。此時綺、紋兩姐妹俱已出嫁，只有李嬸娘與李紈兩個相依為命，一切井臼裁剪俱是親為，又將空房租與人家居住，收些房租添補家用，日子甚是清貧。寶釵進來時，那李紈正在井邊浣洗，見了他兩個，只當是來送那筆款子的，十分歡喜。待聽說了柳家之事，大失所望，半晌歎道：「這才是屋漏偏逢連夜雨，老天真真是不給人活路了。」寶釵極力安慰，又說了一回話，起身告辭。李紈虛留一留，因寶釵說還要回娘家探望母親，便送了他二人出來。

此後寶釵又來探望幾回，奈何那李紈生性謹慎，爲人疏落，早在寧榮府得意之時已經有些秋氣，如今小家別院，不比從前，益發冷淡起來。先時寶釵偶來小坐，見他神情蕭索，開口便道艱難，還只當寡婦家原比別人惆悵易感傷，經此大難，未免風聲鶴唳些也是有的。及後來，方坐下時，便聽李紈無故抱怨房客遲交租子，度日艱難，又說起族中親戚常來借貸的事，說：「眾人聽見太太賣園子，只當有多少銀子可分，你也來問，我也來問，也不管遠的近的，親的疏的，略沾上點就要借錢。前邊東胡同裏住著的璜嫂子素向與我們並不走動，如今前後街住著，前兒忽的恃著他侄兒金榮和蘭兒曾經同過幾日學的情分找上門來，說要給侄子捐個監生，開口要借一千兩。我說沒有，他只不信，還說『蘭哥兒不用考舉，不愁銀子使。榮兒沒了銀子，可就連前程也丟了，嫂子若肯借這救命的錢，他日榮兒中了，必要加倍還回來的。』倒像是金榮若做不成舉人，便是我們的罪過一般。俗話兒說的：『須將有日思無日，莫待無時羨有時。』如今再想過上從前衣來伸手飯來張口的日子，只好做夢了。」寶釵揣度話意，方知他怕自己借貸，所以預先將些話來堵住，不覺惹氣，從此便少了來往。每日只閉居紫檀堡中，節衣縮食，安分度日。

寶玉既見收債無望，又全無入息，便同寶釵計議，欲回南邊同父母團聚。寶釵卻捨不得母親兄弟，趑趄不忍行。恰此時，忠順王亦被人參了一本，落了勢，蔣玉菡趁機贖身出來，也同襲人來紫檀堡定居，便又苦留下寶玉來。寶玉原也怕回到金陵受父母管束，不過因囊中乏饋方起此念，既見寶釵不計較，便樂得留下來過些逍遙日子。兩家日夕相處，頗爲浹洽。

那蔣玉菡亦非稼穡之人，又不願再操琴瑟生涯，且與寶玉脾氣相投，便相約要做個隱居士，今日邀朋飲酒，明朝陌上觀花，便又結交了許多三教九流的朋友，不上兩年已將積蓄敗得盡了。起初還有北靜王、馮紫英等人不時接濟，及後來北靜王派了巡邊，馮紫英亦領命出征，兩家日子便日告艱難窘縮，遂只得靠當賣祖遺過起日子來。先還只拿些用不著的古董字畫去當，從前千方百計搜覓而來者，如今十不抵一的折些油米白麵，這也是世事常情，自不必說；漸次便至寶釵妝奩，也只如以米易粟，那大戶人家嫌舊了不時新，小家貧門又覺奢華不實，那裏論得到買時的價錢，且終究也支持不了多久；便又打算到裙襖衣服上，更是杯水不能澆火。有時寶玉羞噁心起，便也思量謀個差使做，及至托了幾個朋友，也有薦作幕賓的，也有應承長隨的，他卻又都不如意，婉辭謝絕了。臨到節下，幾乎連冬衣也備不齊，蔣玉菡只得當了行頭，換些棉紗布料來交與襲人裁剪；寶玉閒時便畫幾張畫托人代售，或是書春聯，題扇面，也只顧得上頓沒下頓。那琪官原為忠順府紅人，別人尚不敢怎的，如今既無庇蔭，地方上便有些浪蕩公子、鄉宦豪強時常上門來挑釁戲辱，說三道四，襲人每每吞聲飲泣，寶玉、琪官煩惱不了。薛寶釵此時後悔不來，便欲效那孟母三遷的故事，偏又適逢寒暖天氣，觸犯舊疾，勞動不得，只得權且忍耐。

是日正值春分，寶玉吃過午飯，葛巾藤鞋，隨手卷了一本書走至廊下，命麝月放下方竹躺椅來，就在桃花樹旁隨便歪著，因見屋簷下有燕子忙忙碌碌的來回銜泥，心有所感，隨口吟道：「玉人一去未回馬，樑間燕子三見歸。」吟罷，連連歎息數聲。寶釵隔窗聽見，初時不解，忽思及今日乃是二月十二，更覺鬱鬱。低頭思索一回，因命麝月去街市上買些瓜果香燭回來。麝月笑道：「二奶奶前頭才說的：如今不比從前，能省則省，所以連十五燈節都沒操辦；今日不過是個小節氣，倒要供奉花神，豈不顛倒了？」寶釵道：「叫你去便去，哪來的這些話說？」

麝月還要問時，襲人恰好進來聽見，忙道：「我前兒上街經過香燭店，已經早早買了備下，奶奶要用時，只管取來。」寶釵點頭歎道：「我倒忘了，今兒也是你的生日。」麝月這方恍然大悟，忙與襲人出來擺設香案，尋出一隻漢玉觴來，貯了一觴百花釀，又將博山爐焚了百合香，往院裏挑打苞兒的碧桃花剪了幾枝，插在書桌上一個霽紅花囊裏。正在忙碌，蔣玉菡已回來了，拎著些火腿、肉乾、薰魚、醋鴨之類，並一罈子花雕酒，向寶玉笑道：「吃了十來日素，我們今日必要喝乾這一罈，不醉不休。」寶玉笑道：「只有這一罈酒，怕還醉不了你我兩個。」

襲人見了，忙拉進玉菡來問他：「你那裏來的錢打酒？可是又當了什麼？」蔣玉菡道：「這家裏又還有什麼值錢東西，就剩下那把劍還值幾兩銀子，白擱著也是落灰，我所以拿了去換些酒菜替你做壽，咱們好好樂他一晚。」襲人心下不忍，埋怨道：「又不是什麼大生日，何用得著當劍？那是你最心愛的，雖不用來唱戲，閒時舞動兩下也是一件頑意兒，如今當了，他日可指著什麼來贖呢？」蔣玉菡道：「還贖他做什麼？橫豎這輩子我再不唱戲，看見他倒心煩，當掉了倒也心眼乾淨。」

說著出來，寶釵已在案前拜了幾拜，復與麝月往明間裏調排桌椅，佈設杯箸。寶玉知道心思已被寶釵猜破，反不好意思的，進來斟了一觴酒，仍回來桃樹前，暗思柳夢梅有「拾畫、叫畫」之典，唐明皇有「迎像、哭像」之情，我與林妹妹泉台永隔，卻對此一樹碧桃花泣血長哭亦不能矣。遂將一觴酒盡澆在樹根下了，暗祝一回，進來與蔣玉菡坐了對面。屏風後另設一席，寶釵首座，襲人次座，麝月打橫相陪。飛觴斗斝，猜謎作對，不一時整罈酒盡已喝罄。蔣玉菡喝得興起，將白玉箸敲著碧玉杯，聲遏層雲，唱了一曲〈中呂、別情〉：

自別後遙山隱隱，更那堪遠水粼粼。
見楊柳飛綿滾滾，對桃花醉臉醺醺。
透內閣香風陣陣，掩重門暮雨紛紛。
怕黃昏忽地又黃昏，不銷魂怎地不銷魂？
新啼痕壓舊啼痕，斷腸人憶斷腸人。
今春，香肌瘦幾分，摟帶寬三寸。

寶玉聽了，益發如醉如癡，隔窗看見院中桃花映著夕陽，堆霞簇錦的一般，因向蔣玉菡道：「這院裏的桃花已是這樣，村邊桃林裏上百株紅白桃花聚在一起，更不知是何盛況。」蔣玉菡知他未能盡興，便約著往村裏酒肆裏接著飲去，寶釵、襲人因見天已黑起，連忙勸阻，奈何再勸不住，只得由他們去了。至晚方才回來，一夜無話。

轉眼清明已過，接連下了幾場透雨，天氣便熱起來。是日寶玉剛起，便有金陵的家信來了，卻是賈政催他兩個往南邊團聚，又說王夫人近日忽染一疾，漸見垂危，如若作速趕來，或還趕得見最後一面。寶玉拆讀之下，不禁號啕大哭，又說與寶釵、襲人等，也都哭了。便都著慌起來。無奈寶釵抱恙，不堪舟車勞頓，只得與麝月兩個收拾行囊，將眼面前一時用不到的釵環箱籠當了許多，且打發寶玉獨自上路，說明病癒後再圖相聚。蔣玉菡又打聽得有商船往金陵辦貨，便托人引薦，使寶玉搭船同往，又特備了一席宴請那商戶，一則托他照應，二則也是與寶玉餞行，又著襲人備了些臘肉、風鵝、鹿乾、兔脯之類，預備回鄉饋贈親友。寶玉又往各處辭行。

薛姨媽、李紈兩處得了信兒，不免都痛哭一場，各有賻儀奉贈。薛姨媽又道：「本該教蝌兒與你同去，偏巧媳婦兒重著身子，穩婆算過日子，就在這一兩個月裏頭，家裏離不得人。你既要回南，倒不如教釵兒回娘家住些日子，彼此也好照應。」寶玉道：「我也是這樣說，爲的是他這兩日有些咳嗽，正吃藥呢。原說過兩天好些，就來看姨媽。」薛蟠之子今已三歲，走來與寶玉磕頭，叫姑丈。寶玉牽著手說了幾句話，見他生得虎頭虎腦，與薛蟠一般無二，想到薛蟠雖然流途慘死，倒留下這一個遺腹之子，不禁感歎。薛姨媽再三留飯，寶玉因說「還要去舅母家，晚了不好」，告辭出來。

上了車，一徑來至邢大舅處。邢夫人卻不在，帶著賈琮、巧姐兒往廟裏進香去了。邢邢德全正與賈蓉兩個在院子裏放了横桌喝酒，見了寶玉，拍手笑道：「這可是來得早不如來得巧，不是你，別人也沒這樣口福。」忙拉至席上。也並無菜肴，不過是些杏仁、雞絲、火腿、倭瓜子幾樣果碟小吃，便連碟子也是不成套的，汝窯雜著鈞窯，饒瓷伴著建瓷，或是青花，或是豆綠，中間又夾著一隻粗胎瓷盤子。寶玉不好一時便說母危之事，便撿了一隻金桔慢慢剝著，且聽他們閒話。聽了一回，漸漸明白，原來賈蓉新近同仇都尉謀了一事，許他只要如此如此，便可官復禁尉之職，得領皇餉。因此特來找邢德全商借。

那邢大舅此時多喝了幾杯，早又醉得顛三倒四，滿口胡言，不等賈蓉說完，早告起艱難來，少不得又將邢夫人數落一通，說：「我們家的事你還有什麼不知道的?當年父母積下偌大家業，都被他一人卷了去，如今白添在抄家裏頭，倒轉過頭來靠我們。日常家計，一個大子兒不拿，還帶著琮哥兒、巧姐兒兩張嘴，對外還講說長姐如母，帶大我們如何如何辛苦，饒是白吃白住，倒像我們欠著他多大人情似的。」一邊說，一邊還只管讓賈蓉，「不能與從前府上廚子比，多少用點，是個意思。要說真個兒越活越回去了，非但吃喝用度不比從前，就連打個小牌賭個彩頭兒，都約不齊人。活著可還有什麼趣味呢？」

賈蓉也不理他，低頭沉吟一回，又問寶玉現今住在何處，賴何爲生。寶玉知他有借貸之意，忙將父親來信之事說了一遍，又道：「原說拜別舅母，就去府上看望珍大嫂子的，既是你在這裏，替我說一聲兒就是了。」賈蓉呆了半晌，拍手道：「這可是叫化子同要飯的借錢，天下倒楣事兒都湊到賈家來了。」邢大舅向賈蓉道：「你家從前那樣富貴，那樣多顯親富友，難道就沒個騰挪湊錢的法兒？」賈蓉道：「還有什麼法兒，我若是個女人，早恨不得賣身變錢去了。還在這兒發愁呢。」說罷歎聲不絕。

邢大舅笑道：「那也不至如此，若說是女人便有想頭，我們巧姐兒生得倒水靈，如何連個婆家也找不下？虧得他舅舅還有臉三天兩頭來告貸，說是他爹娘攢下許多銀子，都攥在我們手上，慫恿巧姐兒跟我們要。虧得那孩子不糊塗，面子上應著，並不肯當真；若是個糊塗孩子，果真一五一十跟我們算起賬來，可不氣死人？你們白想想，當日偌大家業嘩啦啦一下子倒下來，他爹娘一對夫妻倒出了兩個囚犯，何曾有過一毫半子兒留下來？況且別說沒有，就是有，他們姓王的也要不到我們姓邢的家裏頭來。」一邊罵罵咧咧的，又讓寶玉吃酒。

寶玉此前早已聽賈芸說過鳳姐臨行托孤之事，知道邢夫人非但不允嫁，還將劉姥姥並賈芸、紅玉罵了個狗血淋頭，罵得他們不敢上門，說他們明欺死無對證，便拿著死人的話做文章，合謀騙娶巧姐兒，「做他娘的春秋大夢，賈家的女孩子嫁給鄉下使鋤頭的王八漢子做媳婦？白日裏說瞎話！若不是糊塗脂油蒙了心，就敢是吞了獅肝豹子膽，癩蛤蟆倒想吃起天鵝肉來！我斷不信他娘會說這樣的話，便當真說了，也做不得準——他原是我賈家休了的媳婦，女兒姓賈不姓王，我一日不死，還輪不到別人作主！」一番話罵得眾人啞口無言，都知道邢夫人必定要巧姐兒嫁個閥閱之家，尋個富貴之兒，好狠敲上一筆的，從此更無人上門提親——那小門貧戶的固然高攀不上，那名門望族的卻又嫌他家遭了大罪，爹娘爺叔皆是囚犯，豈肯沾惹？雖有幾個薄宦子弟貪他家威風雖倒名聲在，邢夫人卻又嫌人家聘金微薄，不肯答允。幸好巧姐兒年紀幼小，不急於此。邢夫人卻漸漸坐不住起來，原指望著早早與巧姐兒定了親，好教親家擔負他一概起居花費，如今眼見巧姐兒一年年大起來，出脫得美人兒一樣，又是平釘堆繡紮拉扣樣樣來得的，不枉喚作巧姐兒，卻偏是門前冷落，無人問津，每年倒要貼賠出許多銀子來與他裁衣裳，做鞋襪，不禁心中嗷嘈，後悔不來，時常說：「是親割不斷，是假安不牢。賈家枉有這許多爺叔兄弟，竟沒一個肯照應孤兒寡婦的，從前他爹娘得勢時，誰沒得過些好處來？如今沒錢了，就都縮著肩巴骨兒，屌毛兒白不見一根。」

——因此種種，寶玉故不好深問巧姐之事，況又聽邢德全提起王仁來，益發不好多說，籌措路費之議更不必提起。因想著還要往王子騰處去，便又略坐一坐，即告辭出來。邢大舅也不甚留。

是晚掌燈時分，寶玉方回至紫檀堡中，同寶釵說了這一日的見聞，兩個倒歎息了好久。

到了走的這一日，寶釵倒還沉著，倒是襲人哭得了不得，與麝月兩個千叮嚀萬提醒，又囑咐蔣玉菡務要送去江邊，看著上了船才好。車子去得遠了，襲人猶自淚眼汪汪的扒著門做悲，反是寶釵勸道：「他此行是去拜見老爺、太太，也算是回家，況且蔣相公又托了可靠朋友沿途照應，大可不必擔憂太過。」麝月笑道：「奶奶不知道，我們襲人姐姐從前在怡紅院時便是愛操心，別說二爺出遠門了，就是上個學堂，不過半天功夫，姐姐也嘮叨的了不得，又是衣裳鞋襪，又是暖爐茶爐，倒像要穿山越水做遠行的一般；況且如今真是遠行，坐車坐船的，自然更放不下了。」說得襲人不好意思，這方掩了淚，故意拿針線來做。

寶釵自從寶玉出門，便每日住在後院閉門不出，吃飯也不往前面來，只讓麝月拿到房裏吃，有時又往娘家住上十天半月。襲人明知他是諱避蔣玉菡，也只得由他，日間除了料理灑掃，調停油鹽，閒時便往後邊來同寶釵、麝月一道做針線閒話，閒時計算寶玉行程，越覺得日子長。這日因悄悄向麝月抱怨：「從前在怡紅院裏，人多，事情多，活計也多，不說別的，單是那些擺設一樣擦一遍，一天也就過了。哪像如今，巴掌大個屋子，連掃帶洗，就擦去一層地皮來，還有大半日不知做什麼消遣。」說得麝月連連苦笑，更兜起一腔心事來，正要說話，聽得外邊喊：「花大姐姐在家麼？」

襲人忙出來時，卻是茗煙和萬兒兩口兒提著個食籃子在院門口張頭張腦，笑道：「原來是你這個猴兒，這一向少見，二爺出遠門兒，你也不來送送。」茗煙吃了一驚，忙問：「二爺出遠門了？幾時走的？爲了何事？」襲人不及答應，先迎上來招呼萬兒，見他上身穿件桃紅宮綢夾襖，繫條蔥綠串綢夾裙，頭上不多幾件釵環，手裏提著個食籃，打扮得不村不俏，雖是三分人才，倒有六分姿色，滿臉堆下笑道：「從前妹妹在寧府裏，尋常不到園裏來，今兒認了門，以後要常來常往才是。」一邊領進二人來，先往後院給寶釵磕頭。

寶釵坐在炕沿兒上，端端正正受了他二人幾個頭，先命麝月扶起萬兒來，方向茗煙道：「你娘好？」茗煙垂頭答了聲「好」，又道：「我娘天天念叨二爺、二奶奶，聽說我來，便也要跟著，是我嫌他腿腳慢，苦勸住了。」寶釵點頭道：「多謝他想著，回去替我帶好。」麝月早扯著萬兒在挨炕一個杌凳上坐下，送上茶水來。茗煙接了茶，又搭訕著說了兩句閒話，方道：「今兒來見二奶奶，一爲請安，二爲有件事，小的不知道便罷，既知道了，不得不說給奶奶。免得將來事情出來，罵茗煙眼裏沒主子，不知圖報。」又指著萬兒道，「他前幾日去看望他們奶奶，聽見說，巧姐兒被賣進窯子了。」

寶釵、襲人等聽了，俱大驚變色，忙問：「此話當真？」茗煙苦著臉道：「這樣大事，小的敢扯謊，不怕天打五雷轟麼？」因一五一十，連比帶劃的告訴。原來萬兒因從前在東府伏侍時，尤氏素待他情厚，遂感恩於心，雖然如今嫁了人，不做奴才了，逢年過節常往賈薔府上探望尤氏。那日去時，正遇見尤氏在床上垂淚，哭得粉光慘澹，鬢影蓬鬆，形容好不可憐。萬兒是熟知主子脾氣的，明知問也未必有答，溫言軟語陪著小心說了許多閒話，私下裏卻找著銀蝶詢問，方知是爲著巧姐兒。

原來那王仁雖是王熙鳳胞兄，卻因鳳姐在日對他每每冷淡，一直懷恨在心，如今鳳姐死了，他便作法兒要從巧姐兒身上賺出銀子來，竟然黑了良心，明裏說接巧姐兒回家住些日子，實則托了人來相看，竟將他賣與揚州青樓做妓。及邢夫人見巧姐兒一去不回，著人上門去接時，王仁反推不知道，說巧姐兒半月前便回家了，或是被拐子拐了也未可知。邢夫人明知不妥，命邢德全去查訪，那邢大舅那裏曉得這些事，便又托了賈蓉。賈蓉略一思索即猜到八九，他又素來識得些三教九流，不一月訪得明白，且不張揚，只找著王仁，說：「我賈家的女孩兒如何輪得到你王家來賣？若不說實話時，咱們便去見官。」狠狠敲了王仁一筆，回來只說沒找見。邢夫人明知必不如此，奈何婦道人家，不能拋頭露面的鬧去，便鬧時，一邊是親娘舅，一邊是同宗哥哥，賈家王姓都不理論，姓邢的如何置喙？也只得吃了這個啞虧。惟尤氏素與鳳姐要好，聞說之後大不忍心，便找賈蓉來問了幾句。那賈蓉又並不是他親生之子，從前父親在時，還叫一聲太太，如今賈珍已去，更不將尤氏放在眼中，非但不聽勸，反惡聲惡語回敬了幾句。故而尤氏在那裏傷心。萬兒聽了始末，也不及多說，匆匆回家來告訴茗煙，二人遂又雇了車往紫檀堡來告訴寶玉。

寶釵、襲人聽了，都呆了半晌，歎道：「蓉哥兒的心，如何竟黑成這樣？」麝月也道：「巧姑娘的命也真苦，親爹親娘落得那樣，親舅舅大哥哥又是這樣。按說從前璉二奶奶對小蓉大爺不薄，如今璉二奶奶不在了，做哥哥的正該照顧弱妹才是，怎麼倒狠起心來從他身上榨錢？」念起鳳姐從前的好處，又都哭了。茗煙急道：「奶奶、姑娘們且別只顧著哭，如今到底是怎麼好呢？」襲人道：「能怎麼？出了這樣的事，一就是要有錢，二就是要有人。如今二爺回了南邊，我們那位又是不好往這行裏走的，不過是刮牆搜剔的湊幾兩散碎銀子，終究田倉一粟，成不了什麼。你不如往珠大奶奶那邊去問問看，如今就只有他家還富裕。若有了銀子時，方好辦事。」茗煙拍手道：「這還用姐姐說麼？事情一出來，咱們頭一天便去了大奶奶家。他連門兒也未開，隔著窗子問了聲什麼事兒，我白杵在外間裏回了半日話，他悶聲不響，等了那許久，才說了一句：『我是沒什麼法子的，且去紫檀堡回你二奶奶看。』——架子端得倒足，只當還在大觀園管事兒的時候，得推就推。」

寶釵聽了，無可奈何，只得命麝月將寶玉臨行留的一點銀子盡拿出來，只得三十餘兩，連去揚州的路費也不夠，更遑論贖人了。還是襲人想了一個主意，向茗煙道：「我聽芸二爺說過，璉二奶奶臨走前已將巧姐兒許了劉姥姥的孫子做媳婦，爲的是大太太不願意，才耽擱了。

如今不如找找劉姥姥，或者還有辦法，只不知他住在那裏。」茗煙將頭一拍道：「這可問對人了。那年二爺要找一位什麼茗玉姑娘的廟，原教我去過那姥姥的莊子，跑了整一日，一個白楊村倒逛了大半個，如今也還大致記得地方兒，我這便找去。」

襲人、麝月都不知道此事，忙細問是什麼時候的事，茗煙顛三倒四說了半日，寶釵倒先想起來了，知道是那日劉姥姥在賈母座前講古記時說的一段典故，念及從前多少火焰生光，如今都化燈消煙滅，倒覺感慨。

茗煙不敢耽擱，次日便又尋了白楊村來，找著劉姥姥，源源本本滔滔汩汩的將始末說了一遍。姥姥吃了一驚，眼圈兒便紅起來，拍胸拍腿的哭道：「我的行善積德的奶奶耶，要了一輩子強，臨了兒落得那般不濟，只留下姐兒這麼一根獨苗兒，養得水蔥兒似的，還教豬拱了。」便張羅著賣田賣地，又拿了妙玉那年送的成窯杯，帶上寶釵、岫煙著人送來的幾十兩銀子，一併揣著旱路水路的尋至揚州，依著茗煙指點找訪了半月，方尋著巧姐兒賣身的青樓。

只見那鴇兒葫蘆腰，蟈蟈肚，一對木瓜乳，兩隻鯿魚腳，身上穿著大紅地子繡花鳥彈墨鑲邊的湖綢大襖，頭上插的珠釵簪珥如旌旗一般，十根手指倒有八九隻戒指，鑲寶嵌翠，晃得劉姥姥眼也花了，口也鈍了，訥訥說了來意，又說情願照價贖還外另賠謝儀。那鴇兒抽了一袋子水煙，忽哧忽哧笑起來：「看不出你一個鄉下老太太，倒有這樣雄心壯志，跑到這揚州城裏贖姑娘來了。你也不打聽打聽這是什麼地界兒，也不問問規矩行情，就敢說出照價贖人的話來。你可知道這姑娘是只有買進的價，沒有賣出的理，一千也好，八百也好，是不問來時身價的？」

原來揚州舊習，最喜買些八九歲女童，教以歌舞琵琶諸技，養至十二三歲時方出來接客。那巧姐兒生得清秀婉媚，又能寫會畫，故而老鴇一眼看中了，不惜重金從京城買了來，又專門請老師教導，安心要打造一棵搖錢樹出來。如今劉姥姥來贖，鴇兒自然不願意，姥姥只得苦巴苦求，鼻涕一把眼淚一行的說了巧姐兒身世遭遇，又道：「他家從前何等顯赫，真正山高土厚，銀子多得填倉填海，如今雖倒了，到底是望族，多的是親戚。我今日不能討他回去，日後必定還有別的人來討，那時遇著個血性爺們兒，未必再肯與媽媽下氣軟語的講情，傷了和氣倒不好。況且媽媽買他原爲的是生意，又何必與銀子錢做對？他如今年紀尚小，就長得比別人好些，也保不定日後成龍成鳳，或是脾氣不好，或是沒有彩頭運氣，不入客人的眼，那時豈不辜負媽媽的心，倒白賠出許多年嚼裏？橫豎媽媽買他的日子不長，就花費心血也有限，媽媽既說不能照那買的價贖人，如今便請說個數兒，我絕不還價便是了。」

說得鴇兒心動起來，笑道：「你這姥姥會說話，連我也老大不落忍的。我既做了這行斷頭生意，早不指望成佛成祖，行善積德。要說我怕他家裏人來擾，那更是沒有的話。我在這行裏幾十年，什麼不看見，什麼不知道，別說他家，多少肥產厚業比他家強幾倍的，也都眨眼妻離子散，水盡鵝飛，那古來名妓，官宦小姐的多了，什麼是真？什麼是長久？又什麼是親戚情分？還不都是『爹死娘嫁人，各人管各人』的去了？若有錢贖他時，也不賣了。像你姥姥這般知情重義的，委實少見。只是我們這行裏的規矩原是見錢眼開的，他在我這裏少說也待了有小半年，吃好的穿好的不算，還要請多少先生手把手兒教導，彈詞唱曲，雙陸象棋，樣樣都是錢。你瞧瞧，他這頭上金的銀的，身上紗的緞的，天天珍珠瑪瑙湯，肥雞大鴨子，哪日不得三五兩銀子？如今要贖他也容易，你給我五百兩銀子，把人領走，若少一個子兒，那也不要說了。」

姥姥唬了一跳，理論道：「他小小娃兒，如何就值五百兩？」鴇兒從頭上拔下根碧玉搔頭擺弄著，口裏冷笑道：「我也說不值呢，那你老也不用贖了。省著銀子錢養老的倒不好？這還是憐你大老遠的奔波一場，才給你這個價，若不是，等兩年梳了頭，你拿一千兩銀子來，我還未必肯呢。」說得劉姥姥不敢再辯，只得將所帶銀兩並那成窯杯子盡數拿了出來，跪求道：「委實再沒有了，求媽媽可憐可憐，只當超生罷。我與媽媽寫個長生牌位，每日供奉，一輩子不敢忘了媽媽的大恩大德。」鴇兒也知他再拿不出來，況且見銀子成色甚好，倒也喜歡，稱了稱，約有四百之數，又見那杯子如冰如玉，將指頭敲了兩敲，戛然有金戈之聲，雖不認得，也知是件寶物，便收了，令人取出賣身文契來，交割清爽，猶道：「若不是看在你千里迢迢、一片癡心、一把年紀的分兒上，再不肯做這賠本兒生意的。」姥姥千恩萬謝的，領了巧姐兒出來，仍然送至邢府上來。

邢夫人羞愧難言，又想著巧姐兒這番淪落風塵，雖不曾破了身子，到底名聲不好，將來老死家中卻如何是好？不禁十分愁悶。孰料那劉姥姥「餓出來的見識，翻過來的氣度」，並不嫌棄，擇日備了四色禮品，仍托賈芸、紅玉兩口兒依著鳳姐之約，正正式式的上門提親，欲接了巧姐兒家去，先成親，後圓房。邢夫人到此地步還有什麼可挑剔的，自然滿口裏答應，巴不得早早嫁了巧姐兒，卸去肩上重擔，遂即請黃曆選了日子，換帖許訂。劉姥姥雖貧，卻也傾其所有，下茶納禮，不肯絲毫懈怠。

送親這日，邢夫人撙節搜屜，買了些肉，殺了隻雞，四碟八碗，將京中故舊遍請了一請。薛姨媽帶著寶釵、薛蝌、岫煙來坐了首席，賈芸、紅玉雖是大媒，自謙小輩，只在下首陪坐。

李紈託辭守寡不來，只命人送來拜匣盛的一匹綢子並一對釧臂與巧姐兒添妝；賈蓉更是沒臉上門，只尤氏帶了兩個媳婦許氏同賴氏過來，送了單棉兩套衣裳，並一對瑪瑙桃心墜子。巧姐兒不念舊惡，仍然趕著親親熱熱的喊「大娘、嫂子」。到了吉時，鳴竹奏樂，吹吹打打將巧姐兒送出門，到了劉姥姥莊上，自然另有一番熱鬧，不消細說。

那巧姐兒雖然生在簪纓世宦之家，究竟沒享過幾天福，方知人事時已趕上家境敗落，爹娘兩個腳跟腳兒的充軍流放，又先後寄了白書來，臨死連面兒也沒得見上。自己孤身跟著祖母過活，那邢夫人更無半分憐弱惜孤之心，每每脾氣上來，就將他爹娘百般厭棄，千囚犯萬囚犯的咒罵；舅舅王仁更是壞了良心之人。真正舉目無親，遍地奸雄。如今跟了劉姥姥回家，雖是寒門薄戶，眾人卻都相待得他甚好，日夜只同青兒一道坐臥，彼此年齡相當，心意融洽；板兒雖未解人事，卻也知道這是他童養媳婦兒，十分知疼知熱。因此悅意安心，不起他念。

那賈蓉後來四處搜矇騙借，又湊了許多銀子，一併與仇都尉送去，滿以爲就此官復五品，依舊做他的龍禁尉領皇糧了。誰知仇都尉不過隨口誇耀，那裏真肯幫他一個搜沒的公爵之後，況且起拔在即，也無心理這些閒事。既見賈蓉送銀子來，便大模大樣接了，只說要他等信兒，隔不兩日，依舊領旗開拔。及賈蓉尋時，只見仇都尉兒子出來，說：「我父親奉了皇命，昨日已往湘黔去了，教我多謝賈爺前兒助的軍餉。我父親說，倘若這回上邀天恩，旗開得勝，那請功摺子上，少不了賈爺這一筆。」賈蓉聽了，氣個倒仰，明知仇都尉是成心吞他銀子，不敢囉嗦，只得忍心拱手說了兩句「願將軍一帆風順克敵制勝」的閒話，垂頭而去。

正是：

可憐親友惟貪利，幸有鄉愚知報恩。

第十八回

鴛鴦女義守終身制
畸零人悲題十獨吟

卻說寶玉搭了商船，沿途倚著篷窗，看些青山無數，蒼煙萬縷，恨不能一時半刻便飛回家去。出月回至金陵，上岸雇了車，方進了石頭城，未到寧榮府門前，便見許多車馬擁在那裏，門首掛了白燈籠，院裏挑出白幡來，裏邊哀聲一片。登時只覺半空裏一聲焦雷，那淚早已如雨的下來，便放開聲音大哭起來，自門外一路稽首進來。守門的早已看見二爺來了，一路打著雲板飛報進去，便見鴛鴦帶著許多人迎出來，與寶玉對面行禮。

寶玉看見鴛鴦一身重孝，滿面淚痕，反倒愣了一愣，哭聲爲之一頓，家人忙扶起來，引來挺靈之所。只見輓聯擁簇，香燭俱全，當中設著王夫人靈位，寶玉撲上前撫棺痛哭，問明王夫人申時咽氣，酉時易簀，只比自己進門早了一日不曾得見，愈發痛心疾首，直哭得風淒雲冷，鴉寒鶴唳，旁人無不落淚。鴛鴦百般勸慰，又說老爺尚臥病在床。寶玉這方收了哭聲，忙爬起來入內稟見。那賈政合衣躺在床上，闊別三載，愈見老邁，兩鬢盡已斑白，神昏色喪，委頓不堪，見了寶玉惟知喉間嗚咽而已，更無一語相問。寶玉越覺辛酸，略說了幾句萱堂見背，父親更該節哀保重等語，復又換了孝服出來。鴛鴦早在靈右設了白褥坐墊子，寶玉便跪在那裏行孝子之禮。

原來當日賈政扶了母親靈柩回鄉，棄舟登岸，早有金陵老家的人在那裏跪著迎候，便不回家，徑往祠堂裏安靈。那邊早已搭起孝棚子來，不免請僧道，看陰陽，作法事，破土下葬，勒碑刻字，足足忙了月餘方才消停。遂將下剩的銀子於城外置了百來畝田地，派了莊頭看管，老宅裏原有幾房男女僕婦，也多半遣散了，只留下極妥當的兩三個家人，四五個丫鬟。別人都還好說，惟有金鴛鴦原是賈母至心愛之人，生前看待得如女孩兒一般，如今賈母雖逝，王夫人卻不好視作尋常鬟婢看待，若說遣散出去，卻又未免無情，心下頗覺爲難。鴛鴦自己卻也覺得了，是日換了一身縞素衣裳，頭上戴著孝髻，腳下穿著白鞋，霜清雪冷的走來與王夫人磕頭，要往墳上給賈母守靈去。

王夫人忙親手扶起來，笑道：「你是伏侍老太太的人，不必行這大禮。」鴛鴦只是跪著不起，說：「老太太待我的恩情是不必說了，殺身也難報的。只是我死了卻也與老太太沒什麼好處，不如守著老太太的靈，每日掃墓灑水，朝夕作伴兒，便如老太太在世的一般，也不枉了他老人家待我的好。太太若肯成全我這片心，方敢起來。」王夫人大出意外，忙勸道：「好孩子，你雖有這個心，我卻不忍見你這樣。你才二十幾歲，正是花朵兒一般年紀，怎麼便好說到一輩子的話上？我早已替你打算過，要與你尋一門正頭好親，看著你風風光光的出嫁，爲的是雜務繁忙，就沒顧得上，原想等著老太太周年過了，再與你操辦。」

鴛鴦道：「太太雖是爲了我好，我卻早死了這個心。老太太生前，我原發過誓，要一輩子跟著他老人家的，至死不嫁人；如今老太太雖過世，我的誓還在，情願終身守制，一輩子替他老人家看墳作伴，再不反悔的。」王夫人這方想起從前的話來，心下頗覺不忍，含淚道：「我知道你心高氣大，從前爲了大老爺的事，所以起了那個念頭。只是如今大老爺已經過世，你又何必再提這些話？」鴛鴦只搖頭不允，說：「說出口的話，潑出盆的水，怎麼能說過當沒說呢？我的心早已定了，只求太太答應我，便是疼我了。」王夫人拗不過他，只得應允，在祖塋旁撥了一所房子與他居住，又每月著人送些油米，如今已是三年有餘了。

也虧得是這樣，此番王夫人身後事，便由鴛鴦一手料理，因寶玉未及回來——便回來時，也是不在行的；賈政又病了，逐日臥床不起；雖有幾個年老僕婦，又都是畏事不肯承當的；惟有鴛鴦從前幫著賈母、鳳姐處理過多少大事，持家管賬倒比別人明白，且也不懼拋頭露面，遂過來管了帳房，一應冥器彩樓，孝幔衣巾，俱調派停當。賈家其勢雖微，在金陵卻也頗有幾門故舊老親，便是賈、王、史、薛四族留在原籍的老家兒亦不少，連日來人送供桌的，送戲酒的，客來客往，車馬輻輳，諸多繁碌迎送，宴客起靈，都是鴛鴦指點鋪排，又請了幾位本家至親男女陪席，自己只管招呼家人僕婦，採買添增，諸事調度得很有章程。寶玉雖是孝子，如今倒沒事人一般，不過每日靈前焚香奠紙，客來時陪著磕頭還禮、上香奉茶而已，有時陪著說些京中見聞，各家流落奔徙，賈赦、賈珍、賈璉、熙鳳、薛蟠、湘雲、賈蘭、巧姐諸人各節，或病死途中，或下落無聞，或消息久隔，不免又抱頭痛哭一番。

是日王夫人首七，鴛鴦備了一桌祭品，寶玉捧觴獻酒，禮拜盡哀，賈政也強撐著起來，至靈前拈了香，祝告一番。外間設了席答謝親友，寶玉因須持戒，不用陪席，只出來讓了一讓，復又進來。橫豎飯時無人上香，他便得空出來，往後院遊逛散心。但見廂房、暖閣、茶灶、藥欄、箭圃、鹿苑以及園丁住宅俱備，卻多半蕭條冷落，園中假山雖有幾座堆得也還玲瓏有致，其餘卻都坍的坍，倒的倒，靈石滾落一地，好不蕭索淒涼；又見幾處樓閣，有缺了一角的，有窗櫺門扇盡毀的，也都頹敗潦倒，唯有樹木倒還茂盛森濃，密匝匝的望不見天，那些蟬嘶鳥鳴雖然噪耳，卻還有幾分熱鬧。不禁點頭歎道：從前只聽人說金陵老宅如何軒廣闊氣，真真百聞不如一見。想來那些洞房曲欄，當年塗澤得青綠丹朱之時未必不輝煌彩爍，如今卻都成了一味灰白慘澹之色，正是景隨人心，人的勢倒了，園子的氣數也跟著將盡，倒是草木無情，依然這般蒼翠。

想著，腳下已過了一座白玉石橋，忽然聞得噹噹的撞鐘之聲，抬頭看時，只見園牆缺口處現出一段梵寺古剎來，砌著金頂，頂上略有些紫雲環護，像是有些年月的，便欲去隨喜一番。

忽聽得身後有人喚了一聲「二爺」，卻是家人王住兒尋了來，說有客在大門前下馬，就要到靈前祭拜的，只得撤身回來，忙忙趕去靈前跪禮。方至正廳，猶未進廳時，只見鴛鴦在那裏點算燈燭器皿。寶玉忙湊上前道辛苦，又說：「自你們過來南京，襲人好不惦記，天天說起你。」

鴛鴦點頭歎道：「從前一同伏侍老太太，只說一輩子不分開的，小時候兒姐妹們要好，說過多少同生同死的頑話，如今竟都各管各路，再難一見了。」又問寶玉，「寶二奶奶可好？麝月、素雲、茜雪他們都還好？可常得見面兒不？」寶玉搭訕時，原不指望那鴛鴦理他，及聽見這番軟語問候，倒覺意外，一時不及答應，前邊早又催促起來，鴛鴦便也催著寶玉往前去。寶玉雖然不捨，也只得去了，唱禮答跪，拈香謝拜，不提。

隔兩日閑了，寶玉忽想起牆後那座廟來，便又往後園來，誰知出了斷牆，只見後頭一條窄巷，恰捱著另一戶的後院牆，卻並無什麼金頂佛剎，不禁詫異。後來尋了王住兒細問，也說園後面本來就是人家，從未有過什麼廟宇。倒把寶玉弄得怔怔忡忡，疑是自己眼花，看了幻景，只得暫且放下。

轉眼王夫人滿了七七，便在賈母墳旁點了一穴，擇日下葬。其中圓墳、澆奠、焚修、營繕不消細說，寶玉又與賈母掃墓澆墳，祭祖先，拜祠堂，好一番忙碌。賈政因感於鴛鴦難中相助，勞苦功高，又命寶玉特設一席宴謝。寶玉也巴不得如此，他原敬慕鴛鴦爲人矜持靈活有主張，如今隔年重逢，見他依然梅萼含香，翠袖生寒，越覺得野鶴閑雲，飄然出世，及說話時，卻見他一副欺霜勝雪的冷面孔，半個笑影兒也無，心中每每納悶，欲找個時機緩緩的下意陪情，卻一直不得其便。如今奉了這道父命，恰中心懷，這日除了孝，便著意命廚房豐豐富富的準備了一席，自己早早坐了主位，方命丫鬟去請。

稍時丫鬟回來，卻說鴛鴦已經回墳上了，留話說：「走開了這些日子，只怕老太太冷清，因此加緊回去了。承蒙老爺、二爺器重，委以大任，只是見識微淺，沒經過什麼大事，料理得頭清尾不清的，顧此失彼，惹下多少紕漏，改日再來磕頭領罪。」寶玉無可奈何，想到那樣風流聰慧的一個可人兒，只為經多看淡，竟將兒女癡情看破，甘願與荒草孤墳為伴，守節如玉，勵志如冰，倒感慨了半日。走來回覆與父親知道，賈政聽了，將頭點了兩點，各自無語。

卻說經此一番張羅，王夫人當初帶回金陵之資又已罄盡，雖是變賣了些田產添補虧空，卻是救得眼下救不得長遠的。況且賈政病勢漸老，已成沉痾，片刻離不了醫藥，越覺得捉襟見肘。寶玉每日侍奉湯藥，不免又耽擱數月，天氣一日日變冷起來。逢到交租，那些莊農明欺賈家無人諳於此道，便都瞞的瞞，賺的賺，或說收成不好，或推家境艱難，或虧或欠，或用稻穀抵債，三頃收不得百畝，一兩抵不了三錢。寶玉原本不通庶務，況本口訥心軟，自然由得那些莊農撥弄。

是日方用過中飯，府裏來了幾個從前的年老家人，各自提了些冬菜、火腿之類，孝敬賈政。賈政感於他們不忘舊主，親自出來陪著說話，款以新茗。因說起京中情形，賈政想起一事，向寶玉歎道：「你回來這些日子，也該是回去的時候了，總不成大年節下，留下你媳婦孤身一個在京城裏過年。原說進則仕，退則農，只待安定下來，就接你們回來長住的，如今看來竟不能夠，從前常說『坐吃山空』，眼下山果然空了。我不過是這樣，『譬如朝露，去日苦多』，只好苟延殘喘，老於是鄉，過一日算一日的罷了。你們卻還年輕，往後幾十年光景，再不謀個妥善營生，將來如何是好？」

寶玉哪有良策，只得垂著頭聽父親訓話，半日不則一聲。座間有個買辦名喚錢華的，因老家在金陵，便也隨了賈政、王夫人一道回來，如今雖已不在府上聽差，卻時常往來，幫著採辦些單棉油米之類。聽見他父子議事，寶玉不能回話，便得了一個主意，獻計笑道：「二爺自打落地起，便是衣來伸手飯來張口慣了的，如今忽然教他做營生，倉促裏那裏想得出來？我這裏倒有一個絕好的主意，說出來憑老爺、二爺裁度——我聽二爺說來時搭了一條商船，從京裏販些古董瓷器來賣，又從這邊進些繡品花木回去，如此一來一往，便是幾百兩銀子的進項。我想京城同這裏分明都是家，二爺也不必認真當作買賣，只一年一回來往走動，趁便兒辦些貨品，如此也探了親，也學了生意，豈非兩全之計？」

賈政也是不善謀劃之人，聽他說得頭頭是道，眾人又都七嘴八舌的附和，心下便有些活動起來，低頭沉吟。錢華便又極力的攛掇，說些如何辦貨、如何搭船等事。賈政越加動搖，便回頭問寶玉意下如何。寶玉全無主張，想起從前薛蟠懼禍離家時，也做過一回生意，雖有些小驚嚇，倒沒什麼大妨礙，便說聽憑父親作主。賈政又尋思了幾日，除此更無別計可行，便又重重托了錢華，幫著折賣了幾畝田地，湊本錢與寶玉買了許多花木、香料、綢緞之類，裝箱送上船，揮淚叮嚀而別。

寶玉登了船，一路順風順水，朝行夜泊，不一月來至瓜州地界。船主因說有位親友住在此地，多年不見，想告假半日前去探訪，寶玉自然答應。那人遂泊舟渚上，又向寶玉道：「這瓜州的風土人情，比蘇杭另有一種好處，公子獨坐舟中無聊，何不往岸上逛逛去？」

寶玉抬頭四望，但見纖雲四卷，清風徐來，天氣甚是晴好，便含笑答應，步上岸來。只見人煙熙攘，車馬攛簇，果然是個繁華所在，除卻兩邊布莊鹽店，藥鋪食寮外，又有許多雜耍、戲法、賣金剛不壞藥丸的，又是相面、測字、起六壬課的，百味雜陳，好不擁擠熱鬧。

一路順腳走來，忽見一座三面出廊飛簷斗角的兩層酒樓，雕樑畫棟，黑地金匾，額上寫著「醉玉樓」三個大字，匾下懸著一副對聯，寫道是：

「千金散盡求一醉，萬卷讀通焚四書。」

寶玉念了兩遍，一時引動興致，且也正覺口渴，遂牽衣上來，只見許多華服峨巾的食客，正在窗邊揮豁談笑，說些市井新聞，便也向臨窗擇了一張雕花酸枝木椅子坐下，要了一壺龍井，兩碟點心，一邊看街市上風景，且聽那些人談論。

只聽那些人先說些秦淮風月，揚州瘦馬，漸至本地風光，議起青樓中的一件異事來，坐在首位的一個老者道：「提起這位花魁姑娘，真是前所未聞世所罕見的一個奇人，那相貌是不用說的了，既然封作翠玉樓的頭號花魁，自然是羞花閉月有一無二的；最難得還是滿腹好學問，據人說來，出口成章，提筆能畫，就是中舉的才子也不及他。遠的不說，只這篇〈十獨吟〉，古往今來可有第二人能比麼？」寶玉聽得心癢起來，不禁移座揖問道：「這位老先生請了，適才聽你說起脂粉界的一位奇人，十分景仰。卻不知何謂〈十獨吟〉，能否細說一二？」

老者笑道：「是本地翠玉樓裏花魁姑娘做的詩，取古人中十位特立獨行、不同尋常之奇女子，或詠或贊，或歎或憐，吟成十律，所以總題爲〈十獨吟〉。自從見世以來，傳遍江南地北，才子文士，無不成誦。凡人若想上他門去拜訪，必得先熟讀了這十首詩，還要說出個子午卯丑，見解獨到才能得見，所以〈十獨吟〉竟成考題，仕子無不熟誦深究，竟比考科舉的還用心。」寶玉聽了這樣新聞，哪有不心奇的，便又向那老者索詩來看，那人笑道：「我腰裏無金，腹中無墨，既沒那些閒錢去孝敬翠玉樓，也沒那樣高才去親近花魁姑娘，沒的隨身攜著那些詩做什麼？」

寶玉正覺歎息，小二上來獻酒，聞言道：「我們櫃裏卻抄著一份，這位公子若要看時，倒可借你一閱。可只是咱們帳房先生抄錄的，比不得能上翠玉樓，與那花魁姑娘對坐談笑，當面討得寶墨者。我見公子的形貌談吐，也像是個讀書識字的，或者能有些見識，博得花魁姑娘青睞也未可知。」座中人聽了，也都鼓噪攛掇道：「你就取來，讓這位公子看了，也為我等分解一回，日後好向那翠玉樓裏學舌去。」

小二轉去一回，果然向櫃上取了一疊紙來，雙手遞與寶玉。寶玉原想一個風塵女子能寫得什麼好詩，不過文墨略通而已，市井之人少無知識，便傳得神神鬼鬼起來。又猜這「醉玉樓」與「翠玉樓」有些首尾，小二的話八成便是做熟的腔調，演就的圈套，意在招攬客人上門。心下尋思，一邊拿詩來看，只見上面濃墨隸書，錄著十首七律，頭一行寫道：

浣花溪畔校書門，金井銀台碧玉盆。

只看了這句，心裏便是一驚，暗道：「這寫的是薛濤了，開篇甚是不俗。不料瓦舍勾欄，竟有如許佳人，想必根基不淺，保不定是個宦門之後，遭了劫方淪落風塵的。正是李師、蘇小一流人物。」遂又向下看到：

春色依稀誰折月，餘香縹緲我招魂。

寶玉看了這兩句，不禁拍案叫絕，贊道：「好一句『餘香縹緲我招魂』，古來詠題浣花箋之句甚多，無有比此更見空靈俊逸者。」不禁肅然起敬，再不敢以尋常綠窗風月、脂粉文章視之，遂正襟危坐，捧而誦之：

裁雲作水臨芳影，碾玉為箋寫淚痕。
枝葉棲迎南北鳥，往來風雨送黃昏。

寶玉看罷，只覺心驚意動，一邊默默記誦，一邊暗暗納罕：此爲〈十獨吟〉第一首，用韻恰好合著當年大觀園起海棠社時所限「門、盆、魂、痕、昏」五韻，必非巧合，莫非是知情人所爲？抑或不得入社而心生仰慕者吟之？然則府中諸佳麗，惟有林、薛二人方有此筆力，如今林妹妹已登仙闕，寶姐姐尚在都中，更有什麼人有此詠絮高才？百般揣測不來。便連蠢物也在旁胡思亂想，暗自猜疑，遂也抄錄了一份〈十獨吟〉珍存，且供看官一玩：

十獨吟之二

合歡床上半清秋，劍履成塵萬事休。
疊字小名空盼盼，斷詩殘夢枉悠悠。
無情最恨騷人筆，絕粒何如齊伯侯。

瑤瑟十年停唱和，春風不到燕子樓。

三

未嫁曾為陳侯女，添妝呼作息夫人。
一朝國破關誰氏，兩度梅開總賴春。
湘竹灑淚惜淺淡，桃花不語枉逡巡。
楚王錯愛難為謝，惟有無言情更真。

四

昭陽殿上辭華輦，長信宮中停管弦。
成帝輕才偏重色，燕妃擅寵遂專憐。
偶吟秋扇成佳讖，謝卻春風灰綺年。
相思卻如天上月，年年夜夜盼團圓。

五

紅袖香銷已化塵，沈園人老憶前身。
春波蹙作傷心綠，枯酒添來昨夜瞋。
花謝徒勞空念念，鶯飛何處喚真真。
壁間猶有釵頭鳳，對此焉能不沾巾。

六

鳳儀亭上凱歌頻，慧眼偏逢亂世春。
偶借浮雲遮碧月，思將玉貌報王恩。
歌裙翻覆戲孺子，舞扇招搖斬逆臣。
非是雲長不好色，怕輸曹計為防身。

七

一曲霓裳動帝京，蛾眉能使山河傾。
懶添蠟炬木魚冷，打碎釵盒誓約輕。
七尺摧花休怨我，三軍駐馬誰憐卿。
多情莫教坡頭過，夜夜霖鈴聽雨聲。

八

楚囚兒女莫輕嗟，天下量才分半些。
薄命生來移御苑，多情得罪賜梅花。
妝成色麗春秋晚，搖筆雲飛日月斜。
縱使一言能定國，何如生在左鄰家。

九

一葉報秋淚模糊，百金難買錦屏虛。
兒童爭唱章台柳，舊院空遺夫子書。
雖羨韓詩好筆墨，豈如許劍救窮途。
別離莫怨沙吒利，最是舍人意踟躕。

十

束髮拋家參玉橫，欲將紅袖掩青燈。
桃花飛作離人淚，柳葉吹寒簫管聲。
檻外何曾有淨地，座中自是百金輕。
生涯漂泊誰知己，留得詩名無限情。

寶玉一氣讀完，驚為天書，暗想：這筆力直可媲美當年林妹妹〈五美吟〉，沒有幾年深功夫是做不出來的，作詩人豈是野草閑花之輩？遂向那老者道：「不知怎樣才可以見到這位花魁姑娘？」老者冷笑道：「小哥好大的口氣。須知這位姑娘等閒不見人的，任你富比石崇，也還要才如子建，方可以當面領一杯茶，對兩首詩；若是個無才的，縱然千金萬金捧去，連面兒也不得見，不過隔著簾子聽支曲兒罷了。」寶玉罕然道：「他既是個娼優，難道竟可以閉門拒客的麼？」

老者笑道：「他雖然入了妓籍，性子卻極是古怪，連鴇兒也拗不過他。說來也奇，他越是這般拿捏，滿城的才子富紳反倒越是巴結，銀子堆山填海，一毫兒也不知心疼。縱然見不得面，就隔簾聽他說兩句話兒，彈首曲子，已經志得意滿，四處誇耀不了，倒好像金殿面聖的一般。」寶玉聽了，心中一動，愣愣的出神。

那些酒客催促道：「你且別只管發問，到底這詩裏寫了些什麼，也與我等掰解掰解。」寶玉遂一一指與眾人道：「這裏十位古人，乃是十位古往今來身世奇特遭際不凡之奇女子，上自貴妃、女宰，下至侍婢、歌妓，皆曾經得意後遭離難之人，可見詩人是經過些浮沉顯達而終於式微的，尤其起筆之薛濤、壓卷之魚玄璣，一則出身閥閱而淪落風塵，另則曾經出家復還俗為妓，當是詩人自喻。究竟不知那姑娘是何來歷，多大年紀，相貌又是怎樣？既有這樣高才，何以又入了這個行當？」

老者笑道：「說起這姑娘的身世來歷，真正好寫一部傳奇了。據說是妓家從海裏打撈上來救了性命的，問時，那姑娘說是全家遇了盜匪，都死光了，所以投海自盡。鴇兒見姑娘長得端正，便留下他來，每日好酒好菜溫言軟語的勸解，到底勸得他下了海，卻自己立了一個規矩：只肯與客人談詩唱曲，不許近身。又把來客分為有錢的、有才的、有緣的三種，門檻兒是鴇兒說了算，門簾兒卻是自己作主。」

寶玉益發動奇，忙問：「不知什麼是有錢、有才、有緣，又怎麼是門檻兒、門簾兒？」

老者笑道：「有錢的自不必說，誰見過不拿銀子就往行戶裏取樂的？翠玉樓自然也不例外，有了銀子，哄得鴇兒眉花眼笑，自然容你越過『門檻兒』去，聽這花魁姑娘唱支曲兒，說兩句話兒；但那姑娘雖是唱曲，卻不許人容易見面兒，常將一掛垂珠簾子擋在前面，隔著簾兒奉茶待客；若是那人談吐不俗，投了他的眼，又對得上他的詩的，才許入簾對談，這叫『門簾兒』，須得是個有才的，說得姑娘自己點了頭兒，才請進客人來呢；至於梳攏，那更得才貌相當、性情相投，是謂『有緣的』。這兩三年下來，終究也沒幾個能見著真佛兒面的，那相貌也就沒人說得清楚，只傳得天仙神女一般，說是才韻色藝俱佳，月裏嫦娥下凡也沒有他標緻；至於入幕之賓，更是聞所未聞，倒惹得多少王孫公子引頸浩歎，便如害相思病的一般。老朽的鄰居有位富戶，家裏開著十幾間鋪子，也算本地屬一屬二的門第了，花了多少銀子，說了多少好話，也才隔著簾子同那姑娘對談過幾句，說是蘇州口音裏又雜著些京腔兒，想來不是本地人。年紀約在二十上下，說來也不算很年輕，卻這般紅起來，可不是怪事？」

寶玉聽了，心中益發認定是故人，便欲往翠玉樓一探究竟。依著那老者指點一路行來，果然看見一座粉妝樓院，門上堆紅倚翠的掛著許多漆紗燈籠，擁著十來個濃妝豔抹環肥燕瘦的女子在那裏攬客，一時不敢上前。正在踟躕，那些姐兒早已看見來了個光頭淨面的公子，便都圍上前來拉扯。寶玉唬得忙撤出身來向旁疾走，一氣走到個偏僻狹長的巷裏，正欲覓路離去時，忽聽牆院裏傳出一兩聲撥弦之聲，接著有人曼聲唱道：「浣花溪畔校書門，金井銀台碧玉盆。」正是那〈十獨吟之題薛濤〉，這才知道自己竟走到翠玉樓後巷來，想來唱曲的便是眾人所說的那位花魁了。

聽其聲清越宛轉，入耳十分熟悉，不禁心魂俱蕩，淚流滿面，暗想那樣一個冰清玉潔之人，誰料得竟然如此命運不濟，淪落風塵，便如一塊美玉掉在污泥中一般，豈不可傷？我固是世人擾擾之人，他又何嘗得享檻外風清？復聽至「枝葉棲迎南北鳥，往來風雨送黃昏」一句，越覺淒傷不忍聞，便欲揚聲呼喚。欲知後事，且看下回。

第十九回

亦真亦假懸崖撒手
非霧非花陌路逢親

話說寶玉在翠玉樓後巷聽了花魁唱曲，知是故人，便要打門求見，忽又思及伊人性情乖僻，素來高傲自持，必不願今日沉溷之態落在自己眼中，遂起「同是天涯淪落人，相逢何必曾相識」之歎，沉吟半晌，終覺見也無益，徒增傷悲，遂癡癡的聽了一回，從薛濤、關盼盼、唐琬一直聽到魚玄璣，心裏頭倒像是跟著那十個女子從生到死活過一遍，由那些人，便又想及黛玉、晴雯、香菱、金釧、乃至元春、迎春、秦可卿、尤三姐等一干人來，想到富貴榮華，無非煙雲，綺年玉貌，終歸塵土，不禁忽忽如有所失，心裏空空蕩蕩，竟不知所爲何來，今向何去，快快的垂頭去了。

回至江邊時，只見煙水蒼茫，青碧連天，一艘艘旗旌如林，卻不見自己的那隻船。先還只道走錯了路，便又來回看了兩遍，果然不見，這方著慌起來，忙到處問人時，多說不知道，好容易問著一個紫臉膛瓦刀臉的半老漁公，紮著褲角在那裏補網，便又上前說了始末。那艄公一長一短的問明了是怎樣怎樣一隻船，如何如何一個人，將腿一拍道：「果然不錯。起先我見那船停在這裏，一個胖子先上了岸，接著公子也上去了，不一時，胖子急匆匆的回來，立逼著扯起帆來便叫開船。我看他神色張惶，便有些疑惑。據公子說來，竟是遇見拐子了，特地騙公子上了岸，他們好趁機逃走，倒不知丟了什麼沒有？」

寶玉聽了，又驚又急，幾乎哭將出來，頓足道：「我全副身家都在船上了，這可怎麼是好？」忙拿出錢來求艄公替他追去，許他只要追得上，情願拿出一半貨物相謝。那艄公笑道：「別說那是只快船，我這打漁的舢板追不上，便是也有快船，這會兒沒風沒浪，那船少說已經開出兩個時辰，總有五六十里地了，卻往那裏尋去？」寶玉跌坐在地，半晌作聲不得。那艄公見他可憐，又道：「如今並無別策，公子不如往官府裏報個案，添了失單，若是天可憐見，或者將來還尋得到。」又與寶玉指了官府所在。

寶玉無法，只得依著指點往衙門報了官，不過走個過場，白勞動半日腿腳口舌而已，那裏派得上用場。幸好懷裏還揣著些散碎銀子，遂雇了車，仍往京城裏來。一路朝行夜投，搭車住店，三餐一宿，件件都是錢，不到半路，銀子已花得精光。幸好離京已近，只得一路乞討拄杖而行。

那寶玉自出娘胎來也不曾受過這般悽楚，從前在紫檀堡時雖然已經貧落，卻還有寶釵、琪官等人陪伴，襲人、麝月朝夕侍奉，到底不曾親手拈過一針一線，煮過一茶一飯，如今竟連一餐一宿俱不可得，討得到時或有一頓飽飯，討不來時兩三頓餓著的時候也有，夜裏更是隨便草叢樹下，破洞寒窯，不過走到那裏睡那裏，不上一月，便把個飫甘饜肥的公子哥兒熬成面黃肌瘦的叫花子了。

如此好容易掙扎著進了京，已是初冬時候。這日方蹭到一處莊子上，只見枯柳衰楊，一望無際都是些蔓草荒煙，遠遠看見一戶人家屋頂上冒著炊煙，不覺更加饑腸轆轆的起來。迤邐行來，只見小小一處院落，院門半掩，裏邊有個女孩子坐在那裏搖著車兒紡線，雖是家常打扮，荊釵布裙，卻生得眉清目秀，嬌娜秀麗，不似尋常村姑模樣。寶玉見了那女孩子，心裏別的一跳，只覺得此情景倒像在那裏見過一的般，且那女孩子十分眼熟。正在出神，忽聽有人叫了一聲：「巧姐兒，那菜包子蒸得了沒？」便見一個老嫗從柴門後轉出來，穿著棉襖棉褲，兩手猶在腰裏摸索著正繫褲帶呢。那女孩子答應一聲，放了紡車轉身進屋。

寶玉耳中一震，猛然省起——那女孩兒不是別人，正是自己嫡親的侄女兒，賈璉、王熙鳳之女巧姐兒，叫他的卻是那年上門打秋風的劉姥姥。心下又是詫異又是羞慚，忽見那姥姥抬頭向這邊望了一望，忙轉身急走，慌不擇路，只管向村外頭跑來，心下不知如何，生怕被追上的一般。

不覺來至村頭，忽的一陣怪風，下起雪珠兒來，急密如織，瞬息將衣衫冠履盡行打濕。寶玉避之不及，緊跑幾步，忽見路前現一古寺，年久失修，傾斜欲頽，門前有一石碣，寫著三個大字，乃是「菩提寺」。當下也不及多想，匆匆進來，只見寺中神像剝落，佛龕半塌，裏面早有一個人背著身子在烤火，聽見人聲，回過頭來，兩下裏都猛可吃了一驚。原來那人雖然衣衫蔽舊，形容憔悴，卻生得俊朗秀逸，儀表清雅，面如冠玉而溫潤，目似含珠而精瑩，一派的器宇不凡。那人卻也不住打量寶玉，滿臉驚疑不定，半晌忽有醒悟之色，問道：「兄長可是姓賈？」寶玉大驚，忙問：「兄台何以知道敝姓？原來是認識的麼？」

那人笑道：「雖不認得，卻久仰兄台尊諱形容，只恨不能一見，不料竟於今時斯地相逢，也是一段奇緣。」寶玉此時卻也省得了，笑道：「想必閣下便是甄世兄，果然名不虛傳。」

原來那人正是甄寶玉。自他家被抄後，家財盡沒，家人理當去籍爲奴，在菜市口當街變賣，人們皆知他原是金陵省體仁院總裁之子，豈肯買來爲奴，遂都不肯問津。如此延宕一年，每日一早出街，至晚方回，受盡白眼貧舌，不消細言。幸有東王上了一本，說他家其實罪不至此，皇上法外開恩，遂發還十七間半房產，容他們存身。無奈甄寶玉不擅理家，又無進益，未到一年，即復當賣淨盡，又值父母雙亡，更無所出，遂賣了房屋，料理過喪事後，即帶上所餘不多銀兩，雲遊山海大川，以至流落於斯，卻不料因緣巧合，竟得與賈寶玉相遇。

兩人通了名姓，重新廝見，照鏡子似的彼此打量半晌，不覺莞爾而笑；及敘起兩家境遇，其偃蹇流離，樹倒巢傾之勢，相差無幾，又不禁灑了幾點淚。甄寶玉又道：「從我記事起，便聽家裏人常說京城榮國府有位公子銜玉而生，心中每每讚歎驚奇，今日幸得識荆，不知可賜一見否？」賈寶玉笑道：「爲了這個勞什子，也不知添了我多少嗷嘈。任誰見了都說稀奇，終究帶了他二十年，也未見著有何稀奇可貴之處。」說著，自衣領裏掣出玉來。

甄寶玉見了，只覺心裏「突」的一跳，倒像把個心嘔出來托在手掌中的一樣，不由緊緊攥住，翻覆看了幾遍，又將小字細細讀了，猶自半明半昧的出神。忽聽賈寶玉在耳邊同自己說了句什麼話，恍恍惚惚答了句「什麼？」及寶玉又說一遍，方知是在問自己日後打算，因笑道：「石崇因財招禍，楊修以智令夭，何如平庸無爲之輩，反得善終。比如閣下，若不是那一船貨物，也不至使船主人見財起意，至於流落荒郊。我如今兩手空空，再無可失，再無可戀，倒是無所掛慮憂勞的，不過走到那裏是那裏，哪有什麼『打算』哩？」說著，將那玉仍交在賈寶玉手中。

彼時凍雲黯淡，暮色蒼涼，已是掌燈時分，那雪越下越大，早成鵝毛之勢。二人在殿上尋了一盞瓦燈，幸還有半盞燈油，遂點亮了。甄寶玉道：「我方才進來時，已往後殿看了一遍，並無一個僧人，倒幸得屋簷下堆著許多柴草，才得以點了這個火堆。只是這會子肚中空乏，實在餓得難受，不如再找找看，可有什麼裹腹之物。」又將身上披著的一床破氈毯破開兩半，分半張與賈寶玉披在身上禦寒。

二人冒了風雪同往殿後尋去，只見兩三間東倒西歪的禪房，七八隻缺牙崩口的杯碗，並無一隻箱籠等物，好在廚灶俱全，尋了半日，粒米皆無，只找見一隻粗胎醃菜缸，尚有隔年漬的半缸酸白菜，撈起一棵剝了瓣嘗嘗，又鹹又臭，也只得自井裏打了水，擇洗乾淨，又在簷下柴堆中抽出一捆茅柴，生火煮了一鍋開水，灶沿上尋著破口裂紋的兩隻粗瓷碗，用開水仔仔細細裏外涮洗了，又去尋茶，那裏尋得到，只得拿進來。賈寶玉便坐在蒲團上，甄寶玉便坐在拜墊上，兩人將白開水就著酸白菜胡亂吃了，不過欺瞞臟腹，假作溫飽而已。

甄寶玉見賈寶玉吃得愁眉苦臉，知他不慣，笑道：「人生至樂，莫過於『久旱逢甘雨，他鄉遇故知』。今雖無雨，這『瑞雪兆豐年』卻比甘雨更加祥瑞難得；你我說是初遇，實為故交，在此劫後相逢，荒郊偶遇，實乃賞心樂事。縱無酒菜，又何妨以水當酒，煮虀為醴，雖寒冬噎酸虀，而甘之如飴；即雪夜圍破氈，亦如坐春風。豈非雅會？又何必長吁短歎，杞人憂天的起來？」說得賈寶玉鼓舞起來，笑道：「倒是甄兄豪爽有雅興。弟實慚愧。弟方才進來古廟之前，在村裏見了一個院落，看見有個女孩兒在紡線，當時只覺眼熟，倒像在什麼地方見過似的。這會子才想起來，原是那年我隨了璉二嫂子給秦氏送殯，在鄉間見了一個村姑紡線，可笑那時候我還不知道紡車為何物呢，還是那姑娘教的我。」甄寶玉道：「正所謂『遍身羅綺者，不是養蠶人』。你我生於膏粱，長於錦繡，倒上那裏去識得他呢？這也平常得很，不為異事。」

賈寶玉道：「不然，你道剛才那女孩兒是誰？原來便是那年帶我去鄉下的璉二嫂子的女兒。如今我璉二哥哥、嫂子俱已過世了，只有這一個女孩兒，誰知竟淪落在這裏，做了村婦。撫今思昔，正是白雲蒼狗，世事難料，故而在此歎息。」甄寶玉歎道：「人世間的緣法，原難預料。比如你我，論起來幾輩子的交情，誰知遍尋不見，倒在這兒遇上了，又是這麼個境況兒，卻往那裏想去？如此說來，你侄女兒雖淪為村婦，然能自食其力，耕織為生，未嘗不是一件幸事。」賈寶玉道：「我也是這樣想。只是剛才我看見那女孩子紡線便覺出神，還並不為從前見過紡車，倒和一幅畫兒有關，只是一下子想不起來。」甄寶玉笑道：「莫不是唐時張萱的

〈搗練圖〉？」

賈寶玉搖頭說不是，甄寶玉便又道：「再不就是〈停機〉？〈紡績〉？」一連說了七八樣。賈寶玉都說不是，又道：「我想起來了，竟不是什麼名畫，是一本冊子，上面還有幾句話，可惜記不真。」甄寶玉罕然道：「你從那裏見的冊子？」賈寶玉道：「是我有一年做夢，夢見去了一個地方，偷看來的。」甄寶玉益發稱奇，訝道：「原來你也做過這樣一個夢嗎？那地方可是喚作『太虛幻境』的？」賈寶玉聞言大驚道：「莫非甄兄也做過此夢？」甄寶玉笑道：「豈止，我在夢裏還有一段事呢。後來說給人聽，人人都笑我呆，所以也總未好意思再提他。」賈寶玉聽了，越發稱奇。

甄寶玉忽又想起一事，因道：「你說起那紡線的女孩兒，倒教我想起一件事來——大約是去年的這時候，我在西山一帶遊玩，曾遇見個小尼姑托鉢沿乞，大不過十七八歲模樣，雖是緇衣芒鞋，相貌舉止清雅不俗。遠遠見了我，脫口叫了聲『二哥』，及走近了，倒滿面失望，說是認錯人。我因他生得纖嫋斯文，不免多看了兩眼，所以至今未忘。此時想來，只怕也是令親，將我認做了你也是有的。」賈寶玉扼腕長歎道：「不必說，自然是舍妹惜春了。他從前在家裏時便喜歡談禪論道，年紀雖小，倒常說自己看得破，性子又執拗。那年遭禍時，他許是害怕，竟趁亂易裝逃走。後來我父親使人到處尋找了多少年，只當他打聽事情了了，自然會回來，誰知竟再無下落。原來到底做了尼姑了。」

一時火苗見弱，甄寶玉添了一把柴，兩人披氈擁火，又談論了一回，甄寶玉先睡實了。賈寶玉雖覺目餳眼澀，卻只是輾轉難眠，恍恍惚惚，好似仍在都中時候，大觀園怡紅院中，與襲人、晴雯、芳官一干人頑笑，猜枚擲壺，賭酒烹茶，好不得意；一時人報「林姑娘來了」，忙迎出去，只見黛玉、湘雲、探春一干人連袂走來，大家共坐談笑，吟詩論畫，不知偶然說錯了一句什麼話，將黛玉惹惱，忙又千方百計的俯就；正在心甜意暖、語膩情濃之際，忽展眼不見了黛玉，卻見薛寶釵蒙著金墜角八寶紅蓋頭端坐在珠簾之內，彷彿洞房花燭夜模樣，不禁心下狐疑，患得患失；麝月卻又從外面進來，說是缸中米淨，當的棉衣也該去取贖，不然就成死當了。

正覺慚愧爲難，忽見一班官員差役執令箭旗牌而來，要抄要檢，喊打喊殺，又見司棋、金釧、四兒扯著他啼哭，四處裏鬧作一片；忽然王熙鳳拿著一根麵杖從外面一路殺進來，橫眉立眼的，正如那年魘魔法兒病中的情形；種種世事艱難、情怨糾纏之事，一齊堆到面前來，不禁如醉如癡，昏昏沉沉。正在彷徨無計、疑真疑假之際，忽聞當空一聲棒喝，便如電掣雷鳴的一般，諸多幻相化爲泡影，瞬息不見。

寶玉睜開眼來，卻見一個癩頭和尚坐在對面佛龕之下笑嘻嘻的向他點頭，當下心內澄明一片，起身作揖道：「大師請了，弟子如今已經明白，富貴功名，有如塵土；情緣孽債，莫非浮雲。人世間種種窮通富蹇，尊卑榮辱，乃至妍媸智愚，親疏愛怨，都只是幻象罷了。弟子情願隨我師出家，雲遊四海，更不以兒女情長爲念。」

那癩僧點頭笑道：「欠你淚的，他已還了你淚；欠他情的，你也還了他情，卻還戴著那蠢物作甚?也是該完債回頭、物歸原主的時候了。」寶玉頓然醒悟，向頸上摘下通靈玉來，便隨手擲在蒲團之上，遂與和尚頂風冒雪，飄然而去。一旁甄寶玉猶熟夢正酣，將菩提寺當作爛柯山的一般。正是：

萬般癡念終如幻，一樣皮囊兩樣緣。

卻說自從寶玉去後，寶釵、襲人幾個便在家裏每日數指翹望，好容易盼得金陵信至，一一寫著王夫人病逝、賈政患病、寶玉偃蹇難歸諸節，正是字字血淚，滿紙悲涼。寶釵看到一半，早已哭得言不得語不得，襲人、麝月也都淚流滿面，便都忙換了純素衣裳，在院子裏點了香燭紙馬，祭了三牲六禮，望空祝禱。襲人想到王夫人素日待自己的諸般好處，麝月念及寶玉這番不知幾時方能回來，各自傷心不了。及哭得累了，才驚覺那寶釵在風地裏已跪了大半日，忙上前攙扶。寶釵猶跪著不肯起，手裏攥著一把香，一邊磕頭，一邊燒香，說一回又哭一回，直哭得花愁月顫，肝腸寸斷，眼看著香燒得盡了才起來，腳跟兒早軟了，趔趄兩三下方站穩了，回至炕上躺下，便有些聲重鼻塞的起來。

次日早起，麝月打水進來，見寶釵猶向裏臥著未起，小聲請了兩回，不見動靜。及上前看時，方見他雙蛾蹙起，桃腮泛赤，嘴唇皮兒乾裂趣紫，摸摸身上，燙得如火爐一般。忙向前院叫起襲人來，進來看了，也覺吃驚，苦道：「皇天菩薩，可夠了我的了。一事不了，又添一事。」趕著打發老李婆子請大夫來。去了半日，卻帶進一個龍鍾老媪來，進了屋子，也不望聞診切，伸了手撩起簾子就向寶釵身上搭來，唬得襲人、麝月忙攔在前面，問他：「做什麼？」那人道：「奶奶、姑娘們不教看，我可怎麼知道順不順呢？」襲人越發糊塗，問他：「什麼順不順的？」婦人道：「自然是胎位了，順與逆，正與旋，關係重大，不得不摸清楚了才好對症下方，人命關天的大事，須講不得臉面。這方圓幾十里，我是最準的，多少富紳大宦的家裏都進去過，連許多城裏的老爺太太也常備了車馬請我去，前兒東鄉里胡老爺的二兒媳逆生倒養，就是我活活救下來的。是男是女，憑我一摸肚子就知道，連脈都不用診的。」

寶釵又羞又氣，轉向裏背身不理，麝月早掩了簾子問他：「我們奶奶不過是傷風咳嗽，你嘴裏不乾不淨，混說些什麼男呀女的？」老媼道：「我是接生的大夫，既不是喜，找我來做什麼？」襲人這方知道李婆子糊塗，不問清楚就請了穩婆來，又氣又恨，只得送穩婆出去。那老婆子道：「雖不是喜，到底出一趟診，奶奶須得給些利是才好。」麝月只得拿了些錢給他坐車，穩婆還嫌不足，嘮嘮叨叨，直說耽誤了他功夫，逼著麝月又加了一串，方才去了。

襲人重新叫過李婆子來，也不好多說他，只再三叮囑，命他另請一位看傷風的大夫來。半晌，方又來了一位，診過脈，說是秋燥之症，該有「鼻燥咽乾，口渴舌燥，咳而無痰，喘而氣促」諸徵。又問咳時脅間有無劇痛，夜裏是否出汗，麝月一一答了。遂立了一個生脈散的方子。寶釵命麝月拿來看了，隔簾問道：「既說是秋燥之症，如何又用人參？」大夫道：「不妨，人參雖熱，卻可生津，這藥君臣相輔，治燥症最見效的，奶奶盡請放心。」寶釵便不說話，及蔣玉菡送出大夫去，方對麝月道：「我自幼體壯，只怕用人參不宜，既然斷了病症是燥熱，倒是抓一劑玉女煎來就是了。」襲人忙道：「方子是大夫寫的，換了倒不好。」寶釵道：「我心裏有數，你照我的話做去就是了。」襲人只得依言抓了藥來。麝月守著爐子煎了，與寶釵服下。

誰知略好兩日，便又燒起來。如此輾轉反覆，月餘猶不見好，還是襲人悄悄拿了前兒大夫開的方子另取了生脈散來，也不教寶釵知道，只令麝月照常煎了與寶釵服下，方才漸漸的好了。

且說因寶釵病著，襲人想著王夫人既逝，正該著人往各處報喪去，自己身分不便，蔣玉菡更加不便。想了半日，方得了一個主意，遂親自下廚，收拾了一樣水晶肘子，一樣五香雞胗，一樣麵筋炒兔肉，一樣痳婆拜觀音，都裝在一個食籃子裏，提著往李紈門上來。見院子新翻蓋過了，門前兩個男僕模樣的人在那裏吃煙，又有一個小校在屋簷下學織荻簾兒。襲人說明來意，那小校通報進去，一時出來說：「我們奶奶不在家，本家太太請你進去。」

進來時，只見裏邊也都整砌一新，門窗欄杆都重新油漆，花籬庭樹井井有條，不似從前大雜院時模樣。那李嬸娘身上穿著秋香色潞綢蘆花趕月對衿襖兒，下著佛頭青滿繡蟹爪菊鸚哥綠滾邊的洋緞裙兒，綰著祥雲飛蝠金紐扣，頭上梳著個芭蕉髻，插著和合二仙累絲嵌寶金搖釵，獅子滾繡球銀梳掩鬢，手上戴一對汗浸子玉蒲鐲，四連環喜鵲登梅的寶石戒指。見了襲人，忙不迭問好，又督著小丫頭倒茶，撮些玉帶糕、合歡餅讓襲人吃。

襲人道了謝，便在炕沿下椅子上坐了，看見屋裏新添了許多家俱擺設，便猜測許是賈蘭做了官回來，心裏先有幾分歡喜。問時，李嬸娘卻又支支吾吾，只說賈蘭在軍中立了功，擢升了一個小頭目，朝廷論功行賞時，那賈蘭上了一本，說明京中尚有寡母獨住無依。故而宮裏送了賞銀來，其實統共也沒多少，爲著賈蘭的臉面，不得不把房屋整修一番，便十去了八九；又將租給人住的房子收了自用，更加有出無進。襲人說了王夫人在金陵病故一節，那李嬸娘吃了一驚，半晌歎道：「這也只好等你大奶奶回來，我告訴他罷。」襲人便又說了寶釵患病，無人出面治喪，只得請大奶奶幫忙料理等事，李嬸娘躊躇一回，仍然說：「這也只好等他回來，我告訴他。」

襲人無奈，只得告辭回來。等了幾日，方見前兒那小校送了包碎銀子來，說：「我們太太前兒拜影回來，感了些風寒，又聽見老太太亡故，傷心病倒了，如今正吃藥呢，勞動不得，已在院裏望空磕了頭，就不親來了。這銀子教送給二奶奶，留著做法事用吧。一應超薦主祭之事，全憑二奶奶作主。」說著也不等寶釵等多問，便放下銀子走了。寶釵無奈，只得命麝月收了銀子，並不批評一語。襲人卻憤憤不平，背地裏向麝月道：「都說大奶奶面慈心冷，骨子裏比誰都愛錢。還說從前在府裏時，他便夥著他嬸娘、表妹，把古董珠寶螞蟻搬家一樣盡挪了出去。他們如今住的院子，說是嬸娘置的，其實便是大奶奶出錢，一早替自己預了養老。我只說是人們眼紅老太太多疼了他們孤兒寡母，故意造的謠兒。誰料想他果真心冷，連太太死了這樣大事也不聞不問，同樣是媳婦，他是大奶奶，這邊是二奶奶，怎麼弔唁主祭這樣大事，他倒好躲起來，全扔給二奶奶料理呢？」

麝月歎道：「如今親戚們都窮了，況且連年來兇信不斷，早都疲了。便得了信兒，上門弔唁，也不過一塊尺頭、兩掛素麵的敷衍一回；況且太太的靈又不在京裏，禮自然更加薄了；主家兒倒要治席擺酒的麻煩，少說也得百十兩銀子。他自然要躲這個人情債。也是怕人家看見他富，不免向他告借。你不見自從分家後，凡親戚有什麼紅白喜事，大奶奶何時伸過手來？話說回來，如今一家不如一家，誰不是少一事省一事，也不單只是他家。」襲人道：「話雖這樣說，他到底是個官宦家小姐，老子做過國子監祭酒的，難道只為分了家，竟連個『孝』字也不顧了？」

議了一回，到底彷徨無計，最終還是襲人求蔣玉菡印了些訃文各處去送，親友們或有親來唁慰的，或有命人送祭禮來的，果然便如麝月所說，不過是些冬菇素麵，略盡心意。又湊了幾個錢，俟寶釵略好些，便看了日子，約著一同往西門外牟尼院替王夫人做超薦法事。說明因王夫人靈不在京裏，便不放焰口，只是拈香聽經，盡心意而已。

到了這日，邢夫人帶著賈琮，薛姨媽帶著薛蝌、岫煙，尤氏同著賈蓉、賈薔兩對夫妻，王子騰雖不在京，夫人子女並王仁一家子都來了，又有劉姥姥帶著巧姐兒，許多陪房家人，以及賈珩、賈珖、賈琛、賈瓊、賈璘、賈菖、賈菱、賈蓁、賈萍、賈藻、賈蘅、賈芬、賈芳、賈芝等族中子孫，凡得了信兒的，也都來了，各自雇車坐轎，將牟尼院擠了個水泄不通。

原來這牟尼院正是史太君祖上的產業，昔年妙玉來京查訪貝葉遺文時，便在此借居，所以賈家方才得了消息。如今寶釵要替王夫人做法事，因鐵檻寺、水月庵兩處家廟前番均獲了罪，便選在牟尼院主持。

一時院裏設了鼎爐諸事，佛前供了牲醴之類，寶釵方磕下頭去，忽見側殿奔出一個人來，撲到跟前叫道：「那不是寶姐姐麼？」寶釵聽聲音十分耳熟，及抬頭看時，只見一個二十許女子，身上穿著半舊的石青褂子，滿面憔悴，形容悽楚，卻一時辨認不得。那人又叫道：「姐姐，你不認得我啦？我是湘雲啊。」寶釵猛的一震，再看時，可不正是睽違多年、下落不聞的史湘雲？忙一把抱住了叫道：「你怎麼會在這裏？什麼時候回京的，怎麼不來找我？」

那湘雲又是哭又是笑，欲說時又說不出來，一回頭看見寶釵祭在佛臺上的那幅字，知道王夫人去了，忙爬過去磕了幾個頭，也顧不得等住持宣號，也顧不得給邢夫人、薛姨媽等見禮，便放開聲音大哭起來。寶釵也撐不住哭了，薛姨媽更是哭得長一聲短一聲，幾乎喘不過氣來，岫煙一旁扶著，一邊給他撫背，一邊自己卻也不住拭淚；邢夫人、尤氏等自出府來受盡苦楚，況且賈赦、賈珍俱埋身異鄉，屍首無歸，自己百年之後，更不知歸葬何處？想起多少辛酸委屈，早哭得言語不得；劉姥姥更是撒開手腳，坐在地上拍腿大哭，巧姐兒便也哭了；王仁、賈琮等先還想著勸眾人盡了禮再哭，奈何那些人也有借他人眼淚灑自己悲傷的，也有真心思念王夫人的，也有見景生情感傷啼泣的，都各自放聲大哭起來，那裏勸得住。

一時祭畢，便在廟裏後院敞廳擺了幾桌素席謝客，豆角、金針、百合、藕片，擺得滿滿當當，雖非海味山珍，倒也整潔齊備，另有一罈韶酒，一罈花雕。眾人不免七嘴八舌，議些別後情形，又爭問湘雲這些年去了那裏，如何過活。湘雲不願多言，只說投靠了一位遠房親戚，在桂邊住了三四年，上月方才回京。又問眾人可有史鼎、史鼐兩位叔叔消息，眾人都說沒有。散了席，岫煙意思要寶釵回去住幾日散散心，寶釵卻要湘雲同他回紫檀堡，又說：「襲人三不五時念叨他，等下見了，不知興頭成什麼樣呢？」又催著湘雲收拾。湘雲笑道：「我那裏有什麼東西好收拾，不過幾件隨身衣裳，跟師父說一聲兒就好走了。」果然只拿了兩件衣裳，隨便包在包袱裏，跟寶釵出來。

兩人同了車，路上寶釵細問究竟，那湘雲一行哭，一行說，這方說了個大概。原來那年衛若蘭戰中失落，生死不明，史、衛兩家又互相推責，弄到殿前對質，鬧得僵了，史鼐便欲毀婚，要替湘雲另擇一門親事。那湘雲卻因爲彼此已經換了庚帖，下了文訂，早成朱陳之盟，豈爲秦楚之念，作那「搖曳蟬聲過別枝」的行徑？便不肯負約另嫁，索性也不隨叔嬸回京，便在桂邊投了個尼姑庵暫且住下，打聽等候那衛公子消息。這些年四海爲家，風裏雨裏，竟踏著海沿子尋了一個遍，就連幾個海島上也或是雇人，或是親往，都一一打聽了，卻連片言隻字也無，盤纏早已都用得盡了，只得回來京中，才知道賈府已經大敗，子弟風流雲散，只得來牟尼院借住。若不是寶釵做法事，只怕一百年也不得遇見。

寶釵聽了，不禁又撫泣一回，說著，紫檀堡已到了。湘雲進來一看，只見院落雖不甚大，倒也房屋高朗，台砌寬平，中間鋪著石子路，掃得一清如水，牆角數株桃樹，已成參天之勢；下邊又有十來盆各色花卉，也有紅掌，也有水仙，雖是冬清歲寒之際，卻也含苞吐蕊，春意盎然。那襲人正在院裏晾衣裳，看見湘雲進來，猛然打了一個突，臉上似哭似笑，不敢認的樣子。湘雲笑道：「好花大姐姐，打小兒一塊長這麼大，這才嫁了人幾年，就不認得我了。」

襲人聽出聲音來，這方確認不錯，忙上前一把抓著叫道：「我的姑娘，你怎麼瘦成這樣兒了？」便哭起來，手拉著手問長問短，知道他回京不久，尚未找到史家叔叔，便又苦留他住下，朝夕相伴。湘雲辭道：「三五日尚可，卻非長久之計。你們偌大個院子，兩家人住著已覺擁擠，再添我一個，如何使得？」襲人道：「正是呢，偌大個院子，前後兩進，統共住了兩家人，再添你一個，有何不可？」湘雲笑道：「幾年不見，你學得這般油口滑舌起來，到底夫唱婦隨，家學……」說到此，急忙掩住，不覺飛紅了臉。襲人便也臉紅起來，寶釵瞅著湘雲歎道：「這麼多年不見，還是這樣有口無心的。」眾人一笑作罷。

晚上寶釵在後院灶房又置一席，請湘雲坐了首位，湘雲再三不肯，襲人死活拉著坐下；寶釵對面相陪；襲人、麝月兩個打橫。說一回舟楫辛苦，風波險惡，又說一回人情冷暖，世事沉浮。那湘雲原愛說話，況他經歷也比眾人不同，越發說得繪聲繪色，如描如畫，說到驚險處，釵、襲、麝三人都覺聚精會神，暗呼僥倖；說到傷心處，又都拿著絹子拭淚不止。

眼見月色映窗，疏枝如畫，已是三更時候。襲人欲往隔壁收拾廂房，湘雲忙拉住道：「不必窮忙，我不過略耽一兩日，同寶姐姐睡便了。」襲人也因寶玉衾枕被褥都還未曾收，被他看見不便，正覺躊躇，聽了這話，便說：「既這樣，就罷了。且擠一晚，明兒閑了再收拾。只怕奶奶勞神。」寶釵笑道：「不過一天半日，有何不可？」襲人聽這話，竟沒有留湘雲長住之意，倒覺詫異。再看湘雲，倒只是疏疏然不以爲意，便也只得按下疑竇，收拾杯盤，各自歇息。

湘雲來至寶釵房中，只見一張藤床，一座鏡臺，再有近窗一張桌几，不用髹漆，木紡肌理如畫，此外更無長物，暗暗點頭歎了兩聲。二人躺在床上，不免又說一回抄檢、分家、賈母仙逝等事，及湘雲問起寶釵婚後諸節，卻只三言兩語帶過，反問他今後打算，還是要往金陵去尋叔叔嬸娘呢，還是在京長住。湘雲道：「若回金陵去，他們必定又要說些婚姻無望，不如問媒另嫁等事，倒煩心。不如就在牟尼院住著，還落得耳根清淨。況且衛家也在京裏，倘若他有消息時，也就近打聽得明白。」寶釵點頭讚歎：「難得你竟有這樣心胸志氣，我倒不好勸你。」湘雲笑道：「所以我說姐姐最知道我。」二人又說一回，直到五鼓敲過，頭遍雞啼，方才胡亂睡了一覺，起來梳洗。正是：

乍離乍聚尋常事，忽喜忽悲難為人。

第二十回

拾通靈甄寶玉送玉
當金鎖薛寶釵折釵

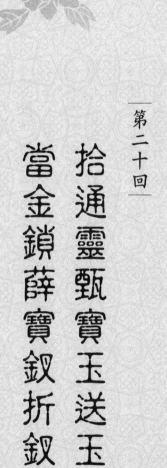

話說湘雲回來京城，便在西門外牟尼院中居住，與這紫檀堡一個東，一個西，相隔甚遠。襲人每每欲勸湘雲搬來同住，湘雲只說：「偶爾住幾天倒沒什麼，長此以往卻不是相處之道，倒是時常走動的罷了。」寶釵聽著，不置可否，襲人也只得罷了。

這日因逢冬至，襲人包了餃子，命蔣玉菡雇了車往牟尼院去接湘雲來過節。去了半日，方引了一人進來，卻不是湘雲，倒是個風塵僕僕的落拓公子，穿了件半舊的葛布棉袍兒，一身疲憊，滿面風霜。襲人一見，先就喊了聲：「皇天老爺，這可算回來了。」急急迎上來，兩行淚早流下來。蔣玉菡卻攔著笑道：「你且別哭，仔細看看這人是誰？」襲人嗔道：「什麼這人那人的，難道二爺我還不認得麼？」

蔣玉菡笑著，且不說話。襲人便又向那人臉上認了一認，見他雖然面貌秀美，絕似寶玉，卻多著幾分沉熟穩重，倜儻從容，身材也略見長大，不禁又是納悶又是尷尬，訕訕的重新施了禮問好，靦顏道：「未請教這位爺上姓。」那人忙還禮不迭道：「不敢，小姓甄。特為訪尋賈府二爺而至。在村口遇見蔣兄，才知道二爺猶未還鄉，遂來拜見世嫂，璧還失物。」

襲人從前在府裏時，早聽說甄家有位少爺同寶玉長得一模一樣，而且同名，聽他姓甄，知道自是那位甄寶玉無疑了，不禁又細細看了兩眼，笑道：「果真跟我們二爺一個模子脫出來，親兄弟也沒這樣像的。你且請坐，我去請我們二奶奶出來。」遂笑嘻嘻的進去，向寶釵、麝月比比劃劃說了一回。寶釵道：「他是位爺，寶玉既不在，請蔣相公陪著也是一樣的，怎麼倒要見我？」襲人道：「他說得不清不楚，好像是跟二爺見過一面，特地來一件什麼要緊東西，定要面交奶奶。奶奶不見倒不好。」麝月也道：「我早聽說甄家有個寶玉同咱們二爺一模一樣，不僅同名，連性情脾氣也都是一樣的，早就巴不得要親眼見上一見才好。難得他今兒自己送上門來，豈可不見？」百般攛掇著寶釵出來。

及見了甄寶玉，麝月先就「哎呀」一聲叫道：「這真是像得離了譜兒，若不是襲人姐姐先說明了，我乍一見，還只當二爺回來了呢。」襲人笑道：「我也是這樣說。」因指著寶釵向甄寶玉道：「這是我們寶二奶奶。」蔣玉菡也指著甄寶玉道：「這位是甄家大爺。」

那甄寶玉見了寶釵，便如張生見了鶯鶯的一般，靈魂兒飛在半天，只見他瑰姿豔逸，柔情綽約，品貌端麗，氣質安詳，心中暗暗叫道：「原來世上竟有這般人物，我甄寶玉只道天下佳麗，到我金陵甄家也就算絕了，如今見了他，才知道人外有人，天外有天。」心中胡思亂想，一時張口難言。

那寶釵看甄寶玉時，但覺形容俊俏，態度溫存，舉止風流，言語款洽，心中也是五味雜陳，雖不好似襲人、麝月那般形於顏色，卻也不由自主，一雙眸子射在甄寶玉臉上，難以挪開，暗想：「雖說是人有相似，又非一奶同胞，如何竟像到如此地步去？偏偏連名字也是一樣，一個假，一個真。若這個是真的，莫非自己守了三年的那個，倒是個假的麼？」因此四目交投，也是半晌無語。

看官，你道那薛寶釵、甄寶玉何等尊貴無匹的謫仙人物，如何平白裏一見，竟會失態至此？豈非有異常情，失禮於人麼？其實不然。此時別說是他二人，便是蠢物在破廟裏驀然遇見這甄寶玉時，亦不由左瞻右顧，難分彼此。及那個寶玉走了，卻把石頭丟在蒲團之上，被這個寶玉拾了去，石頭昏昏噩噩，恍恍惚惚，跟著他從白楊村走來紫檀堡，究竟也有些拿不準終究還是隨了寶玉而去，還是已經換了一個主人。石頭無情，尚且如此；人非草木，又豈能視而不見，安之若素哉？

好在那寶釵畢竟是個端莊守禮的典範，三從四德的摹本，略一思索，便即端整顏色，斂衽施禮，溫言問道：「適聞先生與拙夫有一面之緣，故來相訪。不知先生從那裏來？又在何處遇見拙夫？」甄寶玉不及說話，先從懷中掏出一塊晶瑩燦爛的玉來，雙手捧著呈上來，道：「二奶奶請看，這可是二爺隨身之物？」麝月接過來，不及遞給寶釵，先就嚷道：「這是我們二爺的玉，怎麼會在這裏？二爺卻在那裏？」

甄寶玉遂源源本本，將賈寶玉如何在瓜州被人卷了貨船，如何一路行乞回京，如何在菩提寺與自己巧遇一節，從頭至尾說了一遍，又道：「那天早上在廟裏醒來，已不見了賈兄，只留下這塊玉。我只當賈兄出門去什麼地方逛了，等下便回來的，也不敢擅離，在那裏守了半日，不見人影。便又各處找了一回，依舊不見，才知道確是走了，卻不知為何把玉留了下來。我想這原是他至貴重要緊之物，丟了如何是好？記著他說過住在京郊紫檀堡，便一路尋了來，在村口遇見蔣相公，才知道賈兄並未回家，及欲托蔣兄致意時，又因這件事關係重大，不得不上門求見二奶奶，當面交付，還望勿以冒昧見責。」

寶釵見了玉，饒是心思沉著，也撐不住流下淚來，哽咽道：「他留下這塊玉，可還留下什麼話麼？」甄寶玉道：「不曾有話。」寶釵點頭道：「他是打定主意要懸崖撒手的，所以連命根子也棄了。那是不打算讓我們再找他，別說找不到，便找得到，只怕也不是從前那個他了。」

襲人聽了這一句，不知如何，心裏便像被刀子猛剜了一下似，「嗷」一聲哭了出來；麝月想到終身落空，便也大哭起來；便連蔣玉菡也在一旁拭淚；甄寶玉看見他們這般情形，也覺憐憫，暗想：「賈寶玉有如此嬌妻美婢相伴，竟然忍心捨了家不回，真可謂無情之至矣！」

彼此對著傷感一回，那蔣玉菡欲勸又不好勸的，到底還是薛寶釵先收了淚，向著甄寶玉重新施禮道：「先生不辭路遠，送還拙夫佩玉，盛情之至，敢不敬獻芻蕘，略洗風霜。就請略坐片刻，即備薄酒，還有勞蔣相公代爲作陪。」甄寶玉忙還禮道：「有勞嫂嫂親自下廚，寶玉愧不敢當。」寶釵聽他自稱「寶玉」，不由心裏又是一痛，忙掩面轉身，向後院疾走。襲人、麝月都忙跟著。便留蔣玉菡在廳裏，陪著甄寶玉用茶。正是：

雪藏金鎖猶尋玉，莫把假來認作真。

話說那襲人見甄寶玉與賈寶玉一般形貌，遂愛屋及烏，調唆蔣玉菡留下甄寶玉來；那蔣玉菡亦與甄寶玉一見如故，巴不得留下他來做伴，便果然同甄寶玉說了；甄寶玉卻也稱許蔣玉菡人物風流，性情溫順，且浪蕩了這許多年，也正要找個地方落腳，休養生息，便欣然允諾，暫在前邊書房裏住下。襲人日常送茶遞水，越看那甄寶玉越似賈寶玉，不免有望梅止渴之意，畫餅充饑之思，相待十分親切。

及後來湘雲來見了，也覺納罕，歎道：「從前常說，倘若二哥哥不耐煩時，倒可以找那個寶玉一同淘氣去；如今到底那寶玉來了，二哥哥卻又走了。難道當真是『既生瑜，何生亮』，兩個寶玉必定不能同在的不成？」說得寶釵益發傷起心來，暗說：「我薛寶釵好命苦也，歷盡艱難嫁了這個魔王，說是『金玉良姻』，誰知竟做了整三年的水月夫妻，影裏郎君。如今更索性連個影兒也不見了。」想到影兒，便又想那甄寶玉與他活脫脫一個影兒裏拓出來，終究不知是何天機？

那甄寶玉在京故舊原多，隔了幾日，換了衣裳進城來一一拜會，眾人也都挽留他在京長住，又替他謀了個書記之職。寶玉雖不喜羈絆，然覺得抄抄寫寫倒也不甚勞神，便應許了，暫且安頓下來。襲人見了，益發羨慕，閒時同麝月議論：「這位甄大爺倒比咱們二爺還識些時務，知道通融，倘若從前便見著這甄寶玉時，把他配了奶奶，倒是一對兒。連妹妹的終身也都有靠。大家依舊相傍過日子，豈不是好？」又說是「假寶玉去了，真寶玉來了。焉知不是天意呢？橫豎都是寶玉，或者『金玉良姻』，原該落在他身上也未可知。」

說了兩次，被湘雲聽見了，學與寶釵。寶釵啐了一口，扭臉不理，卻也不禁心猿意馬，思前想後，念及賈寶玉忍心撒手，一派絕情，又氣又恨，暗想：「小時候遇見那個和尚，給了我這個金鎖，一再叮囑：須得遇個有玉的方能相配。及在府裏遇見他，看見那塊玉，只當應了和尚的話，況且又是娘娘賜婚，遂再未有他念。如今他便這樣一走了之，連玉也扔了，那番話豈不落空？這玉倒又落在甄寶玉手上，竟不知哪個是『真』，哪個是『假』？若說有玉的便能相配，卻又必定要是銜玉而生的那個才可呢，還是送玉而來的這個才是？」如此想了兩回，又自己啐自己道：「我已是嫁了人的人，雲兒不過換了庚帖，已知道守貞立節；何況我入門三年？雖則假鳳虛凰，到底名媒正娶，如何竟可有這些胡思亂想？」從此平神靜意，心無雜念，飛塵不起，此前原已不肯輕易往前院來的，自從甄寶玉住了書房，索性更禁足於二門了。

轉眼臘盡春回，寶釵生日將至，因在孝間，原說過不辦。爭奈薛蝌、岫煙都說要上門爲姐姐祝壽，薛姨媽自寶釵搬來紫檀堡後，還從未登門，如今聽說寶玉拋了家，益發不願女兒寄人籬下，也要借機勸說女兒回家，因也約了這日來訪。寶釵恐席面不好看，未免更使母親憂憫，遂開了箱籠，意欲尋些物事去當。翻檢一回，終無可當之物，雖有些棉衣鞋襪之類，一則冬氣尙深，缺不得他；二則也當不來幾個錢，終究還是杯水車薪。便又打開妝奩來，只見不多幾件銀鐲玉簪，倒有一疊子當票，想了一想，忽起一計，遂從領上取下那個瓔珞環護、珠光寶氣的金鎖來，拿與麝月教去多多的當來。

麝月吃了一驚，那裏肯去，勸道：「再揭不開鍋，便是把我賣了，也還輪不到當他去。這可關乎姑娘的終身之事。」寶釵歎道：「到了如今這地步，還談什麼終身？人都沒了，留著他也是無用，不如當幾個錢，換些米來倒實在。」襲人、麝月都道：「這萬萬不可，二爺雖去了，那塊玉倒是自己長了腳又回來了的，焉知不是天意呢？且不說這位爺同咱們二爺的形貌是一模一樣再分不出真假來的，依我們看，連脾氣性格兒也都相差無幾。況且每每提起奶奶來，都是一臉的敬重，十分佩服。想來只要奶奶願意，甄大爺無不願意的。奶奶不妨細想。」寶釵沉下臉道：「休胡說。這可是本份人家的話麼？讓人聽見，成何體統？還只當我們有多輕狂呢。」

正說著，恰好湘雲進來，便也笑道：「別說是你們，連我看見他也分不出真假，只差一句『二哥哥』沒有叫出口來呢。依我說，假寶玉也是寶玉，真寶玉也是寶玉，假的不去，真的不來；假的既然去了，何不換了真的，豈非兩便？」

寶釵聽了，正色道：「我向來不是那種口是心非、朝秦暮楚之人，你們卻不要拿這等話來戲我。寶玉雖絕情，我卻不能無義，既然進了賈家的門，便一輩子都姓賈，絕無別念。良臣不事二君，烈女不事二夫，你們看我可是那朝三暮四之人？」說著，從頭上拔下根白玉釵子來，一撅兩段，說道：「我若有異心，便和這釵一樣。」

湘雲自悔失言，忙摟著寶釵告罪道：「好嫂子，這是我的不是了，信著口兒胡說，我自然知道姐姐不是那樣人，不過貧嘴滑舌說笑話罷了，你又是我寶姐姐，又是我二嫂嫂，千萬別惱我。」襲人更是羞得滿臉通紅，忙低了頭出門，一言也無。

寶釵方知傷了襲人，頗覺後悔。念及襲人、琪官盡心竭意侍奉自己，無非看在寶玉份上，如今寶玉走了，自己再賴著住下，倒不好意思。又想著到了二十一日，薛姨媽、岫煙等來與自己慶生，見了甄寶玉，必有諸多不便，若也生出襲人、麝月一般的念頭，說些真哩假哩的話，未免難堪，竟不如及早迴避的爲是。便與湘雲商量，要同往牟尼院借住。湘雲自然滿口答應，又問：「既要搬，何不回姨媽家，倒要住在外頭？」寶釵歎道：「王寶釧十八年寒窯尚不肯回家，何況於我？況且別人不知道，你該深知道的——你不回叔叔家，難道不是爲了怕你叔嬸聒噪，逼你另嫁？天下長輩情同此理，我若回了娘家，勢必也有許多閒話，只怕說得比今日更難聽呢。到那時，應了固然不可，不應卻也爲難，倒是遠遠避開的爲是。」湘雲聽了，不住點頭，自此心內愈發敬重寶釵。

寶釵心下擘劃停當，遂請進襲人來，說明心意，又囑以麝月之事，轉托蔣玉菡同甄寶玉作媒。襲人聽了，早流下淚來，羞道：「原是我們伏侍的不好，怪不得奶奶生氣，只是我那裏做得不到，請奶奶只管教訓，千萬別說什麼『搬走』的話，不然教我明日見了二爺，可怎麼說呢？」寶釵歎道：「你倒癡心，那裏還有見二爺的時候呢？我搬來時，原說是租，從未許過長久不去。況且從前寶玉搬來這裏，原爲的是他同蔣相公是朋友，還說得過去；如今寶玉不在，我一個女人家獨自住在這裏，外人看著不像，便是我自己家裏人也不答應。這也不必同你客氣，你是個明白人，自然知道我的難處。」湘雲也在一旁說：「我獨自住在廟裏好不孤清，巴不得寶姐姐搬去與我做伴兒，說了半日姐姐才答允了，襲人姐姐別再勸了。只以後別忘了我們，常來走動的才好。逢年過節，我也還要來姐姐家討餃子吃的。」

襲人聽了，不好再留，只得出來與丈夫說了。蔣玉菡便又與甄寶玉商議。甄寶玉起初不允，說：「我如今身無長物，如何再敢有家室之想？」蔣玉菡道：「女家兒已經允了，如今我回去說甄大爺不願意，不怕薄了寶二奶奶和麝月姑娘的面子？」甄寶玉聽了，只得同蔣玉菡做了一揖，又向著寶釵住的內院做了一揖，道：「既這樣，寶玉叩謝奶奶抬愛。」蔣玉菡拍手笑道：「這不好？從此你可在這裏長住了，大家過起日子來。」

商議定了，寶釵便又叫進麝月來，指著妝臺上描金嵌貝的一個紫檀匣子道：「我明兒要與雲姑娘搬去廟裏長住，你不必跟著。這匣子裏是我的幾件舊首飾，不值什麼錢，不過是我的心意罷了。你的婚事，我都托了襲人同蔣相公做主，我身上有孝，就不來看你行禮了。」那麝月自寶玉去了，只當此生無望，那裏想得到還有今日，聞言又驚又喜，又是羞愧又是感傷，忙跪下來抱著寶釵腿道：「奶奶說那裏話？麝月一身一體俱是奶奶的，情願伏侍奶奶一輩子。」

寶釵道：「這又是胡說。我是既嫁之身，不管十年二十年，你二爺回來也好，不回來也好，合該等他一輩子，這也怨不得命；你卻還是個清清白白的女兒家，可守什麼呢？」諸般交代停當，遂請蔣玉菡雇了一輛車，次日便與湘雲收拾箱籠，又從碧桃樹下起出盛冷香丸的罐子，一同裝在車上；又另使人送信與薛姨媽，說明搬遷之事，不教往紫檀堡去。薛姨媽接了口信，知道女兒竟搬去廟裏住，雖百般不捨，然素知寶釵面上雖柔和，內裏最是固執，也只得罷了。

從此寶釵、湘雲兩個賃了牟尼院內院廂房長住，勤儉相安，居貧樂業，閒時替人抄經抵租，或做些針線寄賣，也不另外開火，便在院裏包飯，一般的持齋守戒，便同出了家的一般。逢年過節，或是薛姨媽打發車來接，或是岫煙、襲人帶了食盒上門來坐一回，又有時寶釵、湘雲兩個閑了，也往各處走動一回。雖則燈昏月明之際，斷絮飛萍之秋，未嘗沒有紅顏薄命、皓首無依之歎，但一個是胸襟闊大，一個是心底深沉，倒也安份守時，相依爲命。院裏尼僧知道他們一個是本主兒金陵史家的小姐，一個是從前榮國府的二奶奶——前番爲王夫人做超薦法事時原見過的，也都不敢怠慢。那湘雲還時常出來進去，借針借線，或是向住持討些經本來抄；寶釵卻等閒見不到面，別說連個笑容見不到，便連戚容也難得一見。眾僧尼見他端莊安靜，比出家人更覺沉著矜持，越覺敬重。他原先做女兒時便喜淡妝素服，自住進廟裏，益發荊衣布裙，不事鉛華，那瓔珞後來到底還是當了，卻將金鎖片取下來，也並不戴著，只與通靈玉一處包在手絹包兒裏，藏在箱子底下。

不覺冬去春來，光陰荏苒，早又多少年過去，那寶釵、湘雲縱是花容月貌，亦不免桃花謝了春紅，兩鬢星星的起來。這日兩人正在房裏做針線，忽聞得街上噹噹的鋪鑼之聲，鞭炮亂響，穿牆越院的過來。湘雲向寶釵道：「你聽街上好不熱鬧，我們瞧瞧去？」寶釵道：「不好，站街望門的何其不雅。」湘雲道：「何必出門？這院裏東角兒葫蘆架子後面不是有座塔樓？我們從那裏上去，居高臨下，豈不看個清爽？且也沒人知道。」

寶釵不忍拂他之興，遂相從出門來，果然登上塔樓觀望。只見街兩邊人早已站滿，猶水漫潮湧的不住擁上前去，那穿號服的胥役不住口的喝道驅趕，穿色衣的打著傘扇旗牌，後邊穿鎧甲的一隊隊的過兵，中間又有一個官兒坐著抬高高的轎子，頭戴簪纓，胸懸金印，好不威武堂皇，卻面有委靡之色。二人見那旗子上寫著「定國安邦」，「戰績彪炳」，「威震海外」諸字樣，才知道是新任的兵馬元帥剛立了戰功回來，正掛紅遊街呢。湘雲便向寶釵道：「武官遊街，不是該騎馬麼？怎麼倒坐轎？」

寶釵不答，卻呆呆的向那官兒臉上辨認，直等隊伍過得盡了，方回頭道：「我看著好像蘭哥兒的樣子，你覺不覺得？」湘雲起初不覺，此時回頭一想，果然依稀有幾分相似，喜道：「若果然是蘭兒，大嫂子可算盼出頭了。不如我們兩個明兒備份禮去探個究竟，若果然是他，就當賀喜；若不是，也順便看看大嫂子，如何？」寶釵冷笑道：「若真是他，那趕熱灶的人多的是，還用得著你我去錦上添花嗎？」遂擱下不提。

原來那行街的官兒果然便是賈蘭，自投了軍，勤勤懇懇，絲毫不敢懈怠，一路屢立戰功，升至都憲之位，遂嚴明軍紀，整飭海防，行伍兵丁凡有鎧胄黝鏽、弓矢生疏者，一律按兵法治罪。軍營經此整治，益發兵強馬壯，所向披靡。適有統制奉旨巡邊，見此盔甲分明、紀律嚴謹之伍，十分讚歎，奏了請恩摺子，送呈大內。今上問明這賈蘭、賈菌俱是榮寧公之後，龍顏甚喜，道是「將門虎子，大有祖風」，賜四品冠戴，領將軍之銜。那賈蘭益發感戴皇恩，竭誠報效，又狠立了幾個大功，一路升至元帥，朝廷倚作長城，頒了無數賞賜下來。卻爲邊疆不穩，盜匪蜂起，連年戰事不斷，遂東征西剿，十年不得還家。直至今春粵海一戰，賈菌陣前身亡，賈蘭也身染重疫，患了疝氣，朝廷方頒了一道特旨，許他扶靈還鄉，一則安葬賈菌，二則調養生息。誰知風霜奔泊久了的人，一旦安穩起來，反更不受用；且又拜祠堂宴賓客的冗忙了數日，病勢越發沉重起來。

那李紈母憑子貴，封了誥命之職，不禁悲感交集，既喜且憂：喜的是自己少年守寡，半生謹嚴飭躬，清白持家，總算兒子爭氣，不負了自己一世心血，掙下這分功業來；憂的是兒子病重，倘若一發不治，下半生卻教倚靠誰去？家裏每日三五班太醫走動，這個說將軍患病之源在於久坐濕地，寒冬涉水，是爲「寒疝」，該從肝經著手，以辛香流氣爲主；那個說將軍脈象呈滑數，兼有脾泄、便血、腳痛之徵，乃是「血疝」，須用酒煮黃連爲君，佐以參、術，至泄血則止；另一個又說將軍身子虛乏，且勞損過度，若再泄血，如何克當。那李紈也沒有主意，今兒信他，明兒信你，無論御中良藥，海上仙方，由著太醫用了一個遍，無奈賈蘭之病只不見起色。急得李紈無可不可，只在佛前許願，「情願減自己壽數，但得兒子好起，自己便一時三刻死了也不願的。」

堪堪捱了兩三個月，那賈蘭越發委頓，恰值元旦，不免入朝賀聖，又抖摟著了，回來當夜便發起高燒來，次日不能上朝。聖上聽說，特地命楊提督送來御藥，賈蘭忙擺下香案接旨謝恩，楊提督道：「將軍之威名遠播，朝野咸知，萬民仰望，廊廟資爲股肱，黎民仰如父母，還望保重金體，愛惜性命如同愛君，方不負皇上重望。」賈蘭磕頭謝恩，依囑服藥。這夜睡至三更，忽聞得窗外梆子聲，也就醒來，昏昏沉沉，只見母親守著一盞半明不暗的小雞啄米豆青燈兒垂淚，迷迷糊糊叫了一聲「娘」，及李紈趨前問時，卻又不言語。

那李紈只覺心疼的了不得，問他：「你還是要吃什麼？還是要喝什麼？茶麵，參湯，杏仁，酸梅，一搭兒都預備下了，你口味要甜要鹹？」賈蘭喉間喘了一回，方道：「孩兒不孝，教娘費心了。」那李紈一股酸氣沖鼻，卻強忍住了，笑道：「好個癡心的兒子，娘不爲你費心，卻操心哪個？」賈蘭道：「父親去得早，撇下娘半世孤苦，兒子如今又要早去，閃得娘好苦，這個不孝，也就不值得娘爲我傷心。」李紈聽了，只覺心如刀絞，那眼淚便如簷下溜水般，收他不住，忙道：「只當你出去這十幾年，也見了不少世面，如何還是這般小孩兒家未經事，略有個頭疼腦熱的，就當是了不得的大事了。快休胡說，倒是睡會兒養養神吧，趕明兒病好了，我再要拿這幾句話問你，看你羞不羞。」

賈蘭閉了一回眼，依舊睜開道：「兒子一生不孝，卻也只有一件孝敬處：總算爲娘掙了一頂珠冠，一襲鳳襖。娘就穿戴起來，讓兒子再瞧一眼如何？」李紈嗔道：「真是孩子話，這三更半夜的，怎麼倒好大張旗鼓的打扮起來？教人聽見豈不笑話？」賈蘭略點點頭，停一下又說：「那你把燈草剔亮點兒，讓我好好看看娘。」李紈忍著淚，果然自桌上拿起燭剪來，剪了蠟燭花，又拔下簪來將燈芯撥了兩撥，那火苗直竄起來，映在賈蘭臉上，燭光跳躍，倒似有了幾分顏色。

李紈看那賈蘭定定望著自己，待言不語的，眼裏滿是盼望，心下不忍，暗想他想看我鳳冠霞帔的樣子，橫豎無人知覺，就穿戴起來，讓兒子喜歡一下又何妨？遂走去隔壁，自箱裏取出冠戴來，不好驚動別人，自己對著鏡子妝扮了一回，也不換袍子，只在外面套了石青地子暗花勾蓮紋雲蟒妝花緞面子湖色雲紋暗花綾裏子的朝褂，一件件穿戴齊整，直掙出一身汗來。及攏弄妥當來至賈蘭房中時，卻見賈蘭已睡著了，半邊被子拖在地上，便伸手替他拾起來蓋嚴，又摸一摸臉上，只覺微微的溫涼，不比尋常。心裏咯噔一聲，忙探手試了試鼻息，那裏還有一絲氣兒，不覺慌了，忙又推他呼喚時，方覺面青唇白，竟是死了。

李紈這一驚非同小可，頓時三魂去了兩魄，抽去脊樑，摘去心尖，便連聲兒叫起來，只管將那賈蘭推來搡去，叫道：「你看看啊，你教娘換這頂戴出來與你看，你倒是睜開眼來，看娘一眼，答娘一聲啊。」又拉起他手兒來搖著，卻覺得那手漸漸的僵起，已是涼了。李紈哀叫一聲，昏死過去。

一房上下早被驚動了過來，見賈蘭死在床上，李紈倒在地上，都慌亂起來。忙的潑薑湯，揉胸撫背，連聲呼喚。那李紈方漸漸閃眼，「啊呀」一聲掙開來，復撲在賈蘭身上，便「兒呀肉呀」大哭起來。眾人一邊哭，一邊勸，又見那李紈頭上身上，鳳冠霞帔妝戴得好不盛重，卻哭得淚人兒一樣，都覺詭異。事後出門尋棺買板，採購紙馬香燭時，不免與人閒話幾句，滿街裏便都風傳出去，說兵馬大元帥年紀輕輕竟然一病死了，誥命夫人半夜裏穿起鳳襖來跳神兒，別是得了失心瘋吧？說得神五魔六的，一時坊間傳爲笑談。無須贅述。

且說這寡婦死兒子，原是世間第一等慘事。那李紈哭得死去活來，險些不曾投井。李嬸娘百般勸不住，只得命家人日夜提防，又親自提了禮盒上門來請寶釵、湘雲兩個。那寶釵正在院子裏給葫蘆灑水，忽見李嬸娘進來，不及見禮，李嬸娘早已扯住袖子哭起來，道：「奶奶可知道我們蘭哥兒去了？我們大奶奶哭得好不傷心。綺兒、紋兒兩姐妹都嫁得遠，家裏出了這樣大事，也不能照管。我又笨嘴拙舌，說不得幾句相勸的話，那些陳腔舊調，他那裏聽得進去？倘若一時岔了念頭，疏了防範，豈不又傷一條人命？倒是兩位姑娘、奶奶去勸勸吧。」

寶釵聽了，亦覺辛酸，不禁垂下淚來，忙招呼湘雲裝扮了，便隨李嬸娘一同回府來。湘雲見李嬸娘帶著禮盒，恐空了手去不好，又順手將架上葫蘆摘了四個，擱在盒裏，一併送回來。

原來李紈如今已經不住在從前那院中了，於興隆街另蓋了將軍府，門前也有兩尊石獅子，軍卒把守。轎子一徑進來，只見庭宇軒闊，樹木蔥蘢，院裏一尊丈高的太湖石，玲瓏剔透，疏疏幾株桃李，都結了嬰兒拳頭大的果子，砌著磚地，圍著魚池，兩排遊廊自角門一直接進內院裏去。寶釵也不及細看，落了轎，徑隨李嬸娘進裏邊來，先往靈上拈了香，將葫蘆祭在靈前，方進來瞧李紈。

只見那李宮裁穿著一身青衣裳，面朝裏躺在床上，聽見人進來，也不轉身，也不理會。湘雲上前低低喚了一聲「大嫂子」，李嬸娘又道：「寶二奶奶、史大姑娘來了。」李紈這方回身坐起，可憐臉上瘦得一絲肉也沒有，淚跡模糊，鬢髮皆霜，不到四十的人，看起來竟有五旬開外的一般。見了人，也不知道問候，只是瞪了一雙眼睛，那眼淚斷線珠子一般落下來。寶釵觸景傷心，同病相憐，早把舊日相待冷淡之事拋到爪哇國去了，一歪身便坐在床榻之上，拉著手勸道：「大嫂子淵博知書，難道沒聽過『死生有命，富貴在天』八個字？蘭兒原有高中之命，雖間中受了些挫折，科舉上未曾取仕，卻到底從武出身，立了戰功回來，反比考進士中狀元更加榮宗耀祖，這便是命；又則他雖年輕早夭，到底也替你掙了這頂冠戴回來，總算不辜負一場母子。倘若如他二叔時，一句話不留撒手去了，也不知是出家，也不知是尋道，死活不知，蹤影無聞，我便想做孟姜女哭長城，卻也不知道該往哪邊哭呢？這樣論起來，大嫂子的命豈不又比我好上十倍？大嫂子若不足意時，我卻又該當如何？」

湘雲也說：「說起來嫂子雖然命苦，到底也還享了幾年福，就是蘭哥兒英年早逝，也總算在嫂子跟前盡過心的。像我自小沒了爹娘，跟著叔叔嬸子長了這麼大，剛尋了婆家，還沒出門，連夫婿是何模樣都不知道就守了望門寡，參商永隔，連死活也不知，可不比嫂子更苦上十倍麼？嫂子若還不能自開自解，我越發該去上吊了。況且我們三個已經如此，想來這世上苦命人兒也還不止咱們三個，難道都該不吃不喝，直要絕食輕生的不成？」

那李紈自賈蘭去了，將鳳襖換了素服，儀堂作了靈堂，直如發了一場夢似。蓬頭垢面哭了三日，哭累了便昏沉沉的似睡非睡，睡醒了又接著哭，心中除了「兒子」二字更無別事，直至見了寶釵，想起往時疏遠防範之情，忽覺慚愧。這一分心，倒把傷子之情略微稍減，不得不振作顏色應對，因說：「勞你們二位走這一趟，也沒好茶水款待。你們且坐坐，讓我洗個臉，才好見客。」寶釵、湘雲俱忙笑道：「自己至親，說什麼客不客的。倒是大嫂子確該好好洗把臉，吃些點心茶水才是。」

李嬸娘見寶釵不過輕輕幾句話，便說得李紈開口說話，起身洗漱，不禁又是佩服又是歡喜，忙不迭的接聲答應，自去廚房命人燉茶備水，通火弄點心。寶釵倒不禁扭過頭去，偷偷掉下兩滴淚來。

《西續紅樓夢之賈寶玉後傳》這段故事就此告結，前作《西續紅樓夢之林黛玉後傳》與本書互為穿插，便好比風月寶鑒之正反兩面，虛實對映，諸看官可拿來比並而閱。正是：

玉寒釵冷楚雲飛，警幻題名胡不歸？

離聚若緣風月鑒，誰將情榜勒石碑？